Von Linda Ladd sind
als Heyne-Taschenbücher erschienen:

Liebesglut · Band 04/14
Das Mädchen Starfire · Band 04/69
Fluß der Träume · Band 04/131
Winterfeuer · Band 04/158
Mitternachtsfeuer · Band 04/160

LINDA LADD

DRACHENFEUER

Roman

Deutsche Erstausgabe

WILHELM HEYNE VERLAG
MÜNCHEN

HEYNE ROMANE FÜR »SIE«
Nr. 04/162

Titel der Originalausgabe
DRAGON FIRE

Aus dem Amerikanischen
von Angelika Naujokat

Copyright © 1992 by Linda Ladd
Copyright © 1996 der deutschen Ausgabe by
Wilhelm Heyne Verlag GmbH & Co. KG, München
Printed in France 1996
Umschlagillustration: Oliviero Berni / Agentur Schlück
Umschlaggestaltung: Atelier Ingrid Schütz, München
Gesamtherstellung: Brodard & Taupin

ISBN 3-453-09414-X

*Für
Ron und Kathy Ladd,
Sherry und Angie
und Josh*

*Und mit einem
ganz besonderen Dank
an Ellen Edwards
für all ihre Hilfe und Unterstützung*

1

*10. November 1871
Chicago, Illinois*

Am Ende des überfüllten Bahnsteigs stand eine schmale Gestalt ein wenig abseits von der durcheinanderhastenden Menge. Windsor Richmond war ganz in Schwarz gekleidet. Sie betrachtete die Rufe der Gepäckträger nicht, die ihre rumpelnden, mit Koffern und Taschen beladenen Karren an ihr vorbeischoben. Statt dessen ließ sie ihre saphirblauen Augen mit unbeirrter Konzentration auf zwei großgewachsenen, schwarzhaarigen Männern ruhen, die neben einem zischenden und stampfenden Zug standen, der sich jeden Augenblick Richtung Westen aufmachen sollte. Einer der Männer war Stone Kincaid, und sie war gekommen, um ihn zu töten.

Windsor zog ungeduldig den mächtigen schwarzen Nonnenschleier zurecht, der ihr bis auf die Schultern hinabfiel. Seit sie die dunkle Nonnentracht angelegt hatte, kämpfte sie mit der enganliegenden Kopfbedeckung und den langen, vollen Röcken, die ihr hinderlich und unbequem waren.

Viel schlimmer war allerdings, daß ihr eine solch einschränkende Kleidung die geschmeidige Behendigkeit nehmen würde, die nötig war, um den großen Amerikaner zu überwältigen.

Unter ihrer Verkleidung trug sie eine schwarze Seidentunika und Hosen, an die sie sich während ihrer Jahre in China gewöhnt hatte. Diese Sachen waren so viel praktischer! Sie konnte einfach nicht verstehen, warum die Nonnen derartig viele Stofflagen benötigten. Noch schwerer fiel ihr allerdings einzusehen, warum die amerikanischen Frauen sich zumuteten, seltsame Schnürkorsetts unter ihren voluminösen Kleidern zu tragen.

Die Menschen in den Vereinigten Staaten kamen ihr überhaupt sehr seltsam vor. Obwohl sie bereits mehrere Monate in San Francisco gelebt hatte, hatte sie immer noch Schwierigkeiten, viele der amerikanischen Gebräuche zu verstehen. So war sie eifrig darauf bedacht, ihre Mission zu erfüllen, damit sie wieder in die friedliche Bergprovinz im Norden Chinas zurückkehren konnte, wo sie sich heimisch fühlte.

Ihre feingewölbten blonden Augenbrauen zogen sich zusammen, als ihr Blick über die Menschen hinwegglitt, die umhereilten, als seien sie von Panik ergriffen. Sie wunderte sich immer wieder aufs Neue über die große Einwohnerzahl in den Städten dieses Landes, in dem ihre Eltern geboren waren. Wie gelang es diesen Amerikanern nur, in einer solch lauten und chaotischen Umgebung inneren Frieden zu erlangen?

Bei so vielen neugierigen Augen, die einen ständig zu beobachten schienen, mußte Windsor vorsichtig sein. Sie würde abwarten, bis sich eine günstige Gelegenheit bot, um den Mord an dem armen Hung-pin zu rächen. Gram erfaßte ihr Herz und grub seine scharfen Klauen immer tiefer hinein, bis es fast zu zerreißen drohte. Seit dem Tod ihres geliebten Blutsbruders vor zwei Wochen überfielen sie diese Gefühle immer und immer wieder. Manchmal vermißte sie Hung-pin so sehr, daß es ihr vorkam, als könne sie den Schmerz keinen Augenblick länger ertragen.

Die unmenschliche Art und Weise, auf die Hung-pin sein Leben verloren hatte, war unter anderem der Grund, warum sie den unbezähmbaren Drang verspürte, seinen Mörder zu bestrafen. Stone Kincaid war für die endlosen Stunden qualvoller Schmerzen verantwortlich, die Hung-pin hatte erleiden müssen, bevor seine Seele seinen Körper verlassen hatte. Windsor lief es kalt den Rücken hinunter, wenn sie daran dachte, wie ihr Freund an jenem Ast gehangen hatte, und wie das Fleisch auf seinem Rücken in Streifen herunterhing. Sie würde viel Geduld aufbringen müssen, um für solch ein gräßliches Verbrechen Rache zu nehmen. Aber Beharrlichkeit war eine Tugend, die man sie lange gelehrt hatte. Als sie im Alter von zehn Jahren zum Tempel der Blauen Berge gebracht worden war, wo sie mit Hung-pin und den anderen Schülern leben sollte, da hatte sie der Alte Weise in eine düstere, staubige Ecke geführt, in der Kerzen brannten und der Duft von Weihrauch die Luft erfüllte. Der Weise hatte mit wortloser Beredsamkeit auf ein feines Spinnennetz gedeutet, das sich von den Messingkerzenleuchtern zur Seitenwand erstreckte.

Wochenlang hatte sie danach die frühen Morgenstunden meditierend vor dem seidigen Netz verbracht und das Werk der fleißigen, braunen Spinne beobachtet. Sie hatte gesehen, wie sie ihre wunderschönen, glitzernden Muster erschaffte und sich dann zurückzog — scheinbar verschwunden war — um auf ein ahnungloses Opfer zu lauern. Und mit der Zeit hatte Windsor die Lektion des Alten Weisen in bezug auf Beharrlichkeit verstanden. Sie hatte keine Eile. Sie würde sich damit begnügen, zuzuschauen und abzuwarten, bis Stone Kincaid hilflos in ihr Netz stolpern würde, genauso, wie es der großen, grünen Libelle ergangen war, bevor die schlaue Spinne hervorgekrochen kam, um sie zu verspeisen.

Ihr Interesse richtete sich jetzt besonders auf einen der beiden Männer, der sich zu einer amerikanischen Dame umdrehte, die einen auffälligen, scharlachroten Umhang trug. Windsor war aufgefallen, daß er schon oft zu der Stelle hinübergesehen hatte, wo sie neben einer wartenden Kutsche stand. Die Frau in Rot hatte die beiden Männer seit ihrem Aufbruch in der Lincoln Avenue begleitet.

Wenn sie die Ausmaße der großen Stadt an den südlichen Ufern des Michigan-Sees in Betracht zog, war es

Windsor zu ihrer Überraschung sehr leichtgefallen, Stone Kincaid zu finden. Als sie am Tag zuvor bei ihrer Ankunft auf eben diesem Bahnhof mit ihren Nachfragen begonnen hatte, war ihr der Stationsaufseher gleich gerne mit Auskünften über die Kincaids behilflich gewesen. Er hatte ihr erzählt, daß es sich bei ihnen um eine bekannte und reiche Familie handelte — die Eigentümer und Betreiber von Dutzenden von Lokomotiven, die täglich von Chicago aus starteten.

Der hilfsbereite Mann hatte erstaunlicherweise überhaupt keine Bedenken gehabt, ihr Stone Kincaids Adresse und eine genaue Wegbeschreibung zu seinem Haus zu geben! Sie war schließlich dorthin spaziert, hatte das Haus mit der Geduld ihrer achtbeinigen Freundin beobachtet, und war den drei Amerikanern später zurück zum Bahnhof gefolgt.

Aber sie wußte immer noch nicht, wer von den beiden Männern Stone Kincaid war. Sie ähnelten einander sehr, waren beide groß und schlank, mit kräftigen, muskulösen Körpern. Einer von ihnen war formell gekleidet. Er trug einen gut geschneiderten, dunkelgrauen Gehrock, eine dazu passende Weste und eine elegante Biberfellmütze auf dem Kopf.

Die Kleidung des anderen Mannes glich der vieler Amerikaner, die sie auf den Straßen von San Francisco gesehen hatte. Wie diese Revolvermänner trug auch er eine braune Lederweste über einem weißen Leinenhemd, und er war schwer bewaffnet. Zwei Revolver steckten in dem schwarzen, mit Silber geschmückten Halfter, der um seine Hüften gebunden war, und außer einem schwarzen, ledernen Reisekoffer hielt er in der Hand zudem noch ein Gewehr. Ganz offensichtlich war er derjenige, der sich auf die Reise in den Westen machen würde.

Windsors Aufmerksamkeit wurde für einen Moment von leichten Kratzgeräuschen in Anspruch genommen. Jun-li ist ungeduldig, dachte sie mit einem Lächeln und hob den Bambuskoffer, der an einem kräftigen Lederband um ihre Schultern hing, in die Höhe.

»Schhhh, mein kleiner Freund«, flüsterte sie durch die dicht gewobenen Stäbe. »Ich werde dich bald befreien, das verspreche ich dir.«

Aber zuerst mußte sie herausfinden, welcher der beiden Männer der üble Stone Kincaid war. Sie straffte die Schultern und eilte über den Bahnsteig auf ihre nichtsahnende Libelle zu.

»Stone, du begehst einen höllischen Fehler! Verdammt, du bist wie besessen von der Idee, diesen Emerson Clan zu finden! Das wird dich noch um Kopf und Kragen bringen!«

Stone Kincaid warf einen prüfenden Blick auf die Passagiere, die den Zug nach Kalifornien bestiegen und lauschte den vertrauten Tiraden seines älteren Bruders nur mit halbem Ohr. Wie oft hatte Gray nun schon immer und immer wieder dieselbe Litanei von sich gegeben, seit sie die Nachricht erhalten hatten, daß Emerson Clan in Kalifornien gesehen worden war? Aber keines von Grays Argumenten konnte Stone davon abhalten, Clan aufzuspüren. Stone war diesem mordlüsternen Bastard schon zu lange auf den Fersen — seit dem Tag vor sechs Jahren, als die Armee der Nordstaaten in Andersonville, Georgia, einmarschiert war und ihn und Tausende Unionssoldaten aus der Hölle auf Erden befreit hatten.

»Zum Teufel nochmal, Stone, du hast nicht ein Wort von dem, was ich gesagt habe, mitbekommen, stimmt's?«

Nur mit großer Mühe gelang es Stone, seine Aufmerksamkeit wieder auf den Bruder zu richten.

»Du verschwendest deine Zeit, Gray«, erwiderte er gelassen. »Ich werde Clan verfolgen, und es gibt nichts, was du dagegen tun kannst.« Er deutete zu seiner Schwägerin Tyler hinüber, die in der Nähe der Kutsche auf ihren Mann wartete. »Warum widmest du dich also nicht deiner Frau und dem Kind, das sie erwartet? Ich kann auf mich selbst aufpassen.«

Grays hübsche Gesichtszüge nahmen einen weicheren Ausdruck an, als er seinen Blick auf Tyler richtete. Ein kleines Lächeln erschien auf seinen Lippen und Stone schüttelte verstohlen den Kopf. Er hatte sich inzwischen an Grays vernarrten, liebeskranken Gesichtsausdruck gewöhnt, den er trug, seit Tyler MacKenzie vor beinahe einem Jahr in Grays Leben getreten war. Sie war eine geschickte Hochstaplerin gewesen, die es sich zum Ziel gesetzt hatte, Gray um zehntausend Dollar zu betrügen. Aber am Ende hatte sie stattdessen sein Herz erobert, in Stones Augen eine wahre Heldentat an einem so eingefleischten Junggesellen wie Gray.

»Mein Gott«, sagte Gray, und sein Blick verweilte liebevoll auf seiner zierlichen Frau. »Mir dreht sich der Magen um, wenn ich daran denke, wie nahe Emerson Clan davor war, Tyler und dem Baby etwas anzutun.«

Als Gray Clans neuestes Verbrechen gegenüber seiner Familie ansprach, brach sich die Wut in Stone erneut ihre Bahn. Es war erst einen Monat her, daß Clan in Chicago gewesen war, angelockt durch einen von Tylers Schwindeltricks.

Tylers Plan, mit deren Hilfe es Stone gelingen sollte, Clan zu fassen, war erfolgreich gewesen, und Stone hatte sich an dem Anblick ergötzt, Clan im Gefängnis zu sehen. Aber bei einem riesigen Feuer, das zu jener Zeit in der Stadt getobt hatte, war es ihm gelungen, zu flüchten und Tyler zu entführen, und beinahe sogar Gray zu töten, als dieser gemeinsam mit Stone seine Frau befreite. Letztendlich war Clan erneut die Flucht gelungen.

»Und er hat dich mit einem Schuß verwundet, damit du dich immer an ihn erinnerst«, murmelte Stone mit gepreßter Stimme. »Was nur ein Grund mehr für mich ist, die Verfolgung aufzunehmen. Er ist schlimmer als ein Tier. Er quält und tötet, und genießt es. Und er wird solange unschuldige Menschen umbringen, bis ihm jemand eine Kugel durch den Kopf jagt. Ich habe vor, derjenige zu sein.«

Gray gab sich endlich geschlagen und schüttelte besorgt den Kopf. »Es gibt also nichts, was ich tun oder sagen könnte, um dich umzustimmen?«

»Nein.«

»Dann sei bitte vorsichtig und begehe um Himmels Willen nicht noch einmal den Fehler, Clan zu unterschätzen. Er ist der Teufel in Menschengestalt.«

»Er gehört tatsächlich in die Hölle, da hast du recht, und genau dorthin werde ich ihn auch bringen —«

Stones hitziger Schwur wurde unterbrochen, als jemand ihn von hinten anrempelte, und er einen Schritt nach vorne machen mußte, um nicht die Balance zu verlieren. Er fuhr herum, den Colt kalt gegen seine Handfläche gepreßt. Mit Bestürzung stellte er fest, daß er seine Waffe auf eine katholische Schwester gerichtet hielt, die hingefallen war und nun auf dem Boden liegend nach Luft schnappte. Erschrocken schob Stone den Colt wieder in den Halfter und kniete sich hin, um ihr zu helfen.

»Entschuldigen Sie, Schwester. Sind Sie verletzt?«

Die Nonne antwortete nicht, sondern rieb sich lediglich den Arm, während Stone ihr auf die Beine half. Sie schien klein und verloren zwischen den beiden Männern — beide waren über einen Meter achtzig groß.

»Nein, ich glaube, ich habe mir nicht wehgetan«, murmelte die Nonne, strich ihre Röcke glatt und zog das schwere Silberkreuz zurecht, das um ihre Taille hing. »Das Ganze war meine Schuld. Ich war in Eile und habe nicht darauf geachtet, wo ich hinlief.«

Stone war sofort von ihrer Stimme angetan. Sie war sanft und melodiös, und ihre Worte erschienen seinen Ohren wie die weichen, süßen Klänge einer Harfe. Sie hatte einen leichten Akzent, einen ungewöhnlichen, den er nicht kannte. Sie wandte sich zu ihm um, und Stone sah in ein paar große, klare, mitternachtsblaue Augen, die von schwungvollen, goldfarbenen Wimpern umkränzt waren. Aber nicht allein das zog ihn in ihren Bann, sondern die überwältigende Ruhe, die er in der Tiefe ihres Blickes zu sehen glaubte.

Unwillkürlich überkam ihn ein seltsames Gefühl. Mit intuitiver Gewißheit spürte er, daß er sie bereits kannte, daß er sie irgendwann einmal, in einer längst vergangenen und doch niemals vergessenen Zeit geliebt hatte. Ein wenig entgeistert über diese lächerliche und für ihn so ungewöhnliche Reaktion auf eine Frau starrte er sie an und kam zu dem Schluß, daß sie viel zu jung für eine Nonne war.

»Da mein Bruder seine Zunge verschluckt zu haben scheint«, sagte Gray und riß Stone damit aus seinem Bann, »werde ich die Vorstellung übernehmen, Schwester. Mein Name ist Gray Kincaid, und dies hier ist mein Bruder Stone.«

»Sehr angenehm«, erwiderte sie mit leiser Stimme. »Ich bin Schwester Mary.«

Als sie sich erneut den Ellenbogen rieb, beugte sich Gray mit einem besorgten Stirnrunzeln zu ihr hin. »Sind Sie sicher, daß Sie sich nicht verletzt haben?«

»Es ist wirklich alles in Ordnung. Ich muß mich für mein ungeschicktes Benehmen entschuldigen.«

»Aber nein, ich bin sicher, daß es meine Schuld gewesen ist«, erwiderte Stone höflich, aber er konnte seinen Blick nicht von ihrem Gesicht wenden. Sie war von zierlicher Gestalt, die Züge fein, und ihre Haut so glatt und rein wie weißer Alabaster, obwohl ihre hohen Wangenknochen im Augenblick von einer leichten Röte überzogen waren. Seine Augen wanderten zu ihren Lippen. Bevor er sich beherrschen konnte, hatte er sie in Gedanken bereits geküßt.

Da riß er sich doch zusammen. Großer Gott, dachte er peinlich berührt, die Frau ist eine Nonne! Er schämte sich für seine erotische Fantasie. Um seine Verlegenheit zu verbergen, beugte er sich vor und hob den kleinen Bambuskoffer auf, den sie fallengelassen hatte.

»Erlauben Sie mir, Sie zum Zug zu begleiten, Schwester Mary. Ich war gerade dabei, mich von meinem Bruder zu verabschieden.«

»Wie aufmerksam von Ihnen«, erwiderte die Nonne mit ihrer melodischen Stimme.

Wieder versuchte Stone ohne Erfolg, ihren seltsamen Akzent einzuordnen. Ein paar Meter entfernt forderte der Schaffner die Passagiere mit lauter Stimme zum letzten Mal auf, den Zug zu besteigen. Stone streckte Gray zum Abschied die Hand hin.

»Paß gut auf Tyler auf«, sagte er lächelnd, »und laß mich wissen, was für Abenteuer unsere kleine Schwester in Mexiko zu bestehen hat.«

»Ich bin nur froh, daß Carlisle bei ihrem Besuch der Perez-Familie in Mexiko City Chase Lancaster zur Seite hat. Sonst würde ich mir wirklich Sorgen machen. Sie hat ja ein ausgesprochenes Talent, sich selbst in Schwierigkeiten zu bringen.«

Grays Kritik an ihrer dickköpfigen, jüngeren Schwester wurde durch ein nachsichtiges Lächeln gemildert, aber sein Gesichtsausdruck wurde schnell wieder ernst.

»Paß auf dich auf, Stone. Dieses Mal habe ich kein gutes Gefühl, was deine Verfolgung von Emerson Clan angeht.«

»Mach dir keine Sorgen um mich. Du weißt doch, daß ich auf mich aufpassen kann. Ich werde dir eine Nachricht zukommen lassen, sobald ich ihn gefaßt habe.«

Gray schaute immer noch besorgt drein, aber er nickte und tippte höflich an seinen Hut, um sich von der jungen Schwester zu verabschieden. Während Gray sich zum Gehen wandte, hob Stone die Hand, um sich von seiner schönen Schwägerin mit den zimtbraunen Augen zu verabschieden. Trotz Tylers zwielichtiger Vergangenheit war sie Stone in den letzten Monaten ans Herz gewachsen. Sie hatte sich seit der Heirat mit seinem Bruder sehr zu ihrem Vorteil verändert. Gray war ein Glückspilz.

Er wandte seine Aufmerksamkeit wieder der schwarzgekleideten Nonne zu und legte seine Hand um ihren Ellenbogen.

»Haben Sie eine lange Reise vor sich, Schwester Mary?« erkundigte er sich und schritt mit ihr auf den Zug zu.

Sie nickte, und die Kopfbewegung ließ die Falten ihres Schleiers ein wenig in ihr Gesicht fallen. Er erwischte sich bei der Frage, welche Farbe ihr Haar wohl haben mochte. Goldblond, entschied er, wie ihre Wimpern.

»Ich habe die Absicht, mich mit Schwestern meines Ordens in San Francisco zu treffen«, erwiderte sie leise.

»Dann sind wir für die nächste Woche wohl Reisegefährten«, erwiderte Stone, als sie die schmalen Steinstufen erreicht hatten, die auf die äußere Plattform eines Waggons führten.

Er half der Nonne die Stufen hoch und schwang sich dann mühelos hinauf.

»Ich muß den Schaffner suchen und mir eine Fahrkarte kaufen«, sagte sie und blickte zu ihm auf. »Vielen Dank, daß Sie meinen Koffer getragen haben. Es war wirklich sehr freundlich von Ihnen, mir zu helfen.«

»Es war mir ein Vergnügen, Ma'am.«

Stone reichte ihr den Koffer und sah zu, wie sie den langen Lederriemen über ihren Kopf und quer über die Brust zog. Was für eine seltsame Art für eine Dame, ihr Gepäck zu tragen, dachte er überrascht. Fast wie ein Soldat, der sich seinen Patronengurt umlegt. Plötzlich wurde ihm bewußt, daß auch der Koffer selbst ungewöhnlich war. Die meisten Frauen, die er kannte, trugen ihre Habseligkeiten in bemalten Hutschachteln oder stoffüberzogenen Taschen.

Ohne weitere Worte ließ ihn die reizende katholische Schwester stehen und verschwand in der Menge, die sich durch den Gang des Erste-Klasse-Waggons schob. Stone verzog angesichts der langen Reise, die er, eingezwängt zwischen so vielen Menschen, vor sich hatte, das Gesicht. Er haßte geschlossene Räume und fürchtete schon jetzt die Tage und Nächte in den stickigen Waggons.

Die Lokomotive stieß einen schrillen Pfiff aus, und ihre Kolben begannen, sich zu bewegen, begleitet von bimmelnden Glocken und Abschiedsrufen.

Stone winkte noch einmal zu Gray und Tyler hinüber. Er würde sie zwar vermissen, aber er brannte darauf, nach San Franzisco zu kommen. Dieses Mal würde er nicht den Fehler begehen, Emerson Clan den Behörden zu übergeben. Dieses Mal würde er ihn töten. Mit seinen bloßen Händen, falls nötig.

2

Mehr als achtundvierzig Stunden lang hatte der Zug bereits prustend und schnaufend seinen Weg über weite, trostlose Ebenen zurückgelegt und weiße Rauchwolken über dem hohen, sich im Wind wiegenden Präriegras hinterlassen. Windsor hatte die beiden Tage damit verbracht, Stone Kincaids Verhalten zu beobachten und wie ihre Freundin, die geduldige Spinne, auf den richtigen Moment zu warten.

Im Augenblick betrachtete sie ihn unter den dichten Bögen ihrer Wimpern hindurch. Er saß mit zwei anderen Männern an einem kleinen Tisch im hinteren Teil des Waggons. Sie spielten irgendein seltsames Glücksspiel, mit vielen Karten und bunten Chips. Es kam des öfteren vor, daß einer seiner Begleiter über die Karten in seiner Hand fluchte. Ihre Stimmen waren rauh und streitlustig, und die Zigarren, die sie zwischen den Fingern hielten, verpesteten die Luft mit einem fauligen Gestank.

Viele der anderen Passagiere rauchten ebenfalls, andere spuckten häßliche Klumpen eines braunen Saftes in Messingspucknäpfe, die neben jedem gepolsterten Sitz standen. Sie konnte verstehen, warum viele der Frauen lieber im nächsten Waggon saßen, um den rauhen Unterhaltungen zu entkommen. Aber sie selbst konnte nicht weg, sie mußte in der Nähe ihres großen, schwarzhaarigen Opfers bleiben.

Windsor hatte sich viele Gedanken über Stone Kincaid gemacht. Er wirkte nicht wie ein kaltblütiger Mörder. Er hatte ein ausgesprochen hübsches Gesicht, und seine Züge waren so ausgeprägt wie die wohlgeformten Muskeln seines Körpers. Seine Augen waren blau wie die ihren, hatten aber eine hellere Färbung, die manchmal einen Silberton anzunehmen schien. Im Moment sahen diese Augen auf die fünf Karten, die er aufgefächert in seiner linken Hand hielt. Seine rechte Hand dagegen lag auf dem Oberschenkel, ganz in der Nähe einer der großen, schwarzen Pistolen.

Er schien ein ruhiger, nachdenklicher Mann zu sein, der selten mit anderen sprach, nicht einmal mit den beiden Männern, mit denen er sich beim Kartenspiel die Zeit vertrieb. Er blieb gerne für sich, aber ihr war aufgefallen, daß er die anderen Passagiere beobachtete und ihren Gesprächen lauschte. Sie mußte vorsichtig sein. Hatte ihr der Alte Weise nicht beigebracht, daß ein vernünftiger Mann wenig spricht und ein guter Zuhörer ist?

Es kam auch oft vor, daß sich Stone Kincaid aus dem stickigen Waggon entfernte und längere Zeit auf der Außenplattform am Ende des Wagens aufhielt. Bei solchen Gelegenheiten starrte er über die endlosen Grasebenen hinweg zum westlichen Horizont hinüber, und sie fragte sich, ob er wohl über Emerson Clan nachdachte, den Mann, dessen Name sein Bruder in Chicago auf dem Bahnhof genannt hatte. Warum war Stone Kincaid wohl auf der Suche nach ihm? War Clan der Grund für das zornige Glühen, das sie, tief versteckt, in seinen Augen ausgemacht hatte?

Aber viel beunruhigender als alles andere war die Anziehungskraft, die er auf ihr Herz ausübte. Vom ersten Augenblick an hatte Windsor gewußt, daß sie verwandte Seelen waren. Aber sie hatte gelobt, sein Leben zu beenden, damit Hung-pins Seele in die Freiheit aufsteigen konnte. Vielleicht war heute abend der Augenblick gekommen, auf den sie wartete.

Die letzten beiden Abende hatte Stone Kincaid ihr dabei geholfen, ihren Sitz in eine Liege zu verwandeln. Aber im Gegensatz zu allen anderen Passagieren hatte er selbst seinen gepolsterten Sitz unverändert gelassen. Während der Nacht hatte sie, in der Hoffnung, daß er schlief, immer wieder verstohlen zu ihm hinübergespäht, aber er schien seine Augen niemals zu schließen. Stone Kincaid war seltsam und unterschied sich sehr von den anderen Männern im Zug.

Seufzend wandte Windsor den Kopf und blickte aus dem Fenster. Am frühen Morgen hatten sie endlich die weiten Ebenen hinter sich gelassen und die Ausläufer der hohen Berge erreicht, die Rockies genannt wurden. Windsor hatte überrascht das wunderbare Gefühl der Zufriedenheit zur Kenntnis genommen, das wie eine schaumige Welle am warmen Sandstrand über sie gekommen war. Sie liebte die alles überragenden Gipfel und die dichten, grünen Wälder rechts und links der Gleise. Sie glichen denen, die im Tal um ihren Tempel herum wuchsen. Wie sehr wünschte sie sich, dort zu sein und den Weisheiten des alten Mannes zu lauschen! Hier, in diesem seltsamen Land, konnte sie sich nur auf sich selbst verlassen.

Draußen war schon lange die Nacht hereingebrochen, so schwarz und weich wie Hung-pins Haar. Der volle, blasse Mond warf ein gespenstisches Licht über die dunklen Schatten der Bäume entlang der Gleise. In

Nächten wie diesen hatten sie und Hung-pin sich in ihrer Kindheit im Anschleichen geübt. Da war der Mond ihr größter Feind gewesen, denn sein silberner Schein hatte jede ihrer Bewegungen enthüllt.

Sie lächelte in sich hinein und dachte darüber nach, wie sie das weiße Reispapier ausgerollt und versucht hatte, so leicht wie möglich über die dünne Oberfläche zu gehen, ohne das empfindliche Papier zu zerreißen. Viele Jahre gewissenhaften Übens hatten sie schließlich beide in die Lage versetzt, diese Leistung zu erbringen. Natürlich war es Hung-pin als erstem gelungen, diese Kunst zu meistern. Er war immer derjenige gewesen, der als erster ihre Aufgaben bewältigt hatte, besonders die schwierigen. Hung-pin war es auch, der sie überredet hatte, nach Amerika zu gehen, um ihre amerikanische Mutter zu treffen. Wenn sie ihm nicht nachgegeben hätte, und wenn sie Hung-pin nicht angefleht hätte, sie zu begleiten, dann lebte ihr Blutsbruder heute noch.

Ein tiefes Gefühl der Einsamkeit überkam sie, und sie versuchte, nicht an Hung-pin zu denken. Sie schob den Koffer auf ihren Knien zurecht. Jun-li war ruhelos. Sie spürte, daß er sich in seinem Käfig bewegte. Er sehnte sich wohl nach der Schlafenszeit, wenn sie ihn hinter dem Schutz ihres eigenen Vorhangs aus seinem Gefängnis lassen würde. Sie hatte Mitleid mit ihrem kleinen Freund, denn sie konnte verstehen, wie er sich fühlte. Auch sie sehnte sich danach, aus dem engen Waggon herauszukommen.

Draußen, in der mondhellen Nacht, würde die Luft sauber riechen und sich auf ihrem Gesicht so kühl anfühlen, wie die leichten Winde der Dämmerung in den Tälern der Kansu-Provinz. Sie mochte die kühle Luft, aber die meisten Passagiere verbrachten viel Zeit um den bauchigen Ofen in der Mitte des Wagens. Die großen Amerikaner litten sehr unter dem Wetter. Sie schloß ihre Augen und stellte sich vor, wieder daheim zu sein und die Spinne bei ihrem Tanz entlang der Seidenfäden zu beobachten, Hung-pin an ihrer Seite.

Stone warf seine Karten auf den Tisch, gelangweilt vom Spiel und noch mehr von seinen Begleitern, deren Zankereien er schon viel zu lange ertragen hatte. Nach so vielen Stunden, die er eingepfercht mit Slokum und Ranney verbracht hatte, begann er langsam seine Entscheidung zu bedauern, nicht den Privatwaggon seiner Familie für die Reise nach Westen in Anspruch genommen zu haben. Gray hatte ihn in seiner Eigenschaft als Präsident der Kincaid Railway Company sehr häufig für seine eigenen Geschäftsreisen benutzt. Nun, da Gray verheiratet war, würde er Tyler mitnehmen wollen. Stone konnte ihm das nicht verübeln.

Aber trotz der Enttäuschung über seine Reisegefährten gab es gute Gründe für ihn, sich unter die Passagiere zu mischen. Vielleicht gelang es ihm, aus dem Geplapper um ihn herum einen wenn auch noch so winzigen Hinweis auf Emerson Clan zu bekommen. Bei dem bloßen Gedanken an ihn ballte Stone seine Finger zu Fäusten. Ganz bewußt versuchte er seine angespannten Muskeln zu lösen, und schaute sich um, bis sein Blick auf die junge Nonne fiel.

Schwester Mary saß alleine da, die Augen geschlossen, den alten Bambuskoffer auf den Knien. Sie bewacht ihre Habseligkeiten wie eine Bärin ihre Jungen, dachte er und gab sich dem Vergnügen hin, ihr Gesicht zu bewundern. Seit sie zusammen den Zug bestiegen hatten, war es ihm schwergefallen, sie nicht anzuschauen, nicht an sie zu denken. Er fragte sich, wie sich ihre Haut wohl anfühlen würde, wenn er seine Finger über die vornehme Linie ihrer Wangen gleiten ließe.

Verärgert über sich selbst riß er seinen Blick von ihr los. Was zum Teufel war nur mit ihm los? Er war kein religiöser Mann, und er hatte auch nicht besonders viele Skrupel, aber er hatte bisher noch niemals in Gedanken eine Nonne verführt!

»Nett anzuschauen, die Kleine, nicht wahr, Mr. Kincaid?«

Nachdem er Slokums verstohlen gemurmelte Anspielung vernommen hatte, wandte Stone seine Aufmerksamkeit dem Mann zu, der ihm am Tisch gegenübersaß. Matt Slokum war ein schwergewichtiger Rinderhändler aus Texas, dessen Unterkiefer ständig herunterhing, und der so stark schwitzte, daß von seinem zerdrückten, karierten Anzug ein widerwärtiger Geruch aufstieg.

»Sie reden von einer katholischen Nonne, Slokum.«

»Das mag schon sein, Kincaid. Aber Nonne oder nicht, unter all den schwarzen Röcken, die sie trägt, steckt ein Frauenkörper, oder etwa nicht? Ein richtiger Mann könnte ihr zeigen, was sie verpaßt, wenn sie ihre Zeit mit Beten verschwendet. Sie wissen schon, was ich meine.«

Stones Augen verengten sich. »Ich weiß schon was Sie meinen, Slokum, und ich finde, Sie könnten etwas mehr Respekt zeigen.«

Slokums breite, flache Nase rümpfte sich zu einem häßlichen, finsteren Gesichtsausdruck. »Sie können doch nicht abstreiten, daß Sie selbst mit dem Gedanken gespielt haben, einen Blick unter diese Röcke da zu werfen, oder, Kincaid? Ich habe gesehen, wie Sie sie angeschaut haben, und das mehr als einmal, und Sie hatten nicht gerade einen sehr vergeistigten Ausdruck in Ihren eisigen, blauen Augen.« Er brach in schallendes Gelächter aus und stieß dem dünnen Mann namens Ranney, der zu seiner Linken saß, einen Ellenbogen in die Seite. Ranney kicherte, aber seine runden, babyweichen Wangen röteten sich, als Stone ihn mit einem kalten, standhaften Blick bedachte.

»Wie ich schon sagte, Sie könnten etwas mehr Respekt zeigen.«

Slokum blickte auf Stones Hand hinab, die oben auf

seinem Knie ganz in der Nähe des Revolvers lag. Dann rutschte er unbehaglich auf seinem Stuhl hin und her. »Ich wollte niemanden beleidigen.« Seine Stimme klang nervös. »Wie die meisten Männer hier in diesem Wagen habe ich doch bloß Augen im Kopf.«

»Dann sollten Sie sie auch da lassen und Ihren verdammten Mund halten.«

Stone schob seinen Stuhl zurück, wütender als eigentlich nötig. Slokum hatte recht. Stone *hatte* sich in Gedanken mit der Nonne beschäftigt, und das auf eine Weise, die wahrscheinlich sogar schlimmer als die von Slokum oder Ranney gewesen war. Absurderweise verspürte er ein schlechtes Gewissen. Er sammelte seinen Gewinn ein, steckte ihn in die Tasche und warf einen Blick aus dem nächstgelegenen Fenster. Es war spät geworden. Die schwarze Nacht preßte sich wie eine Trauerflagge gegen die Scheibe.

Mehrere Passagiere waren bereits dabei, ihre Sitze in Liegen zu verwandeln, aber Schwester Mary machte keine Anstalten, es ihnen gleichzutun. Sie saß weiterhin bewegungslos und kerzengerade da. Er fragte sich, ob sie wohl betete, und wofür, und kam sich dann albern vor, weil er sich solche Gedanken machte.

Vielleicht war es an der Zeit, draußen eine Zigarre zu rauchen. Möglicherweise würde die Nachtluft sein Blut abkühlen und die hübsche kleine Schwester Mary aus seinem Kopf vertreiben. Trotz seines Vorsatzes, die Nonne zu ignorieren, blieb er auf seinem Weg den Gang hinunter neben ihrem Sitz stehen.

»Entschuldigen Sie, Schwester Mary, aber wenn Sie möchten, werde ich Ihnen helfen, das Bett herunterzulassen.«

Die Nonne öffnete die Augen, und als sich ihre Blicke trafen, wollte es Stone scheinen, als habe sie nach seinem Hemd gegriffen, und ihn zu sich herabgezogen. Die Wirkung, die diese Frau auf ihn hatte, war einfach unheimlich.

»Wie freundlich von Ihnen, an mich zu denken«, murmelte sie in ihrer schüchternen Art und senkte die langen Wimpern über ihre wunderschönen Augen.

»Es ist mir ein Vergnügen«, murmelte er mit einem Anflug von Ironie. Sie würde ihn nicht für so freundlich halten, wenn sie seine unanständigen Gedanken lesen könnte! »Ich fürchte, Sie müssen aufstehen, Schwester, während ich das Bett mache.«

Sie erhob sich sofort und strich sittsam ihre düstere Kleidung glatt. Slokum hatte recht. Was für eine Verschwendung war es doch, daß sich eine junge Frau, die so wunderschön war wie sie, ganz in Schwarz kleidete und ihr Leben der Kirche widmete! Sie sollte im Bett eines Mannes liegen, den Kopf in den Nacken geworfen und die Augen vor Verlangen halb geschlossen. Seine Lenden rührten sich heftig bei diesem Bild.

Mit zusammengebissenen Zähnen richtete er die beiden gegenüberliegenden Sitze zum unteren Bett und ließ anschließend das obere Bett, das an Ketten von der Decke des Wagens hing, hinunter. Als er fertig war, trat er zurück und bot ihr nicht seine Hilfe an. In seinem gegenwärtigen Zustand erschien es ihm nicht ratsam, sie zu berühren. Er wartete schweigend, während sie ihren Bambuskoffer auf das obere Bett legte und dann auf den unteren Sitz trat und sich trotz ihrer unhandlichen Tracht und des langen Schleiers anmutig nach oben schwang.

Von Anfang an hatte sie den Beschützer in ihm geweckt. Sie war seiner Ansicht nach viel zu jung und unschuldig, um allein zu reisen. Innerlich mußte er lachen, wenn er daran dachte, was für einen schlechten Beschützer er abgeben würde. Ihre Glaubensgenossen würden angesichts seines kaltblütigen Schwurs, Emerson Clan aufzuspüren und zu töten, sicherlich die Stirn runzeln, und die arme Schwester Mary müßte zweifellos die ganze Zeit über für die Errettung seiner Seele den Rosenkranz beten.

»Ich hoffe, daß Sie eine erholsame Nacht haben werden«, sagte er höflich. »Die Kojen sind leider nicht besonders bequem.«

»Für mich ist dies ein überaus komfortables Bett. Ich bin daran gewöhnt, auf einem Strohlager auf dem Boden zu schlafen.«

Schwester Marys weiche, rosafarbene Lippen formten sich zu einem bezaubernden Lächeln, und Stone erwischte sich dabei, daß er sie wie ein verliebter Farmersjunge mit geöffnetem Mund anstarrte. Aber, großer Gott, sie besaß nun einmal das schönste Gesicht, das er jemals gesehen hatte. Ihre Blicke senkten sich mit einer Intensität ineinander, die Stone nur allzugut verstand. Schwester Mary jedoch offensichtlich nicht. Ihr freundlicher Gesichtsausdruck wich deshalb einer vagen Ungewißheit.

»Gute Nacht, Mr. Kincaid«, murmelte sie und zog schnell die Bettvorhänge zusammen.

Sie mußte sein Verlangen gespürt haben, sagte er sich, und das hatte sie ganz offensichtlich verschreckt. Seine Leidenschaft war in der Tat entfacht. Stone spürte immer noch die Hitze, die seinen Kopf und seinen Körper durchströmte. Verdammt, warum mußte ihm das passieren?

Da er sich schon herabließ, sich nach einer Nonne zu verzehren, brauchte er offensichtlich eine Frau, die mit ihm das Bett teilte. Wenn er erst einmal in San Franziso war, gäbe es genug willige Damen. In der Zwischenzeit täte er gut daran, sich so weit wie möglich von Schwester Mary fernzuhalten.

Mittlerweile hatten sich die meisten Passagiere zur Ruhe begeben. Sogar Slokum und Ranney waren hinter den Vorhängen ihrer Kojen verschwunden. Einer der Schaffner ging durch den Wagen und drehte die Öllampen herunter, die in ihren Wandhaltern hin und her schaukelten. Stone runzelte die Stirn und sehnte sich danach, seine müden Muskeln zu strecken, aber nicht in einer derartig geschlossenen, sargähnlichen Koje, die nicht im entferntesten ausreichte, damit er es sich mit seinen langen Beinen bequem machen konnte.

Seit er in Andersonville gewesen war, hielt er es in kleinen, beengten Räumen nicht mehr aus. Er biß die Zähne zusammen, während seine Augen so hart wie blau-grauer Granit wurden. Erfolglos kämpfte er gegen die Welle bitteren Hasses an, die bei dem bloßen Gedanken an seine Einkerkerung in dem brutalen Gefangenenlager der Konföderierten über ihn hereinbrach.

Während zweier langer, scheinbar endloser Jahre, hatte er, eingesperrt in diesem dreckigen, feuchten Militärgefängnis, ums Überleben gekämpft. Und jeden Tag, jeden Augenblick in diesem Fegefeuer hatte Emerson Clan dafür gesorgt, daß Stone mehr Entbehrungen und Not als jeder andere Häftling erleiden mußte.

Ganz bewußt schob Stone jetzt jeglichen Gedanken an das Gefängnis zur Seite und nahm in einem Sessel Platz. Es machte keinen Unterschied, wo er die Nacht verbrachte. Er schlief sowieso nicht viel. Das tat er nie.

Einige Zeit später wurde Stone aus einem leichten, unruhigen Schlummer gerissen. Sein eigenes, heiseres Stöhnen hatte ihn hochfahren lassen, und er wußte sofort, daß er wieder denselben, verdammten Traum gehabt hatte. Seine Stirn war schweißbedeckt, und er richtete seinen verschlafenen Blick auf die grünbeschirmte Lampe, die im Rhythmus der ruckelnden Bewegungen des Zuges hin und her schaukelte. Ihr flackernder Schein erhellte den Wagen ein wenig, und er ballte seine Hände zu Fäusten, um ihr Zittern zu unterbrechen.

Nicht ein einziger Tag war seit dem Kriegsende vergangen, an dem er nicht unter den schrecklichen Erinnerungen, dem Grauen, das ihn niemals verließ, gelitten hätte. Sie waren zu dritt gewesen: Stone, John Morris und Edward Hunt, beide Leutnants unter Stones Kommando, und beide hatten zu seinen engsten Freunden gezählt. Aus Verzweiflung waren sie auf einen Plan verfallen, auf einen verwegenen Versuch, den ekelhaften, unmenschlichen Bedingungen des Gefängnisses zu entkommen. Sie hatten sich wochenlang abgemüht und gequält, um einen Tunnel unter dem Gefängnis zu graben.

Wie eine flüchtende Schlange wand sich ein Schauer an Stones Rückgrat hinab. Zum tausendsten Mal erblickte er Clans Gesicht am Ende des Tunnels, sah seine hellblauen Augen, die vor boshafter Feindseligkeit glitzerten. Clans grausames Lachen war von den Wänden des engen Ganges widergehallt, bevor er mit voller Absicht das Ende des Tunnels hatte einstürzen lassen, und alle drei Gefangenen lebendig begraben wurden.

Stone spürte erneut das Entsetzen, das er damals empfunden hatte. Seine Nackenhaare richteten sich auf, und kalter Schweiß bedeckte seine Oberlippe. Selbst jetzt, Jahre später, da er gesund in diesem Waggon saß, konnte er sich nicht von dem Gefühl befreien, wieder in dieser stickigen Dunkelheit zu sein, wo Schmutz und Geröll auf seinen Rücken herabregneten, und sein eigener Atem röchelnd in seinen Ohren klang, während er sich verzweifelt bemühte, einen Weg freizugraben.

Er strich sich mit der Hand über das Gesicht. Seine Alpträume würden erst enden, wenn er Clan getötet hatte. Das wußte er. Er würde es für John und Edward tun, die erstickt waren, bevor Stone sie erreichen konnte. Sein Verlangen nach Rache war inzwischen zu einem Teil von ihm geworden, gehörte zu ihm wie das Schlagen seines Herzens. Sein Haß auf Clan floß wie ein heimtückisches Gift durch sein Blut.

Hellwach setzte er sich auf und richtete seinen Blick auf die schwarzen Vorhänge, hinter denen sich die Koje der Nonne befand. Es gab kein anderes Geräusch als das entfernte, rhyhtmische Klacken der Räder gegen Metall. Außer ihm schliefen alle Passagiere. Er konnte sich kaum noch daran erinnern, wie es war, eine Nacht lang tief und fest zu schlafen, um am anderen Morgen erholt aufzuwachen. Statt dessen ließen ihn grauenhafte Bilder ständig mit klopfendem Herzen aus seinem Schlummer hochfahren.

Er atmete einmal tief durch und stemmte sich aus dem Sessel. Durch das Fenster konnte er ein schwaches Licht am Horizont entdecken. Morgendämmerung. Es zog ihn nach draußen, wo er die frische Gebirgsluft atmen und sich von den Dämonen in seinem Kopf befreien wollte.

3

Windsor öffnete ihren Vorhang einen Spalt breit und entdeckte, daß sich Stone Kincaid aus seinem Stuhl erhoben hatte und den Gang entlang auf die hintere Außenplattform zuging. Das war endlich die Chance, auf die sie gewartet hatte, dachte sie. Im Waggon hinter ihnen befanden sich lediglich Vieh und einige Pferde. Es würde also keine Zeugen für ihre Tat geben.

»Schhh, Jun-li«, flüsterte sie nahe am Bambuskoffer. »Die Zeit ist gekommen.«

Mit großer Vorsicht hängte sie sich den Koffer um den Körper, so daß beide Hände frei blieben. Stone Kincaid war sehr stark und viel größer als sie. Sie durfte ihn nicht unterschätzen.

Mit unwillkommener Deutlichkeit erinnerte sie sich kurz an den Moment, als er ihr eine gute Nacht gewünscht hatte. Seine silberblauen Augen hatten mit einem solch intensiven Glühen gestrahlt und sie mit einem solch wissenden, intimen Blick angeschaut, daß sie sich sogar jetzt noch unbehaglich fühlte.

Sie verstand nicht genau die Bedeutung von dem, was

sich zwischen ihnen abgespielt hatte, aber sie wußte, daß sie eine unausgesprochene Nachricht erhalten hatte. Sie wußte wenig über Männer, besonders über die amerikanischen. Hung-pin und die anderen Schüler im Tempel der Blauen Berge waren ihre Freunde gewesen. Keiner von ihnen hatte sie jemals auf die Art angeschaut, wie Stone Kincaid es getan hatte.

Hatte er vielleicht schon den Verdacht, daß sie gar nicht die war, für die sie sich ausgab? Er schien wesentlich intelligenter als die anderen Amerikaner zu sein, denen sie bisher begegnete war, wie zum Beispiel dieser großmäulige Slokum, der sie andauernd anstarrte und angrinste. Aber sie durfte niemals vergessen, daß Kincaid ein Mörder war. Er mußte sehr schnell und gefährlich sein, wenn es ihm gelingen konnte, Hung-pin zu fassen. Ihr Blutsbruder war ein Meister der Kampfkunst gewesen, sogar noch besser als sie.

Schmerz erfüllte ihr Herz. Hung-pin war an Händen und Füßen gefesselt worden, also völlig unfähig gewesen, sich zu verteidigen, und dann hatten ihn Kincaid und seine Freunde zu Tode gefoltert. Nur ein Feigling konnte das Leben eines anderen Menschen auf solch brutale Weise beenden. Windsor streckte entschlossen ihr Kinn in die Höhe. Stone Kincaid würde *sie* nicht hilflos vorfinden.

Sie vergewisserte sich, daß der Gang verlassen dalag, und schlüpfte, ohne ein Geräusch zu verursachen, aus ihrer Koje. Für einen Augenblick lauschte sie bewegungslos. Dann schob sie Jun-lis Käfig auf den Rücken, damit er sie nicht behindern würde, falls sie ihre Kampfkünste einsetzen mußte, um den großen Mann zu besiegen. Mit dem leisen Schritt, den sie sich vor langer Zeit beim Üben mit dem brüchigen Reispapier angewöhnt hatte, glitt sie den Gang entlang.

Sie hatte beinahe die hintere Tür erreicht, als der Zug plötzlich ohne jede Vorwarnung mit solcher Wucht auf die Seite ruckte, daß Windsor das Gleichgewicht verlor. Im Fallen drehte sie sich, um Jun-lis Käfig zu schützen, und auf der Suche nach einem Halt griff sie verzweifelt in die Vorhänge der nächstgelegenen Koje.

Während ihre schnellen Reflexe sie vor einem schmerzhaften Sturz bewahrten, wurde der Wagen abermals mit Gewalt zur Seite gerissen und stürzte um. Menschen, Gepäck und alle Dinge, die nicht am Boden verankert waren, fielen durcheinander. Windsor gelang es, ein fixiertes Stuhlbein zu fassen und sich daran festzuklammern. Die eine Seite des Waggons schlug mit einem schrecklichen Krachen und furchtbaren Geräuschen von zerreißendem Metall und zersplitterndem Glas auf dem Boden auf.

Unmittelbar nach der Entgleisung drang lautes Ächzen und ersticktes Stöhnen durch den Staub und die Dunkelheit. Windsor ließ den Stuhl los und landete auf der Seitenwand des Waggons. Dort blieb sie einen Moment hocken, um Atem zu holen und sich darüber klar zu werden, was passiert war.

Sekunden später ging eine umgekippte Öllampe ganz in ihrer Nähe in Flammen auf. Ein zischender Laut folgte, als sich ein paar Vorhänge entzündeten, und sie krabbelte zur Seite, um dem Feuer auszuweichen. Panik breitete sich aus, als entsetzte Passagiere die neue Bedrohung bemerkten und feststellen mußten, wie sich die Flammen in Windeseile ausbreiteten. Schreiende, verletzte Menschen kletterten blindlings über Stühle, Kojen und andere Passagiere hinweg und versuchten verzweifelt, einen Weg aus dem flammenden Inferno zu finden.

Windsor blieb ruhig, ignorierte das Chaos um sie herum und bewegte sich langsam auf die Tür zu, die nach draußen führte. Der ganze Innenraum war inzwischen mit Rauch gefüllt, und ersticktes Husten und panische Schreie waren zu hören. Jun-li begann vor Angst zu kratzen und zu schnattern, und Windsor kroch so schnell sie nur konnte auf Händen und Knien vorwärts, bis sie die Tür nach draußen gefunden hatte. Die Tür war durch den Aufprall nach außen aufgestoßen worden. Windsor schob sich unter dem Geländer der Aussichtsplattform hinweg auf den Boden zwischen ihrem Waggon und dem nachfolgenden Wagen.

Erst jetzt bemerkte sie, daß der Zug angegriffen wurde. Um sie herum erfüllte haarsträubendes Kriegsgeschrei die Luft. Ein Dutzend gellend schreiender Indianer donnerte an ihrem Versteck vorbei. Die Hufschläge der Pferde ließen den Boden unter ihr erzittern. Sie hatte viele Geschichten über die wilden roten Männer gehört, die in den Weiten der Prärien und den Bergen der Vereinigten Staaten lebten, aber sie hatte noch niemals zuvor in ihrem Leben welche gesehen. Sie kauerte sich unter das Seitengeländer, während weitere Pferde mit halbnackten, schwarz und gelb angemalten Männern in wildem Galopp vorbeistürmten.

Ein heiserer Schrei weckte ihre Aufmerksamkeit, und sie sah, wie der Mann namens Slokum vom Zug heruntersprang, aus dem er durch eines der zerbrochenen Fenster entkommen war. Vollkommen hysterisch war er, rollte, nachdem er auf dem Boden angekommen war, einige Meter weit und sprang dann auf die Füße, um die fünfzehn bis zwanzig Meter zurückzulegen, die zwischen den Gleisen und dem dichten Wald lagen, der entlang der Strecke verlief.

Innerhalb von Sekunden nahm ein schreiender Krieger die Verfolgung auf. Als der Indianer den flüchtenden Mann erreicht hatte, schwang er ein federngeschmücktes Kriegsbeil und schlug Slokum damit auf den Hinterkopf. Slokum fiel leblos zu Boden, und der Indianer sprang von seinem Pferd, packte das Haar des Mannes und trennte es samt der Kopfhaut mit einer raschen Bewegung seines scharfen Messers ab.

Angesichts dieser Grausamkeit sammelte sich Galle in

Windsors Kehle, aber sie schluckte ihr Furcht hinunter und rutschte weiter unter den Zug. Sie zuckte zusammen, als sie plötzlich eine sengende Hitze verspürte. Das trockene Gras unter dem umgestürzten Wagen hatte Feuer gefangen und breitete sich schnell in ihre Richtung aus. Windsor blickte ängstlich zu den Bäumen hinüber. Dort wäre sie in Sicherheit. Der Indianer, der Slokum niedergeknüppelt hatte, war verschwunden und hatte nur die Leiche des Mannes zurückgelassen, aber Dutzende von anderen Indianern, die bemalten Gesichter zu grotesken Masken verzerrt, ritten unablässig um den Zug herum und erschlugen oder erschossen jeden, den sie sahen.

Windsor zögerte noch einen Augenblick, aber ihr war klar, daß das Feuer sie innerhalb von Sekunden erreichen würde. Nachdem erneut eine Handvoll Krieger mit donnernden Hufen und markerschütternden Schreien an ihr vorübergeritten war, sprang sie unter dem Zug hervor und lief in Richtung Wald. Sie war ungefähr zehn Meter weit gekommen, als ein ohrenbetäubender Schrei ihr eine Gänsehaut über den Rücken jagte. Sie drehte sich zu dem Angreifer um und konnte gerade noch dem herangaloppierenden Pferd ausweichen.

Da sie in Schnelligkeit geübt war, gelang es ihr, zur Seite auszuweichen, als der Indianer sein Kriegsbeil schwang. Der Tomahawk streifte ihren Rücken, und sie fiel zu Boden. Sie schlug mit dem Kopf auf, und für einen Augenblick schien alles um sie herum in hellen Farben zu explodieren. Als sie wieder imstande war, zu erkennen, in welch mißlicher Lage sie sich befand, hockte der Mann auf Knien über ihr und hielt ein langes Messer über ihrem Kopf in die Höhe. Immer noch benommen von ihrem Fall wehrte sich Windsor nur mit halber Kraft, während er ihr den schwarzen Schleier vom Kopf riß. Als sich ihr langes, blondes Haar löste, wich seine wilde Grimasse einem überraschten Ausdruck. In dem Moment kam ein zweiter Indianer angeritten und sprang neben ihnen von seinem Pferd. Als die beiden Männer sich daran machten, ihr die Kleider vom Leib zu reißen, begann Windsor vor Angst zu schreien.

Versteckt hinter einigen dichtstehenden Zedern am Ende des Zugwracks lag Stone auf dem Bauch und zielte ab und an auf einen vorüberreitenden Pawnee. Da er sich zu Beginn des Angriffs auf der äußeren Plattform aufgehalten hatte, war es ihm gelungen, abzuspringen, bevor der Zug gegen das Hindernis geprallt war, das die Indianer gebaut hatten, um die Lokomotive zum Entgleisen zu bringen. Es war ihm auch gelungen, in Deckung zu gehen, bevor die Krieger ihn entdecken konnten, aber er war noch lange nicht gerettet.

Er drehte sich auf die Seite und lud seine beiden Revolver mit der Munition, die er an seinem Gürtel trug, wobei er die Tatsache verfluchte, daß sein Gewehr noch im Zug lag. Als mehrere Krieger an seinem Versteck vorbeigaloppierten, rollte er sich wieder auf den Bauch und hielt den Kopf nach unten. Er zielte, feuerte und war dankbar, als der letzte Reiter nach hinten kippte und von seinem Pferd fiel.

Stone schaute mit einem prüfenden Blick an den brennenden Eisenbahnwaggons entlang, ob er irgendwelche Überlebenden entdecken konnte. Die Pawnee hatten den Waggon mit dem Vieh und den Pferden gefunden und bedienten sich nach Lust und Laune. Stone konnte nur wenige Passagiere entdecken. Die meisten, die versucht hatten, zu fliehen, lagen schon tot am Boden. Er sah zu der freien Fläche neben dem Wrack hinüber und erstarrte.

Die Nonne kämpfte dort gegen zwei Rothäute an, die ihr die Kleider vom Leibe rissen. Fluchend sprang Stone auf und begann zu rennen. Nach der Hälfte der Strecke hob er seine Pistole und feuerte. Einer der Indianer fiel zur Seite, der andere sprang auf und richtete seine Waffe auf Stone. Stone drückte noch einmal den Abzug und sah, wie sich ein Loch auf der Stirn des Pawnee öffnete.

Ein schriller Kriegsschrei ließ Stone zur Seite hechten. Er rollte über den Boden, ging in die Knie und feuerte aus der Hüfte auf den Pawnee, der direkt auf ihn zugaloppiert kam. Sein Schuß verfehlte sein Ziel, und der Indianer stürzte sich auf ihn und warf ihn rücklings zu Boden. Sie rollten beide über den Boden und kämpften erbittert um das Messer, das der Krieger mit seiner Faust umklammert hielt, während das erschreckte Pferd auf die Hinterbeine stieg und neben ihren Köpfen gefährlich mit den Vorderhufen durch die Luft schlug.

Stone nahm alle seine Kraft zusammen und umklammerte das Handgelenk der Rothaut, um das Messer von seiner Kehle zurückzudrängen, während er sich gleichzeitig bemühte, ein Knie zwischen sich und den Pawnee zu drängen. Er drückte damit kräftig gegen die Brust seines Gegners, und als dieser zurückgeschleudert wurde, zog er seine Waffe und feuerte in den Bauch des Indianers.

Der Mann brach zusammen, aber Stone warf ihm kaum einen Blick zu, sondern sprang auf die Beine und lief zu dem Pferd. Er zog hart am Zügel, um das aufgeregte Tier unter Kontrolle zu bekommen und zog es dann zu der Nonne hinüber, die sich zitternd aufgerichtet hatte und den Bambuskoffer gegen ihre Brust preßte.

Stone packte sie am Arm und riß sie auf die Füße. Im selben Augenblick wurde er einer weiteren Horde Pawnee gewahr, die um den Zug herum auf sie zugaloppiert kamen. Im Umdrehen gab er einige Schüsse ab, griff nach den Zügeln des ungebärdigen Pferdes und schwang seine Beine über den Rücken des Tieres. Da traf ihn etwas von hinten in die linke Schulter. Er hatte das Gefühl, als wäre er von einer kräftigen Faust geschlagen worden, und ein glühender Schmerz schoß durch seinen Arm.

Als er hinunter blickte, entdeckte er die blutige Spitze

eines Pfeils, die direkt unter dem Schlüsselbein herausragte. Er biß sich auf die Zähne, um gegen den Schmerz anzukämpfen und zog mit seinem unverletzten Arm die Nonne hinter sich in den Sattel. Dann lehnte er sich weit über den Hals des Pferdes, trat ihm in die Flanken und lenkte es auf die Bäume zu, wobei er inständig hoffte, daß der sich ausbreitende schwarze Rauch des brennenden Zuges und die dichten Staubwolken, die ihr galoppierendes Pferd aufwirbelte, ausreichen würden, um ihre Flucht zu ermöglichen.

Wunderbarerweise gelangten sie sicher zu dem dichten Unterholz, und Stone spornte das Pferd weiter an. Sie schossen zwischen Büschen und Bäumen hindurch, nur darauf bedacht, einen Abstand zwischen sich und die verfolgenden Pawnees zu schaffen. Stone ritt schnell, und Windsor klammerte sich um seine Taille.

Sie waren schon Meilen vom Zug entfernt, als er endlich das Tempo verlangsamte. Er wandte sich um und hielt nach Verfolgern Ausschau. Schmerzen schossen von seiner Schulter bis in die Hand hinab. Sein Hemd war blutdurchtränkt, und erschrocken stellte er fest, daß die linke Körperhälfte begann, gefühllos zu werden.

Jeder Schritt des Pferdes erschütterte den Pfeil in seiner Schulter, aber er zwang sich dazu, weiterzureiten. Sie konnten jetzt einfach nicht anhalten, nicht, solange sie noch kein Versteck gefunden hatten. In ihrer Hast hinterließen sie eine gut sichtbare Spur und wenn die Fährtensucher der Pawnees sie fanden, dann würden sie sie tagelang verfolgen, um sie zu töten. Das Blut lief ihm jetzt in Strömen über die Brust. Er fühlte sich geschwächt und benebelt. Er wußte, daß er nicht mehr lange durchhalten würde. Unter Schmerzen zog er an den Zügeln.

»Der Pfeil muß 'raus.« Ein leises Stöhnen entfuhr ihm, als er sich nach hinten wandte. »Ich werde die Spitze abbrechen, und sie müssen ihn dann hinten herausziehen. Schaffen Sie das?«

»Ja.« Ihre Stimme war vollkommen ruhig.

Stone holte einmal tief Atem, preßte die Zähne zusammen und knickte die Spitze des Pfeils dann einige Zentimeter von der Schulter entfernt ab. Er war gefährlich nahe daran, vor Schmerzen das Bewußtsein zu verlieren, aber er kämpfte dagegen an.

»In Ordnung, ziehen Sie das verdammte Ding heraus.«

Sie tat es mit einer einzigen schnellen Bewegung. Stone unterdrückte ein Stöhnen und lehnte sich dann nach vorne. Der Schweiß lief ihm über das Gesicht. Er fühlte, wie die Nonne etwas gegen das Loch in seinem Rücken preßte. »Hier«, sagte sie, »legen Sie das vorne auf die Wunde, um die Blutung zu stoppen.«

Ihre Stimme schien zu schwanken und von weit her zu kommen, aber Stone gehorchte und nahm das Stück schwarzen Stoff, das sie ihm in die Hand drückte, und stopfte es vorne unter sein blutdurchtränktes Hemd.

»Ich habe Schwierigkeiten, die Zügel zu halten«, murmelte er mit unsicherer Stimme. »Wenn ich das Bewußtsein verlieren sollte, müssen Sie versuchen, uns zu dem letzten Wasserdepot zurückzubringen, an dem wir vorbeigefahren sind. Reiten Sie einfach immer weiter den Weg entlang, parallel zu den Schienen.«

Beinahe eine Stunde lang gelang es Stone noch, bei Bewußtsein zu bleiben, aber der Schmerz war so stark, daß er nicht mehr klar denken konnte. Ich muß durchhalten, beschwor er sich. Schwester Mary hätte allein in den Bergen keine Chance. Seine Willenskraft ließ ihn tatsächlich durchhalten, bis sie zu einem klaren, schnell dahinfließenden Bach kamen.

Das Pferd blieb stehen, und Stone sank nach vorne. Die Nonne glitt aus dem Sattel und half ihm dann herunter. Als er ein Bein über den Hals des Pferdes schwang, starrte er teilnahmslos auf ihren unbedeckten Kopf und nahm vage zur Kenntnis, daß ihr Haar in der Tat goldblond war, wie er vermutet hatte. Sobald seine Stiefel aber den Boden berührt hatten, sah er nichts mehr und glitt schnell in eine tiefe schwarze Schlucht, wo es kein Licht und keine Geräusche gab, nur segensreiche Stille.

»*Om Mani Padme Hum, Om Mani Padme Hum, Om Mani Padme Hum* . . .«

Ein seltsames, leises Gemurmel drang langsam durch die dichte, alles verschlingende Dunkelheit, die seinen Verstand wie ein eng gewickeltes Band zu umgeben schien. Langsam, aber unnachgiebig, kämpfte er sich aus den düsteren Tiefen der Bewußtlosigkeit nach oben. Er bemühte sich verzweifelt, seine Augen zu öffnen, aber er hatte das Gefühl, als ob sie mit schweren Sandsäcken bedeckt seien, die es ihm unmöglich machten, die Lider zu öffnen. Er strengte sich an, einen klaren Kopf zu bekommen.

»*Om Mani Padme Hum, Om Mani Padme Hum* . . .«

Einige Minuten lang lauschte er den seltsamen Klängen, nicht sicher, ob der bizarre Gesang sich in seinem Kopf befand oder von draußen an seine Ohren drang. Dann begann er sich wieder zu erinnern. Er war in einem Zug auf dem Weg nach San Franzisco gewesen, und sie waren von Pawnees angegriffen worden. Dabei war er von einem Pfeil in die Schulter getroffen worden. Aber wie war das möglich? Er spürte keinen Schmerz!

Er versuchte ein weiteres Mal, seine Augen zu öffnen und starrte auf einen schwarz-weißen Affen, der auf seiner Brust saß. Er blinzelte. Oh, Gott, ich habe Fieberfantasien, dachte er und sah das winzige Tier verblüfft an. Erneut preßte er seine Augenlider zusammen. Tapfer kämpfte er gegen den Dunst an, der immer noch sein Gehirn vernebelte. Dann nahm er allen Mut zusammen und riskierte einen weiteren Blick.

Großer Gott, da saß tatsächlich ein Affe auf seiner Brust, ein kleiner Kapuzineraffe mit weißem Gesicht. Er war einigen seiner Artgenossen schon auf den Bürgersteigen von Chicago begegnet, wo sie für die Leierkastenmänner um Münzen bettelten. Er blinzelte und versuchte, die fremde Kreatur von seiner Brust zu schubsen und bemerkte dann mit Entsetzen, daß er das nicht konnte. Er war an Händen und Füßen gefesselt. Bestürzt wand er seinen Körper hin und her und versuchte, sich von den Holzpfählen, die in den Boden gehämmert waren, zu befreien. Je mehr er sich anstrengte, desto fester wurden die Schnüre um seine Gelenke.

»*Chee, chee, chee*«, ertönte das schrille Geschnatter des Äffchens, als er sich plötzlich davonmachte.

Stone reckte den Hals zu einer Seite, um zu sehen, wohin es flüchtete. Der Affe lief zu der Nonne hinüber, die einige Meter weit von Stone entfernt im Schneidersitz auf dem Boden saß. Sie trug keine Kopfbedeckung, und ihr Haar, das sie zu einem langen Zopf geflochten hatte, glänzte golden in der Sonne. Ihre Augen waren geschlossen, ihre Hände lagen mit den Handflächen nach oben auf ihren Knien, und ihre Daumen berührten leicht ihre Mittelfinger. Sie war die Quelle des seltsamen Gemurmels.

»Hey«, rief er heiser und zog wieder an seinen Fesseln.

Schwester Mary rührte sich nicht. Das monotone Geleier hielt an, und Stone begann, vor sich hinzufluchen. Was zum Teufel war hier los?

Er erstarrte, als der Affe plötzlich einen hohen Schrei ausstieß. Der Gesang der Nonne erstarb. Sie öffnete ihre Augen, starrte den Affen an, sagte etwas in einer fremden Sprache zu ihm und drehte sich dann zu Stone um. Ihre Augen waren so ruhig wie tiefes, blaues Wasser, und sie blickte ihn einen Herzschlag lang ohne jede Emotion an. Dann erhob sie sich mit einer einzigen, geschmeidigen Bewegung. Sie hatte sich der zerfetzten, schwarzen Nonnentracht entledigt und trug nun eine Art engsitzende, schwarze Tunika über weiten, schwarzen Hosen. Sie hockte sich zwischen seine ausgestreckten Beine.

»Machen Sie mich los, verdammt nochmal!« stieß er hervor und kam sich wie ein kompletter Idiot vor.

Ihre Augen verengten sich ein wenig. »Sie sind verletzt. Ich hatte Angst, daß sie sich herumwälzen und die Nadeln herausreißen könnten.«

»Nadeln? Wovon zum Teufel sprechen Sie?«

»Da — an Ihrem Arm. An ihrem Fußgelenk und ihrem Knie befinden sich auch noch welche.«

Stone hob seinen Kopf weit genug in die Höhe, um zu sehen, wohin sie deutete. An seinem linken Arm ragte eine Reihe von feinen Silbernadeln aus dem Fleisch. An einigen war eine dunkle Substanz befestigt, die vor sich hin glühte und aus der schmale, schwarze Rauchfahnen aufstiegen.

»Die Nadeln nehmen den Schmerz der Pfeilwunde. Wenn ich Sie losbinde, müssen Sie sehr still liegen bleiben, denn die Nadeln müssen genau an diesen Stellen bleiben.«

»Schneiden Sie mich nur endlich los, zum Teufel«, murmelte er mit zusammengebissenen Zähnen.

Schwester Mary zog einen kurzen, schwarzen Dolch aus den Falten ihrer Tunika. Die grünen Steine am Griff funkelten in der Sonne, als die Klinge durch den schwarzen Stoff glitt, mit dem sie ihn an Händen und Füßen gefesselt hatte.

Sobald er frei war, setzte sich Stone auf und riß wütend die Nadeln aus dem Arm. Sofort schoß ein qualvoller Schmerz durch seine Schulter. Er stöhnte auf, verbiß sich dann aber schnell jeden weiteren Laut. Er starrte die Nonne zornig an, und sie starrte zurück, ohne ein Wort zu sagen. Er umklammerte seine schmerzende Schulter und taumelte auf die Füße.

»Ich verstehe euch Amerikaner nicht. Warum möchten Sie den Schmerz Ihrer Verletzung spüren?« erkundigte sich Schwester Mary mit ernstem Gesicht.

»Ich mag es nicht, gefesselt zu sein, und ich mag es

auch nicht, wenn man Nadeln in mich hineinsteckt. Wer sind Sie überhaupt? Sie benehmen sich ganz bestimmt wie keine der Nonnen, die ich bisher getroffen habe.« Er runzelte die Stirn und sehnte sich nach etwas Whiskey, um den Schmerz zu betäuben.

»Ihre Wunde wird sich wieder öffnen, wenn Sie so viel herumlaufen«, ermahnte sie ihn ruhig, während sie die Nadeln einsammelte, die er herausgerissen hatte. »Ich habe sie genäht, während Sie bewußtlos waren.«

Stone starrte sie an. Ihm wurde ein wenig schwindlig. Er warf einen prüfenden Blick auf die Stelle, direkt unter seinem Schlüsselbein, wo der Pfeil herausgetreten war. Das Fleisch dort war roh und gerötet, aber er erkannte feine, schwarze Stiche, so exakt wie auf dem Sticktuch einer Witwe. Seine ganze linke Seite klopfte vor Schmerz.

»Ich schätze, ich sollte Ihnen dankbar sein«, murmelte er.

»Ich werde die Nadeln noch einmal setzen, wenn Sie es wünschen.«

Stone nickte, und die Nonne kam näher. Er sah zu, wie sie ein schwarz lackiertes Kästchen aus ihrem Bambuskoffer nahm. Es war ungefähr so groß wie ein Kartenspiel, und auf den Deckel waren scharlachrote chinesische Zeichen gemalt.

Sie suchte neue Nadeln aus. Dann nahm sie seinen Arm und stach die Nadeln vorsichtig an genau denselben Stellen wie vorher in die Haut. Sie drehte sie ganz sanft, eine nach der anderen, zwischen Zeigefinger und Daumen.

»Es tut immer noch weh«, sagte er.

»Ungeduld bringt die größten Vorhaben zum Scheitern«, zitierte sie weise, ohne die Augen von ihrer Arbeit zu nehmen.

Stone blickte sie wütend an, aber der Schmerz begann tatsächlich, langsam nachzulassen.

»Wo haben Sie das gelernt?« fragte er beeindruckt.

»Nadeln werden in China seit Tausenden von Jahren zu Heilzwecken verwendet.«

Stone blickte in ihre saphirblauen Augen und konnte sich nicht von ihrem Anblick trennen. Plötzlich fiel ihm jedoch ein, daß sie immer noch in Gefahr waren.

»Haben Sie irgendwelche Anzeichen bemerkt, daß die Pawnees in der Nähe sind?« erkundigte er sich und blickte suchend zu den Bäumen hinüber.

Schwester Mary schüttelte den Kopf. »Ich habe die meisten unserer Spuren mit Zweigen verwischt. Diese Stelle hier wird von den Bäumen gut verdeckt, und Jun-li wird uns warnen, wenn die roten Krieger sich nähern sollten.«

»Jun-li?«

»Mein kleiner Freund hier.« Sie deutete auf den Affen, der auf einem Felsen saß und eifrig damit beschäftigt war, sich zu putzen. »Komm her, Jun-li!«

Das Äffchen huschte schnell zu ihnen hinüber.

»Jun-li ist sehr gescheit«, erklärte sie Stone und strich über das weiche, schwarze Fell.

Stone kam es langsam so vor, als sei dies alles ein seltsamer, unglaublicher Traum. Vielleicht war es das auch. Vielleicht hatte er Halluzinationen.

»Tragen alle katholischen Schwestern Affen in ihrem Gepäck herum?« erkundigte er sich mit einer gehörigen Portion Sarkasmus.

»Das weiß ich nicht«, erwiderte sie mit todernster Miene. »Jun-li ist schon seit meiner Kindheit mein ständiger Begleiter. Ich habe ihn zu meinem Helfer ausgebildet.«

Stone überkam das Gefühl, als stünde er kurz vor einer Ohnmacht, und als er ein wenig zu schwanken begann, packte ihn Schwester Mary mit festem Griff an seinem gesunden Arm.

»Kommen Sie, ich habe uns einen Unterschlupf gebaut. Er liegt gut versteckt in der Nähe des Flusses. Sie müssen liegen, bis Ihre Kräfte wiederkehren.«

Stone ließ es zu, daß sie ihn zu dem kleinen Unterschlupf führte, den sie aus Zweigen zwischen zwei Baumstämmen errichtet hatte. Er warf der Nonne einen erstaunten, ungläubigen Blick zu. Was war sie für eine Frau? Und von welchem Orden kam sie, verdammt noch mal?

Einige Stunden nach Einbruch der Dunkelheit war Stone immer noch nicht schlauer geworden. Er beobachtete die Frau über das Feuer hinweg, das sie fachkundig vor dem Unterschlupf gebaut hatte. Einige Zeit zuvor hatte sie einen Breiumschlag aus einem fedrigen Moos hergestellt, das sie mit sich führte und ihn, nachdem sie ihn auf Stones Schulter gelegt hatte, angezündet, bis er auf der Haut zu schwelen begann. Trotzdem hatte er wegen der Nadeln nichts gespürt. Dann hatte sie ihm geschickt einen Verband angelegt, Reis und Teeblätter aus einem schwarzen Seidenbeutel gezogen und eine Mahlzeit zubereitet. Er vermutete langsam, daß ihre Talente unerschöpflich waren.

»Sie sind keine Nonne, nicht wahr?«

Schwester Mary blickte ihn von der Stelle aus an, wo sie in einer sehr wenig nonnenhaften Weise im Schneidersitz auf dem Boden saß.

»Sie haben Ihr Leben riskiert, um mich vor den roten Kriegern zu retten«, antwortete sie. »Warum haben Sie das getan?«

Überrascht, daß sie eine solche Frage überhaupt stellte, begann Stone zu lachen. »Sie werden es kaum glauben, ich dachte, Sie seien hilflos.«

»Das Leben in China ist anders. Ist es da so seltsam, daß ich mich auf ungewöhnliche Weise verhalte? Man hat mich viele Dinge gelehrt, die Sie wahrscheinlich sonderbar finden.«

»Wer hat Ihnen diese Dinge beigebracht?«

Wiederum blieb sie ihm eine Antwort schuldig und erhob sich statt dessen auf dieselbe geschmeidige Art, die er schon vorher an ihr beobachtet hatte. Sie legte ihren Kopf zur Seite, als in der Entfernung ein schwatzendes Geschrei von den Baumwipfeln herab ertönte.

»Das ist Jun-li. Ich muß nachsehen, was ihn erschreckt hat«, flüsterte sie.

Bevor Stone irgendwelche Einwände erheben konnte, verschwand sie draußen in der Dunkelheit. Mit gerunzelter Stirn trat er auf den Eingang zu, konnte aber nichts erkennen. Er blickte sich nach seinen Revolvern um und verfluchte seine Wunde. Die Halfter lagen noch an der Stelle, wo sie sie achtlos hatte fallengelassen. Er war eben dabei, sie anzulegen, als die Nonne wieder auftauchte.

»Was ist los?« fragte er schnell.

»Es war nichts. Sie müssen sich setzen. Die Wunde blutet schon wieder.«

Stone runzelte die Stirn, aber er ließ sich gehorsam auf dem Boden nieder, während sie einen kleinen Holzbecher mit Wasser füllte und ein weißes Puder auf die Oberfläche streute. Sie bewegte den Becher vorsichtig im Kreis, bis es sich aufgelöst hatte und reichte ihn dann zu ihm hinüber.

»Dies wird Ihnen helfen, zu schlafen, aber Sie müssen alles austrinken.«

»Ich muß wach bleiben, falls die Pawnees uns finden sollten«, wandte er ein und schob den Becher zur Seite.

»Jun-li wird mich warnen, wenn uns Gefahr droht. Bitte trinken Sie, dann werden Sie sich morgen kräftiger fühlen.«

»Was ist das?«

»Ginseng und andere Heilkräuter.«

Stone nahm den Becher. Das Gebräu, was auch immer es war, schmeckte nicht so schrecklich, wie er es erwartet hatte, aber es schien sehr wirksam zu sein, denn seine Muskeln erschlafften sofort. Er legte sich zurück und schloß die Augen. Innerhalb von einer Minute war er eingeschlafen.

4

Als Stone das nächste Mal wach wurde, nahm er als erstes den frischen Duft der Pinien und den feuchten Geruch des Morgennebels wahr. Schwester Mary konnte er nirgendwo entdecken. Er lauschte. Das Gezwitscher und Geträller der Vögel und das Rauschen des schnell dahinfließenden Gebirgsbaches waren die einzigen Geräusche.

Mit verzerrtem Gesicht preßte er seine Hand auf die empfindlichen Stellen um seine Schulterwunde. Seine Verletzung war mit schwarzen Stoffstreifen neu bandagiert worden. Er trug immer noch kein Hemd, aber Schwester Marys Wundernadeln waren verschwunden. Die Halfter hingen von seinen Hüften herab, aber die Revolver hatte sie entfernt. Einen Augenblick später entdeckte er die Waffen in der Nähe des Eingangs, wo sie nebeneinander auf dem Boden lagen. Er ließ die Zylinder kreisen, um sicherzugehen, daß sie geladen waren und fühlte sich gleich besser, nachdem er die Waffen in die gutgeölten Halfter gesteckt hatte.

Er duckte sich, verließ die behelfsmäßige Hütte und warf einen Blick auf das gurgelnde Wasser des Bachs. Er fuhr sich mit der Zunge über die Lippen und wurde sich plötzlich bewußt, wie durstig er war. Sein Mund fühlte sich so trocken an wie Wüstensand. Mit einigen Schritten hatte er eine Stelle erreicht, wo das Ufer niedrig war, und er bückte sich und tauchte eine Hand in das klare, kalte Wasser. Während er trank, suchten seine Augen das steinige Ufer ab, und er fragte sich, wohin die Nonne verschwunden sein mochte. Auf halbem Wege zum Mund blieb seine Hand plötzlich wie erstarrt in der Luft hängen.

Wenige Meter entfernt, halb verdeckt von einigen Zedern, lagen zwei Indianerkrieger mit ausgebreiteten Armen und Beinen auf dem Boden. Beide trugen Oberteile und Hosen aus gegerbtem Hirschfell, und beide waren an Pfähle gebunden und mit schwarzen Stoffstreifen geknebelt.

»Grundgütiger«, murmelte Stone, zog seinen Revolver und ging in die Hocke. Er blickte sich argwöhnisch um.

Dann näherte er sich den beiden Gefangenen vorsichtig. Sie sahen sehr jung aus, mochten wohl kaum mehr als achtzehn Jahre zählen. Derjenige, der ihm am nächsten war, sah gut aus, er war schlank und muskulös. Der andere Krieger war kleiner und besaß einen kräftigeren Körperbau. Jeder von ihnen trug einen breiten, horizontalen Streifen roter Kriegsbemalung über dem Nasenrücken, der von Ohr zu Ohr verlief. Diese Indianer hier hatten nicht die langen, geflochteten Zöpfe der Pawnees. Außer einem Haarbüschel, das oben vom Kopf bis in den Nacken hinunter verlief, waren ihre Köpfe geschoren.

Osage, stellte er erleichtert fest, ein im Süden ansässiger Zweig der Sioux, die entlang des Arkansas in Oklahoma lebten. Mehrere Osage-Scouts hatten für die Baukolonnen der Kincaid-Eisenbahnlinien gearbeitet, als Stone die Leitung der Arbeiten in Denver innegehabt hatte. Aber falls es sich bei den beiden wirklich um Osage-Krieger handelte, dann waren sie verdammt weit von ihrer Heimat entfernt.

Beide Rothäute starrten ihn mit ausdruckslosen Augen an, als er sich neben den schlanken Mann kniete. Er hoffte nur, daß sie der englischen Sprache mächtig waren. Im Laufe seiner Kontakte mit den Indianern hatte er festgestellt, daß die meisten Stämme inzwischen einige Worte der Sprache des weißen Mannes beherrschen. Er zögerte, unsicher, ob er versuchen sollte, mit ihnen zu reden.

Er blickte sich um. Wo war Schwester Mary, und wie zum Teufel noch mal war es ihr gelungen, zwei bewaffnete Krieger zu überwältigen? Hinter ihm knackte ein Zweig, und Stone, dessen Nerven ohnehin zum Zerreißen gespannt waren, wirbelte herum. Er erwartete, die Nonne zu sehen, sah sich aber statt dessen einem Dutzend oder mehr Osage-Kriegern gegenüber, die alle ihre Waffen auf sein Herz gerichtet hatten.

Stone wußte, daß er nicht die geringste Chance hatte, zu entkommen. Ein Gefühl der Hilflosigkeit stieg in seiner Kehle auf, und er ließ seine Waffe zu Boden fallen. Dann hob er, als Zeichen für seine Aufgabe, die Arme.

Sobald sein Colt zu Boden gefallen war, stürmten drei Krieger auf ihn zu. Ein Schlag gegen seine verletzte Schulter ließ ihn in die Knie gehen, und er stöhnte vor Schmerz, als sein Kopf mit Gewalt zurückgerissen wurde. Eine messerscharfe Klinge wurde an seine Kehle gepreßt. Ohne sich wehren zu können sah er zu, wie die beiden gefesselten Indianer befreit wurden.

Beide Rothäute sprangen auf die Beine und sprachen aufgeregt in ihrer eigenen kehligen Sprache auf ihre Stammesgenossen ein. Stone konnte sie nicht verstehen, obwohl er einige Worte in ihrer Sprache kannte, aber ihm fiel auf, daß der gutaussehende junge Krieger am meisten sprach. Der Respekt, mit dem die älteren Krieger dem Jungen zuhörten, ließ darauf schließen, daß er eine führende Persönlichkeit war.

Der junge Krieger fuhr fort, wild herumzugestikulieren, und während er sprach, deutete er in die Bäume hinauf und um sich herum, und sein kräftig gebauter Freund nickte zustimmend und warf ab und zu eine Bemerkung ein. Die anderen Osage begannen, sich mit ängstlichen Blicken umzusehen. Plötzlich kam der junge Krieger, der die Befehle gab, auf Stone zu. Zu Stones Erleichterung sprach er ihn auf Englisch an.

»Frau mit Haaren wie Sonne. Sonne-auf-Flügeln wollen wissen wo ist.«

Mit etwas Glück konnte er sich vielleicht aus dieser üblen Lage herausreden, dachte Stone.

»Ich weiß es nicht, ich —«

Die Klinge an seinem Hals drückte sich tiefer ins Fleisch. Stone schluckte krampfhaft. Sonne-auf-Flügeln runzelte die Stirn und deutete dann zu dem dichten Wald auf der anderen Seite des Baches hinüber.

»Gelbhaar läuft wie Geist der Nacht. Sie nicht kommen hören, sie nicht angreifen hören. Sie starke Medizin.«

Stone hörte die Ehrfurcht aus der Stimme des jungen Osage heraus, und er benutzte sie schnell zu seinem eigenen Vorteil. »Der Große Manitu hat Gelbhaar geschickt, um sich um meine Wunden zu kümmern.«

Einige der Indianer begannen unruhig zu werden, aber die Augenbrauen des jungen Anführers zogen sich zu einem Stirnrunzeln zusammen.

»Gelbhaar nicht Fleisch, nicht Knochen, wie Sonne-auf-Flügeln«, sagte er und hielt Stone einen muskulösen Arm vor das Gesicht. »Geist aus Geschichten der alten Männer. Wenn wollen, Sie kommen für dich.«

Nach dieser Ankündigung wurde Stone auf die Füße gerissen, und er bekam die Hände vor seinem Körper mit einem Lederriemen fest zusammengebunden. Er suchte die Bäume nach der Nonne ab. Hatte sie sich versteckt und beobachtete dies alles? Oder hatte sie das Pferd genommen und war davongeritten, um Hilfe zu holen? Er konnte nur hoffen, daß sie sich irgendwo weit von hier entfernt aufhielt, denn wenn die Indianer herausfanden, daß sie kein Geist war, dann würden sie sie beide töten.

Hoch oben, von den Zweigen einer Pappel aus, beobachtete Windsor, wie die Gruppe auf ihre Pferde stieg. Stone Kincaid taumelte hinter ihnen her, seine Hände mit einem Riemen gefesselt, der an den Schwanz des Pferdes gebunden war, auf dem Sonne-auf-Flügeln ritt. Jun-li hatte sie vor ihrem Herannahen gewarnt, aber sie hatten sich mit solchem Geschick angeschlichen, daß ihr nicht mehr genug Zeit geblieben war, um Stone Kincaid zu wecken. Nachdem sie ihn erst einmal eingekreist hatten, war ihr klar gewesen, daß sie gegen ihre Zahl nicht bestehen konnte, nicht einmal mit den ihr zur Verfügung stehenden Kampfkünsten. Nicht, wenn sie so viele Waffen auf den Amerikaner gerichtet hielten.

Sie mußte ihnen folgen und Stone Kincaid befreien, koste es, was es wolle. Er hatte ihr doch schließlich nach dem Zugüberfall das Leben gerettet, oder etwa nicht? Nun mußte sie das gleiche für ihn tun — der Alte Weise selbst hatte ihnen das Gesetz aus der heiligen Schriftrolle vorgelesen.

Während die Krieger ihren Pferden in die Flanken traten und mit ihrem Gefangenen davonritten, schwang sich Windsor ihren Bambuskoffer auf den Rücken und rückte den kurzen Bogen und Köcher mit Pfeilen zurecht, den sie dem starken jungen Krieger in der Nacht zuvor abgenommen hatte, nachdem er von ihr überwältigt worden war.

Als die Indianer einen sicheren Vorsprung gewonnen hatten, kletterte Windsor hinunter. Sie pfiff leise nach Jun-li. Der Affe ließ sich ganz in ihrer Nähe von einem Ast herabhängen. Windsor streckte ihre Hand aus, und das Kapuzineräffchen sprang an ihrem Arm hoch und setzte sich dann auf seinen Lieblingsplatz auf ihrer Schulter. Ohne ein Wort zu verlieren rannte sie mit leisen Schritten zu der Stelle, wo sie am Tag zuvor das weiße Indianerpferd versteckt hatte.

Erschöpft stolperte Stone hinter dem Pferd her und bemühte sich, auf dem felsigen Bergterrain auf den Beinen zu bleiben. Sie waren fast den ganzen Tag über weitergezogen und schnell in höher gelegenes Gebiet vorgestoßen, wobei sie unterwegs nur selten Rast gemacht hatten. Einige der Stiche in seiner Schulter hatten bereits nachgegeben, und die Schulter fühlte sich an, als sei sie von einem glühendheißen Schürhaken durchbohrt.

Er biß die Zähne zusammen und versuchte, nicht an den Schmerz zu denken oder daran, was mit ihm geschehen würde, wenn sie erst einmal das Lager der Osage erreicht hatten. Die Osage waren halb zivilisiert, zumindest wesentlich mehr, als die Pawnee oder die Komanchen, und es gab nur wenig, was sie ihm antun konnten, was er nicht schon in Andersonville durchlitten hatte.

Er nahm nicht an, daß sie ihn töten wollten, zumindest nicht mit Absicht. Wenn er den mörderischen Marsch bis zu ihrem Dorf überleben sollte, würden sie ihn wahrscheinlich so lange am Leben halten, bis ihnen klar wurde, daß die Nonne verschwunden bliebe. Er mußte eine Fluchtmöglichkeit finden, bevor sie die Geduld verloren.

Kurz vor Beginn der Abenddämmerung hielten die Osage-Krieger endlich auf einem niedrigen Kamm an. Nach Atem ringend fiel Stone auf die Knie, dankbar für jede Sekunde, die er sich erholen konnte. Ein weites Tal erstreckte sich unter ihnen, umgeben von hohen Berggipfeln. Fünfzig oder mehr Wigwams waren in kreisrunder Anordnung am Ufer eines großen Sees aufgebaut, der im Licht der Nachmittagssonne blau erstrahlte. Beinahe ebensoviele Kochfeuer sandten schwarze Rauchfahnen in den Himmel und vermischten sich mit dem Purpurrot des Abendhimmels.

Gott sei Dank, dachte er, so erschöpft, daß er sich kaum mehr bewegen konnte. Aber er zwang sich, wieder aufzustehen, als die Indianer ihre Pferde den steilen Abhang hinunter lenkten. Als sie einen seichten Wasserlauf erreicht hatten, der in den See floß, und ihn durchquerten, hatten sich fast alle Bewohner des Dorfes versammelt. Dutzende von Frauen und Kindern kamen auf ihn zugelaufen, schrien ihm wütende Worte zu und bewarfen ihn mit Steinen und Hundekot.

Er wehrte die Angriffe ab so gut es eben ging. Erst als sie ein Zeremonienwigwam in der Mitte des Dorfes erreicht hatten, hielt der junge Indianer endlich sein Pferd, an das Stone gefesselt war, an. Zwei Krieger zogen ihn rauh zu einem hohen Pfahl hinüber und banden ihn mit Händen und Füßen daran fest, während sich die Dorfbewohner um ihn herum versammelten. Ein großes Geschrei und Gejauchze setzte zu Ehren seiner Gefangennahme ein, und als im Laufe ihrer wilden Feier die Nacht langsam hereinbrach, wurde Holz gesammelt und wenige Meter vor Stone ein riesiges Feuer entzündet.

Als die Flammen in die Höhe schlugen, trat ein großer, weißhaariger Häuptling aus dem Wigwam hervor. Die anderen bildeten respektvoll eine Gasse für den alten Mann.

Er schritt mit einer stolzen Haltung an ihnen vorbei, prachtvoll geschmückt mit einer langen, zeremoniellen Kopfbedeckung, die aus Adlerfedern hergestellt war. Ein Umhang aus schneeweißem Büffelfell lag um seine greisen Schultern.

Sonne-auf-Flügeln trat vor, um zu sprechen. Er bediente sich erneut der englischen Sprache.

»Großvater, mein Auge sah Geist der Nacht. Sie gekommen für weißen Mann.«

Der alte Mann drehte langsam den Kopf in Stones Richtung. Er starrte ihn einen Moment lang schweigend an und wandte seinen Blick dann wieder seinem Enkelsohn zu. Als er sprach, stellte Stone fest, daß sein Englisch viel besser war, als das von Sonne-auf-Flügeln.

»Die Geister zeigen sich nicht oft den Little Ones. Wie kann sich Sonne-auf-Flügeln dieser Dinge so sicher sein?«

»Sonne-auf-Flügeln gesehen Gelbhaar der Legenden. Sie die, die Weißgefleckter Wolf in Traumschlaf gesehen. Ihr Haar golden, wie unser Großvater Sonne. Sie wie Wind und Schatten durch Nacht schleichen, ohne Laut, um große Krieger zu warnen. Ich nur gesehen wenig von ihr, bevor ihre Medizin mich schlafen ließ. Wie bei Flachnase.«

Sonne-auf-Flügeln warf seinem kräftigen Freund einen fragenden Blick zu. Flachnase nickte zustimmend.

Weißgefleckter Wolf schaute wieder zu Stone hinüber. Er runzelte die Stirn. »Wer bist du, daß Wah-Kon-Dah, der Große Manitu das Gelbhaar sendet, um über dich zu wachen?«

Bevor Stone eine Antwort geben konnte, ertönte eine vertraute, melodiöse Stimme aus der Dunkelheit hinter ihm.

»Der weiße Mann hat mir das Leben gerettet. Ich muß das gleiche für ihn tun.«

Stone riß den Kopf herum und sah mit Verblüffung, wie die Nonne furchtlos in den Kreis der bewaffneten Osage trat. Jun-li saß auf ihrer Schulter. Das flackernde Feuer brachte seine Augen zum Glitzern, so daß er wie eine Kreatur aus der Hölle aussah.

Ein ängstliches Murmeln ging durch die versammelten Indianer. Viele wichen erschreckt zurück, aber die Nonne stand bewegungslos da, sogar scheinbar furchtlos, als einige der Krieger Pfeile auf ihre Bögen spannten. Weißgefleckter Wolf hob seine Hand, um Ruhe zu schaffen und richtete seine dunklen Augen auf die Frau in Schwarz.

»Um Gottes Willen sehen Sie zu, daß Sie hier herauskommen«, zischte Stone ihr zu, entsetzt, daß sie sich auf so törichte Weise in Gefahr begeben hatte.

Beim Klang von Stones Stimme sprang Jun-li von Windsors Schulter hinab, lief zu Stone, kletterte schnell vorne an seinem Körper hoch und hockte sich auf seinen Kopf. Stone begann zu fluchen, als ihm der Schwanz des Affen vor dem Gesicht hin und herfuhr. Er versuchte, das Tier abzuschütteln, aber das Kapuzineräffchen klammerte sich in seinem Haar fest.

Weißgefleckter Wolf blickte ihn sichtbar beeindruckt an.

»Was für eine seltsame Kreatur ist das?« rief er. »Ein Präriehund, der klettern kann wie ein Eichhörnchen?«

»Jun-li ist mein Feund«, erwiderte Schwester Mary ruhig. »Er gehorcht meinen Anweisungen.«

»Verdammt«, flüsterte Stone so leise, daß nur sie ihn hören konnte. »Laufen Sie davon, solange Sie noch können.«

Die Nonne ignorierte ihn. »Ich bin gekommen, um deinen besten Krieger zu einem Wettkampf herauszufordern«, erklärte sie zu Stones Entsetzen. »Wenn ich gewinne, dann gehört Stone Kincaid mir. Wenn ich verliere, mögt Ihr mit ihm anstellen, was Ihr wollt.«

»Oh, Gott«, stöhnte Stone.

Ein ungläubiger Ausdruck erschien auf dem zerfurchten Gesicht des alten Häuptlings. Er starrte die Nonne an und reckte dann beide Arme in den Himmel.

»Keine Frau auf der Erde würde den Mut eines roten Adlers besitzen. Du wirst gegen unsere besten Krieger kämpfen, wenn die Sonne aufwacht und unser Land erwärmt.«

»Nein, laß mich kämpfen«, schrie Stone laut. »Sie ist doch nur eine Frau!«

Weiteres ängstliches Gemurmel ertönte, als die Nonne genauso schnell und leise, wie sie gekommen war, wieder in die Nacht verschwand. Jun-li sprang von Stones Kopf, rannte hinter ihr her und verschmolz ebenso mit der Dunkelheit wie vor ihm seine Herrin.

Steif vor Kälte lehnte Stone seinen Kopf gegen das rauhe Holz des Pfahls, an den er angebunden war. Die Osage hatten bis spät in die Nacht hinein getanzt und gesungen, seine Gefangennahme gefeiert und die Geister angerufen, ihnen beim kommenden Wettkampf Mut zu verleihen. Er runzelte die Stirn und drehte seine Hände hin und her, um die Fesseln ein wenig zu lockern. Aber sie blieben so fest wie zuvor, und er spürte, daß ein weiterer Stich in seiner Schulter auseinanderriß und Blut herabzutropfen begann.

Die Sonne mußte bald aufgehen, und Mary oder wer auch immer sie war, würde zurückkehren. Die kleine Närrin würde mit ihrer dummen Herausforderung zum Kampf nur erreichen, daß sie beide umgebracht wurden. Sein Gesicht verzerrte sich vor Wut, und er knirschte zornig mit den Zähnen. Was für ein Spiel war das nur, das sie spielte? Sie war keine Nonne, da war er, zum Teufel noch einmal, sicher. Aber wer war sie dann? Sie hatte mehr Mut als die meisten Männer, die er kannte, das mußte er ihr zugestehen, aber sie hatte nicht die geringste Chance, irgendeinen Wettstreit gegen kampferprobte Osage-Krieger zu gewinnen. Statt dessen würde sie wahrscheinlich direkt vor seinen Augen einen gräßlichen, blutigen Tod sterben.

Mit neuerwachter Entschlossenheit mühte er sich mit seinen Fesseln ab. Wenn ihm die Flucht gelang, dann konnte er sie vielleicht beide lebendig aus dem Tal herausbekommen. Seine Arme, die die ganze Nacht nach hinten gebunden gewesen waren, schmerzten, und seine Beine waren so kalt, daß er kaum würde laufen können, selbst wenn es ihm gelang, sich zu befreien.

Irgendwo im Lager begann ein Hund zu bellen, und der junge Indianer, der nicht weit von ihm entfernt mit einem schweren Büffelfell um die Schultern hockte und ihn bewachte, nahm eine bequemere Haltung ein. Während Stone ihn beobachtete, gähnte der Junge, und sein Atem hinterließ in der kalten Morgenluft eine frostige Wolke.

Stone blickte erneut nach Osten hinüber. Am Horizont erschien ein schwaches Licht, und die Dunkelheit zerschmolz in Elfenbein- und Perlentöne. Männer und Frauen kamen langsam aus ihren runden Behausungen hervor, und er beobachtete, wie sie sich einer nach dem anderen hinunterbeugten, Erde auf die Stirn schmierten und dann ein schrilles Lied anstimmten, während sie sich auf den Weg zum See hinunter machten. Schon in Denver hatte er von dem Lied gehört, das die Osage in der Morgendämmerung anstimmten, aber er hatte nie geglaubt, daß er einmal Zeuge ihres Gesanges werden würde.

Vielleicht waren sie derartig darin vertieft, dem Morgen zu huldigen, daß es dem Mädchen Zeit zur Flucht verschaffen würde. Wenn sie auch nur ein bißchen Verstand besaß, hatte sie die Nacht genutzt, um so viele Meilen wie nur möglich zwischen sich und das Lager der Osage zu bringen.

»Sie haben viel Blut verloren. Sie müssen sehr schwach sein.«

Der indianische Wächter sprang auf die Füße, als er das Mädchen erblickte und rannte los, um den Häupling herbeizurufen.

»Binden Sie mich los, bevor sie kommen. Sie haben keine Chance, sie zu besiegen! Jeder von ihnen ist doppelt so groß wie Sie!«

»Vertrauen Sie mir, Stone Kincaid«, entgegnete sie ruhig. »Sie sollten nicht vergessen, daß auch das kleinste Insekt durch seinen Biß den Tod bringen kann.«

»Verdammt, wovon zum Teufel sprechen Sie?« fragte er. Seine Stimme war ganz tief vor Wut. »Schneiden Sie mich los! Ich habe bessere Chancen gegen die Männer als Sie!«

»Ich bin in der Selbstverteidigung bewandert. Ich benötige keine Waffen, um gegen den roten Mann zu kämpfen, während Sie Schießeisen brauchen, um sich zu schützen.«

Stone fluchte erneut, aber das Mädchen ignorierte ihn. Sie wandte ihm den Rücken zu und blickte zu den Osage hinüber, die sich langsam um sie versammelten. An welcher Stelle in der Menge sie auch immer ihren Blick ruhen ließ, wurden die Indianer still und ihre Gesichter nahmen einen ängstlichen Ausdruck an. Dann endlich trat Weißgefleckter Wolf auf sie zu. Sein Gesicht war sehr ernst, um die große Wichtigkeit des Anlasses zu würdigen.

»Die Geister haben zu mir gesprochen und mir viele Dinge gesagt. Sie sprachen von Gelbhaar und daß sie starke Medizin sei. Sie sprachen von neuen Wegen, die du unseren Kriegern zeigen würdest, um gegen die

Bleichgesichter zu kämpfen, die unser Land stehlen und die rauchenden, eisernen Ungeheuer auf unsere Prärien gebracht haben, die den Büffel vertreiben.« Er verstummte, ohne seine Augen von dem Mädchen zu nehmen.

»Sie sprachen viele Wort über Gelbhaar, die so tapfer kämpft wie die größten Krieger. Sie sprachen davon, daß die Little Ones Mut beweisen müssen oder Gelbhaars Medizin wird schlecht werden und böse Zeiten über unsere Leute bringen. Sie sprechen davon, daß unser wildester Krieger, Falke-fliegt-herab« — er deutete auf einen großen, kräftigen Mann, der hinter ihm stand — »mit seinem Messer gegen dich kämpfen wird.«

»Ich werde gegen ihn kämpfen, aber ich werde ihn nicht töten«, erwiderte sie furchtlos und mit ruhiger Stimme. »Und ich benötige keine Klinge. Ich werde ihn ohne Waffe besiegen.«

Als ein erstauntes Gemurmel unter den Zuschauern einsetzte, trat Falke-fliegt-herab vor. Auf seinem Gesicht spiegelte sich Hochmut wider.

»Ich habe genug Worte über Zauberkraft gehört«, sagte er verächtlich. »Schaut sie euch an — sie ist nur eine Frau, wie all die anderen, die sich um die Kochfeuer kümmern. Gebt mir einen Gegner, der meiner Kraft würdig ist. Bindet den weißen Mann los und laßt mich gegen ihn kämpfen!«

»Ich werde gegen Falke-fliegt-herab kämpfen!« rief Stone mit lauter Stimme, immer noch verzweifelt bemüht, Schwester Marys Leben zu retten. »Ich brauche keine Frau zu meinem Schutz!«

Der Anflug eines Lächelns umspielte ihre Lippen, und sie ertrug die verächtlichen Blicke von Falke-fliegt-herab, ohne mit der Wimper zu zucken. »Ich sage, daß Falke-fliegt-herab Angst hat, gegen mich zu kämpfen. Er ist ein Papiertiger, der es vorzieht, gegen einen verwundeten, blutenden Mann zu kämpfen, dessen Kräfte durch den Biß eines Pawnee-Pfeils geschwächt sind.«

Für einen Augenblick gefror der hochmütige Blick von Falke-fliegt-herab, und er schaute sie überrascht an. Dann streckte er plötzlich die Hand aus, packte ihr zartes Kinn und drehte ihr Gesicht Weißgefleckter Wolf zu. »Gebrauche deine Augen. Das hier ist kein Geist. Das ist eine Frau mit weißer Haut, nichts weiter —«

So schnell, daß die Umstehenden die Bewegung kaum wahrnehmen konnten, schoß die Hand des Mädchens an die Kehle von Falke-fliegt-herab, und ihre Finger umklammerten mit aller Macht die Seiten seines Halses. Innerhalb von Sekunden ging der starke Krieger in die Knie, und seine Arme hingen schlaff am Körper herab.

Stone sah erstaunt zu, wie sie einen ein Meter neunzig großen, zweihundert Pfund schweren Indianer für die Dauer eines Herzschlags förmlich lähmte. Dann lockerte sie ihren Griff und trat behende zur Seite, als der Krieger geschwächt nach vorne auf die Hände fiel. Der Mann erholte sich jedoch schnell wieder, und sein Gesicht war wutverzerrt, als er auf die Füße sprang und ein langes Jagdmesser aus der Hirschfelltasche an seiner Taille zog.

Bevor sich irgendjemand auch nur rühren konnte, sprang er auf das Mädchen zu, doch sein Stoß wurde von ihrem erhobenen Unterarm schnell abgeblockt. Vor Wut brüllend griff er sie erneut an, aber sie duckte sich geschickt, wirbelte herum und sprang dann hoch in die Luft. Sie traf Falke-fliegt-herab mit ihrem Absatz mitten auf die Brust, und er fiel mit ausgestreckten Gliedern nach hinten in den Staub.

»Großer Gott«, flüsterte Stone, der seinen Augen nicht trauen mochte. Er erstarrte und versuchte dann, sich loszumachen, als der bloßgestellte Krieger sich aufraffte und zu dem Mädchen herumfuhr. Schnell wie der Blitz schleuderte er sein Messer in Richtung, wo ihr Herz war. Mit unglaublicher Behendigkeit wich sie jedoch zur Seite und wartete dann auf den nächsten Schritt ihres Gegners. Die Arme hatte sie geradeaus von sich gestreckt und bewegte sich nun mit langsamen, kreisenden Bewegungen, die Handflächen nach außen, und die Finger eng aneinandergepreßt.

Falke-fliegt-herab verharrte bewegungslos in einigen Metern Entfernung, die Augen groß vor Angst. »Die Frau ist nicht von dieser Erde«, murmelte er mit rauher Stimme. »Wie sollen unsere Leute einen Geist bekämpfen, den sie nicht berühren können?« Seine Niederlage eingestehend, wandte er sich dem Häuptling zu, der die Auseinandersetzung wortlos beobachtet hatte.

»Gelbhaar hat den Mut des großen roten Adlers bewiesen«, rief der Häuptling mit lauter Stimme, so daß alle es hören konnten. »Aber sie muß erst noch ihre Fertigkeit mit dem Bogen beweisen. Erst dann werden wir wissen, ob sie diejenige aus meinem Traumschlaf ist.«

»Ich bin bereit«, sagte das Mädchen.

Weißgefleckter Wolf bedeutete seinem Enkelsohn, vorzutreten. »Sonne-auf-Flügeln ist der geschickteste unter uns mit dem Bogen. Seine Pfeile sind schnell und zielsicher.«

»Sonne-auf-Flügeln werden loslassen Hasen. Ich werden ihn schießen, bevor er zehn Schritte getan«, prahlte er zuversichtlich.

»Nein«, erwiderte das Mädchen. »Ich werde kein hilfloses Tier töten, nur um meine Fertigkeit unter Beweis zu stellen.«

Sonne-auf-Flügeln runzelte die Stirn. Nachdem er sich eine Minute lang bedacht hatte, zog er eine Feder aus seinem Haarbüschel. Er hielt sie hoch über den Kopf, damit alle sie sehen konnten. »Dann ich schießen Falkenfeder vom Kopf des weißen Mannes.«

»Großartig«, murmelte Stone, als Sonne-auf-Flügeln auf ihn zukam und die Feder in das Haar an Stones Hinterkopf steckte. Während der junge Krieger danach hundert Schritte abmaß, trat das Mädchen auf Stone zu.

»Sie müssen ganz still stehen bleiben!«, flüsterte sie.

»Danke. Das wäre mir wahrscheinlich nie in den Sinn gekommen«, entgegnete er sarkastisch.

Sie entfernte sich wieder. Stone lehnte seinen Kopf gegen das Holz und sah zu, wie Sonne-auf-Flügeln einen rotgestreiften Pfeil aus seinem Lederköcher auswählte. Er ist der beste Krieger mit Bogen und Pfeil, sagte er sich. Er sollte es schaffen. Aber seine Muskeln spannten sich an, als der gutaussehende, junge Indianer auf ihn anlegte.

Einen Augenblick später schoß der Pfeil auf ihn zu. Stone hörte kaum das leise Pfeifen seines Fluges, bevor er in dem Holz über seinem Kopf eindrang und die Feder mit seiner Spitze durchbohrte. Er seufzte erleichtert auf.

»Da!« rief Sonne-auf-Flügeln stolz. »Nun müssen Gelbhaar Sonne-auf-Flügeln mit einer besseren Leistung übertreffen.«

Stone wartete argwöhnisch auf Schwester Marys Antwort. Er war bei ihr mittlerweile auf alles gefaßt.

»Ich wähle dasselbe Ziel wie Sonne-auf-Flügeln«, verkündete sie mit gelassener Selbstsicherheit, »aber ich werde die Feder mit verbundenen Augen treffen.«

»Sie wollen **was**?« rief Stone ärgerlich, aber sie schenkte ihm keine Beachtung.

»Wenn es mir gelingt, gehört er mir«, fügte sie hinzu und blickte den Häuptling an.

»Nur die Geister würden sich an solch eine schwierige Aufgabe heranwagen«, entschied Weißgefleckter Wolf. »So sei es.«

Das Mädchen ging erneut auf Stone zu. »Keine Angst. Ich bin eine gute Bogenschützin. Ich werde mich auf meine innere Kraft verlassen, die meinen Pfeil führt, so daß ich meines Sehvermögens nicht bedarf. Der Alte Weise hat mich gut darin unterrichtet.«

»Es ist mir verdammt egal, worin Sie irgendein weiser Alter unterrichtet hat! Niemand ist in der Lage, mit verbundenen Augen richtig zu treffen!«

»Es ist schwierig, etwas zu tun, was man nicht beherrscht, aber wenn man etwas beherrscht, ist es nicht schwierig«, erwiderte sie gelassen und zog ihre feingeschwungenen Augen zu einem tadelnden Stirnrunzeln zusammen, als sei seine Sorge völlig unbegündet. »Sie sollten mehr Vertrauen in meine Fähigkeiten haben, und Sie dürfen keinen Muskel rühren, wenn ich den Bogen spanne. Ich werde mein Ziel nicht verfehlen.«

Stone konnte nur hilflos zusehen, wie sie auf die Stelle zuschritt, von der Sonne auf Flügeln seinen Pfeil abgeschossen hatte. Sie nahm den Bogen entgegen, den man ihr reichte, wog ihn in ihrer Hand und prüfte die Spannung der Schnüre. Sie blickte Stone an und besaß die Dreistigkeit, ihm zuzulächeln. Das beruhigte ihn in keiner Weise. Im Stillen verfluchte er den Tag, an dem sie ihm über den Weg gelaufen war.

Er schluckte einmal schwer, als sie sich einen schwarzen Stoffstreifen um die Augen band. Sie zog ein paar Pfeile aus dem Köcher auf ihrem Rücken, stellte sich aufrecht hin und hielt einen Pfeil gerade in die Luft, während sie den anderen über den Bogen legte. Für einen langen Moment blieb sie vollkommen bewegungslos stehen und konzentrierte sich. Kein Laut war aus der Menge zu vernehmen, die die Vorgänge argwöhnisch betrachtete, und Stone fühlte, wie sich Schweißtropfen auf seiner Oberlippe sammelten. Er hielt die Luft an und sprach ein stilles Stoßgebet, als sie den Pfeil auf ihn richtete. Wenn sie **mich** nicht tötet, dachte er, dann werde ich **sie** höchstpersönlich umbringen, sobald sie mich losbinden.

Lange Augenblicke voller Herzklopfen folgten, als sie den Pfeil zurückzog, der dann direkt, schnell und geradewegs auf ihn zuschoß. Er verspürte einen stechenden Schmerz, als die Pfeilspitze über seine Kopfhaut kratzte, aber die Feder auf seinem Kopf war getroffen.

Ein erstauntes Raunen ging durch die Menge. Dann rannten zwei Indianer auf ihn zu, um ihn loszubinden. Sobald die Fesseln heruntergefallen waren, rieb sich

Stone seine Handgelenke, und sein Brustkorb hob und senkte sich vor Ärger. Er blickte zu dem Mädchen hinüber, das von bewundernden Osage umringt war. Er war nicht halb so zufrieden mit ihr, wie sie es waren. Schwester Mary war ihm eine sehr ausführliche Erklärung schuldig.

5

Lange, nachdem sich die Dunkelheit über das hochgelegene Gebirgstal gesenkt hatte, saß Windsor im Schneidersitz inmitten der Osage-Indianer. Sie hatte einen Ehrenplatz zwischen Weißgefleckter Wolf und Sonneauf-Flügeln, seinem Lieblingsenkel, erhalten. Ein kräftiges Feuer loderte vor ihr, wärmte ihr Gesicht und versprühte glühende Funken in den Nachthimmel.

Männer mit Trommeln hatten gegenüber dem Feuer Platz genommen. Sie sangen und schlugen mit bemalten und federgeschmückten Stöcken ihre Tom-Toms. Der immer wiederkehrende Rhythmus erfüllte die Nacht und Windsors Kopf, während Dutzende von Kriegern in Wolfsfellen und mit langhörnigem Büffelkopfschmuck leise, kehlige Lobgesänge auf ihre Geistergötter anstimmten, sich beugten, mit den Füßen aufstampften und sich langsam in einem Kreis um das Feuer herumbewegten.

»Unsere tapfersten Krieger danken Wah-Kon-Dah dafür, daß er uns deine starke Medizin gesandt hat«, erläuterte der alte Häuptling und lehnte sein ergrautes Haupt zu Windsor hinüber. »Mit der Gelbhaar-Kriegerin unter uns werden wir es schaffen, die Pawnee im Kampf zu besiegen, und auch die Weißen mit ihren langen Messern und vielen Gewehren.«

Windsor nickte. Die bedachtsam gewählten Worte und die freundlichen dunklen Augen von Weißgefleckter Wolf erinnerten sie an den Alten Weisen. Der alte Häuptling hatte große Weisheit gezeigt, als er mit ihr über seine Leute, die Little Ones gesprochen hatte. Nachdem sie den Wettkampf gewonnen hatte, durfte sie nicht mehr von seiner Seite weichen. Er hatte ihr vom Schicksal der Osage berichtet, die ›der weiße Mann‹ aus der Heimat ihrer Vorfahren vertrieben hatte, woraufhin sie entlang eines großen Flusses gezogen waren, der Mississippi genannt wurde.

Selbst als sein Stamm Richtung Osten, zu einem anderen Strom namens Arkansas zog, hatten weiße Männer sie in Horden verfolgt, die dort gerade wegen des ›schwarzen Mannes‹ gegen andere weiße Männer kämpften. Weißgefleckter Wolf hatte eine Zeitlang unter den Soldaten mit den blauen Uniformen in den Forts gelebt und versucht, sie zu verstehen. Dann aber hatte ihm Wah-Kon-Dah in einem Traumschlaf befohlen, seine Leute zu den weit entfernten, mit Schnee bedeckten Bergketten zu bringen, wo sie der weiße Mann nicht stören würde. Acht Winter lang hatten sie friedlich in den Bergen gelebt und nur die Pawnee zu ihren Feinden gehabt.

Während er sprach, hatte sich Windsors Herz mit Mitleid gefüllt. Mit Ausnahme der kupferfarbenen Haut erinnerten sie die einfachen, unkomplizierten Osage an die Menschen in China. Sowohl die Indianer, als auch die Chinesen glaubten an die Harmonie, die in der Natur existierte. Die Little Ones waren ehrenwerte Leute. Das hatten sie bewiesen, nachdem sie im Anschluß an das Bogenschießen ihr Wort gehalten hatten. Die weißen Männer, die sie bisher in den Vereinigten Staaten getroffen hatte, waren wenig ehrenwert gewesen . . .

Außer Stone Kincaid. Er hatte sowohl Ehrgefühl als auch Mut gezeigt. Aber sie verstand ihn nicht. Sie drehte ihren Kopf zu der Stelle, an der er, nicht weit von ihr entfernt, saß. Seine silberblauen Augen sahen sie an, und sofort überkam sie ein beunruhigendes Gefühl. Seine

Augen brannten. Er war sehr ärgerlich. Obwohl er am Tage, während der Feierlichkeiten und der Zeremonientänze, kaum ein Wort an sie gerichtet hatte, war sein Blick keine Sekunde von ihr gewichen. Die Intensität, mit der er sie betrachtete, verursachte ihr jedes Mal, wenn sie sich seiner Aufmerksamkeit bewußt wurde, ein flatterndes Gefühl in der Magengrube.

»Wann wird Gelbhaar zum Nachtwind?«

Sonne-auf-Flügels geflüsterte Worte unterbrachen Windsors Gedanken. Sie wandte ihm ihre Aufmerksamkeit zu. Der junge Osage saß so dicht neben ihr, daß sie in den leuchtenden, rabenschwarzen Tiefen seiner Augen winzige Flammen erkennen konnte, die sich dort wie helle Sterne spiegelten.

»Sonne-auf-Flügeln, ich habe dir bereits gesagt, daß ich kein Geist bin. Meine Schritte sind leise, weil man es mir so beigebracht hat.«

Der junge Krieger schüttelte eigensinnig den Kopf. »Nur der Wind so schnell und leise. Wah-Kon-Dah hat Lied gehört, das Sonne-auf-Flügeln gesungen, und ich habe starke Medizin von Gelbhaar mit eigenen Augen gesehen.«

Während er dies sagte, lockte er Jun-li mit einem Kürbiskern von Windsors Schoß. Der junge Indianer war von dem Kapuzineräffchen fasziniert, und er kicherte, als Jun-li sich behende auf seine breiten Schultern schwang.

Windsor lächelte und sah zu, wie Sonne-auf-Flügeln dem Affen noch mehr Kerne fütterte, aber sie bemerkte sofort, als Stone Kincaid sich erhob. Er entfernte sich vom Feuer und blieb einen Moment stehen, um sich nach ihr umzusehen, bevor er aus dem Licht in die Dunkelheit trat und verschwand. Ein Zittern tanzte an ihrem Rückgrat hinunter, aber das Frösteln wurde nicht von dem kühlen Nachtwind hervorgerufen. Der Büffelfell-Umhang, den ihr Sonne-auf-Flügeln umgelegt hatte, hielt sie warm.

Erschöpft schloß sie für einen Augenblick die Augen

und seufzte. Am vorherigen Abend hatte sie sich in den Wald zurückgezogen, wo sie viele Stunden in tiefer Meditation verbracht hatte, um sich auf den Wettkampf vorzubereiten. Ihr Kopf und ihr Körper fühlten sich dumpf an vor Müdigkeit. Ihr war klar, daß sie schlafen mußte. Sie erhob sich und blickte auf den alten Häuptling hinab.

»Deine Freundlichkeit ehrt mich. Weißgefleckter Wolf, aber ich bin müde.«

»Die Little Ones fühlen sich geehrt, daß du gekommen bist. Unsere Krieger werden mit dir in unserer Mitte stark werden.«

»Ich werde versuchen, mich als würdig zu erweisen.« Windsor verbeugte sich, wobei sie die Hände wie zum Gebet vor dem Körper zusammenlegte, wie es die Chinesen zu tun pflegten.

Der alte Häuptling erhob sich. Mit großer Höflichkeit imitierte er ihre respektvolle Geste. Windsor ließ Jun-li in der Obhut seines neuen Freundes zurück und machte sich auf den Weg zu dem Wigwam, das ihr Weißgefleckter Wolf zugewiesen hatte. Die kleine Behausung lag ein ganzes Stück von dem Platz in der Mitte des Dorfes entfernt, beinahe am Ufer des Sees. Während sie durch die Dunkelheit schritt, starrte sie in den Himmel hinauf. Hoch über ihr ersteckte sich das riesige Sternenfirmament ins Unendliche, wie ein diamantbesetztes Stück schwarzer Samt. Wie unbedeutend sie doch im Vergleich dazu war, dachte sie. Aber ihr war ebenso bewußt, daß sie ein Teil dieses sich drehenden Sternenhimmels war, der hier genauso wie über ihrem Tempel weit jenseits des Ozeans leuchtete. Dieses Wissen gab ihr Trost.

Als sie vor dem Eingang des Wigwams angekommen war, blieb sie einen Moment lang stehen. Ihr Instinkt sagte ihr, daß Stone Kincaid dort drinnen auf sie wartete. Sie wappnete sich gegen das seltsame, kribbelnde Gefühl, das er in ihrem Körper hervorrufen konnte und atmete einmal tief durch. Nun war sie bereit, sich seiner Wut, die sie erahnte, zu stellen. Sie schlug die Decke, die über dem Eingang hing, zur Seite und blickte ins Innere.

Ein kleines Feuer flackerte in der Mitte des Wigwams und verlieh der Decke einen leichten, rötlichen Schimmer. Stone Kincaid war nicht da. Mit gerunzelter Stirn duckte sie sich, trat ein und hielt dann erschreckt die Luft an, als jemand aus dem Schatten heraus auf sie zutrat. Starke Hände packten sie bei den Schultern.

Dann lag sie plötzlich flach auf dem Rücken, und der schwere Körper des Amerikaners war über ihr. Seine starken Finger schlossen sich fest um ihre Handgelenke. Er preßte ihre Arme rechts und links von ihrem Kopf auf den Boden.

»In Ordnung, Schwester Mary, oder wie zum Teufel Sie auch heißen mögen, es ist Zeit für eine Beichte.« Stone Kincaids Stimme klang dunkel und bedrohlich.

»Sie sind wütend«, brachte Windsor atemlos hervor, verwirrt über das Verlangen, das tief in ihrem Bauch entfacht wurde, als sie seinen Körper auf sich spürte. Sie fühlte, wie ihr Herz heftig zu klopfen begann. Bestürzt stellte sie fest, daß sich eine langsame, brennende Hitze über ihren Körper ausbreitete, als läge sie in einem Bett aus Feuer. Ihre Lippen wurden trocken, und sie befeuchtete sie mit ihrer Zunge.

»Ich verstehe Sie nicht«, sagte sie, unglücklich darüber, daß ihre Stimme zitterte. »Ich wollte doch nur, daß Sie freikommen. Sind Sie darüber so aufgebracht?«

»Allerdings bin ich aufgebracht. Ich mag es nicht besonders, wenn man mich anlügt und einen Narren aus mir macht, und ich mag es ganz besonders nicht, wenn man mit verbundenen Augen auf mich schießt!« Sein Griff um ihre Handgelenke wurde fester. »So, und jetzt möchte ich, zum Teufel noch einmal, wissen, wer Sie sind, und erzählen Sie mir nur nicht wieder, daß Sie eine Nonne sind! Ich will keine weiteren Lügen mehr hören! Sie sind genausowenig eine Nonne, wie ich es bin.«

»Bitte lassen Sie mich los. Sie belasten Ihre Schulter zu sehr.«

»Zum Teufel mit meiner Schulter! Glauben Sie nur nicht, ich würde Sie loslassen, damit Sie mich mit einem Ihrer ausgefallenen chinesischen Tritte außer Gefecht setzen können. Ich will Antworten, und ich will sie jetzt!«

Windsor lag ganz ruhig und bemühte sich, ihre Gefühle für Stone Kincaid, die sie zu überwältigen drohten, unter Kontrolle zu bekommen. Sie konnte nicht verstehen, warum er es fertigbrachte, daß sie sich so schwach und seltsam fühlte. Ob ihre Gegenwart wohl eine ebensolche Wirkung auf ihn hatte? Wohl kaum, denn er starrte sie mit einem wütenden Stirnrunzeln an.

»Reden Sie schon, verdammt noch mal!«

Stone Kincaid wollte die Wahrheit erfahren, das war ihr nun klar, und es war an der Zeit, ihm die Antworten zu geben, nach denen er verlangte.

»Mein Name ist Windsor Richmond, aber in China nennt man mich Yu-Mei. Ich bin nach Chicago gekommen, um Sie zu töten.«

Stone Kincaids wütender Gesichtsausdruck verwandelte sich langsam in ungläubiges Staunen.

»Was? Warum? Ich bin Ihnen doch vor unserem Zusammentreffen im Bahnhof von Chicago noch niemals zuvor begegnet!«

»Weil ich erfahren habe, daß Sie meinen Freund Hung-pin umgebracht haben. Ich habe einen heiligen Schwur geleistet, daß ich seinen Tod rächen werde, damit sein Geist in die Freiheit fliegen und den himmlischen Drachen reiten kann.«

Stone Kincaid starrte einen weiteren Moment mit zusammengezoenen Augenbrauen auf sie hinab. »Ich habe niemals jemanden namens Hung-pin gekannt.« Plötzlich kehrte seine Wut zurück. Sein Griff verstärkte sich. »Hören Sie auf zu lügen und sagen Sie mir die Wahrheit. Wer sind Sie?«

»Eine Lüge zu erzählen bedeutet, sich selbst zu entehren.«

»Dann möchte ich behaupten, Sie haben so wenig Ehre im Leib, wie ich selten bei einem Menschen erlebt habe. Sie haben mit Sicherheit gelogen, als Sie sagten, Sie seien eine Nonne.«

»Das war keine Lüge.«

»Verdammt noch mal, Mädchen, ich verliere die Geduld!«

»Ich bin keine katholische Nonne. Ich bin eine Schülerin des Tempels der Blauen Berge. Ich bin eine chinesische Nonne.«

»Sie sind keine Chinesin.«

»Nein, aber als ich im Alter von zehn Jahren zur Waise wurde, hat mich Hung-pin zu den Priestern des Tempels gebracht. Er war ein Schüler dort, und sie haben mich aufgenommen.«

»Und Sie glauben, daß ich Ihren Priesterfreund getötet habe?«

Stone Kincaid blickte ihr forschend in die Augen, als mißtraue er weiterhin ihren Worten. Dann ließ er sie abrupt los, setzte sich auf die Fersen und starrte auf sie hinab. In dem Augenblick, als sie sein Gewicht nicht mehr auf sich spürte, gewann Windsor die Gewalt über sich zurück. Er hatte eine gefährliche Wirkung auf sie, dieser große Amerikaner. Plötzlich verspürte sie, die sich noch niemals vor einem Mann gefürchtet hatte, Angst vor ihm.

»Warum haben Sie mich dann nicht einfach getötet, als sie die Möglichkeit dazu hatten, anstatt sich um meine Wunde zu kümmern?«

»Sie haben mir das Leben gerettet. Wenn man ein Leben rettet, gehört es einem. Das ist ein chinesisches Gesetz.«

»Und glauben Sie immer noch, daß ich Ihren Freund getötet habe?«

»Ich bin nicht länger der Ansicht, daß Sie in der Lage

sind, einen Mann auf so feige Art und Weise umzubringen, wie es mit Hung-pin geschah.«

»Wie ist er gestorben?«

Windsors Kehle zog sich zusammen, als sie an Hung-pin dachte, der zu Tode gepeitscht worden war. »Man hat ihn an den Armen an einen Ast gehängt und so lange mit einer Peitsche geschlagen, bis sein Geist die Erde verlassen hat.«

»Großer Gott«, murmelte Stone, und sein Mund verzog sich vor Mitleid. »Warum sollte ihm jemand so etwas antun?«

»Einige Leute haben gesehen, wie Hung-pin einer weißen Frau zu Hilfe kam, die von grausamen und betrunkenen Männern belästigt wurde. Er hat tapfer gekämpft, aber sie waren in der Überzahl und konnten ihn überwältigen.«

»Ich habe Ihren Freund nicht umgebracht. Ich schwöre Ihnen, daß ich seit drei Jahren nicht mehr in San Francisco gewesen bin.«

»Ich glaube Ihnen.« Der Alte Weise hatte sie gelehrt, auf die Stimme ihres Herzens zu hören. Diese Stimme sagte ihr nun, daß Stone Kincaid unschuldig war, und Windsor verspürte eine überwältigende Erleichterung, daß er nicht für Hung-pins Tod verantwortlich war.

»Sie sind sehr schnell bereit, mir Glauben zu schenken. Warum?«

Ihre Blicke schienen miteinander zu verschmelzen. »Weil ich von Anfang an gespürt habe, daß sich unsere Seelen schon einmal begegnet sind. Merken Sie nicht, daß uns die Hand des Schicksals miteinander verbunden hat?«

Stone Kincaid blicke sie derartig verwundert an, daß Windsor lächeln mußte, aber seine Antwort war kalt und voller Zynismus. »Ich glaube nicht an das Schicksal.«

Windsor runzelte die Stirn. »Das ist seltsam. Woran glauben Sie denn dann?«

»An Rache. Deshalb kann ich gut verstehen, warum Sie sich auf die Suche nach mir gemacht haben. Ich selbst bin auf dem Weg nach San Francisco, um einen Mann zu fassen, der gerne eine Peitsche verwendet —« Er brach mitten im Satz ab und packte sie wieder an den Schultern. Sein Blick brannte sich in ihr Gesicht. »Erzählen Sie mir von dem Mann, der den Priester getötet hat. Haben ihn Zeugen beschrieben?«

»Sie sagten, er sei groß gewesen und habe blaue Augen gehabt, aber sie konnten die Farbe seines Haares nicht erkennen, weil er einen schwarzen Hut getragen hatte. Und er trug an einer Hand einen Ring, der die Form einer zusammengerollten Cobra hat, mit roten, glitzernden Steinen als Augen —«

Windsor verstummte, als Stone Kincaid sie urplötzlich losließ und auf die Füße sprang. Sein Gesicht war wutverzerrt, und seine Augen so haßerfüllt, daß sie zurückwich.

»Jetzt benutzt der Bastard also schon meinen Namen, wenn er seine Morde begeht! Zum Teuel mit ihm! Er soll in der Hölle schmoren!«

Windsor schwieg, während er aufgeregt hin und her lief. Sie konnte die Wellen der Feindschaft, die aus seinem Körper strömten, spüren wie heiße Windböen. Er schien plötzlich ein anderer Mann zu sein, ein gewalttätiger Mann, der zu schrecklicher Brutalität imstande schien. Etwas Fürchterliches mußte zwischen ihm und Hung-pins Mörder vorgefallen sein. Etwas, das tief verborgen in Stone Kincaids Seele saß und sie zerfraß wie ein häßlicher, schwarzer Tumor.

»Hung-pins Mörder ist der Mann, den Sie suchen, nicht wahr? Der Mann mit Namen Emerson Clan?«

Stone drehte sich schnell zu ihr um. »Ja, er ist der Mann, den ich suche. Diesen Ring habe ich ihm einmal in Westpoint geschenkt, und seither trägt er ihn ständig. Sie brauchen sich nicht länger darum zu bemühen, Ihren

Freund zu rächen, denn das werde ich für Sie erledigen. Ihr chinesischer Priester ist nur eines von Clans Opfern. Er hat während und nach dem Krieg zahllose Menschen umgebracht, und er hat einige Morde auf noch viel schlimmere Art und Weise als mit einer Peitsche begangen, das können Sie mir glauben! Aber seine Tage sind gezählt. Ich werde ihn finden und töten.«

»Wir werden Emerson Clan gemeinsam finden.«

Erst als sie diese Worte ausgesprochen hatte, schien sich Stone Kincaid ihrer Gegenwart wieder bewußt zu werden. »Nein, das werden wir nicht. Das Vergnügen, ihn eigenhändig umzubringen, lasse ich mir nicht nehmen.«

Windsor beobachtete schweigend, wie er die Decke zurückschlug und das Wigwam verließ. Sein verzerrtes Gesicht spiegelte seine unglaubliche Wut wider. Seine Seele war voller Unruhe. Es mußte ihr bald gelingen, Stone Kincaid dabei zu helfen, daß er seinen inneren Frieden wiederfand!

6

Mehrere Wochen, nachdem Windsors Pfeil über seinen Kopf hinweggeschrammt war, schlenderte Stone langsam durch das Dorf der Osage. Die Wigwams waren in kreisförmigen Guppen in dem breiten Tal verstreut. Indianer, denen er begegnete, grüßten ihn höflich, sofern sie ihm überhaupt Aufmerksamkeit schenkten. Seit dem Wettkampf waren Stone und Windsor gut behandelt worden und durften sich frei bewegen. Viel wichtiger aber war, daß Weißgefleckter Wolf wohl keine Einwände haben würde, wenn sie das Lager verlassen wollten.

Aber Stone war dazu noch nicht imstande. Seine Schulter schmerzte immer noch sehr, obwohl Windsors unorthodoxe medizinische Behandlung ganz offenbar den Heilungsprozeß beschleunigt hatte. Er wußte, daß es besser war, Geduld zu haben und abzuwarten, bis die Wunde völlig verheilt war, bevor er den langen Weg zurück in die Zivilisation wagte. Er hatte ihren Aufenthaltsort inzwischen ziemlich genau bestimmt, und wenn seine Berechnungen korrekt waren, so mußte die Eisenbahnlinie einen Tagesritt weit im Süden liegen. Er war jedenfalls sicher, daß er zu den Schienen zurückfinden konnte.

Seine dringlichste Sorge galt dem Wetter. Es hätte eigentlich schon längst Schnee fallen müssen. Und er wollte unter allen Umständen vermeiden, einen ganzen Winter mit den Osage in den Bergen zu verbringen. Ebenso, wie er es vermeiden wollte, mehr Zeit als nötig mit Windsor Richmond zusammen zu sein.

Stone hatte bereits beschlossen, das Mädchen nicht mitzunehmen. Es war sicherlich ungefährlich, sie bei den Osage zurückzulassen. Zum Teufel, sie behandelten sie, als sei sie irgendeine Göttin, und falls sie jemals wieder nach Kalifornien zurückkehren wollte, so würde sie zweifellos selber dorthin finden. Schließlich hatte Windsor Richmond auch allein den Weg nach Chicago zurückgelegt, oder etwa nicht? Sie würde gut ohne ihn zurechtkommen, und Stone wäre sie endlich los.

Er blieb in der Nähe des Sees stehen und spannte seinen linken Arm an, entschlossen, seine Muskeln kräftig zu halten. Er drehte sein Gesicht zur Sonne und badete in ihrer Wärme. Das Wetter war für Anfang Dezember ungewöhnlich mild in diesen Hochlagen der Rockies. In den letzten Wochen waren die Tage sonnig und angenehm gewesen, aber die Temperaturen senkten sich rapide, sobald sich die Dunkelheit über das Tal gelegt hatte.

Er blickte an dem felsigen Ufer entlang, und sein Blick verharrte, als er Windsor dort entdeckte. Sie stand inmitten eines Kreises junger Krieger, die im Schneidersitz um sie herum auf dem Boden saßen. Das Wasser hinter ihr glitzerte in einem tiefen Blau, nicht einmal die kleinste Welle brachte die glänzende Oberfläche in Bewegung. Saphirblau, wie die Farbe ihrer Augen, dachte er und schüttelte dann ungeduldig den Kopf, wütend auf sich selbst. Trotz all seiner Vorsätze faszinierte ihn Windsor Richmond nach wie vor. Sie war so merkwürdig! Er wußte nie, was sie als nächstes tun oder sagen würde.

Im Augenblick unterrichtete sie die jungen Osage-Krieger in ihrer unorthodoxen Kampftechnik. Er war neugierig, was sie den Jungen zu sagen hatte und ging langsam näher. Er lehnte seine Schulter gegen eine Pappel, weit genug entfernt, so daß er nicht auffiel, aber dennoch alles hören konnte.

»Ich komme aus einem weit entfernt gelegenen, alten Land namens China«, erklärte sie ihnen gerade mit ihrem singenden Tonfall. »Als ich noch ein Kind war, jünger als ihr, hat ein großer Meister seine Weisheit mit mir geteilt. Wie ihr, die Little Ones, glauben wir Menschen in China auch daran, daß alle Kreaturen heilig sind, mögen sie nun groß oder klein, schwach oder stark sein.«

Windsor schwieg einen Moment, als sie Stone erblickte. Erst schien sie überrascht zu sein, ihn zu sehen, dann schenkte sie ihm ein bezauberndes Lächeln. Stone sah zur Seite, um ihr nicht den Eindruck zu vermitteln, daß er irgendein Interessse an ihrem Vortrag habe. Sie fuhr fort.

»Daher ist es grundsätzlich besser, vor dem Angreifer davonzulaufen. Denn ein wahrhaft Weiser bevorzugt Ruhe und Frieden anstelle von Kampf und Sieg.«

Stone war nicht besonders beeindruckt. Windsor Richmonds Philosophie, die andre Wange hinzuhalten, entsprach nicht ganz der Realität, wenn man bedachte, daß sie den ganzen Weg von San Francisco zurückgelegt hatte, um ihm ein Messer in den Rücken zu stechen.

Kalte Wut überkam ihn wieder einmal. Clan benutzte

nun also seinen Namen, wenn er folterte und mordete. Stone biß die Zähne zusammen. Bei dieser Vorstellung drehte sich ihm der Magen um. Er mußte von nun an vorsichtig sein. Es gab bereits einen Steckbrief auf Clans Namen, den die Armee nach dem Krieg ausgestellt hatte, und auf dem er wegen Verrats gesucht wurde. Nun würde es auch einen auf Stones Namen geben. Aber das überraschte ihn nicht im geringsten. Clan war immer schon raffiniert gewesen, so raffiniert sogar, daß es ihm während der gemeinsamen Jahre in West Point gelungen war, seinen wahren Charakter vor Stone zu verbergen. Großer Gott, Stone hatte ihn damals sogar für seinen Freund gehalten — bis zu dem Moment, als er Clan dabei erwischte, wie er während des Krieges den Konföderierten Informationen lieferte. Dutzende seiner Kameraden in der Armee hatten wegen Clans Verrat ihr Leben verloren.

Stone bemühte sich, den Zorn, der wie ein Taifun durch seine Seele tobte, zu unterdrücken und sich auf das zu konzentrieren, was Windsor sagte.

»Ihr und ich und alle anderen lebenden Kreaturen sind eins mit der Natur, und es ist äußerst wichtig für uns, daß wir die natürlichen Gesetze des Lebens beachten. Wenn ihr das tut, kann euch keine menschliche Kraft etwas anhaben. Die Lektionen, die mich der Alte Weise gelehrt hat, werden euch zeigen, wie man kämpft, wenn ein Kampf unvermeidbar ist. Ihr müßt nur bereit sein, zuzuhören und zu lernen. Eine Lektion ist besonders wichtig, und sie lautet folgendermaßen: stürzt euch niemals kopfüber in eine Woge, bemüht euch statt dessen, sie zu umschwimmen. Versucht nicht, sie zu brechen, es ist viel einfacher, ihre Kraft umzuleiten. Um siegreich zu sein, müßt ihr viel eher Techniken erlernen, um Leben zu bewahren, anstatt es zu vernichten. Eins solltet ihr immer im Gedächtnis behalten: zu vermeiden ist besser als abzublocken. Abzublocken besser als zu verletzen. Zu verletzen besser als zu verstümmeln, zu verstümmeln besser als zu töten. Denn alles Leben ist kostbar, weil es nicht ersetzt werden kann.«

Außer meinem, dachte Stone. In meinem Falle wollte sie gewiß eine Ausnahme ihrer feinen Regeln machen. Er verzog ironisch den Mund. Windsor hatte nicht gezögert, ihn aufzuspüren. Und er wäre sicherlich bereits tot, wenn die Pawnee den Zug nicht angegriffen hätten. Aber trotzdem muße er die Logik ihrer Lehren anerkennen. Inzwischen demonstrierte sie mehrere Abwehrstellungen, ihren Ellbogen vor dem Körper gebeugt, um den Schlag eines Angreifers abzulenken.

Langsam und wohlüberlegt bewegte sie sich im Kreis ihrer hingerissenen Schüler, ihr schlanker Körper war anmutig und beherrscht. Sie hatte ihr langes, glänzendes, blondes Haar, das so rein wie die goldenen Strahlen der Morgensonne schimmerte, zu einem Zopf geflochten, der über ihren Rücken hing und bei einer schnellen Bewegung um ihre Schultern schlug. Sie trug immer noch ihre seltsame schwarze Tunika und die schwarzen Hosen, und jedes Mal, wenn sie sich drehte oder beugte, schmiegte sich der weiche, seidige Stoff provozierend an ihre hohen Brüste und ihre schlanken Hüften.

Verärgert stellte Stone fest, daß sein Körper auf die langsamen, sinnlichen Bewegungen, die sie vollführte, reagierte. Angewidert von sich selbst fluchte er leise vor sich hin.

»Warum spricht Stone-der-Mann-der-Mut-zeigt-wenn-Pfeil-sein-Haar-teilt mit sich selbst?«

Stone erstarrte. Die leise Stimme kam ganz aus der Nähe, aber als er sich umblickte, sah er niemanden. Trotzdem wußte er, wer gesprochen hatte. Es war sein neuer Freund, Sonne-auf-Flügeln, der einzige, der ihn immer noch bei diesem lächerlich langen Namen rief, den ihm Weißgefleckter Wolf während der Zeremonie nach Windsors Wettkampf gegeben hatte. Die meisten anderen

Indianer kürzten ihn ab zu Pfeil-teilt-Haar, was immer noch peinlich genug war. Einen Augenblick später entdeckte Stone das Versteck des Jungen in einem Busch.

»Was zum Teufel tust du da, Sonne-auf-Flügeln?« fragte er ungeduldig.

»Sprich nicht mit lauter Stimme, sonst Gelbhaar wissen, wo Sonne-auf-Flügeln versteckt.«

Stone sah gereizt zu ihm hinüber. »Es gibt keinen Grund, sich zu verstecken, wenn du lernen willst, wie man kämpft, verdammt noch mal. Du mußt hinübergehen und dich zu den anderen Jungen setzen.«

»Sonne-auf-Flügeln muß nicht lernen wie zu kämpfen. Ich ein Mann, ein starker Krieger.« Sonne-auf-Flügeln klang ein wenig beleidigt, aber er fuhr mit leiser Stimme fort: »Ich versteckt, damit sehen kann, wie Gelbhaar sich in Wind verwandelt.«

Stone schüttelte den Kopf. Fast jeden Tag, seitdem Stone ins Dorf verschleppt worden war, hatte Sonne-auf-Flügeln seine Gesellschaft nur aus dem einen Grund gesucht, um mit ihm über seine Vermutung zu reden, daß Windsor der Geist des Windes sei. Gleichgültig, was Stone dagegen sagte oder tat, der Sechzehnjährige wollte seine absurde Idee nicht aufgeben. Obwohl Stone den leicht zu beeindruckenden jungen Mann mochte, begann er langsam, die Geduld zu verlieren.

»Ich habe dir schon tausendmal erklärt, daß Windsor eine Frau aus Fleisch und Blut ist, genau wie jede andere Frau auch.«

»Du irrst dich, Stone-der-Mann-der-Mut-zeigt-wenn-Pfeil-«

»Oh, Himmel noch mal, Sonne-auf-Flügeln! Nenn mich doch einfach Stone, ja?«

Der gutaussehende junge Krieger nickte. »Großvater hat großen Namen für großen Mann gefunden, aber Zunge verwirrt, wenn zu oft sagen.«

Stone fühlte einen unbezwingbaren Drang, zu lachen.

Wie hatte er sich nur in so eine unmögliche Lage bringen können? Falls er jemals wieder lebendig aus diesen Bergen herauskommen sollte, so würden ihm weder Gray, noch Tyler, noch sonst irgendjemand glauben, was ihm hier alles widerfahren war.

»Sag mir, Sonne-auf-Flügeln, wie lange hast du noch vor, dich in Büschen zu verstecken?«

»Sonne-auf-Flügeln schauen zu, bis Gelbhaar auf Wind reiten.«

Stone schüttelte erneut den Kopf, verschwendete aber seinen Atem nicht mehr, um vernünftig mit dem Jungen zu reden. Sonne-auf-Flügeln würde ihm sowieso nicht zuhören.

»Gelbhaar deine Frau?« erkundigte sich Sonne-auf-Flügeln plötzlich.

»Nein.«

»Wenn Frau teilen Wigwam mit Mann, dann sie seine Frau.«

»Sie ist nicht meine Frau.«

»Dann ich sie möchten als Frau.«

Stone ärgerte sich über die ganze Unterhaltung. »Schau, Sonne-auf-Flügeln, es tut mir leid, dir dies sagen zu müssen, aber Windsor wird sich keinen Mann suchen. Sie hält sich für eine Nonne. Und eine Nonne ist eine Frau, die den Göttern dient. Wie Euer Medizinmann, denke ich.«

»Medizinmann sich suchen Frau, wenn will.«

»Nun, Windsor ist anders. Das hat sie mir gesagt.«

»Ich sie spüren lassen Liebe. Gelbhaar lebt im Herz.« Sonne-auf-Flügeln schlug sich stürmisch an die Brust und brachte damit die langen weißen Adlerfedern in seinem Haarbüschel zum Hüpfen. »Ich spielen Flöte und singen Lied der Liebe, damit sie kommen zu Sonne-auf-Flügels Wigwam.«

»Wie du willst«, brummte Stone.

Er sah ganz bewußt nicht in Windsors Richtung, als er

sich zu dem felsigen Pfad aufmachte, der entlang des Sees verlief. Nachdem er eine Weile gegangen war, erreichte er die Biegung, die zu dem kleinen Strand führte, der wiederum ins Wasser hineinragte, und wo man ihn vom Dorf aus nicht mehr sehen konnte. Er lief noch ein Stück weiter und setzte sich schließlich mit dem Rücken gegen einen der großen Felsen, die sich über dem Wasser erhoben.

Ein leichter Wind war aufgekommen, der kleine Wellen auf der ruhigen Seeoberfläche entstehen ließ. Die Sonne, die auf seinen unbedeckten Kopf herabschien, war angenehm warm, und der See, in dem sich die gezackten Gipfel mit ihren schneebedeckten Häubchen spiegelten, wunderschön anzuschauen.

Er dachte erneut darüber nach, daß er die Osage bald verlassen wollte. Er brannte darauf, nach San Francisco zu reisen, um Clan aufzuspüren, bevor dieser sich wieder aus dem Staub machen konnte. Er hatte sich bereits entschieden, zunächst nach Silverville zu reiten. Nach seinen Berechnungen lag die Bergwerksstadt zwei oder drei Tagesritte südlich vom Lager der Osage. Wenn er Glück hatte, und das Wetter hielt, konnte er dort bei Freunden unterkommen, die ihm helfen würden.

Er mußte lächeln, wenn er an die kleine Stadt voller Rabauken dachte, in der er vor dem Krieg mehrere Monate verbracht hatte, um den Bau der Gleise von den Lagerhäusern in der Stadt zu den Silberminen hoch oben in den Bergen zu beaufsichtigen. Sweet Sue hatte seinen Aufenthalt in jenem Winter dort unvergeßlich gemacht. Er hoffte, daß sie immer noch den Pleasure Palace leitete.

Die Gedanken an Suzy Wright vergingen, als Windsor Richmond unter ihm auftauchte. Stone verspürte keine Lust, mit ihr zu reden und rutschte weiter in die Schatten der Bäume zurück, wo sie ihn nicht so leicht entdecken konnte. Er fragte sich, ob sie ihm wohl gefolgt war.

Sie blickte sich um, aber sie schien nicht nach ihm zu

suchen. Dann zog sie plötzlich zu seinem allergrößten Schrecken ihre Tunika über den Kopf. Unwillkürlich sprang er mit offenem Mund auf die Füße. Sein Blick klebte bereits wie ein Magnet an ihrem nackten Rücken, als sie auch noch ihre Hosen auszog. Völlig nackt tauchte sie in den eisig kalten See.

Nachdem seine Überraschung abgeklungen war, wurde Stone wütend. Er kletterte zum Ufer hinunter und stemmte die Fäuste in die Hüften. »Was zum Teufel tun Sie da?« rief er.

Beim Klang seiner Stimme fuhr Windsor im Wasser herum, völlig überrascht, ihn zu sehen. »Nun, ich schwimme, was sonst!«

»Verdammt, ich rede davon, daß Sie sich splitterfasernackt vor allen, die zufällig vorbeikommen, ausziehen! Besitzen Sie denn überhaupt keinen Anstand?«

»Außer Ihnen ist niemand hier, und ich habe Sie nicht gesehen. Wo waren Sie?«

Stone fühlte, wie ihm das Blut ins Gesicht stieg. »Das ist doch egal. Sie sollten sich nicht im Freien ausziehen, wo Sie jemand sehen könnte.«

Ihre ruhigen, saphirblauen Augen blickten suchend in sein Gesicht. »Ich glaube, ich habe Sie in Verlegenheit gebracht«, sagte sie langsam. »Sie haben noch nie den unbekleideten Körper einer Frau gesehen, nicht wahr, Stone Kincaid?«

»Natürlich habe ich schon nackte Frauen gesehen. Viele sogar!« schnappte er, heftiger als nötig, zurück.

»Warum regen Sie sich dann so auf?«

»Ich rege mich nicht auf, verdammt noch mal!«

»Sie klingen aufgeregt, und Sie machen einen aufgeregten Eindruck.«

»Ach, was soll's, machen Sie doch, was Sie wollen! Solange Sie mir nur vom Leib bleiben!«

»Warum gehen Sie mir aus dem Weg, Stone Kincaid?« rief sie ihm nach, als er sich abwandte. »Wir hätten schon längst damit beginnen sollen, Pläne zu schmieden, um diesen Mann, Clan, zu fassen —«

»Mein Name ist Stone! S-T-O-N-E, Stone! Nur ein einfaches, kleines Wort! Ist denn niemand hier imstande, mich einfach so zu nennen?«

Während er sie mit düsterem Blick anstarrte, zogen sich Windsors feingeschwungene, blonde Augenbrauen zu einem Stirnrunzeln zusammen. »Es ist in China üblich, zwei Namen zu benutzen. Ich verstehe nicht, warum Sie immer so ärgerlich auf mich sind. Wenn Sie mir vielleicht sagen könnten, was an mir Sie so beleidigt, dann würde ich es ändern.«

Gegen seinen Willen wanderte Stones Blick hinab ins kristallklare Wasser. Er konnte die Umrisse ihres nackten Körpers ausmachen, ihre weichen, weißen Brüste und die langen, wohlgeformten Beine, die blaß unter der Oberfläche schimmerten, während sie ihre Arme hin und her bewegte, um nicht in dem tiefen Wasser zu versinken.

Plötzlich kam ihm ein beunruhigender Gedanke. Er wirbelte herum und ließ einen forschenden Blick über die dichten Büsche entlang des felsigen Ufers wandern. Dann rief er Windsor im Befehlston zu: »Bedecken Sie sich, wenn Sie herauskommen, Himmel noch mal! Man weiß nie, wer sich in den Büschen versteckt hält!«

Zum ersten Mal, seit er ihr begegnet war, begann Windsor zu lachen — ein leises, glockenhelles Lachen. »Ihr Amerikaner seid wirklich sehr seltsam«, sagte sie und lächelte zu ihm hinauf. Sie sah so unglaublich schön aus, daß es Stone den Atem verschlug.

Er schluckte einmal schwer, preßte die Lippen zusammen und stolzierte dann mit langen, wütenden Schritten davon. Als er ein paar weiße Adlerfedern entdeckte, die aus den dunklen Tiefen einer dicht wachsenden Fichte direkt neben dem Pfad herausragten, begann er zu fluchen.

7

Windsor öffnete ihre Augen und lauschte dem Regen, der auf ihren Wigwam fiel. Was hatte sie geweckt? Sie blieb regungslos liegen und fragte sich, ob Jun-li sie wohl gerufen hatte. Dann stützte sie sich auf einen Ellenbogen und sah, daß das Kapuzineräffchen zusammengerollt zu ihren Füßen lag. Sie blickte sich um und entdeckte Stone Kincaid, der einige Meter von ihr entfernt lag und schlief. Sie war überrascht. Er war so verärgert gewesen über ihr Bad im See, daß sie eigentlich damit gerechnet hatte, er würde die Nacht woanders verbringen.

Ein leises Grollen kündete entfernten Donner an. Windsor wurde klar, daß der kalte Regen Stone Kincaid wahrscheinlich in den Wigwam getrieben hatte. Sie setzte sich in den Lotussitz und betrachtete nachdenklich den Mann, den sie hatte umbringen wollen.

Stone Kincaid war ein seltsamer und schweigsamer Mensch, dessen Worte und Taten sie verwirrten, aber er hatte viel Mut bewiesen. Sie wünschte sich eine Freundschaft mit ihm, wie sie zwischen ihr und Hung-pin geherrscht hatte. Sie wollte diesem großen, unruhigen Amerikaner dabei helfen, spirituellen Frieden zu finden.

Eine verzweifelte Traurigkeit legte sich um ihr Herz. In letzter Zeit war auch ihr eigener Geist in turbulenter See hin und her geworfen worden. Sie wurde von unerklärlichen Konflikten geplagt, seit sie Stone Kincaid getroffen hatte. Morgen würde sie sich auf die Suche nach einem ruhigen, abgelegenen Ort machen, wo sie ihren Verstand von jedem Gedanken leeren konnte, um inneren Trost zu finden.

Ein leises, gequältes Stöhnen ließ sie ihre Aufmerksamkeit wieder auf Stone richten. Er schlief nicht mehr friedlich, sondern warf sich ruhelos auf seinem Büffelfell hin und her.

Sein Atem war laut und schwer geworden, als seien

seine Lungen verstopft. Dann plötzlich hob er beide Hände und begann, wild in der Luft herumzuschlagen.

Windsor runzelte besorgt die Stirn, aber bevor sie sich nach vorne beugen konnte, um ihn zu wecken, sprang er auf seine Knie und stieß einen kurzen, fürchterlichen Angstschrei aus. Er starrte sie mit wilden Augen und schweißbedecktem Gesicht an, als habe er sie noch niemals zuvor gesehen.

Windsor sprach mit beruhigender Stimme auf ihn ein. »Ihre Träume müssen beängstigend gewesen sein.«

Stone wandte sich abrupt von ihr ab, und Windsor sah, daß er sich, offenbar immer noch aufgewühlt, mit den Fingern durch sein dichtes, schwarzes Haar fuhr. Er gab keine Antwort.

»Tut mir leid, daß ich Sie geweckt habe«, sagte er dann mit einer belegt und unnatürlich klingenden Stimme. »Legen Sie sich ruhig wieder hin.«

Windsor jedoch rührte sich nicht und sah ihm stumm nach, als er sich hochstemmte und auf den Ausgang zustolperte. Er warf die Decke zur Seite, atmete mehrmals die frische, feuchte Nachtluft ein und hielt seine Hand nach draußen, um etwas von dem Regenwasser aufzufangen, das er dann über Gesicht und Nacken verteilte. Er drehte einige Male den Kopf und massierte sein Genick, offenbar bemüht, seine Fassung wiederzuerlangen.

»Träume können manchmal sehr wirklich erscheinen«, bemerkte Windsor mit sanfter Stimme, und mußte feststellen, daß er ihrem Blick auswich. »Es gibt keinen Grund, sich seiner Ängste zu schämen.«

Stone sagte immer noch nichts, setzte sich hin und starrte wortlos auf die glühende Asche. Seine langen Finger ballten sich so fest zu Fäusten, daß die Knöchel weiß hervorstanden. Er wurde offensichtlich von einem schrecklichen, inneren Kampf zerrissen.

»Verfolgt Sie der Mann, den wir beide suchen und dessen Name Emerson Clan ist, in Ihren Alpträumen?«

»Emerson Clan selbst ist ein Alptraum«, murmelte er und starrte weiter ins Feuer. »Da können Sie jeden fragen, der jemals mit ihm zu tun hatte.«

»Der Alte Weise hat uns gelehrt, daß ein Mensch sich erst verachtenswert machen muß, bevor er von anderen verachtet werden kann.«

»Clan ist darin besser als die meisten Menschen.«

»Gemeinsam werden wir ihn finden und seine vielen unschuldigen Opfer rächen.«

»Windsor, ich habe Ihnen schon einmal gesagt, daß ich beabsichtige, Clan allein aus dem Weg zu räumen. Nur er und ich. Verstanden?«

»Warum lehnen Sie meine Hilfe ab?«

Als er sein Gesicht hob, spiegelte sich das Licht des Feuers in seinen blauen Augen und ließ sie silbern aufblitzen, ganz so, als wenn die Sonne auf eine Schneewehe scheint und ein leuchtendes Licht entsteht. Er ist ein sehr gutaussehender Mann, dachte sie. Sie begann, innerlich zu zittern und schämte sich dafür.

»Weil ich nicht möchte, daß Sie Ihr Leben verlieren und womöglich wie Ihr Freund, der Chinese, von einer Peitsche zerfetzt werden. Die Tatsache, daß Sie eine Frau sind, wird für Clan keinen Unterschied machen — seien Sie nur nicht so naiv, das zu glauben. Es gefällt ihm, Frauen wehzutun. Er hat in Chicago meiner Schwägerin damit gedroht, daß er ihr die Kehle durchschneiden würde. Das ist übrigens noch ein Grund, warum ich hinter ihm her bin.«

»Falls es mein Schicksal sein sollte, durch Emerson Clans Hände zu sterben, dann gibt es wenig, was ich tun kann, um dies zu verhindern«, entgegnete Windsor ruhig.

»Nun, aber ich kann es zum Teufel noch einmal verhindern!«

Niemals zuvor hatte Windsor einen Mann getroffen, der so von einer inneren Wut aufgefressen wurde. Sie beobachtete, wie ein Muskel in seiner Wange zuckte, und er mit seiner rechten Hand die verletzte Schulter massierte, als habe sie wieder zu schmerzen begonnen.

»Sie leiden viel, Stone Kincaid, an Geist und Körper gleichermaßen. Ich kann Ihnen helfen, wenn Sie mich nur lassen.«

»Wie?«

»Ich werde es Ihnen zeigen.«

»Nein. Zuerst möchte ich, daß Sie es mir erklären.«

»Ich werde zunächst Nadeln setzen, um die Schmerzen in Ihrer Schulter zu erleichtern. Dann werde ich Ihnen Wege zeigen, wie Sie Ihren Geist kontrollieren können, damit auch er wie Ihr entspannter Körper Ruhe finden kann.«

Nachdem Windsor Richmond ihre Erklärungen beendet hatte, lächelte sie ihn auf so liebenswerte Weise an, daß Stone Kincaid sich heftig danach sehnte, sich von ihr helfen zu lassen. Seit er aus dem Alptraum hochgeschreckt war, war jeder Muskel in seinem Körper steinhart, jede Sehne angespannt, und all dies trug dazu bei, daß der pochende Schmerz in seiner Schulter noch schlimmer war als gewöhnlich.

Aus irgendwelchen Gründen blieb aber immer noch ein Zweifel zurück, ob er sich ihren unorthodoxen Behandlungsmethoden hingeben sollte — er vertraute ihr immer noch nicht völlig. Schließlich nickte er jedoch zustimmend. Windsor kam um das Feuer herum und setzte sich dicht vor ihn hin. Während er sie beobachtete, zog sie ihren geflochtenen Zopf nach vorne und begann ihn zu lösen.

Schimmernde, blonde Strähnen fielen in losen Wellen über ihre Schultern, so lang und glänzend wie feiner Goldsatin. Sie griff in den Nacken und zog eine Kette aus dem Kragen ihrer schwarzen Tunika. Mit großer Geduld löste sie die dünne Kordel und legte die Kette mit den runden, grünen Perlen auf den Boden zwischen ihnen.

»Diese Steine sind aus reiner Bergjade gearbeitet«, erklärte sie und teilte eine Strähne ihres seidigen Haares ab. Während sie weitersprach, begann sie, daraus einen winzigen, festen Zopf zu flechten. »In China werden Jadesteine wie diese mit großer Ehrfurcht behandelt. Seit den Zeiten der Alten haben die Menschen viele außergewöhnliche Eigenschaften in dem Jade entdeckt.« Sie blickte ihn an und verzog ihre weichen, rosafarbenen Lippen zu einem leichten Lächeln. »›Weich, glatt, glänzend erschien es ihnen wie Güte; rein, fest und stark wie Weisheit. Strahlend wie ein leuchtender Regenbogen erschien es ihnen wie der Himmel; von allen, die auf Erden wandeln wie der Weg der Wahrheit und der Pflicht.‹ Dies sind die Worte des großen Meisters K'ung-Fu-Tzu«, fügte sie erklärend hinzu. »Im Westen kennt man ihn als Konfuzius.«

Stone lauschte fasziniert. Der sanfte Ton ihrer Stimme plätscherte wie Musik dahin, erfüllte seinen Kopf und wirkte beschwichtigend auf die Unruhe, die in seinem Inneren tobte. Schweigend sah er zu, wie sie den jadebesetzten, schwarzen Dolch hervorzog, die Klinge nahe an ihren Kopf hielt und den enggeflochtenen Zopf mit einer einzigen, schnellen Bewegung abschnitt. Die Augen auf ihre Arbeit gerichtet, wählte sie drei der glänzenden Kugeln aus ihrer Kette.

»Wann immer Sie sich unruhig fühlen und Ihre Rastlosigkeit besänftigen möchten, streichen Sie über die glatte Oberfläche dieser Jadesteine«, murmelte sie, während sie die Perlen eine nach der anderen auf die Kordel zog, die sie aus ihrem Haar gefertigt hatte. Sie griff nach seiner linken Hand, zog sie zu sich herüber und band das Armband aus Haar und Jade um sein Handgelenk. »Sie werden feststellen, daß es hilfreich ist, um Ihren Geist in Frieden und Harmonie zu versetzen.«

Als sie sich auf ihre Fersen zurücksetzte, streichelte Stone mit Daumen und Mittelfinger über einen der grünen

Steine. Er fühlte sich weich und glatt an, beinahe seidig, und er begann zu verstehen, was sie beschrieben hatte. Während er über die Jade strich, betrachtete er Windsor Richmonds Lippen und stellte sich vor, daß sie sich wohl ähnlich anfühlen würden. Er zuckte zusammen und wich zurück, als sie ihre Hände auf seine Brust legte, um, wie es schien, sein Hemd zu öffnen. Sofort zog sie ihre Hände zurück, aber ihre saphirblauen Augen blickten ihn verwundert an.

»Sie müssen Ihr Hemd ausziehen«, murmelte sie und ließ ihn nicht aus den Augen.

»Das kann ich selbst.«

Sobald er die Knöpfe geöffnet hatte, lehnte sie sich nach vorne und half ihm, den Ärmel vorsichtig über seine Bandage zu ziehen. Sie wandte ihre Aufmerksamkeit seiner nackten Brust zu. Dabei kam sie ihm so nahe, daß er den wohlriechenden Duft ihres Haares wahrnahm. Jasmin, dachte er, besonders süß, wenn die Blüten noch an der Rebe hängen. Die Anspannung in seinem Körper und auch in seinen Lenden wuchs gefährlich, denn sie begann, ihn zu berühren. Ihre Finger bewegten sich sanft und gekonnt über die kräftigen Muskeln in seiner Taille, dann über die Rippen hinweg zu den hervortretenden Muskeln seiner Brust.

»Sie sind sehr angespannt und hart«, murmelte sie, und setzte ihre Untersuchung fort, die feinen Augenbrauen in höchster Konzentration zusammengezogen.

Stone hätte am liebsten laut gelacht. Ja, verdammt richtig, dachte er und verzog seine Lippen zu einem trockenen Grinsen. In mehr als einer Hinsicht. Und die Art und Weise, wie sie seinen Körper streichelte, war nicht gerade dazu angetan, diesen Zustand zu ändern. Er war deshalb erleichtert und gleichzeitig enttäuscht, als sie die intime Untersuchung seines Oberkörpers beendete, um nach ihrem schwarzen Lackkästchen zu greifen, in dem sie ihre Nadeln aufbewahrte.

Sie hockte sich hinter ihn auf die Knie, ließ ihre Handflächen leicht über seinen Rücken gleiten und nahm sich Zeit, um genau die richtigen Punkte zu finden. Als sie die erste Nadel einstach, fühlte Stone kaum, wie die Spitze die Haut durchdrang. Er war viel zu abgelenkt von ihrer Nähe und von ihrem süßen, exotischen Duft. Fünf weitere Nadeln wurden ausgewählt und sorgfältig entlang der Außenseite seines rechten Ohres plaziert. Sie trug eine graue Substanz auf die Köpfe auf und zündete sie mit einem Zweig aus dem Feuer an. Langsam, wie durch ein Wunder, begann das dumpfe, schmerzende Unbehagen in seiner linken Schulter abzuklingen.

»Warum verursachen die Einstiche keine Blutung?« fragte er, um sich von dem Gedanken an die Weichheit ihrer Lippen abzulenken.

»Weil die Nadeln sehr fein und zart sind. Die Enden sind nicht spitz, sondern abgerundet, um die Haut zur Seite zu schieben, statt sie zu durchstechen. Und ich trage Moxa auf, um sie zu erhitzen und den Heilungsprozeß zu beschleunigen.«

»Ich verstehe nicht, warum der Schmerz in meiner Schulter nachläßt, wenn man mir rauchende Nadeln in mein Ohr und meinen Arm steckt.«

Windsor zögerte ein wenig mit der Antwort, und ihre großen, ausdrucksvollen Augen blickten forschend in sein Gesicht. »Es ist auch für jemanden, der wie Sie im Westen geboren wurde und dort aufgewachsen ist, schwierig zu verstehen.«

»Versuchen Sie trotzdem, es mir zu erklären.«

Sie schien erfreut zu sein, daß er nach einer Erklärung verlangte. »Die alten Heiler lehrten, daß es eine Lebensenergie gibt, die den physischen Körper erschlafft und belebt. Sie nannten diese Lebensenergie *Ch'i*, was Atem bedeutet. *Ch'i* findet sich in allen Dingen, die atmen, selbst in Pflanzen und Tieren. Möchten Sie noch mehr hören?«

»Ja!«

»Alle Dinge im Universum bestehen aus zwei sich ergänzenden Kräften, die Yang und Yin genannt werden. Yang ist die aktive Kraft. Sie ist positiv und stark. Yin ist passiv. Yin ist das negative, weiche Element. Wo Yang Licht ist, ist Yin dunkel. Yang ist männlich, und Yin ist weiblich. Yang ist der Himmel und die Helligkeit, Yin die Erde und die Dunkelheit. Beide sind gleich wichtig, um *Ch'i* auszumachen. Wenn Yin und Yang ausgeglichen sind, ist das Resultat Harmonie, aber ein Überschuß von dem einen oder dem anderen im Körper eines Menschen macht ihn krank.«

Während Windsor sprach, drehte sie vorsichtig die Nadeln in seinem Ohr. Er verspürte keinen Schmerz.

»*Ch'i* bewegt sich entlang von Bahnen im Körper, die Meridiane genannt werden«, fuhr sie fort. »Es kontrolliert das Blut und die Nerven und alle Organe, und es muß frei fließen. Wenn dieser Energiefluß blockiert oder behindert ist, kommt es zu Krankheit. Sie sehen also, daß der Schmerz in Ihrer Schulter ausgelöst wird durch die Akkumulation von Energie, die entsteht, weil *Ch'i* blockiert wird. Durch die Stimulation gewisser Punkte entlang der Meridiane, die dadurch entsteht, daß ich die Nadeln so wie jetzt drehe« — sie demonstrierte es erneut — »wird der Fluß wiederhergestellt und Ihr Schmerz gemindert.«

»Wo haben Sie all das gelernt?«

»Von dem Alten Weisen, meinem Meister Ju vom Tempel der Blauen Berge.«

Nachdem sie mit dem Setzen der Nadeln fertig war, rutschte Windsor nahe an Stones Rücken heran. Er schloß seine Augen, während ihre Finger über seine breiten, nackten Schultern zu streichen begannen, dann den Nacken hinabstrichen, kneteten und massierten, bis die gewohnte Starre, die seinen Körper beherrschte, zu schmelzen begann. Aus Armen und Beinen floß die Anspannung hinaus, als hätte sie eine Flasche entkorkt und ihr erlaubt, auszulaufen.

»Das fühlt sich gut an«, gab er widerstrebend zu.

»Ich freue mich, daß es Ihnen gefällt«, erwiderte sie und bewegte sich um ihn herum, bis sie wieder vor ihm saß. Sie strich mit ihren Handflächen über das dichte schwarze Haar auf seiner Brust und rieb ihre Fingerspitzen sanft und mit langsamen, kreisförmigen Bewegungen über sein Fleisch. Stone wurde klar, daß er solch eine völlige Entspannung seit ewigen Zeiten nicht mehr verspürt hatte. Große Gelöstheit durchströmte ihn, und er lächelte. Windsor erwiderte sein Lächeln. Das Feuer verlieh ihr eine schimmernde, kupferfarbene Aura.

»Wie ein Heiligenschein«, murmelte er und hob seine Hand, um das strahlende, seidenweiche Haar zu streicheln. Er liebkoste es mit seinen Fingern, wie er es kurz zuvor mit den Jadesteinen getan hatte. Er sehnte sich danach, sie zu küssen, er wollte ihre Lippen kosten und über die weiche, makellose Haut streicheln. Er ließ seine Finger über die vornehme Wölbung ihrer Wange gleiten und dann über ihre volle Unterlippe.

Windsors Lippen öffneten sich unter seiner Berührung, und sie machte keine Anstalten, sich ihr zu widersetzen. Ihre Blicke senkten sich ineinander, und sie hob ihre Hand, um ihn auf ähnliche Weise zu streicheln. Ihre Fingerspitzen zogen die feste Linie seines Mundes nach, ganz so, wie er es bei ihr getan hatte. Stones Herz begann, gefährlich schnell zu schlagen, und er stellte bestürzt fest, wie sehr er sie begehrte. Er wollte sie an sich pressen, jeden Zentimeter von ihr spüren. Er wollte sie nach hinten, auf die weichen Felle, zurücklegen und sie vollkommen besitzen.

Entsetzt, wie nahe er daran war, genau dies zu tun, nahm er jedoch ihr Handgelenk und schob sie von sich weg. Er durfte sich nicht mit einer Frau wie Windsor Richmond einlassen. Verdammt, sie war ihm unheimlich, und sie hatte ihm seit ihrer ersten Begegnung nichts als Schererein eingebracht. Viel wichtiger noch, sie betrachtete sich als Nonne. Das hatte sie selbst gesagt. Für das, was er im Sinn hatte, kamen Nonnen definitiv nicht in Frage.

»Wir sollten besser noch etwas schlafen«, knurrte er, ohne sie anzusehen. Er wickelte sich schnell in ein Büffelfell und legte sich vorsichtig hin, damit die Nadeln nicht verrutschten. Er rollte sich zur Seite und kehrte ihr den Rücken zu. Er preßte seine Augenlider zusammen, aber er schlief nicht ein. Statt dessen lauschte er auf jede ihrer Bewegungen, spürte ihre weiche Haut und ihre Lippen wieder, stellte sich vor, wie sie sich gegen die seinen preßten und beschloß, daß er so bald wie möglich von ihr wegkommen mußte. Denn, Gott möge ihm beistehen, er hungerte mit einer Leidenschaft nach ihr, die er noch niemals zuvor erfahren hatte, noch niemals bei irgendeiner anderen Frau verspürt hatte. Dabei war er mit vielen zusammengewesen, die sowohl schön als auch begehrenswert gewesen waren. Es gefiel ihm nicht, daß er mit solcher Macht nach ihr verlangte. Diese Empfindungen gaben ihm das Gefühl, weich und undiszipliniert zu sein, und sie waren gefährlich — für sie beide.

Grauer Nebel hing wie ein niedriger Schleier über der ruhigen Oberfläche des Sees und verhüllte die Bergspitzen. Die Dorfbewohner waren gerade erst aufgestanden und ihr eintöniger Morgendämmerungsgesang erklang über dem See, als Windsor die Decke ihres Wigwams zurückschlug und nach draußen trat. Sie blickte sich nach Stone Kincaid um.

Er hatte nun schon seit mehr als einer Woche nicht mehr bei ihr im Wigwam geschlafen, seit der Nacht mit dem Regensturm. Er ging ihr absichtlich aus dem Weg, und sie konnte nicht verstehen, warum er das tat.

»Ich habe dir Ponys gebracht, Gelbhaar. Sie sind ein

Geschenk von Sonne-auf-Flügeln, dem Sohn meines jüngsten Bruders.«

Windsor erkannte den Sprecher als einen der älteren Krieger, den der Stamm Büffelmann nannte. Er war ein großgewachsener Mann mit einem wettergegerbten Gesicht und einer kurzen, breiten Narbe. Büffelmann hielt die Zügel mehrerer Ponys, lauter schöne Tiere mit glänzendem Fell, die in der frischen Morgenluft schnauften und mit den Hufen stampften.

»Sonne-auf-Flügeln ist ein guter Freund«, murmelte sie und strich über das samtige Maul einer gefleckten Stute, während der Krieger die Zügel um einen Pfahl band. »Es ist sehr großzügig von ihm, mir ein solches Geschenk zu machen.«

Büffelmann nickte, ohne etwas zu sagen und ging dann schnell davon. Windsor klopfte den Hals des Tieres, aber sie verharrte, als sie Stone Kincaid erblickte. Er blieb in einiger Entfernung stehen und schaute sie einen Augenblick lang an, bevor er sich umdrehte und in die andere Richtung davonging. Er war immer noch böse auf sie. Windsor hatte es an seinen Augen sehen können.

In jener Nacht, als sie seine angespannten Muskeln massiert hatte, war sie zuversichtlich gewesen, daß sie ihm dabei behilflich sein könnte, Erleichterung von dem Schmerz zu finden, den er mit sich herumschleppte. Aber seit dieser Zeit machte er einen noch stilleren und zurückgezogeneren Eindruck. Er war noch nicht bereit, sein Herz zu öffnen und den harten Kern seines bitteren Hasses schmelzen zu lassen.

Er trägt seinen Namen zu recht, dachte sie, denn er ist ein harter Mann, so hart wie der Granit in den Bergen um uns herum.

Aber sie gab noch nicht auf. Eines Tages würde sie einen Weg finden, ihm zu helfen. Eines Tages, wenn sie wieder einmal tief in ihre Meditation versunken war, würde sich ihr ein Weg enthüllen, wie sie den Haß, der an seiner Seele nagte, vermindern konnte. Sie war geduldig. Sie mußte nur abwarten.

Sie hockte sich nieder, strich mit den Fingern über den kalten Boden hinweg und rieb sich die Erde auf die Stirn, wie es der Brauch der Osage war, bevor sie ihr Morgendämmerungslied anstimmten. Die meisten der Little Ones hatten ihre morgendliche Huldigung der Sonne beendet, aber sie genoß ihren Brauch, dem roten Feuerball, der dem Land Licht und Wärme gab, ihre Ehrerbietung zu erweisen. Lobreden murmelnd zog sie sich das warme Büffelfell von den Schultern und ging auf das Ufer des Sees zu. Sie kniete nieder und tauchte ihre Hände in das klare, kalte Wasser und fuhr sich dann über Gesicht und Arme. Aber selbst während sie sich wusch, schossen ihr verwirrende Gedanken durch den Kopf.

Sie war wirklich durcheinander. Seit sie Stone Kincaid getroffen hatte, war sie mit vielen, mächtigen, neuen Empfindungen konfrontiert worden. Wenn sie der große Amerikaner mit durchdringenden Augen anschaute, als wolle er sie verschlingen, oder wenn er ihre Wangen und Lippen mit seinen Fingerspitzen berührte, wie er es in jener Nacht getan hatte, überlief sie ein Schauer, und sie bekam eine Gänsehaut. In solchen Augenblicken pochte ihr Herz so kräftig wie ein mächtiger Regenguß, der auf das Tempeldach niederging, und ihr Körper brannte von heftigen, unerklärlichen Sehnsüchten.

Von ihren eigenen Gefühlen beunruhigt, schlang sich Windsor wieder eines der warmen Felle um die Schultern und entfernte sich vom See. Hoch oben auf einem Hügel, von dem aus sie den See überblicken konnte, hatte sie eine Stelle gefunden, wo sie ungestört ihren Gesang der alten Sutra anstimmen konnte. Dort, inmitten der Ruhe der Natur, würde sie tief in sich hineintauchen und die Lösung für ihr verwirrendes Dilemma finden.

Die Sonne schien inzwischen hell und ihre Strahlen glitzerten auf dem Wasser. Windsor breitete ihr Büffelfell aus. Sie nahm den Lotussitz ein, legte ihre Fußgelenke auf die gegenüberliegenden Knie und ließ ihre Hände mit den Handflächen nach oben auf ihren Knien ruhen.

»*Om Mani Padme Hum, Om Mani Padme Hum*«, begann sie leise zu murmeln. Der vertraute Gesang brachte ihr sofort Trost. Sie konzentrierte sich darauf, ihren Kopf von allen bewußten Gedanken zu befreien, richtete ihren Geist nach innen, schaute tief in ihren Körper hinein, vorbei an Haut, Muskeln und Knochen und reiste mit dem strömenden Fluß ihres Blutes an ihrem klopfenden Herzen vorbei zum Kern ihres Seins, wo die Antworten auf alle Fragen der Existenz darauf warteten, von der wahren Schülerin entdeckt zu werden.

Nachdem sie die beruhigenden Silben der Sutra immer und immer wieder gesungen hatte, begann der Frieden sie wie ein Strom aus warmem Öl zu durchfließen und tauchte sie in ein Gefühl der Sicherheit und Zufriedenheit, brachte sie an einen ruhigen, liebevollen Ort. Dann sah sie sich einen Herzschlag lang mit Stone Kincaid. Er lag auf ihr, seine langen, braunen Finger in ihrem Haar vergraben. Sein Mund bewegte sich langsam über ihr Gesicht und suchte ihre Lippen. Überwältigt von dieser Enthüllung spürte sie, daß ihre Trance sofort durchbrochen wurde. Ihre Augen flogen auf. Stone Kincaid stand nur wenige Meter von ihr entfernt, und seine blau-grauen Augen waren auf ihr Gesicht gerichtet.

»Ich sehne mich danach, daß Ihr Körper auf meinem liegt«, gestand sie ihm atemlos. »Ich habe gerade in mein Herz geschaut, und die Wahrheit wurde mir dort enthüllt.«

Stone Kincaid starrte sie einen Augenblick lang an und begann dann, leise zu lachen. »Ja, das gleiche wurde mir vor einigen Nächten ebenfalls enthüllt.«

Verstört zog Windsor ihre Brauen zu einem besorgten Stirnrunzeln zusammen. »Aber was tut man gewöhnlich, wenn man mit so einem Problem konfrontiert wird?«

Stone zog eine Schulter hoch, aber seine Augen glitzerten auf eine Art und Weise, als wolle er wieder zu lachen beginnen. »Nun, ich für meinen Teil lege gewöhnlich meinen Körper auf den, den ich begehre.«

»Aber wenn das unmöglich ist?«

»Dann steckt man in einer verdammten Klemme.«

Windsor starrte ihn bestürzt an. »Der Alte Weise hat uns gelehrt, uns vor solchen Fleischesgelüsten zu hüten, da sie nur Leiden und Schmerzen verursachen würden. Wahre Schüler müssen enthaltsam leben und auf irdische Begierden verzichten, wenn sie den höchsten Frieden in sich selbst erreichen wollen. Das ist der Weg zur Erleuchtung!«

»Dann habe ich doch erhebliche Zweifel, ob ich wohl jemals erleuchtet werde«, erwiderte Stone und wandte seinen Blick dem See zu. Er nahm eine breitbeinige Haltung ein und hakte die Daumen hinter dem schwarzen Leder seines Gürtels ein. Windsor dachte an die Vision, die sie gehabt hatte, dachte daran, wie Stone Kincaid nackt auf ihr gelegen hatte, wie ihre Glieder ineinander verschlungen gewesen waren. Sie schluckte schwer und doch gelang es ihr nicht, dieses beunruhigende Bild aus ihrem Kopf zu bekommen.

»Sonne-auf-Flügeln hat mich hier herauf geschickt«, sagte Stone einen Augenblick später und wandte sich wieder zu ihr um.

»Sonne-auf-Flügeln? Warum ist er nicht selbst gekommen?«

Stone zögerte. »Ich nehme an, daß Sie wahrscheinlich gar nicht wußten, was vor sich ging, aber indem sie die Ponys von Büffelmann annahmen, haben Sie Sonne-auf-Flügeln als Ehemann akzeptiert.«

Windsors Augen weiteten sich. »Aber das darf doch gar nicht wahr sein! Wenn ich eine wahre Schülerin des Drachenfeuers werden möchte, kann ich niemals heiraten. Es ist verboten.«

»Schülerin des Drachenfeuers? Was soll das bedeuten?«
Windsor blickte zu Boden, erstaunt, daß ihr eine Bemerkung über das Drachenfeuer entschlüpft war. Niemals zuvor hatte sie laut über die geheime Kriegergemeinschaft ihres Tempels gesprochen, nicht einmal ihren Namen erwähnt! Oh, was ging nur mit ihr vor? Stone Kincaid brachte sie dazu, geheimnisvolle Dinge zu sagen und zu tun!

»Ich kann nicht mehr darüber sagen«, erwiderte sie schnell.

Stone Kincaid drängte sie nicht weiter. »Dann sollten Sie den Jungen sobald wie möglich wissen lassen, wie Sie über die Sache denken, sonst wird er am Ende noch vor seinem ganzen Stamm bloßgestellt.«

»Ich werde ihm die Wahrheit sagen, und er wird es verstehen.«

»Er wartet auf Sie, unten am See. Er wollte, daß ich herausfinde, wann Sie in sein Wigwam kommen, um seine Frau zu werden.«

Stones Augen hielten ihren Blick gegen ihren Willen gefangen, aber er fügte kein weiteres Wort mehr hinzu. Windsor war froh, als er sich umwandte und davonging. Männer machten die Dinge für Frauen wirklich schwierig. Das wurde ihr mehr und mehr klar. Der Alte Weise hatte recht gehabt, als er sie lehrte, solchen Versuchungen aus dem Weg zu gehen. Sie würde Sonne-auf-Flügeln an dieser Weisheit teilhaben lassen, damit er die Tatsache akzeptierte, daß sie weder seine, noch die Frau eines anderen Mannes werden konnte.

Sonne-auf-Flügeln wanderte am Seeufer auf und ab. Warum braucht Pfeil-teilt-Haar nur so lang? Er war so begierig, zu erfahren, ob Gelbhaar seinen Wigwam mit ihm teilen würde, solange Großvater hinter den Bergen schlief, daß er sich bereits ganz krank fühlte. Schon die bloße Idee, sie auf seine Schlafmatte zu betten, ließ sein Herz schneller schlagen, bis es in seiner Brust schmerzte. Er konnte es kaum erwarten, sie wiederzusehen. Er legte seine Hand über die Augen, um sie vor dem hellen Sonnenlicht zu schützen, und blickte forschend die Anhöhe hinauf, auf der sie gerne oben über dem See saß.

Gelbhaar kam zielstrebig auf ihn zu. Wie immer, wenn sie sich näherte, wurde seine Zunge dick und verknotete sich wie ein Lasso aus Pferdehaar. Dann brachte er kein Wort zustande. Als sie vor ihm stand, bemühte er sich um die angemessene Begrüßung, aber er konnte nur daran denken, wie wunderschön sie war. Wie weiß ihre Haut, wie sanft und golden ihr Haar! Am liebsten hätte er die Hand ausgestreckt, um sie zu berühren, aber das getraute er sich nicht.

»Ich fühle mich geehrt, daß du mich zur Frau nehmen willst, Sonne-auf-Flügeln.«

Bei diesen Worten schwangen sich die Hoffnungen von Sonne-auf-Flügeln wie der rote Adler, nach dem er benannt war, hoch in die Lüfte. Aber als sie fortfuhr, stürzten sie wie von einem Pawnee-Pfeil getroffen, wieder zur Erde hinab.

»Aber ich kann nicht heiraten. Ich habe gelobt, die Wahrheit und den Weg der Erleuchtung zu suchen. Ich muß nach Hause zum Tempel der Blauen Berge zurückkehren, wo ich den wahren Frieden und die wahre Harmonie erlangen kann.«

»Aber du können das auch hier, bei den Little Ones!« sagte Sonne-auf-Flügeln und bemühte sich, seine Enttäuschung hinunterzuschlucken. »Unsere Berge ragen in den Himmel hinein. Hier du können Wah-Kon-Dah nahe sein.«

»Dein Land ist wunderschön. Ich bin in deinem Dorf glücklich gewesen, aber ich muß es verlassen, wenn Stone Kincaids Körper wieder gesund ist und er reisen kann.«

»Ich werden mit dir gehen«, bestimmte Sonne-auf-Flügeln, ohne nachzudenken. »Ich werden dir in das weit entfernt gelegene Land namens China folgen, um Frieden und Harmonie zu finden.«

Gelbhaar lächelte. Sie muß ein Geist sein, dachte Sonne-auf-Flügeln. Kein sterbliches Wesen kann so schön und weise sein.

»Bevor ich zu meinem Tempel zurückkehren werde, muß ich eine weite Reise mit Stone Kincaid unternehmen. Wir suchen nach einem bösen Mann — einem Mann, der Menschen umgebracht hat, die uns sehr nahe standen. Sobald er bestraft ist, kann ich über den großen Ozean reisen, um mich meinem Schicksal zu beugen.«

»Ich sein tapferer Krieger, der Beste in unserem Stamm mit dem Bogen. Ich dir können helfen, bösen Mann zu finden.«

»Nein, du gehörst hierher, in die Berge, zu deinen eigenen Leuten. Eines Tages wirst du ein großer Häuptling der Little Ones sein. Weißgefleckter Wolf hat es in seinem Traumschlaf gesehen. Er hat es mir gesagt.«

»Ich würden lieber bei dir sein«, murmelte Sonne-auf-Flügeln, die Brust wie zugeschnürt angesichts seines Verlustes.

»Eines Tages wird dein Herz einer anderen gehören. Ich bin nicht die Frau, die für dich bestimmt ist. Aber ich werde mich immer an dich und unseren Wettkampf mit dem Bogen erinnern.«

Lächelnd legte sie ihre Handflächen zusammen, wie sie es schon oft getan hatte, seitdem sie in das Leben von Sonne-auf-Flügeln getreten war. Dann verbeugte sie sich höflich vor ihm. Sonne-auf-Flügeln erwiderte ihre Verbeugung auf die gleiche Weise, aber als er ihr nachblickte, während sie mit leisen, anmutigen Schritten davonging, war sein Herz schwer vor Einsamkeit.

8

Stone, der zusammengekauert hinter Windsors Wigwam in der Dunkelheit saß, zitterte und zog sich seinen Büffelumhang fester um die Schultern. Seit Einbruch der Nacht war die Temperatur gesunken, und dies verkomplizierte seine Entscheidung, sich davonzustehlen, wenn alle im Lager schliefen. Während der vier Wochen, die sie nun schon im Lager der Osage verbracht hatten, war es ihm gelungen, heimlich genug Essen und Verpflegung für den Weg nach Hause beiseite zu schaffen. Nun war die Zeit gekommen, er mußte sich nur noch auf den Weg machen.

Er schmiegte sich tiefer in die Felle hinein und verzog angesichts des werbenden Flötenspiels von Sonne-auf-Flügeln, das aus dem Wigwam nach draußen drang, das Gesicht. Der verdammte Junge brachte Windsor schon wieder ein Ständchen. So schwer es Stone auch fiel, dies zuzugeben, so wußte er selbst doch genau, warum er mit seiner Abreise so lange gewartet hatte. Er verfluchte seine eigene Schwäche.

Windsor Richmond war der Grund, verdammt. Sie hier zurückzulassen, verschaffte ihm kein gutes Gefühl. Immerhin hatte sie seinen Hals gerettet. Und er mochte sie — selbst wenn er sie für die verrückteste Person hielt, die er jemals getroffen hatte.

Wütend auf sich selbst, weil es ihm nicht gelang, das Gefühl der Schuld loszuwerden, das an seinem Gewissen nagte, stand er auf und versuchte erneut, sein Widerstreben abzuschütteln, ohne sie loszuziehen. Sie würde schon zurechtkommen. Sie konnte gut selbst auf sich aufpassen, das hatte sie schließlich schon mehr als einmal bewiesen.

Sein Gesicht nahm einen entschlossenen Ausdruck an. Er schlang das schwere Bündel, das er versteckt gehalten hatte, über seine gesunde Schulter und machte sich vorsichtig auf den Weg. Als er den Rand des Lagers erreicht hatte, schlich er leise auf die Bäume zu, wo er ein Pferd versteckt hatte. Wolken verdeckten den Mond, und die Nacht war so kalt und still, daß er das Geheul der Wölfe hören konnte, deren melancholische Gesänge unheimlich über den See schallten.

Innerhalb von wenigen Minuten hatte er die Stelle erreicht, wo er am frühen Morgen das Pferd angebunden hatte. Er legte sein Bündel über den Rücken des Tieres, zögerte dann und warf einen Blick zurück über die ruhigen Felder zu Windsors Wigwam. Sie würde schon zurechtkommen, beruhigte er sich erneut. Die Osage behandelten sie doch wie eine Königin, oder etwa nicht? Niemand würde ihr etwas Böses antun. Sie wäre in viel größerer Gefahr, wenn sie ihn auf der Suche nach Clan begleiten würde, wie sie es zu tun beabsichtigte. Stone konnte nicht zulassen, daß ihr etwas zustieß. Außerdem hatte sie die Neigung, ihm zuviele Scherereien zu verursachen.

Er schwang sich auf die gewebte Decke, die als Sattel diente, stieß seine Absätze in die Flanken der Stute und ritt auf den schmalen Waldpfad zu, der ihn aus dem Tal hinausführen würde. Ich tue das Richtige, sagte er sich, während ihn sein Gewissen weiter plagte. Wenn Windsor den Wunsch haben sollte, die Osage zu verlassen, dann würde sie das auch tun. Er mußte aufhören, sich Sorgen um sie zu machen und sich lieber auf seine eigenen Probleme konzentrieren.

Zwei Tage später machte sich Stone immer noch Vorwürfe, weil er Windsor zurückgelassen hatte. Was wäre, wenn sie wieder irgendetwas Verrücktes anstellen, ihm beispielsweise allein folgen würde? Ihre Überlebenskünste würden in der Kälte des Winters nicht viel nützen. Und das Wetter wurde von Tag zu Tag schlechter. Er hatte mit seiner Abreise viel zu lange gewartet. In den höheren

Lagen war der Schnee schon ziemlich tief, und nach dem bedrohlich aussehenden Himmel zu urteilen mußte er sich beeilen, wenn er es überhaupt noch bis Silverville schaffen wollte. Er trieb sein Pferd zu einer schnelleren Gangart an.

Wie er befürchtet hatte, setzte am späten Nachmittag Schneefall ein. Anfangs waren es nur vereinzelte Flokken, die herabwirbelten, aber es wurden langsam immer mehr, bis die Berge um ihn herum unter einer weißen Decke verschwunden waren, unter der sich damit die Orientierungspunkte verbargen, die er benötigte, um seinen Weg zu der alten Bergbaustadt zu finden. Als er schließlich überhaupt nichts mehr sehen konnte, begann er, die mit Zedern bewachsenen Hänge nach einem geeigneten Unterschlupf abzusuchen. Der Schnee fiel immer dichter, und er war froh, als er einige Höhlen direkt über ihm an einem felsigen Abhang entdeckte.

So weit er sehen konnte, waren sie nur über einen steilen Hügel zu erreichen, der mit hochgewachsenem Immergrün bedeckt war. Der Weg dorthin schien so glatt zu sein wie vereiste Pflastersteine. Aber er hatte keine Wahl. Während er seine Stute hinauflenkte, hoffte er nur, daß sie nicht den Halt verlieren würde.

Stone atmete erleichtert auf, als das Pferd die ebene Fläche vor den Höhlen erreicht hatte. Es gab insgesamt drei: Eine war groß, die beiden rechts und links davon kleiner. Er stieg vom Pferd und zog es auf die am nächsten gelegene Öffnung zu. Er wollte so schnell wie möglich ein Feuer entzünden. Seine Hände waren steif vor Kälte, und sein Gesicht rot und rissig, trotz der Decke, die er sich um Nase und Mund gewickelt hatte.

Der beißende Wind ließ nach, sobald er seinen Unterschlupf erreicht hatte. Stone fesselte der Stute die Vorderbeine, lud seinen Proviant ab und rieb das Tier trocken. Dann ging er wieder nach draußen, um Äste für ein Feuer zu suchen. Holz gab es reichlich. Als er sich aufrichtete, bemerkte er einige Indianerponys, die sich im Tal unter ihm langsam durch das Schneetreiben fortbewegten.

Er duckte sich und wich rückwärts in die Höhle zurück, ohne seine Augen von den beiden Reitern zu nehmen. Bisher hatte er Glück gehabt und weder Indianer noch irgendwelche anderen Menschen gesehen. Sein Glück schien ihn nicht verlassen zu haben, denn der dicht fallende Schnee hatte bereits die Abdrücke seines Pferdes verschwinden lassen.

»Verdammt«, murmelte er jedoch dann. Einer der Indianer deutete zu den Höhlen hinauf. Er wich weiter in die Dunkelheit zurück. Falls die beiden Krieger beschlossen haben sollten, in den Höhlen auf das Ende des Schneesturms zu warten, dann steckte er in Schwierigkeiten. Es sei denn, sie waren ihm freundlich gesonnen — aber das konnte er nicht unbedingt erwarten.

Er zog also seinen Colt und hielt ihn schußbereit, mit dem Lauf nach oben, gegen die Schulter gepreßt. Er mußte nicht lange warten. Innerhalb von wenigen Minuten erschien der erste dickvermummte Reiter, und der zweite kurz danach. Glücklicherweise entschieden sie, in der großen Höhle Unterschlupf zu suchen, die ungefähr fünf Meter weit von Stone's entfernt lag. Trotzdem wich seine Anspannung nicht, während der erste Mann sein Pferd auf den Höhleneingang zulenkte. Dann wandte Stone seinen Blick dem zweiten Reiter zu, der gerade die Anhöhe hinaufkam. Sein Mund blieb offenstehen, als sich seine Augen auf den winzigen, schwarz-weißen Affen hefteten, der sich an den Rücken des Reiters klammerte.

»Verdammt, Windsor«, fluchte Stone wütend. Er trat aus seinem Versteck hervor. Bestimmt handelte es sich bei dem ersten Reiter um Sonne-auf-Flügeln.

»Windsor!« schrie er. »Wie zum Teufel kommen Sie dazu, mir zu folgen?« Seine Worte durchschnitten die Luft und drangen getragen vom heulenden Wind an ihr Ohr.

Sie wirbelte erstaunt herum und hätte dabei beinahe Jun-li von ihrer Schulter geworfen. Bevor sie jedoch antworten konnte, ertönte ein lautes, wütendes Brummen. Stone sah mit Entsetzen, wie ein riesiger Grizzlybär aus der Höhle herausgestürmt kam und auf Sonne-auf-Flügeln zulief. Das gewaltige Tier erhob sich auf seine Hinterbeine und griff das Pferd des Jungen an, wobei es mit seinen langen Krallen über den Hals des Tieres fuhr und dort blutige, klaffende Wunden zurückließ.

Schwer verwundet stieß das Pferd ein schrilles Wiehern aus und fiel nach hinten, während es panisch mit den Hufen durch die Luft schlug. Stone rannte los, als der Bär auch Windsors Pferd angriff, und es samt Reiterin zu Boden stürzte. Beide Pferde rollten den Hang hinunter.

Das wütende Gebrüll des Bären schallte über das schneebedeckte Tal hinweg. Er machte sich daran, seine Opfer zu verfolgen, und jagte halb springend — halb rutschend den Abhang hinunter.

Auch Stone erreichte die Klippe und versuchte zu zielen, aber die Bäume und der aufwirbelnde Schnee nahmen ihm die Sicht. Deshalb stolperte er weiter hinter ihnen her, bis es ihm endlich gelang, seinen unkontrollierten Abstieg zu stoppen, indem er mit der freien Hand nach einem Ast griff.

Einige Meter unter ihm galoppierte Windsors Pferd davon, aber die Stute von Sonne-auf-Flügeln lag auf dem Rücken und wieherte unter Schmerzen, da der aufgebrachte Bär ihr den Bauch aufriß. Der Junge lag bewegungslos ein paar Meter hinter dem Grizzly am Boden. Als sich der Bär dem Indianer zuwandte und mit seinen scharfen, blutigen Klauen nach ihm zu schlagen begann, sah Stone mit Bestürzung, wie Windsor sich an der Stelle, wo sie gelandet war, aufrappelte und schreiend und mit wedelnden Armen auf den Bär zulief, um ihn von ihrem Freund abzulenken.

»Windsor, zurück!« rief Stone, aber seine Warnung kam

zu spät. Der Bär wandte sich von Sonne-auf-Flügeln ab und sprang auf Windsor zu. Sie versuchte zu fliehen, aber sie hinkte schwer. Innerhalb kurzer Zeit hatte der Grizzly sie eingeholt und ihr mit seiner riesigen Tatze einen Schlag auf den Rücken versetzt. Sie taumelte nach vorne und fiel zu Boden.

Da eröffnete Stone das Feuer und schoß in schneller Folge sechs Kugeln in den Rücken des Tieres. Der Grizzly begann zu schwanken, stürzte jedoch nicht. Stone hielt inne, als sich das große Ungetüm zu ihm umwandte. Er wich zurück und zog den anderen Revolver aus seinem Halfter.

Das verwundete Tier stürmte vor Schmerzen und Wut schreiend auf ihn zu. Stone feuerte erneut, einmal, zweimal, dreimal, aber der Grizzly kam weiter auf ihn zu. Stone ließ sich auf ein Knie fallen, stützte einen Arm auf und zielte auf den Kopf des Tieres. Er drückte den Abzug.

Die Kugel fand ihr Ziel und riß dem Bär den Unterkiefer auf, aber er hielt nicht in seinem Lauf inne. Als der Grizzly nur noch drei Meter weit entfernt war, feuerte Stone erneut. Diesmal durchschlug die Kugel das Gehirn, und das schwere Tier blieb wie angewurzelt stehen und stürzte nach vorne. Stone hechtete zur Seite und entlud seinen Zylinder in das zuckende Tier. Keuchend und nach Luft schnappend sank Stone schließlich auf die Knie, starrte auf die riesige, blutige Kreatur und begriff plötzlich, wie nahe er dem Tod gewesen war.

Stone erhob sich immer noch zitternd und sah, daß Sonne-auf-Flügeln wieder zu sich gekommen war, aufrecht dasaß und sich benommen über den Hinterkopf rieb.

Aber Windsor lag noch mit dem Gesicht nach unten im Schnee. Jun-li gab schrille, kleine Schreie von sich und riß an ihrer Kleidung. Stones Herz wurde von einer kalten Faust gepackt. Er rannte zu ihr hin, drehte sie auf den Rücken und wischte den Schnee aus ihrem Gesicht. Verzweifelt suchte er ihren Körper nach Blutspuren ab und seufzte erleichtert auf, als er sie stöhnen hörte.

»Zum Teufel mit dir, Windsor«, flüsterte er. Er hob sie vorsichtig auf seine Arme und machte sich mit ihr auf den Weg zur Höhle. Sonne-auf-Flügeln rief er zu, ihm zu folgen.

»Windsor?« Können Sie mich hören?«

Sie öffnete die Augen und blickte in Stone Kincaids Gesicht, das sich dicht über sie beugte. Sie versuchte, sich aufzusetzen, aber seine Hand drückte ihre Schulter wieder nach unten.

»Sie sollten sich besser nicht so schnell bewegen, sonst werden Sie es bereuen. Sie haben eine Beule, so groß wie ein Gänseei, an der Seite Ihres Kopfes.«

Windsor gehorchte und hob ihre Hand, um die Stelle über der Schläfe zu betasten. Sie zuckte zusammen, als ihre Finger den riesigen Höcker berührten. Dann erinnerte sie sich plötzlich an ihren Freund, und die Gefahr, in der er geschwebt hatte.

»Wo ist Sonne-auf-Flügeln?«

»Sonne-auf-Flügeln hier«, ertönte die Stimme des Jungen.

Windsor kämpfte gegen den Schmerz in ihrem Schädel an und drehte den Kopf zur Seite. Sie erblickte den jungen Osage, der in der Nähe des Feuers saß. Ein blutdurchtränktes weißes Tuch war um seinen Kopf geschlungen, und auf seinem Gesicht konnte sie Kratzspuren erkennen. Dilettantische Bandagen bedeckten die langen, aber nicht allzu tiefen Wunden auf seiner nackten Brust.

»Bist du in Ordnung?« fragte sie ihn. Sonne-auf-Flügeln nickte, aber es war Stone Kincaid, der antwortete.

»Meiner Ansicht nach habt Ihr Beiden verdammtes Glück gehabt, daß Ihr noch am Leben seid.«

Seine Stimme war eher ein Knurren, und an der Art,

wie seine dunklen Brauen sich zusammenzogen, und an den abrupten Bewegungen, mit denen er Äste auf das Feuer warf, konnte sie erkennen, wie verärgert er war. Sie bewegte sich ein wenig und bemerkte dabei den klopfenden Schmerz in ihrem Knöchel.

»Sie haben uns das Leben gerettet, Stone Kincaid. Wir sind Ihnen sehr dankbar.«

Stone warf ihr einen säuerlichen Blick zu. »Ehrlich gesagt werde ich es langsam leid, mein Leben zu riskieren, um Ihren Hals zu retten. Eines Tages werde ich einmal nicht in der Nähe sein, wenn Sie in Schwierigkeiten stecken. Und was zum Teufel wollen Sie dann anfangen?«

»Sie werden immer für mich da sein, genau wie ich für Sie. Das Schicksal hat uns zusammengeführt. Sie müssen lernen, zu akzeptieren, daß —«

»Ich muß, verdammt nochmal, gar nichts akzeptieren! Verstehen Sie denn nicht, Windsor? Sie sind heute beinahe umgekommen! Und der Junge auch. Wenn ich mir nicht diesen Ort zum Übernachten ausgesucht hätte, wären Sie jetzt tot!«

»Aber ich bin nicht tot! Und Sie **haben** sich diesen Ort für heute Nacht ausgesucht. Ist das nicht Beweis genug, daß unsere Seelen verbunden sind?«

»Das beweist mir nur, daß Sie verdammtes Glück haben. Sie hätten im Lager bleiben sollen, statt mir zu folgen! Wie zum Teufel haben Sie mich eigentlich so schnell gefunden? Ich hatte doch mindestens einen Tag Vorsprung.«

»Wenn man den Wunsch hat, seine Fußabdrücke zu verstecken, sollte man nicht über Schnee schreiten«, erwiderte Windsor weise.

»Das ist keine Antwort. Es hat überhaupt nicht geschneit, als ich das Lager verließ.«

»Fährte einfach zu sehen«, verkündete Sonne-auf-Flügeln. »Jun-li geholfen zu folgen.«

»Jun-li?«

»Jun-li paßt immer auf«, erklärte Windsor. »Er hat mich alarmiert, als Sie das Lager verließen, daher konnten wir Ihnen sofort folgen. Wohin reisen Sie, Stone Kincaid, daß Sie sich in der Dunkelheit der Nacht davonschleichen?«

»Das geht Sie gar nichts an. Ich möchte, daß Sie morgen beide umkehren und sich wieder auf den Rückweg ins Dorf machen. Ich werde Sie nicht mitnehmen. Das ist mein voller Ernst.«

»Ich werde **nicht** ins Dorf der Little Ones zurückkehren«, entgegnete Windsor mit ruhiger Entschlossenheit.

»Sonne-auf-Flügeln gehen mit Gelbhaar«, fügte der Osage-Junge leidenschaftlich hinzu. »Sonne-auf-Flügeln gehen in Land von China, um Nonne zu werden.«

»Oh, Himmel nochmal«, brummte Stone und massierte sich die Stirn. »Ihr seid ja beide verrückt. Und ich werde verdammt nochmal keinen von euch mitnehmen, wenn ich mich auf die Suche nach Clan begebe.«

»Eine einzelne Fliege ist nicht imstande, eine Wolldecke in die Höhe zu heben«, teilte ihm Windsor ungeachtet seiner offensichtlichen Wut mit.

Stone Kincaid blickte sie einen Augenblick lang an und begann dann zu ihrer Überraschung zu lachen. »Ja, vielleicht, aber Clan ist keine Decke, und ich bin keine Fliege.«

»Ich kann Ihnen von großem Nutzen sein. Ebenso wie Sonne-auf-Flügeln.«

»Nein. Ich möchte nicht, daß Ihnen etwas zustößt.«

»Lassen Sie uns unseren Teil erfüllen und auf den Willen des Himmels vertrauen.«

»Zum Teufel, man kann mit ihnen einfach nicht ernsthaft reden, was? Und da Sie nun schon einmal hier sind, habe ich wohl auch keine allzu große Wahl. Ich werde Sie bis nach San Francisco mitnehmen. Von da an sind Sie auf sich selbst gestellt. Ist das klar?«

Ohne auf eine Antwort zu warten legte er sich hin und wandte ihr den Rücken zu. Windsor lächelte. Er würde schon bald Vernunft annehmen, dachte sie, und zusammen würde es ihnen gelingen, Hung-pins Mörder zu finden, denn so war es vorbestimmt.

9

Bis zum nächsten Morgen hatte der Schneefall nachgelassen, aber es hingen immer noch dicke graue Wolken über den Bergen, die die gezackten Spitzen verdeckten und einen weiteren Wintersturm ankündigten. Windsor blickte zum Himmel hinauf. Sie wurde von einem nagenden Kopfschmerz geplagt, den ihr die Begegnung mit dem Grizzly eingebracht hatte. Ihr Fußgelenk war geschwollen und tat weh, aber sie konnte ohne Hilfe laufen. Ihre Aufmerksamkeit wurde auf Stone Kincaid gelenkt, der sein Pferd zu ihr herüberführte.

»Wir sollten uns auf den Weg machen«, sagte er mit höflicher Stimme, aber ohne sie anzusehen. »Wenn es nicht wieder zu schneien anfängt, dann könnten wir es bis heute abend nach Silverville schaffen.«

»Was ist dieses Silberville?«

»Eine Bergbaustadt, in die unsere Eisenbahngesellschaft vor einigen Jahren Gleise gelegt hat. Ich habe immer noch Freunde dort, die uns dabei helfen können, einen Zug nach San Francisco zu erreichen.«

Windsor sah sich nach Sonne-auf-Flügeln um. »Ist Sonne-auf-Flügeln in der Lage, selbst zu reiten?«

»Ja. Ich habe Ihr Pony für ihn eingefangen. Sie werden also mit mir reiten müssen. Ich mußte das Pferd, das der Bär angegriffen hatte, erschießen.« Er hatte inzwischen seine Decke auf die Stute gebunden und drehte sich nun mit gerunzelter Stirn zu ihr um. »Ich gebe Ihnen den guten Rat, Sonne-auf-Flügeln zu seinen Leuten zurückzuschicken, solange er noch kann. Er wird es schrecklich finden, unter Weißen zu sein, und sie werden ihn niemals akzeptieren, das kann ich Ihnen versichern.«

»Sonne-auf-Flügeln gehen mit Gelbhaar«, mischte sich der Junge ein, der einige Meter hinter ihnen stand. »Ich suchen inneren Frieden und wollen werden Nonne.«

Stone stieß leise Flüche aus und richtete dann seinen wütenden Blick auf Windsor. »Sagen Sie ihm, daß er seine Zeit verschwendet, Windsor, damit er nach Hause geht! Sie wissen so gut wie ich, daß er keine Nonne werden kann. Er weiß ja gar nicht, wovon er redet.«

Windsor zögerte, denn Stone Kincaids angespannte und zornige Worte zeigten, in welcher Stimmung er sich befand. »Das kann ich nicht«, erwiderte sie langsam, »denn er kann ein Priester werden, so wie Hung-pi es war, wenn er es nur wirklich will.«

»Er ist ein Osage-Krieger, Himmel noch mal, nicht irgendein Weisheiten zitierender chinesischer Heiliger! Er will doch nur mitkommen, weil er in Sie verliebt ist! Ich bin überrascht, daß sie nicht imstande sind, die Wahrheit zu erkennen, wenn es um ihn geht, wo Sie doch die ganze verdammte Singerei veranstalten und andauernd in sich hineinschauen!«

Windsor war schockiert über Stones aufgebrachte Zurechtweisung und schwieg, während er seine Stute einige Meter weiter führte und sich in den Sattel schwang.

»Sonne-auf-Flügeln nehmen Jun-li«, teilte der Junge mit, und Windsor nickte. Sie sah zu, wie das Kapuzineräffchen auf die breite Schulter des Indianers kletterte und sich an seinem langen, schwarzen Haarbüschel festhielt. Beunruhigt durch Stone Kincaids Anschuldigungen dachte sie versunken über seine Worte nach, während sie sich den Ledergurt von Jun-lis Bambuskoffer über die Brust legte.

»Kommen Sie schon, Windsor, wir verschwenden kostbare Zeit«, drängte Stone und hielt ihr die Hand hin. Ihr Herz zitterte, als sich seine Finger mit starkem Griff um ihre Hand schlossen. Einen Moment später saß sie hinter ihm und legte ihre Arme um seine Taille.

»Hier. Das werden Sie brauchen, um sich warm zu halten.«

Während er sein Pferd den steilen Pfad hinablenkte, legte sie sich das schwere Büffelfell um die Schultern, das er ihr gereicht hatte. Die Luft war sehr kalt und verursachte beim Einatmen ein Brennen in ihrer Brust. Der Tag war trübe und düster, und ihre eigene Gemütsverfassung auch ziemlich bedrückt. Diese Stimmung beherrschte sie, seitdem Stone Kincaid aus dem Lager verschwunden war, ohne sich von ihr zu verabschieden. Auch jetzt wollte er sie nicht dabeihaben, das hatte er ihr unmißverständlich klargemacht.

Nichtsdestotrotz sagte ihr Herz, daß sie dazu bestimmt waren, den grausamen Emerson Clan Seite an Seite zu jagen. Warum wollte Stone Kincaid das nur nicht einsehen? Warum bekämpfte er sie so, wo sie ihm doch nur bei seinem Rachefeldzug behilflich sein wollte?

Ihre Brust hob sich bei einem tiefen Seufzer, und sie wurde sich dabei seines breiten Rückens und der Art und Weise, wie sich sein welliges, schwarzes Haar im Nacken kräuselte, bewußt. Gefühle überwältigten sie, die sie nicht verstehen konnte. Wenn doch nur der Alte Weise hier wäre, um ihr zu erklären, was in ihr vorging, dann wüßte sie, was zu tun wäre! Wie sie sich danach sehnte, zum Tempel zurückzukehren und seinen weisen Ratschlägen zu lauschen!

Stone ritt den ganzen Tag über zügig weiter, und Windsor nutzte die Zeit, um über ihre eigenen Probleme nachzudenken. Sonne-auf-Flügeln hielt mit ihnen Schritt, ohne sich über den Schmerz in seiner übel zugerichteten Brust zu beklagen. Windsor war froh, daß die Wunden nicht tief waren. Der Bär hätte ihn genauso wie das Pferd zerfleischen können. Sie hatten alle drei sehr viel Glück gehabt.

Nach vielen Stunden im Sattel zog Stone schließlich die Zügel an und lehnte sich nach vorne, weil in der zunehmenden Dämmerung nicht mehr viel zu erkennen war.

»Da unten ist es. Zum Glück habe ich mich an den Weg erinnert. Jetzt ist es nicht mehr allzu weit. Vielleicht noch eine Stunde oder sogar weniger.«

Windsor blickte über seine Schulter hinweg, als er seinen Arm hob und auf das schneebedeckte Tal deutete, das vor ihnen lag. Dort unten konnte sie eine Ansammlung von kleinen Gebäuden erkennen. Aus Dutzenden von Ofenrohren und Kaminen stieg schwarzer Rauch in die Luft. Andere Zeichen für die Anwesenheit von Menschen gab es nicht.

»Leben hier viele Leute?« erkundigte sie sich.

»Die meisten arbeiten in der Ringnard Mine. Wenn man genau hinsieht, kann man den Minenschacht dort oben im Berg erkennen.«

Am Ende einer felsigen Straße, die sich wie eine Schlange entlang der kahlen Hänge über dem Ort wand, entdeckte Windsor den Stolleneingang. Stone stieß seine Absätze in die Flanken des Pferdes, und das Tier fiel in einen schnelleren Gang. Sonne-auf-Flügeln hielt sich dicht hinter ihnen, aber es dauerte doch noch länger, als Windsor erwartet hatte, bis sie die Stadt erreichten. Als sie endlich die schlammige, mit Lehmmatsch bedeckte Hauptstraße von Silverville entlang ritten, war das Tal bereits in tiefe Dunkelheit getaucht.

Nur wenige Geschäfte säumten die Straße, an deren einem Ende sich ein zweistöckiges Gebäude erhob. Stone ritt ohne das Tempo zu drosseln an den kleineren Häusern vorbei. Offenbar war das hellerleuchtete rote Bauwerk sein Ziel.

»Ich werde nachsehen, ob ich jemanden finde, den ich kenne«, sagte er und stieg vor dem Haus ab. Windsor blieb auf dem Pferd sitzen. Er warf die Zügel über einen Holzbalken der langen, überdeckten Veranda. »Ihr beide wartet hier, verstanden? Rührt euch nicht von der Stelle. Ich werde herausfinden, ob wir ein Zimmer für die Nacht bekommen können.«

Stones Stiefel verursachten ein hohles Geräusch, als er über die Holzplanken zum Eingang schritt. Sonne-auf-Flügeln glitt mit Jun-li im Arm von seinem Pferd. Er sah hoch, als Stone die Tür öffnete und Klaviergeklimper die Stille des Abends durchbrach. Rauhes Gelächter und heisere Schreie waren zu hören. Sobald er die Tür hinter sich geschlossen hatte, drang der Lärm aus dem Inneren nur noch gedämpft nach draußen. »Ist dieser Ort Behausung von Pfeil-teilt-Haar?« erkundigte sich Sonne-auf-Flügeln neugierig und blickte an dem hohen, mit Brettern verschalten Gebäude hinauf.

»Nein. Sein Zuhause befindet sich in einer Stadt namens Chicago. Über dieses Haus hier weiß ich nichts.« Sie stieg vorsichtig ab, um ihren verletzten Fuß zu schonen, und schaute zu den Fenstern im zweiten Stock hinauf, wo sich hinter schneeweißen Vorhängen Schatten hin- und herbewegten. »Die Menschen in diesem Haus scheinen fröhlich und zufrieden zu sein«, sagte sie. »Sie werden uns sicherlich gastfreundlich willkommen heißen.«

»Weiße seien seltsame Kreaturen«, bemerkte Sonne-auf-Flügeln. »Laut und albern.«

»Ja. Seit ich den Ozean überquert habe, um die westliche Welt zu besuchen, finde auch ich sie seltsam und schwer zu verstehen. Meine chinesischen Freunde sind anders.«

»Sonne-auf-Flügeln rauchen Friedenspfeife mit Altem Weisen und Chinakriegern«, erklärte ihr Sonne-auf-Flügeln. »Dann Sonne-auf-Flügeln wissen Frieden und Weisheit von Gelbhaar.«

Bevor Windsor antworten konnte, tauchte Stone in der Gesellschaft einer Frau im Türrahmen auf. Das Durcheinander von Tönen und Geräuschen drang erneut bis auf die Straße. Er bedeutete ihnen, hereinzukommen, aber Windsors Blick galt einzig der Art und Weise, wie Stone Kincaid seinen Arm um die Schulter der Frau gelegt hatte und sie fest an sich preßte.

Noch niemals zuvor, weder in China noch in Amerika, hatte sie eine Frau gesehen, die nur mit Unterwäsche bekleidet herumlief. Diese Frau hier trug nichts anderes als ein enges Kleidungsstück aus schwarzer Spitze, das ihre Schultern und einen guten Teil ihrer Brüste unbedeckt ließ und ihr nur bis zu den Knien reichte. Die Beine waren mit schwarzen Strümpfen bedeckt, und an den Füßen hatte sie schwarze Stiefel mit hohen Absätzen. Windsor schien es unklug, sich in einer kalten Winternacht derart zu kleiden. Als Stone sie erneut — dieses Mal ungeduldiger — aufforderte, hineinzukommen, hinkte Windsor langsam zu dem Holzgehweg hinüber, und Sonne-auf-Flügeln folgte dicht hinter ihr. Er hatte Jun-li eng an sich gepreßt.

In dem großen Haus blickte Windsor sich mit Interesse um. Es war nicht in kleine Zimmer unterteilt, wie sie es in den meisten Häusern der Vereinigten Staaten gesehen hatte. Hier gab es einen riesiggroßen, rechteckigen Raum mit vielen Laternen, die an langen Seilen von der Decke herabhingen. Entlang der hinteren Wand erstreckte sich eine große Plattform, die Stone Kincaid ungefähr bis zur Taille reichte. Im Raum standen viele runde Tische mit grünen Decken, an denen bärtige Männer saßen.

Und es gab eine Menge Frauen, die ebenfalls auf diese eigenartige, hauchdünne Weise bekleidet waren. Aber Windsor war sicher, daß sie nicht froren. Mehrere Eisenöfen verliehen dem Raum eine erstickende Hitze. Aus der Nähe betrachtet fand sie Stone Kincaids Bekannte hübsch.

Sie hatte dichtes schwarzes Haar, das sich in kräftigen Locken ringelte, die mit verzierten Kämmen hochgesteckt waren. Ihr Gesicht war stark angemalt. Ihre Augen waren mit schwarzer Kohle umrandet, die Lippen scharlachrot.

»Windsor, das hier ist Sweet Sue. Ihr gehört dieser Laden. Sie ist die Frau, von der ich Ihnen erzählt habe.«

»Oh, du Teufel«, rief Sweet Sue und versetzte Stone ausgelassen einen Klaps mit dem Handrücken gegen die Brust. »Ich bin mehr als nur irgendeine Frau, und das weißt du auch! Du bist der beste Mann, den ich jemals in mein Bett gelassen habe, und ich habe immer ein mächtig großes Angebot an gutaussehenden Bergleuten, das kannst du mir glauben!« Sie brach in schallendes Gelächter aus und blinzelte Windsor kräftig zu. Gleichzeitig schienen ihre Augen jede noch so kleine Einzelheit von Windsors Gesicht und Körper wahrzunehmen. »Aber so hübsch wie Sie sind, Schätzchen, wissen Sie sicherlich, wie gut dieser Junge hier ist, nicht wahr?«

Windsor blickte sie verständnislos an. Sie war über Sweet Sues Worte aufgebracht, ohne recht zu wissen, warum.

»Windsor ist eine Art Nonne«, warf Stone rasch ein, »also halte deine Zunge im Zaum, Suzy.«

Sweet Sues große, blaue Augen wurden kugelrund. »Oh, großer Gott, eine Nonne? Und sie reist mit einem wie dir, Stone Kincaid?«

Stone hob eine Schulter und grinste, und Sweet Sue drehte sich wieder zu Windsor um. »Entschuldigen Sie, meine Süße, aber es kommt zum Teufel nicht oft vor, daß wir hier Schwestern zu sehen bekommen, ganz besonders nicht im Pleasure Palace.«

Windsor war sich nicht sicher, welche Art von Antwort von ihr erwartet wurde, aber der Willkommensgruß der Frau war offensichtlich ehrlich gemeint und ihr Lächeln freundlich. »Ich bin sicher, daß dieses Haus ein vortrefflicher Aufenthaltsort ist«, sagte Windsor also, legte ihre Handflächen zusammen und verbeugte sich höflich.

Sweet Sue verschlug es für einen Moment die Sprache.

Sie blickte Stone an, der nur mit den Schultern zuckte. Da warf sie ihren Kopf zurück und ließ das laute, herzhafte Lachen ertönen, das Windsor und Sonne-auf-Flügeln zuvor bis draußen auf die Straße gehört hatten.

»Nun, ich weiß nicht, wie vortrefflich dieser Aufenthaltsort ist, aber meine Kunden gehen stets mit einem seligen Lächeln auf ihren häßlichen Gesichtern durch diese Tür dort! Fragen Sie nur einmal Stone. Er war beinahe jeden Abend mit seinen ganzen Eisenbahnarbeitern hier, als sie den Brückenbock über den Johnston Canyon gebaut haben.«

Sweet Sues Blick wanderte von Windsor zu Sonne-auf-Flügeln, der ein wenig verdeckt hinter ihr stand, und den sie jetzt zum ersten Mal genauer betrachtete. Ihr freundlicher Gesichtsausdruck verschwand. Sie wirbelte zu Stone herum.

»Was hast du dir dabei gedacht, eine Rothaut mit hierher zu bringen?« Sie blickte sich besorgt um, als ob sie Angst hatte, daß ihre Kunden ihn entdecken könnten. »Gott steh uns bei, du könntest einen Aufruhr verursachen, nach all den Scherereien, die die Cheyenne und die Pawnee hier unten im Süden veranstalten!«

»Ach, komm schon, Suzy, er ist doch noch ein Kind. Er wird dir keine Schwierigkeiten machen. Es muß ja nicht einmal jemand von ihm erfahren. Wenn du uns für einige Nächte unterbringst, werde ich dafür sorgen, daß er sich nirgendwo blicken läßt. Er wird sich benehmen, darauf hast du mein Wort.«

Sweet Sue schien wenig überzeugt, aber schließlich bequemte sie sich doch zu einem Lächeln, stellte sich auf die Zehenspitzen und preßte ihren Körper eng an Stones Brust. »Ich glaube, du könntest sogar den Teufel überreden, aus der Hölle auszuziehen, Kincaid. Heute Nacht gehörst du mir allein, hast du gehört?«

Windsor war ausgesprochen begierig zu hören, was Stone Kincaid von Sweet Sues Idee hielt. Seinem Lächeln nach zu urteilen, schien er ausgesprochen angetan. Sie runzelte ein wenig die Stirn, als er zu einem kurzen Flur hinüberdeutete, der sich links von ihnen befand.

»Betreibst du immer noch den Baderaum, Suzy? Ich denke, wir könnten alle ein heißes Bad gebrauchen, nachdem wir den ganzen Tag durch den Schnee geritten sind.«

»Aber sicher. Charlie hat die Wannen gerade für die Mädchen gefüllt, aber ihr könnt sie benutzen, falls ihr möchtet«, bot sie ihm an und hob eine Hand, um über Stones dichten, schwarzen Bart zu streichen. »Und tu mir einen Gefallen, mein Schatz. Nimm dir eine Minute Zeit, um diese Stacheln abzurasieren. Meine Haut ist so zart, und es wäre doch schade, wenn sie ganz zerkratzt würde.« Sie lachte. »Geht schon mal vor, ich werde einige der Mädchen schicken, damit sie euch helfen.« Sie küßte ihre Fingerspitze und legte sie auf Stones Lippen, blinzelte Windsor zu und stolzierte dann davon, auf eine Gruppe von Frauen zu, die sich im hinteren Teil des Raumes aufhielten.

Windsor sah ihr nach, aber als sie sich wieder Stone zuwandte, wich er ihrem Blick aus.

»Kommen Sie«, sagte er barsch, »ein schönes, warmes Bad wird Ihrem Fuß guttun. Dann werde ich fragen, ob Suzy etwas zu essen für uns auftreiben kann.«

Windsor und Sonne-auf-Flügeln folgten ihm schweigend den Flur entlang. Stone öffnete eine Tür und bedeutete ihnen, vorauszugehen. Der Baderaum war klein und sogar noch wärmer als der große Raum. Es gab keine Fenster, und in den Ecken glühten zwei große, bauchige Öfen. An beiden Seiten des Raumes standen hölzerne Wannen in schmalen, mit weißen Vorhängen versehenen Nischen.

Stone schloß die Tür und ging zu einer der Holzwannen hinüber. Sie war bis zum Rand gefüllt. Er tauchte seine Hand in das Wasser. »Ja, immer noch schön warm.

Wird bestimmt gut tun, nach einem Tag im Sattel, nicht wahr? Suchen Sie sich einfach eine aus und schließen Sie die Vorhänge.«

Ein heißes Bad war in der Tat verlockend, dachte Windsor, während ihr Blick auf die Stapel von dicken Handtüchern und auf die runden, gelben Seifenstücke fiel, die neben jeder Wanne lagen. In China hatte sie ihren Körper sowohl in den warmen Sommermonaten als auch im kalten Winter in dem See unterhalb des Tempels gebadet, aber in San Francisco hatte sie zum ersten Mal eine Badewanne benutzt. Dies war ein westlicher Brauch, den sie als äußerst angenehm empfand.

»Wofür sein große Kochtöpfe?« erkundigte sich Sonne-auf-Flügeln mißtrauisch.

»Zieh einfach deine Ledersachen aus und leg dich in eine der Wannen«, murmelte Stone, in dessen Stimme Ungeduld mitschwang. Er griff nach einem Stück Seife. »Das hier nennt man Seife. Damit wäschst du dich.«

Der Gesichtsausdruck von Sonne-auf-Flügeln war voller Verachtung. »Tapfere Krieger nicht sitzen in Töpfen mit heiß Wasser, wie gehäutete Kaninchen, die darauf warten, gekocht zu werden.«

»Wenn du in einem von Suzys schönen, weichen Betten schlafen möchtest, dann wirst du erst baden.«

»Sonne-auf-Flügeln brauchen kein Bett.«

»Nun hör einmal zu, Sonne-auf-Flügeln. Ich habe dir schon einmal gesagt, daß einige Dinge bei den Weißen anders sind. Du solltest dich also besser daran gewöhnen.« Während Stone sprach, öffnete er seinen Waffengürtel und legte ihn auf den Tisch neben einer Wanne. Dann begann er, sein Hemd aufzuknöpfen. »Wenn ihr mich nun entschuldigen würdet, ich werde ein Bad nehmen. Ihr beiden könnt machen, was ihr wollt.« Die metallenen Reifen verursachten ein kratzendes Geräusch, als er die Vorhänge zusammenzog.

»Der Alte Weise hat uns gelehrt, daß Reinlichkeit des

Körpers für die Reinheit des Seins wichtig ist«, erläuterte Windsor Sonne-auf-Flügeln. »Die Weißen baden an Orten wie diesen hier, genauso, wie sich die Little Ones im Morgengrauen waschen. Aber ich werde dich nicht drängen. Du mußt in dieser Sache deinem Herzen folgen, wie überhaupt in allen Dingen.«

Sonne-auf-Flügeln nickte mit ernstem Gesicht. Windsor wählte die Nische gegenüber von Stone Kincaid. Sie zog behutsam die Vorhänge zu und schlüpfte aus ihren Kleidern. Vorsichtig stieg sie in die Hüftwanne und stieß einen leisen, vergnügten Seufzer aus, als sie nackt in das warme Wasser sank. Ihre Glieder waren immer noch steif und gefühllos von den langen Stunden, die sie im Sattel verbracht hatte, und jeder Zentimeter ihres Fleisches begann zu prickeln, als die Wärme ihren kalten Körper durchdrang.

Sie schloß ihre Augen, lehnte sich zurück und lauschte auf Sonne-auf-Flügeln, der sich in der Badenische hinter ihr aufhielt. Sie hörte, wie er einige Worte in seiner eigenen Sprache murmelte. Dann sagten ihr die Wassergeräusche, daß der junge Osage sich doch dazu entschlossen hatte, das Bad des weißen Mannes auszuprobieren. Vollkommen entspannt griff sie nach einem Stück Seife und rieb es kurz zwischen ihren Handflächen. Anschließend strich sie damit über ihre Haut und fühlte sich endlich wieder warm.

Kurze Zeit später war die Ruhe im Baderaum dahin, weil etliche junge Frauen durch die Tür traten, und sich dabei kichernd unterhielten. Zu Windsors Entsetzen wurden die Vorhänge ihrer Badenische aufgerissen, und sie sah sich Sweet Sue und zwei anderen Mädchen gegenüber. Windsor ließ sich tiefer ins Wasser sinken.

»Ich wette, das fühlt sich mächtig gut an, oder etwa nicht, Süße? Diesen Baderaum einzurichten war die beste Idee, die ich jemals gehabt habe.« Suzy blickte zur Nische von Sonne-auf-Flügeln hinüber. »Joanie, du schrubbst den Indianer ab, und fang nicht an zu zetern, denn er sieht nicht einmal schlecht aus für eine Rothaut. Und Shirley, du kümmerst dich um unsere kleine Nonne hier. Und nimm ruhig etwas von meinem besonderen Shampoo für ihr hübsches, blondes Haar.«

Sie lächelte Windsor freundlich an, drehte sich dann um und öffnete die Vorhänge von Stone Kincaids Kabine. Windsor starrte entsetzt hinüber und bemerkte, daß sie nun einen freien Blick auf Stones Wanne hatte.

»Hier, mein Schatz«, sagte Sweet Sue zu ihm. »Ich habe dir etwas zu rauchen und eine Flasche von meinem besten Whiskey mitgebracht. Das wird dir die Kälte aus den Knochen treiben.«

»Danke, Suzy.«

Windsor errötete, als Sweet Sue sich hinunterbeugte und Stone Kincaid mitten auf den Mund küßte. Obwohl sie wegsehen wollte, brachte sie es nicht fertig. Ein schreckliches Gefühl brach aus den Tiefen ihrer Brust hervor und spülte unerwünschte Emotionen an die Oberfläche, als sie zusehen mußte, wie er seine Hand in Sweet Sues Nacken legte und die Frau einen Augenblick lang festhielt, um ihre Lippen genauer zu erforschen. Erst als das Mädchen namens Shirley neben ihrer Wanne auftauchte, gelang es Windsor, ihre Augen von dem Paar auf der anderen Seite zu lösen. Shirley hatte hellbraunes Haar, das zu einem Zopf geflochten auf ihrem Kopf festgesteckt war, zahllose Sommersprossen und ein freundliches Lächeln. Ihr Gesicht war auf ähnliche Weise angemalt wie das von Sweet Sue.

»Sweet Sue möchte, daß ich Ihnen beim Haarewaschen helfe«, sagte sie und hielt eine blaue Flasche in die Höhe. »Dieses Shampoo riecht süß, wie echte Rosen, und Sie glauben gar nicht, wie glänzend und hübsch Ihr Haar aussehen wird, wenn es wieder trocken ist. Die Mädchen hier benutzen es jeden Tag, denn Sweet Sue läßt es kistenweise von Omaha schicken.«

»Sie sind sehr freundlich«, erwiderte Windsor und bedeckte sittsam ihre Brüste, während Shirley ihren langen, geflochtenen Zopf öffnete, der hinten über den Wannenrand hing. Sie goß vorsichtig eine Kanne mit warmem Wasser über das dichte, blonde Haar und trug dann das süßlich riechende Shampoo auf.

Obwohl Windsor nicht die Absicht hatte, das Paar gegenüber weiter zu beobachten, konnte sie ihren Blick einfach nicht abwenden. Sweet Sue bürstete gerade Stone Kincaids breiten, gebräunten Rücken, aber er schenkte ihren Aufmerksamkeiten keine Beachtung. Er rauchte eine Zigarre und starrte zu Windsor hinüber.

Seine Augen wichen keinen Augenblick von ihr.

Windsor verspürte wieder einmal dieses beunruhigende Gefühl in ihren Lenden, und zwar heftiger, als je zuvor. Sie schluckte schwer, denn sein Blick wanderte von ihrem Gesicht langsam zu ihren nackten Schultern hinab, und sogar noch tiefer, zu der Stelle, wo ihre gekreuzten Arme die weichen Rundungen ihrer nackten Brüste verdeckten. Windsor überlief ein Schauer.

»Ich glaube, ich könnte selbst ein Bad gebrauchen«, murmelte Sweet Sue drüben, ihre Stimme voller verlockender Versprechungen. »Was meinst du dazu, Kincaid?«

»Tu dir keinen Zwang an. Es ist genug Platz.«

Sweet Sue lachte und zog die Vorhänge zusammen. Damit nahm sie Windsor die Sicht auf all das, was sich von nun an zwischen ihnen abspielen würde.

Windsor biß sich auf die Lippe. Sie war nicht imstande, das Gefühl der Verlassenheit, das ihr Herz verwundete, einzuordnen.

Stone Kincaid und Sweet Sue hatten ihre Stimmen gesenkt, und Windsor lauschte verzweifelt, um das intime Gemurmel dennoch zu verstehen, das aus der gegenüberliegenden Nische erklang. Wasser spritzte auf und platschte auf den Boden, bis es in Strömen unter den Vorhängen hervorlief, und als Windsor Sweet Sue kichern hörte, wußte sie, daß die angemalte Frau zu Stone Kincaid in die Wanne gestiegen war.

Die unerwünschte Vorstellung dieser Szene brannte sich in Windsors Seele, und sie konnte es beinahe vor sich sehen, wie Stone Kincaid seine Arme um Sweet Sues molligen, weißen Körper legte und sich sein Mund auf ihre rot angemalten Lippen preßte. Windsor begann, sich krank zu fühlen. Verwirrt schob sie deshalb die Gedanken an das, was sich dort drüben tun könnte, zur Seite und konzentrierte sich statt dessen auf die Unterhaltung, die Joanie mit Sonne-auf-Flügeln in der Kabine hinter ihr führte.

»Tapfere Krieger nicht brauchen Frau, um zu waschen.« Sonne-auf-Flügeln klang ausgesprochen beleidigt.

»Oh, komm schon, Schatz, nun sei kein solcher Dummkopf. Es wird dir gefallen, warte nur ab. Und schau nur, du bist ja grün und blau und ganz zerkratzt. Großer Gott, was ist dir denn zugestoßen? Hat dich eine eifersüchtige Frau erwischt?«

»Keine Frau. Bär.«

»Oooh, du mußt ja so tapfer wie ein König sein, um einen großen, alten Bär zu bekämpfen, so jung, wie du bist!«

»Sonne-auf-Flügeln tapferer Krieger, erwachsener Mann. Brauchen keine Frau zum Waschen.«

Das Geräusch von spritzendem Wasser war zu hören, und Joanies Stimme nahm einen beruhigenden, süßen, verführerischen Tonfall an. »Na, das fühlt sich doch gut an, oder etwa nicht? Mir ist noch kein Mann untergekommen, der sich nicht gerne von mir beim Baden helfen ließe. Das fühlt sich doch wirklich gut an, stimmt's?«

Eine kurze Stille folgte, bevor Sonne-auf-Flügeln antwortete. »Fühlt gut an«, sagte er, aber seiner Stimme war zu entnehmen, daß er dies nur äußerst ungern zugab.

»Sie haben wirklich wunderschönes Haar«, lenkte plötzlich Shirleys Stimme Windsor ab. Shirley beugte

Windsors Kopf nach hinten und begann, die Seife aus dem Haar herauszuwaschen. »Ich wünschte nur, ich hätte auch blondes Haar. Die Kunden mögen blondes Haar am liebsten.«

Windsor antwortete nicht. Sie war dankbar, daß Shirley so freundlich war. Dies war ein Brauch, den sie gut verstehen konnte. In China gab es in den reichen Haushalten immer Konkubinen und weibliche Bedienstete, die sich um die Bedürfnisse der männlichen Familienmitglieder kümmerten. Aber Windsor war überrascht, daß Sweet Sue Shirley aufgetragen hatte, sich um Windsor zu kümmern. Bei den Chinesen wurde nur der ersten Frau des Gebieters diese Ehre zuteil.

10

Stone saß an der Bar und umklammerte mürrisch den Griff eines leeren Bierkruges. Er hatte die letzte Stunde damit verbracht, Windsor und Sonne-auf-Flügeln in dem langen, schmalen Spiegel zu beobachten, der an der Wand hinter der Theke hing. Er starrte zu dem Ecktisch, den Sweet Sue den beiden zugewiesen hatte, weil sie dort ihr Abendessen zu sich nehmen konnten, ohne von den ausgelassenen Stammgästen des Pleasure Palace belästigt zu werden. Dort saßen sie ruhig, während es um sie herum im Saloon durch die Raufereien und trunkenen Diskussionen mit fortschreitender Stunde immer belebter wurde.

Seit ihrer Ankunft waren immer mehr Bergleute trotz des schlechten Wetters von der Minensiedlung oben heruntergekommen. Die meisten hatten keine Zeit verloren, ihre hart verdienten Münzen für die wohlbekannten Talente von Sweet Sues Mädchen auszugeben, aber einige Dutzend waren auch damit zufrieden, im Saloon zu bleiben, Whiskey zu trinken und Karten zu spielen. Stone runzelte die Stirn. Er hatte schon zu viel getrunken, das wußte er. Es kam selten vor, daß er trank und noch seltener, daß er heute den Alkohol wie ein Seemann auf Landgang in sich hineinschüttete. Er konnte sich gar nicht mehr daran erinnern, wann er sich das letzte Mal betrunken hatte. Für ihn war es immer ein Zeichen von Schwäche gewesen, sich mit einer Flasche zu trösten, aber heute Abend hatte er die Vorstellung als sehr verlockend empfunden. Nachdem er gebadet und sich rasiert hatte, war der Wunsch nach einem guten Glas sehr stark gewesen. Er hatte es sich nach allem, was ihm seit dem Zugüberfall zugestoßen war, auch verdient.

Er schob seinen Krug über die polierte Bar und beobachtete, wie George, der Barkeeper, den Zapfhahn aufdrehte, den Krug bis zum Rand füllte und dann fachmännisch die Bierkrone abblies, bevor er den Krug wieder zu Stone zurückschob. Sich zu betrinken würde vielleicht helfen, Windsor Richmond für eine Weile aus seinem Kopf zu bekommen. Bisher hatte jedenfalls nichts anderes gewirkt, um sie aus seinen Gedanken zu verdrängen, soviel war sicher. Aber nun, da er soviel Bier und Whiskey zur Verfügung hatte, wie er wollte, und dazu noch eine exquisite Liebhaberin wie Suzy, der es ein Vergnügen sein würde, sich ihm zu widmen, wäre er vielleicht doch in der Lage, sie zu vergessen.

Sweet Sue gesellte sich zu ihm, preßte sich gegen seinen Körper und legte ihre Hand auf seinen Oberschenkel. Er sah sie an, während sie ihre Hand langsam nach oben gleiten ließ. Stone lächelte und hob ihre andere Hand an seine Lippen.

Doch selbst als er das tat, wanderte sein Blick zu Windsor hinüber. Seine Gedanken kehrten abermals zu dem Bild zurück, das er seit dem frühen Abend nicht mehr aus dem Kopf bekam. Windsor hatte so schmal und unschuldig ausgesehen, als sie ihm in ihrer großen Badewanne gegenübergesessen hatte, und dabei so wunderschön, daß es einen Mann innerlich zerreißen konnte.

Ihr Haar war naß gewesen und zurückgestrichen. Es umfing ihre Schultern wie ein Mantel aus dunklem Gold. Die Rundungen ihrer weißen Brüste hatten sich weich und von glitzernden Tropfen bedeckt über die Wasseroberfläche erhoben. Sie hatten ihn verlockt und gequält. **Sie** war es gewesen und nicht Sue, die er zu sich in die Wanne ziehen wollte. Jedes Mal, wenn das Mädchen namens Shirley Windsors Haar berührt hatte, war Stone vor Eifersucht entbrannt.

Mit gerunzelter Stirn und ärgerlich auf sich selbst warf er seinen Kopf zurück und machte sich daran, den Krug in einem Zug zu leeren. Sie ist eine Nonne, *eine Nonne*, zum Teufel nochmal, schimpfte er im Stillen verächtlich mit sich selbst. Warum konnte er das nur nicht in seinen Schädel bekommen? Warum konnte er nicht aufhören, davon zu träumen, wie er sie festhielt, sie berührte?

Er verfluchte seine dumme Besessenheit, griff plötzlich nach Sweet Sue, zog sie an sich und küßte sie heftig. Sofort preßte sie sich gegen ihn und rieb ihre vollen Brüste gegen seinen Oberkörper. Trotz ihrer leidenschaftlichen Erwiderung ließ er sie beinahe sofort wieder los, bestellte ein weiteres Bier und beschloß, keinen Blick mehr in Windsors Richtung zu werfen.

»Du bist also hinter der kleinen Nonne her«, murmelte Sweet Sue ungläubig. »Und wage ja nicht, das zu bestreiten, mein Schatz, denn ich kenne dich besser, als du denkst. Du hast den übelsten liebeskranken Blick, den ich jemals gesehen habe.« Sie überraschte Stone mit einem herzhaften Lachen. »Du solltest dich schämen, Kincaid. Du bist wirklich ein ganz Schlimmer. Nach einem heiligen Mädchen zu gelüsten.«

Stone grinste. Sweet Sue war eine gute Freundin und besaß einen aufmerksamen Blick, dem nichts entging. »Ja, du hast recht. Und das ist nicht einmal das Schlimmste. Sie ist nicht nur eine unschuldige Nonne, sondern auch völlig verrückt. Nicht zu vergessen, daß ich wegen ihr schon dreimal beinahe mein Leben verloren hätte, seit sie mir vor ungefähr einem Monat zum ersten Mal unter die Augen gekommen ist.«

Sweet Sues amüsierter Gesichtsausdruck verschwand. Sie lehnte einen Ellenbogen auf die Bar und beobachtete, wie er einen Schluck Bier nahm. »Sie ist wirklich eine Schönheit, das muß ich zugeben. Obwohl, so hübsch sie auch sein mag, ich hätte nie gedacht, daß sie dein Typ ist.«

Stone gab ein spöttisches Schnaufen von sich. »Sie ist so verdreht! Wie viele Leute kennst du, die wilde Affen in Koffern herumtragen? Und trotzdem bekomme ich sie einfach nicht aus dem Kopf, so sehr ich mich auch bemühe.« Seine Mundwinkel hoben sich zu einem halben Grinsen, während er Sweet Sues Wange mit seinem Daumen streichelte. »Aber jetzt bin ich bei dir und zähle auf dich, daß du mir hilfst, diesen Zustand zu ändern.«

»Vielleicht«, erwiderte Sweet Sue und warf einen Blick auf ihre junge, blonde Rivalin, »und vielleicht auch nicht. Aber eins sage ich dir, ich bin jedenfalls zum Teufel noch mal gewillt, es zu versuchen.«

Stone lächelte und sah aus den Augenwinkeln, daß Windsor und Sonne-auf-Flügeln sich von ihren Stühlen erhoben und den Flur entlang auf den Baderaum zugingen.

»Gut«, murmelte er, »jetzt kann ich sie wenigstens nicht mehr sehen. Komm her, Suzy, zeig mir, wie sehr du mich vermißt hast.«

Er zog sie in seine Arme, begierig darauf, mit Hilfe ihrer scharlachroten Lippen das Bild von weicheren, rosafarbenen auszulöschen.

Windsor drehte sich genau in dem Moment nach Stone um, als er damit begann, seinen Mund auf die Lippen der schwarzhaarigen Frau zu pressen. Er hatte diese Frau mit Namen Sweet Sue seit dem Verlassen des Baderaumes schon sehr oft geküßt. Er mußte sie sehr gern haben, dachte Windsor und war entsetzt darüber, wie sehr sie diese Erkenntnis betrübte, wie schwer ihr Herz wurde, so hart und kalt, daß ihr das Atmen Schmerzen verursachte.

Der Alte Weise hatte es vorhergesagt, daß ihr Körper sie verraten würde, daß die Versuchung, mit einem Mann zu schlafen, sie von ihrem Wunsch abbringen würde, die Erfüllung zu finden. Damals hatte sie die Worte nicht verstanden, aber heute tat sie es. Und sie haßte sich dafür, denn sie war nicht mehr wie früher in der Lage, ihren Körper und ihren Geist zu kontrollieren. Sie schwor sich, von nun an lange, anstrengende Meditationen durchzuführen, um die Kraft zu erhalten, dem ständigen Verlangen, das Stone Kincaid in ihr entfacht hatte, zu widerstehen.

Sie und Sonne-auf-Flügeln erreichten den Baderaum. Sweet Sue hatte angeordnet, mehrere Wannen nach hinten zu schieben, so daß schmale Liegen in jenen Nischen aufgestellt werden konnten, die den Holzöfen am nächsten waren. Windsor konnte es kaum erwarten, die tröstenden Zeilen ihrer alten Sutra aufzusagen, und sie ging schnell auf die Liege zu, die der Tür am nächsten war.

»Ich bin müde. Ich will zu Bett gehen.«

»Bett? Was sein Bett?«

»Die Weißen schlafen auf weichen Gestellen, wie dieses hier«, erklärte sie und setzte sich auf die dünne Matratze.

Sonne-auf-Flügeln beäugte den Bettrahmen mißtrauisch. »Warum brauchen Bett? Boden hier warm und trokken.«

Windsor zuckte mit den Schultern. »Das ist eben so Brauch. Im Tempel der Blauen Berge ruhen die Priester und ihre Schüler auf einfachen Matten auf dem Boden. Aber in den reichen Haushalten gibt es gepolsterte Diwans. Ich habe sie selbst gesehen.«

»Sonne-auf-Flügeln brauchen kein Bett. Schlafen auf Büffelfell«, teilte er ihr mit, ging zum anderen Ende des Raumes und streckte sich neben dem heißen Ofen aus. Windsor beobachtete, wie sich Jun-li neben den Indianerjungen legte. Ihr kleiner Affe schien sich einen neuen Herrn gesucht zu haben.

Sie atmete einmal tief durch, zog die Vorhänge zusammen und setzte sich dann im Schneidersitz in die Mitte ihres Bettes. Dann versuchte sie, die Musik und die lauten Unterhaltungen, die vom Saloon herüberdrangen, aus ihrem Kopf zu verbannen.

Die Zeit verging. Es fiel ihr schwer, sich zu konzentrieren. Sie war zu müde, zu durcheinander, um ihren Geist in der üblichen Weise zu unterwerfen. Ihre Unfähigkeit, in sich selbst hinabzutauchen, bestürzte sie, denn eine solche Misere war ihr noch niemals zugestoßen. Am Ende gab sie auf, streckte sich auf dem Rücken liegend aus und starrte zur Decke hinauf.

Stone Kincaid brachte wahrscheinlich in diesem Moment Sweet Sue irgendwohin oben im ersten Stock. Genauso, wie es viele der Bergleute mit den anderen Frauen gemacht hatten, während sie und Sonne-auf-Flügeln beim Abendessen waren. Zum ersten Mal in ihrem Leben dachte sie über die Frage nach, warum Frauen zum Vergnügen der Männer erschaffen worden waren. So war es in den entferntesten Provinzen Chinas, und genauso war es hier, unter den Barbaren im Westen. Frauen waren dazu geboren, Männern zu dienen, ihnen mit ihrem Aussehen und ihrem Handeln zu gefallen. Frauen mußten gehorchen. Frauen waren schwach, Männer waren stark. Frauen waren Yin, Männer Yang. Aber warum?

Lange nachdem Sonne-auf-Flügeln begonnen hatte, leise vor sich hinzuschnarchen, lag sie immer noch wach, die Hände hinter dem Kopf verschränkt, und wälzte neue Gedanken, wurde von neuen Zweifeln geplagt, die ihr vor ihrem Zusammentreffen mit Stone Kincaid in Chicago fremd gewesen waren. Bevor er in ihr Leben getreten war, hatte sie immer tief und fest schlafen können, ohne sich Sorgen zu machen oder von Männern und Frauen zu träumen, die sich der Fleischeslust hingaben. Nun fand sie keine Ruhe, brauchte lange, ehe sie einschlummerte und wachte häufig wieder auf. Es schien so, als warte sie darauf, daß das Unmögliche passieren würde.

Ihr Körper wurde starr, als sie hörte, wie die Tür geöffnet wurde. Schnell setzte sie sich auf. Die Tür knallte gegen die Wand. Schleifende Geräusche sagten ihr, daß jemand den Raum betreten hatte. Dann ertönte auch schon Stone Kincaids Stimme von der anderen Seite des Vorhangs her.

»Wo zum Teufel bist du, Windsor?«

Überrascht sprang sie aus dem Bett, aber bevor sie irgendetwas sagen konnte, wurden die Vorhänge zur Seite gerissen. Stone Kincaid stand vor ihr, und er war offenbar sehr betrunken und sehr böse. Er hatte seine Fäuste in die Hüften gestemmt. Während er sie anstarrte, wich sein erbostes Stirnrunzeln einem verwirrten Ausdruck.

»Wo zum Teufel ist der Junge?«

»Er schläft dort drüben am Ofen. Sie sind betrunken und haben ihn deshalb wohl nicht bemerkt.«

»Verdammt richtig.«

Stone machte einen Schritt auf sie zu, schwankte zur Seite, fing sich wieder und versuchte dann, seinen verschwommenen Blick auf ihr Gesicht zu richten. »Mit dir funktioniert das leider nicht. Dich bemerke ich immer, du bringst mich dazu, dumme Sachen zu denken und zu tun.«

Mit einer Schnelligkeit, die sie angesicht seiner Trunkenheit überraschte, packte er sie plötzlich an den Schultern. Windsor hätte ihm leicht ausweichen können, aber sie versuchte es erst gar nicht.

Sie stand vollkommen ruhig, während sich seine Finger um ihre Arme schlossen, und er sie an sich zog, bis ihr

Gesicht nur noch wenige Zentimeter von seinem entfernt war.

»Sag mir, wie ich dich aus meinem Kopf bekommen kann«, flüsterte er mit sanfter Stimme, und seine Augen glitten über ihr Gesicht. Er schob sie nach hinten und zwang sie, sich auf die Liege zu legen. Dann ließ er sich auf seine Knie hinab und lehnte sich gegen sie.

Windsors Herz begann heftig zu schlagen, überschlug sich und pochte schließlich so wild, als sei es völlig außer Kontrolle geraten. Aus Angst vor ihrer Reaktion auf das, was er tat, lag sie bewegungslos unter ihm, während er seine Finger in das Haar an ihren Schläfen vergrub, ihr Gesicht festhielt und mit leisem, gequälten Flüstern zu ihr sprach.

»Ich habe meine Hände in Suzys Haar vergraben, genau wie jetzt, und ich habe ihren Mund geküßt, ihren Körper an mich gepreßt, und ich habe nichts dabei empfunden. Ich habe nur an dich gedacht, verdammt.«

Seine Lippen legten sich hart und gierig auf ihren Mund, verwischten jeglichen rationalen Gedanken und wärmten ihren Körper, bis sich ein fremder Laut aus ihrer Kehle löste, ein Stöhnen, in dem sich Vergnügen und Verzweiflung vermischten. Aber ihr unterdrückter Schrei schien Stone Kincaid nur noch weiter zu erregen, und seine Finger fuhren über die Vorderseite ihrer Tunika und lockerten die Schulterbänder weit genug, so daß seine Hand zwischen den Stoff und über ihre nackte Haut gleiten konnte. Im selben Augenblick suchten seine Lippen ihren Hals, und sie stöhnte hilflos, schloß atemlos ihre Augen, berauscht von dem, was seine Lippen ihrem Körper antaten, während er ihr das Oberteil herabzog, um ihre Brüste zu betrachten.

Stone ließ plötzlich von ihr ab. Atemlos beobachtete Windsor, wie er mit brennenden Augen auf sie hinabstarrte und dann die Vorderseite seines Hemdes aufriß. Er preßte seine Brust gegen sie, und sie spürte sein schwarzes, kräftiges Haar, das sich gegen ihre nackte Haut rieb. Er keuchte und packte sie heftig, eine Hand in ihrem Haar vergraben, während die andere über ihren nackten Bauch zum Taillenband ihrer Seidenhosen glitt. Er umfaßte ihre Hüften, riß sie vom Bett hoch und preßte sie gegen die Härte seiner Lenden. Dann legte er den Kopf in den Nacken und stöhnte vor Lust.

»Nonne nicht haben dürfen Mann.«

Die anklagenden Worte von Sonne-auf-Flügeln erklangen ganz aus der Nähe. Windsors Augen flogen auf, und Stone sprang vom Bett herunter und zog seinen Colt. Der Osage-Junge wich keinen Zentimeter und starrte ihn trotzig an. Der Schock schien Stone für den Moment nüchtern zu machen. Mit einem verärgerten Stirnrunzeln steckte er die Waffe wieder in den Halfter.

»Eines Tages wird dich noch jemand erschießen, wenn du dich so an einen Mann heranschleichst«, warnte er den Jungen mit schwerer Zunge. Er übertrug seinen Zorn auf Windsor, die sich auf dem Bett hochgerappelt hatte und ihre Kleidung wieder in Ordnung brachte. »Und du, du hältst dich von mir fern, hörst du?« murmelte er heiser. »Das ist mein Ernst. Ich brauche dich nicht. Ich will dich nicht. Suzy wartet oben auf mich.«

Er machte sich mit unsicheren Schritten auf den Weg zur Tür, aber auf halber Strecke änderte er die Richtung und fiel mit dem Gesicht nach unten auf eine der Liegen. Er fluchte noch einmal kurz vor sich hin und lag dann still. Seine Arme hingen links und rechts vom Bett hinab. Windsor und Sonne-auf-Flügeln betrachteten ihn einen Augenblick und sahen sich dann an.

»Feuerwasser von weißem Mann schlechte Medizin«, sagte der Junge und brachte sein Haarbüschel zum Tanzen, als er den Kopf schüttelte. »Pfeil-teilt-Haar nicht benehmen richtig.«

Windsor atmete tief durch und nickte. »Die beste Kur gegen Trunkenheit ist es, nüchtern einem betrunkenen

Mann zuzusehen«, zitierte sie mit überzeugter Stimme und ging dann zu Stone hinüber. Mit einiger Anstrengung zog sie eine ordentlich gefaltete Decke unter seinen Füßen hervor und breitete sie über ihn. Dann zog sie die Vorhänge um seine Kabine zu und ging zu ihrer eigenen Liege hinüber.

Stone Kincaid ist sehr dumm gewesen, soviel Alkohol zu sich zu nehmen, dachte sie, aber in ihrem Herzen war sie froh, daß er im Bett neben ihr schlief, anstatt oben bei der schwarzhaarigen Frau.

»Komm schon, Schatz, wach auf. Ich muß für die Kunden öffnen.«

Stone blinzelte benommen zu Sweet Sue hinauf. Sie lächelte einnehmend und schwenkte einen blaugesprenkelten Becher unter seiner Nase hin und her. Der aromatische Duft von starkem, frischgebrühtem Kaffee erfüllte seine Sinne.

»Du hast mich ja gestern Nacht ganz schön überrascht, Liebling. Was war denn nur in dich gefahren? Ich habe noch nie erlebt, daß du soviel Alkohol in dich hineingegossen hast.«

Stone richtete sich auf, stöhnte und preßte sich die Finger gegen die Schläfen. Sein Kopf fühlte sich an, als hätte jemand einen Amboß darauf abgestellt. Er schluckte und stellte fest, daß seine Kehle mit einer dichten Watte überzogen war. Dann verfluchte er sich selbst als den größten Narren unter der Sonne.

»Ist alles in Ordnung, Schatz? Du siehst nicht so besonders gut aus.«

Stone griff nach dem Kaffee, den Sweet Sue ihm hinhielt und zwang sich, einen Schluck zu nehmen. Die kleinste Kopfbewegung brachte seine Schläfen zum Pochen.

»Wo sind Windsor und der Junge?« fragte er, während er sich den Nasenrücken massierte.

»Sie sind fort. Haben sie dir das denn nicht gesagt?«
Stone blickte abrupt auf und mußte sofort den Preis dafür bezahlen. Schmerz durchzuckte ihn wie ein Feuerwerkskörper.
»Fort? Wohin?« murmelte er.
Sweet Sue setzte sich zu ihm auf die Liege. Sie zuckte mit den Schultern. »Sie haben mit niemandem gesprochen. Sie sind nach den ganzen Scherereien einfach aufgestanden und weg waren sie —«
»Was für Scherereien?« erkundigte sich Stone, der Böses ahnte.
»Wie schon gesagt, ich weiß nicht genau, wohin sie gegangen sind. Aber Mats — dieser große Schwede, der hier für Ruhe und Ordnung sorgt, du kennst ihn ja auch — der erzählte mir, daß die kleine Nonne und der Indianer ganz früh aufgestanden sind, bevor eines der Mädchen sich überhaupt gerührt hatte, und nach draußen gegangen sind, um Fragen über irgendeinen Mann zu stellen. Ich komme nicht auf seinen Namen —«
»Emerson Clan?«
»Ja, genau so hieß er. Wie auch immer, jedenfalls kannten einige der Jungs jemanden oben an der Mine, der in den Unterkünften Geschichten über diesen Clan erzählt hat. Aber du kennst ja die Jungs — irgendwann fingen sie an, den Indianerjungen aufzuziehen. Lachen über sein Haar und so weiter. Die meisten von ihnen hassen sowieso alle Indianer. Du hättest es besser wissen müssen, als du ihn herbrachtest, wo es doch im Moment bei den Überfällen so viele Tote gibt.«
»Verdammt, Suzy, komm endlich zum Punkt. Geht es Windsor gut? Wurde jemand verletzt?«
Sweet Sues Augen verengten sich. »Ohjemine, die Kleine hat dir ja ganz schön den Kopf verdreht.«
Stone biß die Zähne zusammen. Er hatte das ganze Geplapper satt und wartete ungeduldig auf eine Antwort. Er sah sie wütend an, bis sie den Kopf schüttelte.

»Na, na, na, kein Grund, sich so aufzuregen. Soweit ich weiß, geht es ihr gut. Mats sagt, die beiden sind nach draußen gegangen, und er hat Geräusche gehört wie von einem Handgemenge, aber als er die Tür öffnete, war schon alles vorbei, und Johnny Holcomb und Dick Foots lagen auf dem Boden. Mats hat eine halbe Stunde gebraucht, ehe er sie wieder zur Besinnung bringen konnte. Ich schätze, der Indianerjunge kann seine Fäuste besser gebrauchen als so manch anderer, denn Dickie ist für seine Kämpfe bekannt, weil er zu Hause in Philadelphia sein Geld als Boxer verdient hat. Und Johnny ist so groß wie ein Holzfäller.«

Stone hatte da ein ganz anderes Szenario vor Augen. »Ich nehme eher an, daß Windsor sie mit ihren Füßen erwischt hat.«

Sweet Sue lachte. »Mit ihren Füßen? Wovon um Himmels Willen sprichst du?«

»Vergiß es. Du würdest mir doch nicht glauben.« Stone nahm noch einen Schluck von seinem Kaffee, dankbar für alles, was den Nebel in seinem Kopf ein wenig vertrieb. Er stand auf, ging zum Waschbecken hinüber und wusch sich das Gesicht. Ein wenig belebter blickte er zu Sweet Sue hinüber, während er sich abtrocknete.

»Bist du sicher, daß Mats nicht weiß, wo sie hinwollten?«

»Er sagte nur, daß sie sofort auf ihre Pferde gestiegen seien und sich davongemacht hätten, nachdem sie das über den Mann in Erfahrung gebracht hatten.«

»Welche Richtung?«

»Zur Mine hoch.«

Stone verzog das Gesicht. »Wieviel Uhr ist es?«

»Beinahe halb eins. Ich habe schon vor einer Stunde versucht, dich aufzuwecken, aber du hast überhaupt nicht reagiert.«

Stone überprüfte seine Waffen und trank den restlichen Kaffee aus. »Ich sehe besser zu, daß ich sie finde, bevor sie Ärger mit den Bergleuten bekommen. Meine innere

Stimme sagt mir, daß sie dort oben nicht gerade willkommen sein werden. Hast du ein Pferd, das du mir leihen kannst?«

»Sicher. Frag Mats.«

»Danke, Suzy«, erwiderte Stone und bückte sich, um sie auf die Wange zu küssen. »Und vor allem vielen Dank, daß du uns letzte Nacht aufgenommen hast. Tut mir leid wegen des Ärgers heute morgen.«

»Letzte Nacht hast du nur davon gesprochen, daß du die Nonne und den Indianer so bald wie möglich loswerden willst. Warum bist du heute also so wild darauf, ihnen zu folgen?«

»Ich denke, ich fühle mich für sie verantwortlich«, antwortete Stone. Aber später, als er sein Pferd über die steile Straße lenkte, die neben den Eisenbahnschienen verlief, gestand er sich ein, daß es etwas anderes war.

Er hatte sich tausend Mal eingeredet, daß er froh wäre, Windsor loszusein, daß er sie bei der ersten Gelegenheit zurücklassen würde. Er verzog spöttisch den Mund. Statt dessen war sie diejenige, die ihn bei der ersten Gelegenheit zurückgelassen hatte. Und was noch viel schlimmer war, sie hatte sich den schlimmstmöglichen Ort dazu ausgesucht, besonders, da sie sich in der Begleitung eines Osage-Kriegers befand. Die Männer oben an der Mine haßten Indianer mehr als Klapperschlangen, und Sonne-auf-Flügeln konnte dankbar sein, wenn sie ihn nicht sofort lynchten. Stone machte sich plötzlich mehr Sorgen als zuvor um die beiden, und während er seine Augen auf die Dächer der Behausungen rund um die Mine richtete, preßte er seinem Pferd die Absätze in die Seiten.

Der unangenehme Vorfall mit den beiden großen Raufbolden vor dem Pleasure Palace hatte Windsor einiges Kopfzerbrechen bereitet. Sie stellte fest, daß es sehr viele Vorurteile und Haßgefühle bei den Menschen der Vereinigten Staaten gab. Wesentlich mehr, als sie erwartet hatte. Genau wie ihr geliebter Hung-pin war nun auch Sonne-auf-Flügeln ohne Provokation angegriffen worden. Wer eine andere Hautfarbe hatte, wurde gehaßt und lächerlich gemacht. Sie war in großer Sorge um ihren jungen Freund.

»Was sein mit Pfeil-teilt-Haar?« erkundigte sich Sonne-auf-Flügeln plötzlich. »Er böse sein weil zurückgelassen.«

Windsor blickte auf das geschwollene Auge ihres Freundes, das sich blau und schwarz färbte. Es machte sie immer noch wütend, wenn sie daran dachte, wie einer der Männer von hinten an Sonne-auf-Flügeln herangeschlichen war, um ihn festzuhalten, während der andere ihm mit der Faust ins Gesicht schlug. Wer weiß, was geschehen wäre, wenn sie nicht eingegriffen hätte. »Stone Kincaid ist immer noch wie leblos, weil er seinen Rausch ausschläft«, erwiderte sie schließlich. »Wir werden zu ihm zurückkehren, sobald wir etwas über Emerson Clan erfahren haben.«

»Was werden geschehen, wenn bösen Mann gefunden?«

»Wir werden ihn umbringen, wegen der Verbrechen, die er an unseren Freunden begangen hat.«

Ihre Antwort schien dem Jungen auszureichen, und sie ritten weiter, beide in Gedanken versunken. Wenn sie mit Neuigkeiten über den Aufenthaltsort seines Feindes zurückkehren würde, wäre er vielleicht nicht mehr so versessen darauf, alleine weiterzureisen, oder würde ihre Hilfe sogar zu schätzen wissen und froh über ihre Anwesenheit sein.

Wieder sah sie im Geiste vor sich, wie er die schwarzhaarige Frau an sich gepreßt hatte. Sie hätte die Frau in seinen Armen sein wollen, und sie war es auch für einige Minuten gewesen. Es fiel ihr zwar schwer, dies zuzugeben, aber es hatte ihr gut gefallen. Mehr als gut.

Aber sie kämpfte gegen diese Gefühle an. Eine solche Intimität zwischen ihnen durfte nicht sein. Sie mußte stark bleiben und gegen ihre weiblichen Bedürfnisse ankämpfen. Wenn sie eine wirkliche Schülerin des Drachenfeuers werden wollte, dann war ihr eine derartige Begierde verboten. Sie durfte niemals mit einem Mann das Bett teilen. Nur die, die einen keuschen Leib und ein reines Herz hatten, konnten in die geheime Kampfgruppe des Tempels aufgenommen werden. Wie schwer fielen ihr diese Vorsätze jetzt, da sie Stone Kincaid getroffen hatte!

Langsam kamen die mit Schindeln bedeckten Dächer der Bergbausiedlung in Sicht. Windsor war erleichtert, denn der steile Aufstieg hatte bei Schnee und Eis doch einige Schwierigkeiten bereitet. Sie konnte bereits den Schacht erkennen, der höher im Berg lag, und auch die Arbeiter, die sich abmühten, der Erde das Erz zu entreißen. Irgendwo in der Ferne hörte sie die Rufe von Männern.

Die Holzwände der Gebäude waren grau und schäbig, und der Schnee lag noch hoch auf den Dächern. Dunkelgraue Wolken drohten noch mehr Schnee zu bringen, und sie war froh, daß sie an ihrem Ziel angekommen waren.

Eine Viertelstunde später ritten sie über die Straße aus gefrorenem Schlamm. Die Siedlung war ruhig und verlassen. Die schmalen Bretter, die als Bürgersteige dienten, waren leer, die Fenster der Läden dunkel und trist.

Windsor hielt ihr Pferd an, blickte sich um und fragte sich, ob wohl **alle** Bewohner in der Mine arbeiteten. Der Wind war kräftiger geworden und hatte ihre Wangen und ihre Nase gerötet. Die Wolken hingen tief, und Windsor, die die meiste Zeit ihres Lebens in den Bergen der Provinz Kansu verbracht hatte, kannte die Anzeichen für einen heraufziehenden Sturm.

Sie hörte, daß irgendwo eine Tür geschlossen wurde. Sie drehte sich um und erblickte einen verhutzelten, gebeugten alten Mann, der hinter einem Gebäude auftauchte. Er trug eine große Metallpfanne, die offensichtlich sehr schwer war.

Windsor stieg aus vom Sattel und bedeutete Sonne-auf-Flügeln, das Gleiche zu tun. Sie führte ihr Pferd zu dem alten Mann hinüber, der den Inhalt der Pfanne hinter einer Hütte ausgoß. Als er sich umwandte und mit schleppenden Schritten auf sie zukam, vollführte Windsors Herz vor Freude einen Satz. Der alte Mann war Chinese.

11

Ein kräftiger Eisregen, der von starken Windböen begleitet wurde, peitschte Stone ins Gesicht. Die Nacht war hereingebrochen. Er beugte den Kopf, um sich vor den erbarmungslos niederprasselnden Schauern zu schützen. Ab und zu versuchte er, mit zusammengepreßten Augen in der dunklen, winterlichen Landschaft zu erkennen, wo er sich befand. Einige schwache, stecknadelkopfgroße gelbe Lichter wiesen den Weg. Er schmiegte sich noch tiefer in den schweren Wollmantel, den ihm Sweet Sue im Pleasure Palace gegeben hatte und ritt weiter. Er hoffte nur, daß Windsor und der Junge vor dem Einsetzen des Blizzards sicher bei der Mine angekommen waren.

Teufel auch, er wußte doch nicht einmal, ob sie wirklich zur Mine geritten waren! Suzy hatte es nicht mit Sicherheit sagen können, genausowenig wie Mats. Aber es bestand zumindest die Chance, daß sie im Lager waren, und falls es dort wirklich einen Mann geben sollte, der Informationen über Clan hatte, würde Stone sie aus ihm herausbekommen. Zweifellos war Windsor aus demselben Grund dorthin unterwegs.

Über eine Stunde lang kämpfte sich Stone den Berg hinauf, bemüht, den schneebedeckten Schienen so gut es ging zu folgen. Er kannte den Weg gut. Seine Männer hatten die Schienen gelegt. Als er die Außenbezirke des Lagers erreichte, schien es ganz so, als hätte sich kaum etwas verändert, seit er damals die Vermessung und den Bau beaufsichtigt hatte. Er ritt sofort zu dem beliebtesten Saloon und stellte fest, daß auch dieser nichts von seinem zweifelhaften Reiz verloren hatte. Viele Männer drängten sich Schulter an Schulter in dem grob zusammengezimmerten Etablissement, das aus einem einzigen Raum bestand. Stone erinnerte sich an den Verschlag an der Seite, band sein Pferd dort fest und stieg ab.

Er zog seine Handschuhe aus, rieb sich die tauben Hände und stieß die Tür auf. Die warme Luft, die ihm entgegenschlug und sein verfrorenes Gesicht zum Brennen brachte, war ihm sehr willkommen. Außer der Wärme hatte die Atmosphäre des Saloons allerdings nichts Anziehendes. Der Raum roch nach ungewaschenen Körpern, vermischt mit den Gerüchen von schalem Bier und Rauch. Dieser Staghead Saloon war gewiß um Klassen schlechter als Sweet Sues Laden. Kein Wunder, daß der Pleasure Palace so gute Geschäfte machte, obwohl er ein ganzes Stück von der Siedlung entfernt lag.

Ungefähr zwei Dutzend Männer standen um eine provisorische Bar. Es gab keine Frauen. Die Besitzer der Mine hatten verboten, daß Frauen das Gelände betraten — zweifellos ein weiterer Grund für Sweet Sues Erfolg.

Als Stone eintrat, verstummte auf einen Schlag jede Unterhaltung. Er ignorierte die neugierigen Blicke, die sein Erscheinen hervorrief, nahm seinen Hut ab und schlug ihn gegen den Oberschenkel, um ihn vom Schnee zu befreien. Das Gesumme der rauhen Stimmen setzte wieder ein, als er auf die Bar zuging.

Stone suchte sich einen Platz ganz am Ende, darauf bedacht, mit dem Rücken zur Wand zu sitzen. Der Barkeeper kam auf ihn zugeschlendert. Er wischte seine Hände an der dreckigen weißen Schürze ab, die er um seinen mächtigen Bauch geschlungen hatte. Stone betrachtete die Männer in seiner Nähe, in der Hoffnung, ein bekanntes Gesicht aus jener Zeit zu entdecken, als er hier mit dem Schienenbau beschäftigt gewesen war. Aber seit damals waren acht Jahre vergangen, und Männer, die in den Minen arbeiteten, blieben selten so lange an ein und demselben Ort.

»Was darf es sein, Mister?«

»Whiskey.«

Während der Barkeeper ein Glas füllte, blieben Stones Augen auf dem riesigen, detailgetreuen Bild eines sich aufbäumenden Löwen hängen, das in den Handrücken des Mannes geritzt war.

»Nette Tätowierung«, sagte er und nahm seinen Drink entgegen.

»Ja, hab' ich mir mal in San Francisco machen lassen. War damals teuflisch betrunken.«

Stone antwortete nicht. Er genoß das brennende Gefühl, das der Whiskey in seiner Kehle hervorrief.

»Mein Name ist Jed«, sagte der Mann, stützte seinen kräftigen Ellenbogen auf die Bar und starrte Stone offen ins Gesicht. »Keine besonders angenehme Nacht, um zu reisen, nicht wahr?«

»Ja.«

»Was hat Sie denn hierher verschlagen?«

»Was geht Sie das an?«

Jed wand sich unter Stones eisigem Blick. »Geht mich gar nichts an. Versuche ja nur, freundlich zu sein.«

»Ich habe schon genug Freunde.«

Jed schlenderte davon. Stone lehnte sich gegen die Theke und nahm einen Bergarbeiter neben sich ins Visier. Er war von schmächtiger Statur, und sein langes, schwarzes Haar war zu einem ungewaschenen Pferdeschwanz zusammengebunden. Der Mann trug eine runde Drahtbrille. Stone beschloß, zu versuchen, ob er etwas über Windsor herausfinden konnte.

»Ich suche eine blonde Frau, schlank und sehr hübsch«, sagte er.

Ein schwergewichtiger Mann mit rotem Kopf, der neben dem Bergarbeiter mit der Brille stand, mischte sich ein.

»Tun wir das nicht alle?« Der fette Mann brach in schallendes Gelächter aus. »Ich sag Ihnen was, Mister. Sollten Sie eine dieser hübschen, blonden Mädchen hier in der Gegend finden, dann bekomme ich sie als zweiter.«

»Sie ist eine Freundin«, sagte Stone und bedachte ihn mit einem frostigen Blick. »Wenn sie also tatsächlich hier auftauchen sollte, wäre es mir ganz und gar nicht recht, falls jemand sie belästigen würde.« Er legte seine Hand demonstrativ auf den rechten Oberschenkel. Der Kopf des rotgesichtigen Mannes verfärbte sich noch um eine Nuance. Er starrte in seinen Bierkrug, ohne ein weiteres Wort zu verlieren.

»Es gibt überhaupt keine Frauen hier im Lager. Sind nicht erlaubt«, teilte ihm der Mann mit der zerbrochenen Brille mit. »Wir müssen unten in den Palace gehen, wenn wir welche haben wollen.«

»Ja, ich weiß. Ich bin auch mit Suzie befreundet.«

Sofort löste sich die Spannung, die bisher geherrscht hatte.

»Nun, Fremder, jeder Freund von Sweet Sue ist uns hier oben herzlich willkommen. Sie ist eine tolle Frau. Sie weiß, wie sie es anstellen muß, damit sich ein Mann wohlfühlt.« Der Mann grinste und schüttelte den Kopf. Offensichtlich erinnerte er sich an einige aufregende Augenblicke im Palace. »Mein Name ist Buck Snodgrass«, sagte er und hielt Stone die Hand hin.

Stone ergriff sie, hielt aber seine Linke nahe an der Waffe. »Stone Kincaid.«

Hinter der Brille schlug der freundliche Ausdruck in Bucks Augen in Argwohn um. Stone erstarrte, weil alle, die um ihn herumsaßen, beim Klang seines Namens mit einem Mal verstummten. Die meisten Männer entfernten sich hastig, aber einer blieb bewegungslos zurück. Seine rechte Hand hielt eine Whiskeyflasche.

Stones sechster Sinn warnte ihn, aber er wartete ab. Er hatte den Mann noch nie zuvor in seinem Lebn gesehen, aber seine scharfen, gerissenen Züge hatten etwas Gemeines. Als er sich aufrichtete und seinen Mantel zurückschob, wurde der Elfenbeingriff eines Revolvers sichtbar, der in einem tiefhängenden Halfter steckte.

Stone bewegte sich unauffällig, um bei Bedarf seine eigene Waffe ziehen zu können und wartete geduldig darauf, daß der andere den ersten Schritt tun würde.

»Ungewöhnlicher Name, Stone Kincaid«, sagte der Mann mit trügerisch ruhiger Stimme.

»Meiner Mutter gefiel er.«

»Ich nehme nicht an, daß allzu viele Männer diesen Namen tragen, nicht wahr?«

»Unwahrscheinlich.«

»Vor ein paar Monaten hat ein Mann drüben in Omaha meinen Partner umgebracht«, sagte der Revolverheld leise. »Hat ihn mit einer Bullenpeitsche übel zugerichtet. Die Leute dort sagten, sein Name sei Stone Kincaid gewesen. Ich habe mich nach dem Bastard umgehört. Jetzt frage ich mich, ob sie wohl der sind, den ich suche.«

»Sie haben den falschen Mann —« begann Stone, aber bevor er den Satz beenden konnte, griff sein Gegenüber bereits nach der Waffe.

Aber Stone war schneller. Bevor der Mann den Abzug drücken konnte, hatte Stone bereits seinen Revolver gezogen und gefeuert. Die Kugel traf den Mann in die Hand. Er ließ seine Waffe zu Boden fallen, kippte gegen die Bar und starrte auf seine blutenden Finger. Die Zuschauer wichen weiter zurück. Alle Blicke richteten sich auf Stone.

»Wie ich schon sagte, Sie haben den falschen Mann. Ich habe niemanden umgebracht in Omaha. Und ich habe auch nicht vor, hier irgendjemand zu töten. Der Name des Mannes, der Ihren Partner umgebracht hat, ist Emerson Clan. Ich bin ebenfalls hinter ihm her, weil er meinen Namen bei seinen Verbrechen mißbraucht.«

Der Revolvermann hielt seine unverletzte Hand in die Höhe, als wolle er weitere Erklärungen verhindern, beugte sich dann hinab, um seine Pistole aufzuheben, und bahnte sich dann durch die flüsternden Zuschauer einen Weg zur Tür.

Stone vergewisserte sich, daß kein anderer seinen Rücken als Zielscheibe benutzen wollte, und bestellte dann noch einen Whiskey. Sofort erhob sich erneut ein Durcheinander von Stimmen, und der Saloon kehrte wieder zur Normalität zurück. Man ließ Stone in Ruhe. Er tat so, als widme er sich ausschließlich seinem Drink, während er vorsichtig die Leute um sich herum betrachtete.

Es waren zähe und harte Kerle, und er war nicht so dumm, auch nur einem von ihnen zu vertrauen.

Er hoffte nur, daß Windsor nicht den Fehler gemacht hatte, ein solches Lokal zu betreten. Aber wo war sie dann? Sie mußte irgendwo im Lager sein, denn es gab keine weiteren Häuser in der Umgebung. Er würde wohl alles durchsuchen müssen. Es gab eine Schlafbaracke für die Arbeiter, einen Stall für die Pferde, ein Küchengebäude und ein Warenhaus. Ein Indianer mit einem halbrasierten Schopf und ein verrücktes Mädchen mit einem Affen konnten doch in einem Lager voller Männer nicht so schwer zu finden sein! Er würde sich zuerst nach ihnen umsehen und dann den Mann suchen, der Clan kannte.

Nachdem er einige Münzen auf die Theke geworfen hatte, ging er zur Tür hinaus. Draußen war es stockfinster, aber der Eisregen hatte sich in Schnee verwandelt, und der Wind war abgeflaut. Er blieb einen Moment stehen und zog sofort seinen Colt, als er jemanden hinter sich spürte.

»Folge Chen-Shu, bitte«, ertönte eine flüsternde Stimme mit starkem Akzent.

Stone stellte erleichtert fest, daß es sich bei dem Sprecher um einen alten, weißhaarigen Chinesen mit einem langen, dünnen Bart handelte. Chen-Shu eilte davon, seine Hände in den Falten eines langen, orientalisch anmutenden Mantels versteckt. Stone folgte ihm langsam, da er mißtrauisch war, beschleunigte allerdings seinen Gang, als ihm klar wurde, daß ihn der Mann vielleicht zu Windsor führen würde.

Einige Türen weit vom Staghead entfernt verschwand der alte Mann in einem Stall, in dem die Rollwagen und Zugtiere untergebracht waren. Stone folgte ihm, inzwischen wieder vorsichtiger geworden. Er atmete jedoch erleichtert auf und steckte schnell seine Waffe in den Halfter, als er Jun-li auf einem der Balken sitzen sah. Der Chinese war ebensoschnell verschwunden, wie er aufgetaucht war.

»Windsor? Wo sind Sie? Ich weiß, daß Sie hier sind«, sagte er leise und starrte in die Dunkelheit hinter dem Schein der Lampe, die an der Tür hing.

»Ich bin hier.« Windsor trat hervor.

Stone runzelte die Stirn. »Warum zum Teufel sind Sie ganz allein hierhergegangen? Ist der Junge bei Ihnen?«

»Sonne-auf-Flügeln ist hier.« Auch der Osage tauchte aus dem Schatten auf.

Stone war froh, daß es ihnen gutging. Aber natürlich war er auch wütend und marschierte über den strohbedeckten Boden auf sie zu. »Nun? Antworten Sie mir! Warum sind Sie ohne mich losgegangen?«

»Weil die Götter keinem Mann helfen, der eine Gelegenheit verstreichen läßt«, lautete Windsors Antwort.

»Was zum Teufel soll das heißen?«

Windsors Blick war voller Mißbilligung. »Sie waren damit beschäftigt, sich mit der schwarzhaarigen Frau zu vergnügen und ihren Kopf mit Alkohol zu benebeln. Und anstatt ebenfalls besinnungslos in unseren Betten zu liegen, sind wir hierhergekommen, um den Mann zu finden, der uns zu Emerson Clan führen kann.«

Stone spürte, wie ihm eine brennende Röte ins Gesicht schoß. Ihre ruhig vorgebrachte Zurechtweisung war begründet, und er wußte das wohl. Sie hatte recht. Er hatte sich wie ein Narr benommen.

»Der Alte Weise hat oft gesagt, daß Trunkenheit keine Fehler produziert«, fuhr sie fort, »sondern diese aufspürt, denn die Zeit verändert das Betragen nicht, sie deckt es auf.«

Stone benötigte einen Augenblick, um diesen Brocken Philosophie zu verdauen und kam dann zu dem Schluß, daß er wieder einmal beleidigt worden war. »In Ordnung, ich gebe es zu. Ich hätte nicht soviel trinken sollen. Es tut mir leid. Ich tue das gewöhnlich auch nicht. Aber das ändert nichts an der Tatsache, daß es falsch von Ihnen war, allein hier heraufzukommen. Es ist zu gefährlich für eine Frau.«

»Ich bin nicht allein. Ich habe ja Sonne-auf-Flügeln und Jun-li.«

»Für die beiden ist es auch gefährlich, verdammt noch mal!«

Stones Wut verrauchte schnell, als er ein Geräusch vernahm, das wie ein leises, gedämpftes Stöhnen klang. »Was ist das?«

»Gelbhaar und Sonne-auf-Flügeln haben gefangen weißen Mann«, erwiderte der Osage und blickte neben sich auf den Stallboden.

Stone trat argwöhnisch näher und starrte auf einen stämmigen Mann mit buschigem, roten Bart herab, der mit dem Rücken auf dem Boden lag. Seine Handgelenke waren an einen Pfosten gebunden, und seine Fußgelenke an einen anderen. Ein schwarzer Stoffstreifen bedeckte seinen Mund. Seine Augen traten hervor, und er gab erstickte, ängstliche Laute von sich.

Stone stemmte seine Fäuste auf die Hüften und bedachte Windsor mit einem tadelnden Blick. »Windsor, Sie können Leute nicht andauernd überfallen und auf diese Weise verschnüren. Das wird Ihnen eines Tages noch einmal ernsthaften Ärger einhandeln. Wer zum Teufel ist der Kerl überhaupt?«

»Das ist der Mann, der über Emerson Clan geredet hat. Chen-Shu erzählte uns, daß er es gewesen sei, und deshalb haben wir ihn hierhergebracht, damit er unsere Fragen beantwortet.«

»Und dazu mußtet ihr ihn unbedingt an Händen und Füßen fesseln?«

»Er wollte uns nicht freiwillig begleiten.«

Der Gefangene wehrte sich gegen seine Fesseln, und seine Augen flehten Stone an, ihm zu helfen. Stone hockte sich neben ihn. »Können Sie mir etwas über einen Mann namens Emerson Clan sagen?«

Der Mann bewegte voller Furcht seinen Kopf auf und nieder. Seine Augen schossen ängstlich zwischen Windsor und Sonne-auf-Flügeln hin und her.

Stone zog den Stoffstreifen von seinem Mund. Der Mann fuhr sich mit der Zunge über die trockenen Lippen.

»Wer ist sie?« fragte er mit heiserer Stimme. »Sie kam aus dem Nichts, und als ich aufwachte, war ich zusammengeschnürt wie ein Paket.«

»Ja. Das ist eine schlechte Angewohnheit von ihr«, murmelte Stone und warf Windsor einen säuerlichen Blick zu. »Sagen Sie mir, was Sie über Clan wissen.«

»Ich habe keine Ahnung, wo er sich im Augenblick aufhält, das schwöre ich. Als ich ihn traf, versteckte er sich in San Francisco, aber ich weiß nicht, wo er jetzt ist.«

»Wo in San Francisco?«

»Ich weiß es nicht, glauben Sie mir! Clan wird mich umbringen, wenn er jemals herausfinden sollte, daß ich Ihnen überhaupt etwas erzählt habe! Er wird mich mit dieser gottverdammten Peitsche in Fetzen schneiden! Er ist ein Teufel, wenn er verärgert ist — Sie kennen ihn nicht!«

»Ich kenne ihn besser als Sie denken. Aber im Augenblick sollten Sie sich mehr Gedanken über das machen, was meine beiden Freunde hier an Nettigkeiten bereithalten. Der Junge dort drüben hätte nichts dagegen, sich einen weiteren Skalp an seinen Wigwam zu hängen.«

»Ich sage die Wahrheit, das schwöre ich bei Gott. Er war der Anführer einer Bande von halsabschneiderischen Banditen, die nicht nur Goldtransporte, sondern alle, die ihnen über den Weg liefen, überfielen. Ich bin eine Weile mit ihnen geritten, aber ich konnte die Art und Weise, wie Clan Menschen quälte, nicht aushalten. Gott, er brachte sie manchmal nur deshalb um, weil sie ihn schief angeschaut hatten! Ich habe schon oft gesehen, wie Menschen getötet wurden, ich habe im Krieg gegen die Rebellen gekämpft, aber an sein kaltblütiges Morden konnte ich mich nicht gewöhnen.«

Windsor ließ sich auf die Knie nieder und drehte den Kopf des Mannes zu sich herum, damit er sie ansah. »Waren Sie bei ihm, als er einen chinesischen Priester namens Hung-pin zu Tode peitschte?«

»Nein! Nein, ich schwöre, daß ich damit nichts zu tun hatte! Aber Clan hat es getan, ich habe mehr als einmal gehört, wie er damit angegeben hat. Er hat immer wieder gesagt, er habe das Schlitzauge so durchgepeitscht, daß es nachher wie ein gehäutetes Kaninchen aussah. Das waren genau seine Worte, das schwöre ich.«

Stone sah, wie Windsor erbleichte, und er legte seine Hand auf ihre Schulter. Sie setzte sich in die Hocke und starrte schweigend auf den Mann hinunter. Stone wurde bei dem Gedanken, daß Clan immer noch Leute tötete und verstümmelte, so zornig, daß er den Mann am Revers packte und vom Boden hochzog.

»Verdammt nochmal, sagen Sie mir, wo er ist!«

»Ich schwöre, daß ich keine Ahnung habe! Sie müssen mir glauben! Die Justiz ist jetzt auch in San Francisco hinter ihm her, deshalb ist er auf der Flucht!«

»Sie haben doch bestimmt eine Vermutung. Sagen Sie schon, sonst sind Sie ein toter Mann!«

»Ich weiß es wirklich nicht! Ich habe mich auch vor ihm gefürchtet, und die Kerle in seiner Bande sind alle Teufel! Ich hatte Angst, daß ich eine Klinge in meinen Rücken bekäme, wenn ich bei ihnen bliebe, also habe ich mich Richtung Osten aufgemacht. Ich habe nichts mit dem Mord an einem Chinesen zu tun!«

»Irgendjemand muß doch wissen, wohin er gegangen ist! Nennen Sie uns einen Namen. Von irgendjemandem, der ihn gesehen haben könnte.«

»Ich weiß wirklich nicht —«

Stone legte seine Hände um den Hals des Mannes und drückte zu.

»Da gibt es eine Frau, die er manchmal aushält«, keuchte der Mann sofort mit heiserer Stimme. Stone ließ den Druck ein wenig nach. »Ihr Name ist Ruby Red. Sie arbeitete in einem der Saloons in Frisco.«

»In welchem?«

»Ich weiß den Namen nicht. Er ist irgendwo unten am Kai. Sonst weiß ich wirklich nichts, das schwöre ich beim Leben meine Mutter — außer, daß er böse ist, wirklich durch und durch böse, und daß es ihm Spaß macht, Leuten weh zu tun.«

»Ja, ich weiß«, erwiderte Stone, während er sich aufrichtete. »Schneide ihn los, Sonne-auf-Flügeln. Er hat uns alles gesagt, was er weiß.«

Der Indianer hockte sich auf ein Knie nieder und zog sein langes Jagdmesser.

Die Augen des Gefangenen weiteten sich vor Angst, aber der Junge durchschnitt lediglich schnell die Fesseln. Der Mann rollte sich zur Seite, taumelte auf die Stalltür zu und verschwand.

»Wir müssen diese Ruby Red finden«, sagte Windsor, »sie wird uns zu Clan führen.«

»Vielleicht. Vielleicht auch nicht. Zuerst müssen wir überhaupt nach Kalifornien kommen.«

»Und werden Sie uns mitnehmen?«

Stone schwieg für einen Augenblick. Als er schließlich sprach, fiel seine Antwort immer noch zögerlich aus. »Ich werde darüber nachdenken.«

»Wir werden bestimmt eine große Hilfe sein. Warten Sie nur ab.«

Windsor nahm eine Decke und wickelte sich darin ein. Dann legte sie sich in eine Ecke des Stalls. Sonne-auf-Flügeln tat es ihr nach und suchte sich eine Stelle nicht weit von ihr entfernt. Stone setzte sich und lehnte sich gegen die Wand, aber er legte einen der Revolver auf seine Knie, nur für den Fall, daß der Mann, den sie gerade bedroht hatten, mit ein paar Freunden zurückkommen würde.

»Sie sind müde«, sagte Windsor. »Schlafen Sie ohne Sorge. Jun-li wird für uns aufpassen.«

Sie schloß ihre Augen und vertraute offenbar dem Kapuzineräffchen als Wache. Stone ließ seinen Blick zu der Stelle wandern, an der der Affe an seinem Schwanz von einem Balken herabhing, direkt über seiner Herrin. Das Tier sah zu ihm herüber, und seine kleinen, schwarzen Augen blitzten ihn an. Stone lehnte den Kopf zurück. Aber selbst nachdem Windsor und Sonne-auf-Flügeln ruhig eingeschlafen waren, warf er immer wieder ein wachsames Auge auf den Stalleingang. Er war noch nicht bereit, sein Leben in die Hände eines dressierten Äffchens zu legen.

12

Windsor saß im Schneidersitz auf dem Boden und beobachtete Sonne-auf-Flügeln bei seinem Frühstück. Chen-Shu war der Lagerkoch, und es war ihm gelungen, einige Überreste vom Frühstück der Bergleute in den Stall zu schmuggeln. Seit ihrer Ankunft in Amerika hatte sie allerdings festgestellt, daß sie das Essen hier wenig appetitlich fand, insbesondere das, was die Amerikaner am Morgen aßen — gebratene Eier, Kartoffeln und fettiges, gesalzenes Schweinefleisch. Sie selbst nahm gewöhnlich gekochten Reis und Oujay-Tee zu sich, um ihren Hunger zu stillen.

»Gelbhaar nicht essen«, stellte Sonne-auf-Flügeln fest und wischte sich mit dem Handrücken über den Mund. Der junge Osage schien ganz offensichtlich keine Probleme mit dem Essen der Weißen zu haben. Der zerkratzte Blechteller, der vor ihm auf dem Boden stand, war bis auf den letzten Rest leergeputzt.

»Ich brauche wenig Essen«, erwiderte sie und bemerkte den verstohlenen Blick, den er auf ihre Portion warf. »Hier«, bot sie ihm an, und reichte ihm den Teller hinüber, »Verschwendung ist nicht gut.«

Sonne-auf-Flügeln lächelte zufrieden. Er fütterte Jun-li, der auf seiner Schulter saß, mit einem Stückchen Brot und verspeiste dann den Rest von Windsors Frühstück mit den Fingern. Er war noch nicht bereit, eine Gabel zu benutzen — sie selbst tat dies auch äußerst ungern und bevorzugte ihre Eßstäbchen, die sie in ihrer schwarzen Tasche aufbewahrte. Windsor hob ihren eigenen, kleinen Porzellanbecher mit beiden Händen an die Lippen und genoß den warmen, duftenden Tee, den sie sich selbst über der Laternenflamme gebrüht hatte. Jedes Mal, wenn sie einen Schluck davon nahm, fühlte sie sich China ein Stückchen näher.

Es hatte ihr gut getan, daß sie Chen-Shu begegnet war,

und sie mit ihm in der Sprache des Alten Weisen sprechen konnte. Er war eifrig darauf bedacht gewesen, etwas über China zu hören, insbesondere über Shanghai, seine Geburtsstadt. Er war mit einer Gruppe von chinesischen Arbeitern zur Ringnard Mine gekommen, um Schienen zu legen, aber als die anderen weiterzogen, hatte er sich entschlossen, als Koch dort zu bleiben.

Sie richtete ihren Blick auf die Stalltür, die Chen-Shu unbeabsichtigt offen gelassen hatte. Die Sonne schien hell, und ihre Strahlen, die vom Schnee reflektiert wurden, taten den Augen weh. Der Sturm war weitergezogen, und sie würden ihre Reise schon bald fortsetzen können.

Stone Kincaid war schon sehr früh aufgestanden und hatte ihnen befohlen, im Stall zu warten. Jetzt trat er wieder durch die Stalltür.

»Ich habe beschlossen, euch beide mitzunehmen«, sagte er in schroffem und unpersönlichen Tonfall, »aber ihr werdet genau das tun, was ich sage, verstanden? Solange wir zusammen reisen, bin ich der Boß.«

»Wenn Sie uns gut führen, werden wir auch gute Begleiter sein.«

»Das solltet ihr auch, verdammt noch mal.« Stone unterstrich seine Worte mit einem harten Blick, während er die Stalltür hinter sich zuzog. »Ich habe im Laden etwas zum Anziehen für dich gefunden, Sonne-auf-Flügeln. Es wird wahrscheinlich nicht besonders gut passen, aber es muß genügen.«

»Sonne-auf-Flügeln tragen keine Sachen von weißem Mann«, erklärte der Indianer und erhob sich. Er kreuzte die Arme in arroganter Manier vor der Brust, offensichtlich stolz auf seine mit Fransen besetzte Lederhose und das lederne Schnürhemd.

»Und ob du das tun wirst. Sonst wirst du schon gelyncht, bevor wir San Francisco überhaupt erreicht haben.«

»Was bedeutet das, ›gelyncht‹?« erkundigte sich Windsor, der dieser Begriff unbekannt war.

»Mit dem Hals an einem Seil aufgehängt werden, bis man tot ist«, erwiderte Stone kurzangebunden und drückte dem Osage ein Hemd und ein paar Hosen in die Hände. »Und du wirst nicht umhin kommen, diese Haarbüschel abzurasieren, mein Junge. Die Leute in den Städten werden dich sonst über den Haufen schießen. Und sieh zu, daß du die Federn loswirst. Wenn du mitkommen willst, mußt du dir Mühe geben, wie ein weißer Mann auszusehen.«

Sonne-auf-Flügeln warf sich in die Brust, als habe man ihn schrecklich beleidigt. »Haare nicht schneiden. Federn nicht loswerden.«

»Verdammt, du bist jetzt nicht mehr bei den Osage! Du bist unter Weißen, und die haben dich schon einmal verprügelt. Das wird immer wieder passieren, solange du in Ledersachen herumläufst. Also, entweder benimmst du dich ab jetzt wie ein weißer Mann und tust, was ich sage, oder du gehst wieder in dein Dorf zurück und benimmmst dich wie ein Indianer. Ich habe weder Zeit noch Lust, dich jedes Mal, wenn ich dir einmal den Rücken kehre, aus irgendwelchen Schwierigkeiten herauszupauken.«

Sonne-auf-Flügeln blickte ihn mißtrauisch an. »Was sein ›herauspauken‹?«

»Oh, Himmel noch mal, tu einfach, was ich sage, ja?«

Windsor legte beruhigend die Hand auf den Rücken des Indianers. »Die Priester in meinem Tempel haben rasierte Köpfe. Es ist ein Zeichen von Demut. So wird es auch für dich sein, mein Freund.«

Sonne-auf-Flügeln machte keinen überzeugten Eindruck. »Sonne-auf-Flügeln nicht schneiden Haar. Auch nicht für Gelbhaar —«

»Und hör auf, Indianernamen zu benutzen!« knurrte Stone. »Nenn mich Stone und sie Windsor!«

Stirnrunzelnd drückte er Windsor ein Päckchen in die Hand. »In der Umgebung von Bergarbeitersiedlungen wie dieser hier, wo Männer meilenweit reiten, um eine Frau zu bekommen, müssen Sie sich wie ein Mann kleiden. Tun Sie es nicht, werden sie ständig Aufmerksamkeit erregen, und ich werde immer gezwungen sein, ihre Ehre zu verteidigen.«

»Ich bin imstande, meine Ehre selbst zu verteidigen.«

Auf ihren ruhig vorgebrachten Einwand hin starrte Stone sie einen Augenblick lang an, und sein Gesichtsausdruck wurde weicher. Als er erneut sprach, war die unterschwellige Wut aus seiner Stimme verschwunden.

»Ich weiß, daß Sie das können, Windsor. Und ich respektiere das. Ich möchte nur nicht, daß Ihnen oder dem Jungen etwas zustößt. Dies hier ist mein Land und dies sind meine Leute, und ich weiß, wie sie denken. Ich verlange ja nur, daß Sie mir vertrauen und mich die Entscheidungen treffen lassen.«

»Dann werde ich Ihnen vertrauen.«

Ihre Nachgiebigkeit überraschte Stone, aber er sagte nichts und nahm statt dessen die Kaffeekanne, die Chen-Shu zurückgelassen hatte. Windsor sah zu, wie er sich eine Tasse des starken Gebräus einschüttete. Dann blickte sie zu Sonne-auf-Flügeln hinüber. Er hatte einen düsteren Gesichtsausdruck.

»Tapferer Krieger. Haar Zeichen von Ehre.«

»Du besitzt doch mit oder ohne Haar Ehre, oder nicht?«

Sonne-auf-Flügeln dachte über die Frage nach und nickte. Er berührte sein Haarbüschel und schüttelte dann den Kopf. »Nicht schneiden Haar. Tragen Hut von weißem Mann.« Er griff nach dem braunen Filzhut, den Stone für ihn mitgebracht hatte und stülpte ihn so heftig auf den Kopf, daß er ihm bis zu den Augen hinabrutschte.

»Beeilt euch«, sagte Stone nun barsch und schüttete den restlichen Kaffee auf den Boden. »Ich möchte von hier verschwinden, bevor noch mehr passiert.«

Windsor gehorchte und schlüpfte mit den Armen in das große, rote Flanellhemd, das Stone ihr gegeben hatte. Der Stoff fühlte sich warm und weich an. Die braunen Wollhosen zog sie noch über ihre eigenen Sachen an. Der schwere, blaue Wollmantel war unförmig und unbequem, aber er würde sie während der Reise durch die Berge warm halten. Nachdem sie ihn zugeknöpft hatte, versteckte sie ihren langen, blonden Zopf unter einem Hut, der denen ähnelte, die Sonne-auf-Flügeln und Stone Kincaid trugen. Es machte ihr nichts aus, wenn die Leute sie für einen Mann hielten. Dadurch würde man sie respektvoller behandeln.

Obwohl immer noch tiefer Schnee den Boden bedeckte, hatte die Sonne doch viel zum Schmelzen gebracht, und das erleichterte das Vorwärtskommen. Stone wußte, daß sie nur den Schienen folgen mußten, um irgendwann auf ein bemanntes Depot zu stoßen. Er hoffte, daß jenes, das sein eigener Bautrupp damals in der Nähe der Brücke über den Yellow Canyon errichtet hatte, noch benutzt wurde. Die Cheyenne hatten die Brücke allerdings vor ein paar Monaten angezündet, und sämtliche Expreßzüge waren über Nebenstrecken umgeleitet worden.

Als er einen Blick über die Schulter auf seine Reisegefährten warf, runzelte er die Stirn und schüttelte den Kopf. Sie hatten beide ihre neuen Kleidungsstücke über ihre eigenen Sachen angezogen und sahen absolut lächerlich aus. Aber wenn er seinen Mund nicht öffnen und den Hut aufbehalten würde, konnte Sonne-auf-Flügeln als ›weißer Mann‹ durchgehen, selbst wenn er sich zwei weiße Adlerfedern ins Hutband gesteckt hatte und ein Affe auf seiner Schulter saß.

Windsor allerdings war zu schön, als daß man sie jemals für einen Mann halten könnte. Selbst wenn ihr blondes Haar unter dem Hut versteckt war, so verrieten sie doch immer noch ihre weiche, weiße Haut und ihre langen, goldenen Wimpern. Er wandte sich ab. Er wußte einfach nicht, was er mit ihr anfangen sollte. Er sehnte sich sehr nach ihr, und sein Körper verlangte danach, sie zu berühren, aber er hatte auch ein schlechtes Gefühl, was sie anging. Sie würde verletzt oder sogar getötet werden, wenn sie mit ihm ging. Er hatte es in den Knochen. Aber sie wollte ihn ja auf Teufel komm raus begleiten.

Viel schlimmer war, daß er nicht wußte, wie lange er sich noch gegen das Verlangen wehren konnte, mit ihr zu schlafen. Gott, er war nie ein Mann gewesen, der von seinen Begierden bestimmt wurde, aber es waren auch immer genug schöne Frauen um ihn herum gewesen, die bereit waren, ihm das zu geben, wonach er verlangte. Aber sein Hunger nach Windsor war mehr als nur fleischliche Lust — er war von ihr besessen und gefährlich nahe an dem Punkt, wo er alles tun würde, um sie zu besitzen. Er hatte immerhin schon einmal die Kontrolle über sich verloren und sich zum Narren gemacht. Was zum Teufel sollte er nur tun?

Er beschloß erneut, sich nur mit ihnen abzugeben, bis sie San Francisco erreicht hatten. Dann würde er Windsor und den Jungen sich selbst überlassen. Es wäre sicherlich einfach, sie in der Stadt loszuwerden. Er könnte zudem Gray telegraphieren, ihn wissen lassen, daß es ihm gutging und daß er Geld benötigte. Aber zuerst mußten sie überhaupt dort ankommen. Er hoffte nur, daß es ihnen gelingen würde, einen Expreßzug nach Westen zu erreichen.

Den ganzen Tag über folgten sie dem rutschigen, eisüberzogenen Pfad, der entlang der Gleise verlief. An verschiedenen Stellen konnten sie sehen, wo sich die Indianer zu schaffen gemacht hatten — Schienen waren aus ihrem Bett herausgestemmt, Brücken niedergebrannt. Kein Wunder, daß Silverville so gänzlich vom Rest des Landes abgeschnitten war. Es würde die Bautrupps Monate kosten, um die Schäden wieder zu reparieren.

Stone zwang sich, über nichts mehr nachzudenken. Er war entschlossen, die Tankstation zu erreichen, die einmal an der Gabelung des Wilson Creek gelegen hatte, denn er wollte keine Nacht hier draußen in der Kälte verbringen, wo die Cheyenne ihr Lagerfeuer ausmachen konnten und wo er sich das Flötenspiel von Sonne-auf-Flügeln anhören mußte, der Windsor nach wie vor Ständchen brachte. Der Junge konnte ihm so lange er wollte erzählen, daß er den Wunsch hatte, ein chinesischer Priester zu werden. Aber die bewundernden Blicke, die er andauernd in Windsors Richtung warf, sagten Stone etwas anderes.

Der Junge war bis über beide Ohren in sie verliebt. So sehr, daß er seine Leute verlassen hatte, und bereit war, dahin zu gehen, wo sie hinging. Stone wußte, wie er sich fühlte. Er selbst würde ihr auch nach China und wieder zurück folgen, um das zu bekommen, was er wollte. Dies alles war eine neue Erfahrung für ihn, und er haßte das Gefühl. Und mit jedem neuen Tag wurde es schlimmer statt besser.

Gegen Abend hielt Stone erleichtert sein Pferd an, als er ein Gebäude in der Ferne ausmachte. Der Fluß, der in der Nähe verlief, schimmerte in der untergehenden Sonne wie ein silbernes Band. Stone war unendlich froh, eine Rauchfahne zu entdecken, die aus dem Schornstein aufstieg.

»Es siehst ganz so aus, als hätten wir zur Abwechslung einmal Glück«, rief er Windsor zu und ritt weiter.

Kurze Zeit später stieg er vor dem Depot ab. Bevor er seine Zügel an den Pfosten binden konnte, schwang die Vordertür auf, und er sah sich dem Doppellauf eines Gewehrs gegenüber.

»Rühren Sie sich nicht von der Stelle, Mister.«

Stone blieb stehen. Er hob seine Hände über den Kopf. »Wir wollen keinen Ärger machen. Wir benötigen lediglich Hilfe. Wir sind hier draußen gestrandet, nachdem unser Zug vor ein paar Monaten von den Pawnee überfallen wurde.«

»Und warum haben Sie dann diesen Indianer bei sich?« knurrte die Stimme mißtrauisch.

So viel also zu der Verkleidung von Sonne-auf-Flügeln, dachte Stone. »Er ist ein Freund. Er ist in Ordnung, darauf gebe ich Ihnen mein Wort. Keiner von uns möchte Ärger.«

»Indianer bedeuten immer Ärger, egal welche. Sie sind noch nicht lange genug hier, wenn Sie das nicht wissen. Also verziehen Sie sich. Ich vertraue keinem Indianerfreund.«

»Hören Sie, mein Name ist Stone Kincaid. Meiner Familie gehört die Kincaid Eisenbahngesellschaft in Chicago. Davon haben Sie doch sicher schon einmal gehört. Wenn Sie ein Telegramm nach Chicago durchbekommen, dann kann ich alles beweisen, was ich sage.«

Das Gewehr senkte sich ein wenig. »Stone Kincaid, sagen Sie? Ich habe vor ungefähr einem Monat eine Anfrage wegen eines Mannes mit diesem Namen bekommen. Wenn Sie es wirklich sind, dann sucht Ihre Familie nach Ihnen. Ich schätze, wenn eine Belohnung ausgesetzt ist, sollte ich sie kriegen.«

Stone nickte erleichtert. »Da haben Sie recht. Ich werde dafür sorgen, daß es nicht Ihr Schaden ist, wenn Sie uns helfen.«

»Dann sollten Sie wohl reinkommen.«

Die Tür öffnete sich vollständig, und ein kleiner, drahtiger Mann um die Vierzig wurde sichtbar. Sein Gesicht war faltig und von tiefen Pockennarben entstellt, aber er lächelte und entblößte zwei Reihen ebenmäßiger Zähne. Stone, Windsor und Sonne-auf-Flügeln folgten ihm ins Innere des Hauses.

»Tut mir leid, daß ich Ihnen das Gewehr ins Gesicht gehalten habe«, sagte der Stationsvorsteher, »aber hier draußen lebt man nicht lange, wenn man nicht vorsichtig ist. Mein Vorgänger wurde von irgendwelchen Herumtreibern abgemurkst und draußen für die Bussarde liegengelassen. Sie haben ihn erst nach einem Monat gefunden. Mein Name ist Robinson, Mr. Kincaid.«

Der Mann streckte seine Hand aus, und Stone schüttelte sie. Sie fühlte sich feucht an. »Wir sind Ihnen für Ihre Gastfreundschaft sehr dankbar, Mr. Robinson. Wir waren oben in Silverville und bei der Ringnard Mine.«

»Bei Sweet Sue, nehme ich an. Junge, das ist vielleicht 'ne Frau. Sind Sie hungrig? Ich habe hinten auf dem Herd ein paar schwarze Bohnen und Maisbrot stehen.«

»Ja, wir könnten etwas zu essen vertragen, wenn Sie genug haben. Wann kommt der nächste Zug durch?«

»Keine Ahnung.« Der Mann schwieg, während er eine Kelle Bohnen auf einen Teller gab, der nicht allzu sauber aussah. »Eigentlich soll am Morgen einer durchkommen, aber da die Indianer andauernd die Gleise blockieren oder beschädigen, fahren sie nicht mehr planmäßig.«

»Ist es ein Kincaid Express?«

»Nein, er kommt aus St. Louis.«

»Ich habe kein Geld bei mir, aber ich kann telegraphieren, daß man mir etwas schickt, sobald —«

»Ich habe genug Gold.«

Angesichts Windsors überraschender Eröffnung wandte sich Stone mit fragendem Blick zu ihr um. Sie trat vor und zog einen kleinen, schwarzen Seidenbeutel aus ihrer Kleidung hervor. Dann schüttete sie den Inhalt auf den zerkratzten Tisch. Die schweren Münzen fielen klimpernd auf das Holz.

»Verflixt, Sie sind 'ne Frau, stimmt's? Ich höre es an Ihrer Stimme.« Der Mann grinste stolz.

»Sie ist eine Nonne«, sagte Stone schnell, da er den Blick sah, den Robinson über Windsors Körper gleiten ließ. »Wo haben Sie das ganze Geld her?« erkundigte er sich bei ihr.

»Meine Mutter hat es mir gegeben. Sie lebt in San Francisco. Reichen die Münzen aus, um Fahrscheine dorthin zu kaufen?« fragte sie, an Robinson gewandt.

»Sie haben mir doch erzählt, daß Sie Waise sind und von Priestern aufgezogen wurden!« sagte Stone mit anschuldigendem Tonfall.

»Nun, kleine Dame, das ist genug Gold, um damit halb St. Louis zu kaufen«, erwiderte Robinson.

»Gut«, antwortete Windsor, und nickte dem Stationsvorsteher zu. »Dann würde ich gerne drei Fahrscheine erwerben. Jun-li werde ich in meinem Bambuskoffer tragen.«

»Sonne-auf-Flügeln nicht reiten in Bauch von eisernem Pferd«, erklärte Sonne-auf-Flügeln von hinten.

»Warum haben Sie mir nicht gesagt, daß Sie eine Mutter in San Francisco haben?« erkundigte sich Stone aufgebracht. »Wer ist sie?«

»Sie haben mich nicht gefragt, Stone Kincaid. Sie wird uns in ihrem Haus willkommen heißen.« Windsor wandte sich dem besorgten Indianer zu. »Du wirst im Zug mitfahren müssen, wenn du uns begleiten willst. Es gibt keine andere Möglichkeit.«

»Sonne-auf-Flügeln nicht reiten in Bauch von rauchendem Biest. Schlechte Medizin.«

»Dann mußt du eben zusehen, wie du wieder zu deinem Lager zurückkommst«, fuhr Stone ihn an.

»Du mußt in der folgenden Nacht sehr genau darüber nachdenken«, sagte Windsor beruhigend. »Das ist eine große Entscheidung, die du da treffen mußt. Wenn du das Eisenpferd einmal betreten hast, kannst du nicht mehr so einfach zu deinen Leuten zurückkehren, denn es wird uns sehr weit von hier wegtragen.«

»Für die Bohnen müssen Sie aber auch bezahlen«, warf Robinson plötzlich ein und beäugte gierig Windsors Reichtümer.

»Nehmen Sie sich so viel Gold, wie Sie möchten, sagte Windsor großzügig. »Ich benötige kein Geld.«

»Eine Sekunde«, mischte sich Stone ein und griff nach Robinsons Hand, die sich dem kleinen Vermögen, das auf dem Tisch lag, näherte. Stone nahm eine Münze und warf sie dem Bahnhofsvorsteher zu. »Das ist mehr als genug, um für unsere Fahrt und die Bohnen zu bezahlen.«

Der Mann wischte sich enttäuscht mit dem Unterarm die Nase ab und fuhr dann fort, das Abendessen auszuteilen. Stone trug seinen Teller zu der Ecke hinüber, wo Windsor und Sonne-auf-Flügeln an einem wackeligen Tisch Platz genommen hatten. Während er aß, beobachtete er Robinson. Das Gold, das Windsor mit solch naiver Gleichgültigkeit ausgeschüttet hatte, reichte aus, um dem schmuddeligen, scharfäugigen Depotmann bis zu seinem Tod ein Leben in Luxus zu ermöglichen. Grund genug, um dafür drei Fremde umzubringen. Stone seufzte, denn er war sich nur zu gut darüber im Klaren, daß er auch in dieser Nacht nicht viel Schlaf bekommen würde.

13

Die hohen und kahlen Hügel von San Francisco lagen unter einem unheimlichen Nebel versteckt, der jede Nacht in die Stadt hinabzog, um die kalten, verlassenen Straßen einzuhüllen. Stone stand am Ende der Market Street und versuchte, durch den Nebel hindurchzusehen, der sich über den Boden schlängelte. Er war seit drei Jahren nicht mehr in Kalifornien gewesen, und nun, da er endlich angekommen war, konnte er es kaum glauben, daß die Reise von Chicago beinahe zwei Monate gedauert hatte.

Er fühlte sich ausgelaugt und sehnte sich nach einem weichen Bett mit sauberen Laken. Nach einer langen Nachtruhe würde er imstande sein, die nächsten Schritte zu planen. Windsor Richmond dagegen machte einen frischen, ausgeruhten Eindruck. Sie schien niemals müde oder erschöpft zu sein, obwohl sie den größten Teil der Woche im Zug damit verbracht hatte, ihre monotonen, leiernden Beschwörungen aufzusagen. Während er dasaß, sie beobachtete und sich die ganze Zeit über verzweifelt beherrschen mußte, seine Finger von ihr zu lassen.

Sonne-auf-Flügeln hatte, nachdem er endlich nach langen Überredungsversuchen die eisernen Stufen in den Waggon hinaufgestiegen war, ein großes Interesse an allem gezeigt, was ihm unter die Augen kam — von den schwarzen Seidenquasten der Fensterrouleaus bis zu den Messingspucknäpfen, die neben jedem Sitz standen. Im Moment war der Junge in die wundersamen Dinge versunken, die ihm im Zentrum von San Francisco begegneten, und er starrte verblüfft auf das Licht der Laternen, die hoch oben über seinem Kopf gelb im Nebel glühten.

»Das Concord Hotel liegt ein Stück weiter die Market Street hinauf. Es ist schon spät. Wir sollten heute Nacht besser dort bleiben«, schlug Stone vor.

»Nein. Wir müssen zum Haus meiner Mutter gehen. Sonne-auf-Flügeln wird dort willkommen sein. Kommt, ich werde euch den Weg zeigen.«

Bevor Stone sich dazu äußern konnte, eilte Windsor bereits einen dunklen Weg entlang, Jun-li in ihrem Bambuskoffer auf dem Rücken. Ihr schneller Schritt brachte den feuchten Bodennebel in Bewegung. Sonne-auf-Flügeln folgte ihr ohne zu zögern, und auch Stone trottete schließlich hinter ihnen her. Er begann sich zu fragen, wie Windsors Familie wohl sein möge. Gott, was für eine Mutter hatte ein Mädchen wie Windsor? Sicherlich keine alltägliche Frau. Wohl eher etwas so Außergewöhnliches wie eine Seiltänzerin aus dem Zirkus oder eine Zigeunerin, die Leuten aus der Hand las.

Seine Neugierde nahm zu, als Windsor sie bis zur Biegung an der Ecke der California Street führte und dann einen Straßenblock weit in westlicher Richtung ging. Bevor sie die Powell Street erreicht hatten, bogen sie nach

Norden in eine Straße ab, die einen steilen Hügel hinaufführte. Nob Hill, dachte er, eine Gegend, von der er gehört hatte, daß sie sich schnell zu einer der exklusivsten in der Stadt entwickelte. Wegen der späten Stunde waren die meisten der eleganten Ziegelsteinhäuser dunkel, aber die hohen Steinwände und die verzierten, mit Eisenspitzen versehenen Torbögen ließen Rückschlüsse auf den dahinter verborgenen Reichtum zu.

Wer auch immer Windsors Mutter sein mochte, sie lebte ganz offensichtlich im angesehensten Viertel von San Francisco, das dem Stadtteil in Chicago entsprach, in dem in der Lincoln Avenue seine eigene Familie ihr luxuriöses Heim hatte. Vielleicht aber hatte Windsor auch in dem trüben Dunst, der die Straßenschilder und Hausnummern unkenntlich machte, ihre Orientierung verloren. Andererseits war es möglich, daß ihre Mutter eine Hausangestellte in einem dieser Häuser war, fiel ihm plötzlich ein.

»Da drüben wohnt meine Mutter.«

Stone betrachtete die dreistöckige Villa aus rotem Ziegelstein mit skeptischem Gesichtsausdruck. Der Nebel hatte sich genug gelichtet, um den Blick auf die nach italienischer Art gestaltete Fassade mit einem beeindruckenden Säulengang, sechs Erkerfenstern und einem mit kunstvollen Ziergiebeln versehenen Dachfirst freizugeben.

»Wollen Sie allen Ernstes behaupten, daß Ihre Mutter in diesem Haus lebt?«

»Ja. Ich verstehe nicht ganz. Ihre Stimme klingt, als würden Sie mir nicht glauben.«

»Wer zum Teufel ist sie? Die Königin von Saba?«

Windsor blickte ihn befremdet an. »Nein. Meine Mutter ist keine Königin. Ihr Name ist Amelia Richmond Cox.«

»Cox?« Stone runzelte die Stirn. Der Name kam ihm bekannt vor. Plötzlich dämmerte es ihm, wer ihre Mutter sein mußte.

»Doch nicht etwa die Familie Cox, der die Goldminen gehören?«

»Doch. Kennen Sie sie?«

»Ich habe von ihnen gehört.« Stones Bruder Gray war einmal an einer Partnerschaft mit Cox Mines interessiert gewesen, als die erste Eisenbahnlinie nach San Francisco gelegt wurde. Das Geschäft war damals nicht zustande gekommen, aber Stone erinnerte sich, daß er den Bericht über die Kapitalverflechtungen von Cox Mines gelesen hatte. Die geschätzten Zahlen ihres Vermögens waren beeindruckend gewesen.

»Ist es nicht ein wenig spät, um unangekündigt zu kommen?« erkundigte sich Stone bei Windsor, als sie zwischen den verschnörkelten Säulen hindurchgingen und vor einer hohen, aus reichhaltig verziertem Buntglas gearbeiteten Tür stehenblieben. Ein riesiger Weihnachtskranz aus Tannenzweigen und mit roten Bändern schmückte den Eingang. Großer Gott, dachte Stone, er hatte Weihnachten ganz vergessen. Er wußte nicht einmal, was für ein Tag heute war.

»Meine Mutter wird uns trotz der späten Stunde empfangen.«

Windsor drehte den Knopf der Türglocke, woraufhin im Inneren des Hauses ein schrilles Läuten zu hören war. Nachdem einige Zeit verstrichen war, ohne daß die Tür geöffnet wurde, klopfte sie laut und rüttelte am Türgriff. Schließlich erschien ein flackerndes Licht, das durch die dicken, leuchtend rot und goldenen Scheiben nur undeutlich zu erkennen war. Die Tür öffnete sich. Ein chinesischer Junge blinzelte sie verschlafen an und hielt eine Öllampe in die Höhe, um ihre Gesichter erkennen zu können.

Windsor lächelte. »Ich bin es, Windsor, Ning-Ying. Ich bin wieder da.«

Ning-Ying begann zu strahlen, als er ihre Stimme hörte, lachte und vollführte eine schnelle Verbeugung.

»Bitte, eintreten. Wir haben lange auf Sie gewartet.«

Windsor verbeugte sich ebenfalls. »Vielen Dank, Ning-Ying. Dies hier sind meine neuen Freunde. Das ist Sonne-auf-Flügeln. Er ist ein großer Osage-Krieger.«

Sonne-auf-Flügeln nickte, erfreut über ihre schmeichelhafte Beschreibung und verbeugte sich dann ebenfalls, wie es in China Sitte war.

»Und dies ist Stone Kincaid, der Mann, den ich zu töten beabsichtigte.«

Stone war weniger angetan von dieser Vorstellung, aber der kleine Chinese verbeugte sich mit genau derselben Höflichkeit vor ihm, wie vor den anderen.

»Ning-Ying? Habe ich da jemanden an der Tür klopfen hören?«

Stone richtete seinen Blick auf die massive Mahagonitreppe, die sich auf der rechten Seite am Ende der ausladenden Eingangshalle befand. Eine zierliche Frau stand auf dem Treppenabsatz, lehnte sich über das Geländer und hielt ihren schwarzen Morgenrock oben an der Brust zusammen.

Windsor war diejenige, die antwortete. »Mutter, kein Grund zur Beunruhigung. Ich bin es. Deine Tochter, Windsor.«

Die Frau trat in den Lichtschein einer goldfarbenen Gaslampe, die an der Wand befestigt war. Selbst in diesem schwachen Licht konnte Stone Erleichterung und Freude im Gesicht der Frau ablesen, als sie auf ihr Kind hinunterblickte. Amelia Richmond Cox liebte ihre Tochter sehr, das spürte er sofort, und sie war nicht so alt, wie er erwartet hatte, sicherlich kaum mehr als Ende dreißig. Stone wurde klar, woher Windsor ihre feinen, vornehmen Züge hatte. Auch Amelia war eine Schönheit.

Anmutig und elegant schritt sie die Treppe hinunter. Aber ihr Gesicht war nun wieder beherrscht und machte es Stone schwer, ihre Gefühle zu lesen.

»Ich bin sehr froh, daß du sicher nach Hause gekommen bist, Windsor«, sagte sie mit einer kultivierten, tiefen Stimme. »Ning-Ying und ich fingen schon langsam an, uns Sorgen um dich zu machen.«

»Es tut mir leid, falls ihr euch meinetwegen beunruhigt habt. Wie du sehen kannst, geht es mir gut.«

Stone bemerkte sofort die steife Förmlichkeit, die zwischen den Frauen herrschte. Beide schienen sich in der Gegenwart der anderen äußerst unbehaglich zu fühlen. Warum nur?

»Stone Kincaid und Sonne-auf-Flügeln sind fremd in der Stadt. Sie haben niemanden, zu dem sie gehen könnten«, sagte Windsor gerade.

»Es wäre schön, wenn du auch ihnen deine Gastfreundschaft gewähren würdest. Beide haben mir geholfen, als ich in Not war.«

»Dann sind sie natürlich mehr als willkommen in meinem Haus.« Amelia Richmond Cox neigte ihren Kopf wohlwollend in Stones Richtung. Ihr Blick verharrte für einen Augenblick auf Sonne-auf-Flügeln, aber Stone konnte keine Verachtung oder Abneigung ausmachen. Eine weitere kurze Stille folgte, als würden beide Frauen überlegen, was sie einander sagen könnten.

»Habt Ihr Hunger?« fragte Amelia einen Moment später. »Ich bin sicher, Ning-Ying könnte etwas Gutes in der Vorratskammer finden. Und während er es vorbereitet, haben wir die Möglichkeit, uns hinzusetzen und über deine Reise zu reden.«

»Wir sind sehr müde«, erwiderte Windsor.

»Natürlich. Ich verstehe. Dann werde ich deinen Freunden die Gästezimmer zeigen.« Amelia lächelte, offenbar unsicher, wie sie mit ihrer Tochter umgehen sollte. Stone grübelte erneut über die seltsame Anspannung nach, die zwischen den beiden herrschte.

»Ich habe eine Überraschung für dich, Windsor, ein Weihnachtsgeschenk«, verkündete Amelia mit einem hoffnungsvollen Blick. »Weihnachten liegt zwar schon einige Tage zurück, aber ich würde mich freuen, wenn ich es dir jetzt zeigen dürfte.«

»Natürlich, Mutter. Vielen Dank.«

»Folgt mir bitte. Und Ning-Ying, vergiß nicht, die Tür abzuschließen.«

Amelia führte sie über die Treppe, die von einem breiten, schwarz-goldenen Perserläufer bedeckt war, hinauf in den ersten Stock. Von dort ging es über eine schmale Treppe in den zweiten. Oben angekommen, trat Windsors Mutter zur Seite, um ihre Gäste vorgehen zu lassen. Nachdem Stone durch den Türrahmen getreten war, blieb er abrupt stehen und blickte sich mit offenem Mund um.

Der riesige Korridor, der sich vor ihm erstreckte, hätte genausogut als Empfangshalle des kaiserlichen Palastes in der Verbotenen Stadt von Peking dienen können. Jeder Zentimeter war mit schimmernden Bahnen aus feinster Seide bedeckt — in rot, gold und schwarz — die alle mit wunderschönen, orientalischen Szenen bestickt waren. An den Wänden standen glänzende, schwarzlackierte Tische mit goldenen Griffen und mit chinesischen Symbolen bemalt. Daneben standen niedrige, gepolsterte Liegen mit schwarz-goldenen Seidenkissen. Eine Tür zu einem der angrenzenden Schlafzimmer stand offen, und Stone erblickte ein riesiges Bett aus Ebenholz, das auf einem Podest stand, und einen Baldachin aus fließender, scharlachroter Seide trug, der einer Kaiserin würdig gewesen wäre.

»Gefällt es dir, Windsor? Ning-Ying hat mir beim Einrichten geholfen. Alles kommt direkt aus China.«

Sie stellte diese Frage so eifrig bemüht, daß Stone ein Gefühl des Bedauerns für sie empfand. Er schaute zu Windsor hinüber, um ihre Reaktion auf all die Pracht, die sie umgab, abzuschätzen. Soweit er es beurteilen konnte war Windsor noch mehr als er selbst von der verschwenderischen Einrichtung überrascht. Und Sonne-auf-Flügeln traten beinahe die Augen aus dem Kopf.

Als Antwort auf die Frage ihrer Mutter legte Windsor ihre Handflächen zusammen und verbeugte sich respektvoll vor Amelia. »Ich bin dir sehr dankbar.«

Für den Bruchteil einer Sekunde zeigte sich Enttäuschung auf Amelias Gesicht, aber es gelang ihr sehr schnell, sich wieder zu fangen. Sie wandte sich Stone zu.

»In diesem Stockwerk befinden sich mehrere Schlafzimmer, Mr. Kincaid, ebenso einige wenige im ersten Stock. Ich stelle es Ihnen und Sonne-auf-Flügeln frei, sich ein Zimmer auszusuchen.«

»Sonne-auf-Flügeln seien sehr dankbar«, erwiderte der Osage mit ernster Miene.

Eine weitere peinliche Stille folgte, während Mrs. Cox ihre Tochter betrachtete. Windsor schwieg.

»Nun, Sie sind sicherlich alle sehr müde. Ich werde Sie jetzt allein lassen, damit Sie sich ausruhen können. Wir freuen uns sehr, Sie hier zu haben. Wir haben schon sehr auf Windsors Rückkehr gewartet.«

»Vielen Dank, Mrs. Cox«, antwortete Stone höflich, »und entschuldigen Sie die doch sehr späte Störung.«

»Machen Sie sich deshalb keine Sorgen. Sie sind hier herzlich willkommen. Ich bin nur froh, daß Windsor wieder wohlbehalten heimgekehrt ist. Wir sehen uns dann beim Frühstück. Gute Nacht.«

Sie zögerte, als kämpfe sie mit sich, ob sie ihre Tochter umarmen sollte oder nicht, entschied sich dann aber offenbar dagegen und verschwand. Nachdem ihre Mutter sie allein gelassen hatte, begab sich Windsor in das luxuriöse Schlafzimmer, auf dessen Einrichtung Stone einen Blick erhascht hatte.

Stone und Sonne-auf-Flügeln folgten ihr und beobachteten, wie sie über den tiefen, weichen Teppich auf das große Bett zuschritt. Sie ließ ihre Fingerspitzen über die glänzende, rote Seidenbettdecke gleiten, die mit fliegenden Drachen und chinesischen Tänzern bestickt war.

»Meine Mutter kennt mich nicht sehr gut. Das ist der

Grund, warum sie dachte, daß mir dies hier gefallen würde.«

»Sie scheint sehr bemüht zu sein, Sie zufriedenzustellen«, sagte Stone und blickte sich bewundernd in dem prächtig eingerichteten Raum um.

»Sie muß nicht die Wände mit Seidenbehängen verkleiden, um mich zufriedenzustellen.«

Ihre Blicke trafen sich. Aber Sonne-auf-Flügeln konnte seine Faszination über die lebhaften Farben und die feinen, glänzenden Stoffe nicht verbergen. Er betastete die Wandverkleidungen.

»Woraus gemacht? Weich wie Biperpelz.«

»Es nennt sich Seide«, erwiderte Stone.

»Kommen von welchem Tier?«

»Würmern.«

Die Augen des Indianers verengten sich, und er beugte sich vor, um den Stoff genauer zu untersuchen. »Braucht großen Wurm, um das hier zu machen«, sagte er kopfschüttelnd. »Wurm groß wie Büffel.«

»Ich werde es dir morgen erklären, Junge«, sagte Stone lächelnd. »Aber jetzt sollten wir schlafen. Morgen werde ich zum Hafen hinuntergehen, um zu sehen, ob ich Clans Freundin auftreiben kann.« Er warf Windsor einen warnenden Blick zu. »Und ich werde allein gehen. Haben Sie gehört, Windsor? Sie bleiben hier bei Ihrer Mutter.«

»Ich muß mitkommen.«

»Verdammt, ich habe ›nein‹ gesagt. Sie würden die Dinge nur unnötig kompliziert machen.«

»Wenn ich hierbleibe, werden Sie mir Ihr Ehrenwort geben, daß Sie nicht ohne mich nach Clan suchen?«

Stone zögerte, aber schließlich nickte er. »Ich werde zuerst hierhin zurückkommen.«

»Dann werde ich Ihnen vertrauen. Sonne-auf-Flügeln und ich werden hier warten.«

Stone seufzte erleichtert und rieb seine müden Augen. Nach so vielen Wochen, in denen er um sein Überleben gekämpft hatte, war er nicht länger imstande, die Erschöpfung zu ignorieren, die ihn erfaßt hatte. Er hatte dringend Schlaf nötig.

»Komm, mein Junge, wir werden uns zwei Zimmer am Ende des Flurs suchen.«

Minuten später öffnete er seinen Gürtel und hing die Halfter über den Bettpfosten eines massiven Bambusbettes. Dann zog er nur noch seine Stiefel aus und legte sich auf die weiche Matratze. Er starrte zu dem gewebten Stoff des Baldachins empor und bewunderte die feine Stickerei, die blaue Berge, umringt von weißen, buschigen Wolken darstellte. Eine Pagode erhob sich über einem saphirblauen See, und kurz bevor er seine Augen schloß fragte er sich, ob es sich um den Tempel der Blauen Berge handeln könnte, wo Windsor Richmond zu einem solch wunderschönen, faszinierenden, rätselhaften, verführerischen Wesen herangewachsen war.

Immer noch hungrig nach ihr versank er langsam in einen tiefen Schlaf. Seine Träume waren erfüllt von der Lust, die sie in ihm weckte, und er sehnte sich danach, ihren zierlichen Körper zu spüren, seine Arme eng um sie zu legen und die weichen, rosafarbenen Lippen zu fühlen, die sich unter seinem Mund öffneten.

14

Stone war am nächsten Morgen früh wach. Ning-Ying brachte ihm heißes Wasser, und er ließ sich Zeit, um ein ausgiebiges Bad zu nehmen und sich zu rasieren, bevor er sein prächtiges, ›chinesisches‹ Zimmer verließ. Er blieb vor der geöffneten Tür zum Schlafzimmer des Indianerjungen stehen und entdeckte, daß der Osage das weiche Bett verschmäht und statt dessen auf dem Boden geschlafen hatte.

Danach kam er an Windsors Tür vorbei und vernahm etwas, das ihm inzwischen längst vertraut geworden war — ihren leisen, monotonen Gesang.

Während er die Treppe hinabstieg, schüttelte er den Kopf.

Er war froh, daß Windsor sich in diesem selbst herbeigeführten Trancezustand befand, denn er wollte sie nicht bei sich haben. Eifrig darauf bedacht, sich davonzumachen, ehe ihre innere Weisheit ihr möglicherweise raten könnte, ihm zu folgen, eilte er hinunter zum Erdgeschoß. Er hatte schon beinahe die Vordertür erreicht, als Amelia Cox die weißen Doppeltüren auseinanderzog, die zum Eßzimmer führten.

»Guten Morgen, Mr. Kincaid. Ich hoffe, daß Sie mir beim Frühstück Gesellschaft leisten werden. Es wäre mir ein Vergnügen, mich mit Ihnen über meine Tochter zu unterhalten.«

Stone zögerte. Das Letzte, was er im Moment wollte, war, Zeit bei einem Essen mit Windsors Mutter zu vertrödeln. Aber sie blickte ihn hoffnungsvoll an und hatte ihn so freundlich gebeten, daß er es schwierig fand, ihre Einladung abzulehnen. Und er mußte zugeben, daß er auf Windsors Vergangenheit neugierig war. Insbesondere auf ihr seltsames Verhältnis zu ihrer Mutter.

»Diese Einladung nehme ich gerne an, Mrs. Cox. Vielen Dank.«

Als er der eleganten Dame des Hauses in das Eßzimmer folgte, war er aufs Neue von ihrem Heim beeindruckt. Die Dimensionen allein waren atemberaubend. Und dabei war er durchaus an Reichtum und all das Drum und Dran gewöhnt. Das Anwesen der Kincaids in Chicago, wo Gray und Tyler lebten, war groß und geschmackvoll eingerichtet, aber es war offensichtlich, daß Amelia Cox einen enormen Aufwand an Zeit und Geld investiert hatte, um ihr Heim mit dem elegantesten, aus dem Orient importierten Porzellan auszustatten, und mit

Möbeln, die in den entferntesten Winkeln der Welt hergestellt worden waren. Der Tisch allein war ein Meisterstück: handgeschnitztes chinesisches Teakholz, mit zwanzig passenden Stühlen, die mit weichem, roten Samt bezogen waren.

»Bitte nehmen Sie doch neben mir Platz, Mr. Kincaid, dann können wir uns unterhalten. Ich habe niemals verstanden, warum mein Mann solch einen großen, unpersönlichen Tisch haben wollte.« Sie lächelte, und ihre Augen erinnerten Stone an Windsors. »Ehrlich gesagt, esse ich lieber in der Küche mit Ning-Ying. Was darf es sein? Kaffee oder Tee?«

»Kaffee, bitte.«

Stone setzte sich auf den Stuhl neben Mrs. Cox am Kopf des Tisches. Ning-Ying trat mit einer großen, silbernen Kaffeekanne hinzu, und niemand sprach, während er das dampfende Gebräu in feine, blau-weiße Tassen füllte.

»Windsor bevorzugt Tee, eine besondere Sorte namens Oujay. Ich mußte lange danach suchen, und dann habe ich ihn schließlich direkt aus Shanghai liefern lassen. Wie sie sich unschwer vorstellen können, habe ich soviel auf einmal bestellt, daß sie eine sehr lange Zeit damit auskommen wird.« Sie murmelte einen leisen Dank in Richtung des Dieners, als sie ihre Tasse entgegennahm. »Meine Tochter ist in China aufgewachsen, wissen Sie. Hat sie Ihnen das bereits erzählt?«

»Ehrlich gesagt war ich der Meinung, daß sie eine Waise sei. Daher war ich ein wenig überrascht, als sie mir vor einigen Tagen eröffnete, sie habe eine Mutter.«

»Ich kann mir vorstellen, wie unverhofft das für Sie gekommen sein muß.«

»Ich fürchte nur, daß ich Ihr Verhältnis zueinander nicht ganz verstehe«, fügte er hinzu, da er in dieser Hinsicht gerne etwas von ihr erfahren hätte. Der schmerzliche Ausdruck, der auf Amelias Gesicht erschien, hinterließ einige Falten auf ihrer Stirn, die Stone abermals an Windsor erinnerten. Er hatte das gleiche Stirnrunzeln schon mehrere Male auf dem Gesicht ihrer Tochter gesehen. Amelia hielt den Kopf weiterhin gesenkt, und sie schwieg die ganze Zeit, während der Chinese ihnen Buchweizenpfannkuchen und honiggeräucherten Schinken von großen Platten servierte. Nachdem der Junge das Zimmer verlassen hatte, schaute sie auf.

»Hat sich Windsor gestern nacht noch zu den Veränderungen geäußert, die ich in ihren Räumen vorgenommen habe? Haben sie ihr gefallen?«

Nun war es an Stone, zu Boden zu blicken, und er fragte sich, ob Amelia auch nur die geringste Vorstellung davon hatte, daß Windsor sich in der Schmucklosigkeit einer Mönchszelle wohler fühlen würde als in diesen kunstvollen, für viel Geld eingerichteten Zimmern. Er bemühte sich, eine diplomatische Antwort zu geben.

»Sie liebt alles Chinesische«, erwiderte er und versuchte, es nicht zu ausweichend klingen zu lassen.

»Hat Sie Ihnen erzählt, was uns allen damals, vor vielen Jahren, in China widerfahren ist?«

»Nein. Ich weiß nur, daß sie von einer Art Priester an einem Ort großgezogen wurde, der sich Tempel der Blauen Berge nennt.«

Amelia lehnte sich in ihrem Stuhl zurück. Sie seufzte einmal lange und tief.

»Windsors Vater war ein Methodistenpfarrer namens Jason Richmond. Wir waren sehr jung, als wir heirateten, und er hatte die Vorstellung, daß er die ganze Welt retten könnte. Er glaubte, daß dies seine Bestimmung sei. Er war ein guter Mensch, und ich war hoffnungslos in ihn und seine Ideale verliebt.« Sie schüttelte den Kopf. »Als er beschloß, nach China zu gehen und mit solch strahlenden Augen und glühenden Worten von seiner Berufung sprach, war ich gefesselt. Ich war damals erst sechzehn und so naiv! Ich fürchte, die Vorstellung, eine Missionarin in einem fremden Land zu werden, hat in dem Alter etwas unglaublich Romantisches.«

Der Anflug eines Lächelns zeigte sich auf ihrem Gesicht. »Ich bin sicher, Sie können sich vorstellen, wie schockiert ich war, als ich nach China kam und die Sitten und Gebräuche dort hautnah erlebte. Ich fand sie derartig barbarisch und unzivilisiert, daß mir einfach nur davor graute. Ganz besonders, wie sie ihre armen Frauen behandelten. Solange ich lebe, werde ich niemals vergessen, wie entsetzt ich war, als ich zum ersten Mal ein kleines Mädchen vor Schmerzen schreien hörte, weil ihre Eltern ihr die Füße brechen und binden ließen, damit sie nicht weiter wachsen konnten. Zierliche Füße sind dort ein Zeichen von Weiblichkeit. Sind Sie jemals in China gewesen, Mr. Kincaid?«

Stone schüttelte den Kopf. »Nein, aber mir ist klar, daß sich die Kultur sehr von der unseren unterscheidet.«

»Ja. Für sie waren wir die Barbaren.« Sie schwieg einen Augenblick und rührte ihren Kaffee um. »Daran konnte ich mich nie gewöhnen. Ich habe das Leben dort gehaßt. Ganz besonders, nachdem Windsor geboren war. Die Vorstellung, daß sie in einem Land aufwachsen sollte, in dem Frauen gezwungen wurden, sich die Füße deformieren zu lassen, und wo Neugeborene zum Sterben auf die Straße geworfen wurden, nur weil sie Mädchen waren, war für mich ungeheuerlich. Ich selbst habe unzählige Male halbverhungerte Säuglinge aufgelesen und zu westlichen Waisenhäusern gebracht.« Sie schüttelte sich leicht. »Ja, meine größte Sorge war, daß Windsor in China aufwachsen würde, und genau das ist passiert. Ironie des Schicksals, nicht wahr?«

Amelia sah so schrecklich traurig aus, als sie diese Worte sprach, daß Stone das Bedürfnis verspürte, sie zu trösten. Er redete sie mit sanfter Stimme an. »Was genau ist mit Windsor passiert, Mrs. Cox?«

Amelia biß sich auf die Lippe, stand auf, ging ein paar

Schritte von Stone weg und starrte aus dem Fenster. Sie blieb mit dem Rücken zu ihm stehen und heftete ihren Blick auf die Straße.

»Anfangs war Jason zu sehr mit seiner Arbeit beschäftigt, um meine Ängste ernst zu nehmen. Also blieben wir. Windsor wurde dort geboren, und wir verbrachten beinahe ein Jahrzehnt in China, bevor ich ihn dazu überreden konnte, uns nach Hause zu bringen. Die ganze Zeit über lebten wir von den Chinesen getrennt und knüpften hauptsächlich Kontakte zu den Europäern, aber es gab nur sehr wenige. In all den Jahren gelang es Jason nur, eine Handvoll von Chinesen zu bekehren.«

Der Klang ihrer Stimme änderte sich ein wenig, und ihre Schultern spannten sich. »Windsor war zehn Jahre alt, als wir schließlich von dort wegzogen. Wir bestiegen ein Boot, das uns den Yangtse hinunterbrachte. Ich werde niemals vergessen, wie wunderschön die Fahrt war. Ein breiter und schneller Fluß und Hunderte von Dschunken mit anmutigen Segeln und sogar noch mehr von den kleinen, geschlossenen Booten, die die Bauern benutzten, um ihre Waren zum Markt zu transportieren. Wir waren auf dem Weg nach Peking. Von dort wollten wir zum nächstgelegenen Seehafen weiterreisen.«

Sie legte ihre Hand an die Kehle, während sie weitersprach. »Wir sind nie dort angekommen. Eines Nachts, als unser Boot vor Anker lag, raste ein Wirbelsturm über uns hinweg. Er kam so plötzlich und war so schnell und kräftig, daß das Boot kenterte, bevor wir überhaupt richtig wußten, was vor sich ging. Es gelang Jason, uns unter Deck herauszuholen, aber Windsor wurde von den Fluten mitgerissen. Ich habe keinen von beiden wiedergesehen.« Ihre Stimme drohte zu versagen, und sie schwieg für einen Augenblick. »Ich war jahrelang nicht imstande, über diese Nacht zu reden, ohne zusammenzubrechen.«

»Was geschah mit Ihnen?«

»Ich konnte mich an einem Holzstück des Bootes festklammern, und als ich am nächsten Morgen erwachte, lag ich an einem dreckigen Strand. Mehrere chinesische Fischer bemühten sich, mich wiederzubeleben.«

»Was war mit Ihrem Mann Jason?«

»Sie fanden seine Leiche einige Tage später mehrere Meilen flußabwärts. Von Windsor gab es keine Spur. Ich habe drei Monate nach ihr gesucht, gebetet und gehofft und wurde dann von einer solch tiefen Verzweiflung erfaßt, daß ich zu nichts mehr imstande war. Einige englische Freunde schickten mich nach Hause und versprachen mir, nach ihr Ausschau zu halten. Ich dachte, sie sei tot, wirklich, das dachte ich. Hätte ich auch nur die winzigste Hoffnung gehabt, wäre ich niemals zurückgereist.«

Ihre Stimme versagte erneut. »Hätte ich gewußt, daß sie irgendwo, an einem kalten, gottverlassenen Ort aufwuchs, wo sie niemanden verstehen konnte, wäre ich verrückt geworden. Sie ist mein einziges Kind, Mr. Kincaid. Selbst Jahre später, nachdem ich William Cox getroffen und ihn geheiratet hatte, habe ich niemals aufgehört, um mein wunderschönes, blondes Mädchen zu trauern. Dann starb auch William, und ich blieb inmitten von alldem hier allein zurück.« Sie machte eine ausladende Geste mit dem Arm. »Und wieder blieb mir niemand mehr, den ich lieben konnte.«

»Wie haben Sie herausgefunden, daß Windsor noch am Leben war?«

»Die Freunde aus England, die ich eben erwähnt habe, schrieben mir im letzten Jahr, daß sie Gerüchte über ein weißes Mädchen gehört hätten, das angeblich in einem abgeschieden gelegenen Kloster in den Bergen lebte.« Amelia drehte sich plötzlich um und blickte Stone an. »Wissen Sie, Mr. Kincaid, es war sehr seltsam. Sobald ich den Brief gelesen hatte, wußte ich, daß das Mädchen Windsor war. Ich spürte es hier drinnen.« Sie legte eine Hand auf ihre Brust. »Mein Herz sagte mir, daß sie es war, und ich verspürte eine unsägliche Freude.«

»Sind Sie nach China gereist?«

»Nein. Ich schrieb meinen Freunden und bat sie, das Mädchen aufzuspüren und mir von ihr zu berichten. Ich schickte Geld, falls sie nach Amerika reisen wollte, um mich zu besuchen. Ich wußte, daß ich sie nicht zwingen konnte, mich zu lieben, nicht nach all diesen Jahren, die vergangen waren.«

»Es war sehr weise von Ihnen, sie diese Entscheidung allein treffen zu lassen.«

»Ganz offenbar, denn sie ist tatsächlich hierhergekommen. Allerdings dauerte es sechs Monate, bevor sie sich entschloß, die Reise zu machen. Sie hat mir später erzählt, daß es ihr Freund Hung-pin gewesen war, der sie überredet hatte, zu fahren. Ich habe mich sehr bemüht, sie wie eine Tochter zu behandeln und ihr zu zeigen, wie sehr ich sie liebe, aber sie verhält sich so seltsam und reserviert. Den größten Teil der Zeit über sieht sie mich an, als sei ich eine Barbarin. In ihren Augen bin ich es wohl auch.«

»Wahrscheinlich benötigen sie beide einfach eine gewisse Zeit, um sich besser kennenzulernen. Aber eines Tages wird es soweit sein. Falls es Ihnen ein Trost ist, lassen Sie mich versichern, daß es auch mir schwerfällt, sie zu verstehen.«

»Ich habe schreckliche Angst, daß sie nach China zurückkehren könnte und ich sie niemals wiedersehen werde.«

»Glauben Sie mir, Mrs. Cox, sie wird nirgendwohin gehen, bevor sie nicht den Mann gefunden hat, der ihren Freund Hung-pin getötet hat.«

»Dieser arme Junge ist auf so fürchterliche Weise ums Leben gekommen. Und er war der freundlichste, sanftmütigste Mensch, der mir jemals begegnet ist.«

Amelia kam an den Tisch zurück und nahm ihren Platz neben Stone Kincaid wieder ein. »Als sie im November, nach dem Tod von Hung-pin, von hier abreiste, hat sie mir nicht einmal gesagt, wohin. Aber ich konnte das Gefühl nicht loswerden, daß sie sich auf die Suche nach seinem Mörder gemacht hatte. Sie nahm seinen Tod sehr schwer, aber sie trug diesen seltsamen Ausdruck auf dem Gesicht, ruhig und dennoch entschossen. Ich hatte Angst um sie.«

»Ja, ich kenne diesen Blick.«

»Sagen Sie, Mr. Kincaid, wie haben Sie meine Tochter eigentlich kennengelernt?«

Stone mußte innerlich lachen. Er fragte sich, was sie wohl denken würde, wenn er ihr die Wahrheit sagte. Aber er wollte sie nicht mehr aufregen, als nötig. »Unsere Wege haben sich gekreuzt, weil ich hinter demselben Mann her bin wie sie. Einige meiner Freunde sind seinetwegen gestorben.«

»Es tut mir leid, das zu hören.«

»Ich werde ihn erwischen.«

Amelia streckte plötzlich ihre Hand aus und legte sie auf seine Hand, die auf der Stuhllehne ruhte. »Windsor scheint sie als einen guten Freund zu betrachten, Mr. Kincaid, deshalb habe ich Ihnen all diese Dinge erzählt. Glauben Sie, Sie können mir helfen, sie zu überreden, hier in Amerika zu bleiben? Ich habe solche Angst, daß ich sie wieder verliere! Und wenn sie dieses Mal geht, wird es für immer sein, da bin ich sicher.«

»Diese Entscheidung wird sie selbst treffen müssen, Mrs. Cox. Keiner von uns beiden kann sich ihre Zuneigung erzwingen.«

Ein leicht überraschter Ausdruck erschien auf ihrem Gesicht. Ihre Augen blickten ihn forschend an. »Ist es möglich, daß Sie sie auch lieben?«

»Es ist mir nicht gleichgültig, was mit ihr passiert. Sie hat mir einmal das Leben gerettet«, entgegnete Stone vorsichtig. Aber im selben Atemzug wurde ihm wieder bewußt, daß es mehr als das war. Er fühlte sich so stark zu ihr hingezogen, wie er es noch nie zuvor bei einer anderen Frau empfunden hatte. Und ihm gefiel die Idee, sie niemals wiederzusehen, ganz und gar nicht. Er stieß abrupt seinen Stuhl zurück.

»Wenn Sie mich jetzt entschuldigen würden, Mrs. Cox, es gibt da einige wichtige Dinge, um die ich mich kümmern muß. Ich wäre Ihnen sehr dankbar, wenn Sie dafür sorgen könnten, daß Windsor und der Indianerjunge möglichst hier bei Ihnen bleiben. Richten Sie ihnen aus, daß ich im Laufe des Abends zurückkommen werde und daß sie mich nicht suchen sollen.«

»Natürlich, Mr. Kincaid, nichts würde ich lieber tun, als den ganzen Tag mit meiner Tochter zu verbringen.«

»Dann also bis heute abend.«

»Auf Wiedersehen, Mr. Kincaid.«

Stone zog sich hastig aus dem Eßzimmer zurück, nicht im geringsten überzeugt, daß es Mrs. Cox gelingen würde, ihre Tochter davon abzuhalten, ihm zu folgen — nicht, wenn Windsor es sich anders in den Kopf gesetzt hatte.

15

Um die Mittagszeit herum, als die Sonne hoch am Himmel stand, saß Windsor auf einer niedrigen Steinmauer, die den Garten ihrer Mutter vom Kutschenhaus trennte, und sah zu, wie Sonne-auf-Flügeln und Ning-Ying sich mit den handgearbeiteten Bögen, die Windsor und Hung-pin aus China mitgebracht hatten, in der Kunst des Bogenschießens übten.

Windsor war nicht überrascht, daß die beiden Jungen so schnell Freundschaft geschlossen hatten. Sie waren ungefähr in einem Alter, obwohl der Indianer wesentlich größer und kräftiger war. Im Augenblick demonstrierte Sonne-auf-Flügeln seine eindrucksvollen Fertigkeiten im

Umgang mit dem Bogen — mit Jun-li auf seiner Schulter, der ihm ins Ohr schnatterte und nach seinen Pfeilen griff.

Stone Kincaid war noch nicht wieder zurückgekehrt. Laut Ning-Ying war er früh aufgestanden, hatte mit ihrer Mutter gefrühstückt und war dann mit einem Pferd weggeritten, das er sich im Stall besorgt hatte. Windsor hatte Angst, daß er nicht wieder zurückkam. Die Gefühle, die sie für ihn empfand, wurden von Tag zu Tag stärker. Ihre Gedanken beschäftigten sich längst nicht mehr ausschließlich mit dem Verlangen, Hung-pins Mörder zu finden und seinen Tod zu rächen. Sie sehnte sich danach, ihre Augen über Stone Kincaid gleiten zu lassen, und ihren Körper eng an den seinen zu pressen. Nun, da er fort war, schrie ihr Herz vor Einsamkeit auf.

Sie ließ ihren Blick über die Rückseite des großen Hauses mit seinen zahllosen Fenstern gleiten und fragte sich, in welchem Raum sich ihre Mutter wohl aufhalten mochte. Den ganzen Morgen über hatte Windsor den Gedanken an ein Gespräch unter vier Augen mit Amelia Cox beiseite geschoben.

Ihr mangelnder Respekt der Mutter gegenüber war falsch, und sie wurde von einem Schuldgefühl überwältigt, als sie an die Worte des Alten Weisen dachte: »Den Eltern Respekt zu erweisen ist die höchste Pflicht eines Kindes.« Aber sie konnte nicht umhin, die Spannung zu bemerken, die zwischen ihnen herrschte, wenn sie versuchten, sich zu unterhalten.

Obwohl sie sich immer noch an einige wenige Dinge aus ihrer Kindheit entsinnen konnte — hauptsächlich schemenhafte Erinnerungen an ihre Eltern in den Räumen ihres gekalkten Hauses am Rande eines chinesischen Dorfes, dessen Name Windsor vergessen hatte — hatte sie nicht das Gefühl, daß sie irgendetwas Inniges mit ihrer einzigen, noch lebenden Verwandten verband. Windsor dachte und fühlte chinesisch, ganz so, als wäre sie mit der gelben Haut und den schmalen Augen ihrer

Freunde geboren worden. Das würde ihre Mutter niemals verstehen.

Andererseits schien Amelia in der westlichen Welt eine auf ihre Art weise Frau zu sein. Sie stand einem riesigen Haushalt mit vielen Angestellten vor. Sie war mit zwei Männern verheiratet gewesen. Sie hatte ein Kind geboren. Vielleicht wäre sie imstande, Windsor einen Rat in Bezug auf die unerklärlichen Sehnsüchte zu geben, die ihren Körper seit dem ersten Zusammentreffen mit Stone Kincaid erfaßt hatten.

»Ich werde mich mit meiner Mutter unterhalten, Sonne-auf-Flügeln«, rief sie dem Jungen zu und hoffte nur, daß ihre Mutter imstande wäre, ihr Dilemma zu verstehen. »Bitte, bring Jun-li mit ins Haus, wenn du mit deinen Übungen fertig bist.«

Der Indianer nickte, aber er ließ seinen Blick keine Sekunde von dem roten Schal, den Ning-Ying um den Stamm einer schlanken Zypresse gebunden hatte, und der als Ziel diente.

Windsor hüpfte leichtfüßig die breiten Stufen hinauf, die zur hinteren Galerie führten. Sie lief durch das Haus und warf einen Blick in jedes Zimmer, ohne ihre Mutter zu entdecken. Zwei Hausmädchen waren damit beschäftigt, die Girlanden aus Tannengrün, die um das Mahagonigeländer gewunden waren, zu entfernen. Sie unterbrachen ihre Arbeit, um zu knicksen, und Windsor legte ihre Handflächen zusammen und verbeugte sich höflich.

»Ich bin auf der Suche nach meiner Mutter.«

Die ältere, eine stämmige, rotwangige Frau, die von Windsors Mutter Myrtle gerufen wurde, deutete mit dem Finger auf den Salon, in dem Gäste empfangen wurden. »Sie ist im Gesellschaftszimmer, Miss Windsor.«

Windsor bedankte sich und ging über die schwarzweißen Fliesen auf das vordere Zimmer zu. Ihre Mutter stand neben einem runden Marmortisch, auf dem gewöhnlich ein großes Farnkraut mit kräftigen, dicken Wedeln zu bewundern war. Nun allerdings hatte eine gut ein Meter zwanzig hohe Zeder seinen Platz eingenommen. Als Windsor eintrat, stieg Amelia gerade auf einen Hokker und entfernte einen silbernen Stern vom obersten Ast. Beim Hinabsteigen entdeckte sie ihre Tochter in dem ovalen Spiegel, der über dem Kamin hing.

»Windsor!« rief sie und drehte sich lächelnd um. »Komm doch herein! Möchtest du mir beim Abschmükken helfen? Als du klein warst, hast du mir dabei immer gerne geholfen.«

Für einen flüchtigen Augenblick überkam Windsor die Erinnerung an eine winzige Küche, die mit einem ähnlichen Baum geschmückt war. Ihr Vater hielt sie auf seinen starken Armen, und sie hörte das fröhliche Lachen ihrer Mutter, die sich hochreckte, um einen weißen Pappstern auf den obersten Ast zu stecken. Aber nun, ein Dutzend Jahre später, war sie nicht einmal mehr imstande, sich an die religiöse Bedeutung zu erinnern, die der Baum hatte. Ein schmerzliches Gefühl von Verlust überkam sie und ließ ihren Geist erschöpft zurück.

»Ich werde dir zuschauen, Mutter«, bot sie stattdessen an.

Ein verletzter Ausdruck erschien auf dem Gesicht ihrer Mutter und verschwand gleich wieder. »Natürlich, das wäre schön. Ich bin immer froh, wenn wir Zeit zusammen verbringen können.«

Windsor, die sich in Gegenwart der Frau, die sie geboren hatte, unbehaglich fühlte, wählte eine Stelle neben dem Kamin, wo sie sich in ihrem gewohnten Schneidersitz auf dem Boden niederließ.

Windsor beobachtete, wie ihre Mutter eine Kette aus roten Preiselbeeren von den Ästen hob und sie auf den Tisch legte. Sie empfand es als ein seltsames Ritual, sich einen Baum ins Haus zu holen. Wieder fragte sie sich, was es wohl bedeuten mochte. Möglicherweise, um der Natur eine Ehrerbietung zu erweisen, entschied sie, aber falls das der Fall war, warum sägte man dann den Stamm ab und ließ den Baum verkümmern?

»Ich mag deine neuen Freunde, Windsor«, bemerkte Amelia beiläufig, als sich die Stille peinlich in die Länge zog. »Mr. Kincaid und ich haben heute morgen, bevor er ging, ein nettes Gespräch miteinander geführt.«

Windsors Interesse war geweckt. »Hat er dir gesagt, wohin er wollte?«

Ihre Mutter schwieg einen Moment und griff vorsichtig nach einem feinen, kristallenen Engel. »Er deutete lediglich an, daß er jemanden aufsuchen wollte.«

Windsor wartete ungeduldig darauf, daß ihre Mutter fortfahren würde, aber Amelia beschäftigte sich statt dessen damit, winzige Silberglöckchen von den schwankenden Ästen loszubinden.

Windsor sah sich schließlich gezwungen, ihre größte Angst in Worte zu kleiden. »Er wird doch wohl zurückkommen, oder?«

»Nun, ich denke doch. Hast du Anlaß zu glauben, daß er es nicht tut?«

»Ich bin nicht sicher, was er vorhat.«

Die dunkelblauen Augen ihrer Mutter blickten ihr forschend ins Gesicht, und während Windsor ihren Blick erwiderte, wurde Amelia plötzlich klar, was hier vor sich ging.

»Du hast diesen Mann sehr gern, nicht wahr, mein Kind?«

Windsor zögerte. Es war ihr peinlich, mit ihrer Mutter über Stone Kincaid zu reden, obwohl sie sie ja aus diesem Grund aufgesucht hatte.

»Ich bin mir nicht ganz sicher«, gab sie mit leiser Stimme zu, »aber ich fürchte, ja.«

Dieses Eingeständnis zauberte ein Lächeln auf Amelias Lippen.

Sie kam auf Windsor zu, hob zu deren Entsetzen ihr elegantes, raschelndes Kleid aus braunem Samt in die

Höhe und nahm im Schneidersitz gegenüber ihrer Tochter Platz.

»Er ist ein sehr gutaussehender Mann.«

Windsor errötete und starrte auf ihre gefalteten Hände, unfähig, dem wissenden Blick ihrer Mutter zu begegnen.

»Es gibt keinen Grund, sich zu schämen, Kind«, sagte ihre Mutter mit sanfter Stimme. »Einem anderen Menschen seine Liebe zu geben ist ein kostbares Geschenk, ganz besonders, wenn man wiedergeliebt wird.«

Windsor hob ihren verstörten Blick. »Aber ich habe gelobt, allen weltlichen Begierden zu entsagen. Und ich verstehe gar nicht, was ich empfinde. Solch starke Sehnsüchte haben mich noch niemals zuvor geplagt. Es passiert immer nur dann, wenn Stone Kincaid mich anschaut oder mich berührt. Dann beginne ich zu zittern und habe das Gefühl, von innen her zu verbrennen, und ich sehne mich nach mehr.« Sie verstummte und befeuchtete nervös ihre Lippen. »Das kann doch einfach nichts Gutes bedeuten.«

Ihre Mutter lächelte wehmütig und schüttelte den Kopf. »Oh, Windsor, es ist gut, wenn ein Mann und eine Frau sich lieben. Ich habe genau das Gleiche empfunden, wenn dein Vater mich berührte. Es ist überhaupt nichts Falsches daran, solche Gefühle zu haben. Es gehört mit zu den wundervollen Seiten des Verliebtseins.«

»Aber ich habe geschworen, jeglichen körperlichen Freuden zu entsagen!«

Nach dieser bedrückten Enthüllung wurde Amelia ernst. »Hast du diesen Schwur vor Gott abgelegt, wie es die Nonnen katholischen Glaubens tun, oder vor dem Alten Weisen, von dem du mit solch großer Zuneigung sprichst?«

»Mein Versprechen galt weder Meister Ju noch den Göttern. Ich habe es mir selbst gegeben, damit ich schneller den Weg der Erleuchtung beschreiten kann.«

»Dann mußt du dir treu bleiben. Du mußt in dich hineinhorchen und auf das hören, was dein Herz dir sagt, um dann zu entscheiden, welche Wendung dein Leben nehmen soll — ob du es der religiösen Hingabe widmen willst oder Ehefrau und Mutter sein möchtest. Beides kann dir große Freude und großes Glück bereiten, aber du bist diejenige, die die Entscheidung treffen muß.«

Windsors Brust hob sich mit einem ergebenen Seufzer. Sie streckte ihren Arm aus und ergriff die Hand ihrer Mutter. »Vielen Dank, Mutter.«

Tränen glitzerten in Amelias Augen. »Ich bin sehr froh, daß du zu mir gekommen bist, um darüber zu reden«, murmelte sie und zog ein weißes Spitzentaschentuch aus dem weiten Ärmel ihres Kleides. Sie betupfte ihre Augen. »Es war nie meine Absicht, dich in China zurückzulassen. Ich hoffe, daß du das weißt.«

Während sie ängstlich weitersprach, begannen ihre lange Zeit unterdrückten Schuldgefühle mit aller Macht an die Oberfläche zu drängen.

»Ich dachte, du seiest im Fluß ertrunken, sonst hätte ich niemals die Suche nach dir aufgegeben, das schwöre ich. Bitte, Windsor, das mußt du mir glauben. Ich habe dich und deinen Vater mehr als alles andere auf dieser Welt geliebt. Ich hätte dich nie allein dort zurückgelassen, wenn ich auch nur die geringste Hoffnung gehabt hätte, dich zu finden. Jedes Mal, wenn ich daran denke, wie klein und unschuldig du damals gewesen bist, und ganz allein mit dem Chinesen, der dich aufnahm, stirbt ein kleines Stückchen von mir. Meine größte Sorge ist, daß man dir etwas zuleide getan hat.«

Auf dem Gesicht ihrer Mutter spiegelte sich solch eine überwältigende Reue, daß Windsor schnell antwortete, um sie zu trösten. »Ich mache dir keine Vorwürfe. Ich habe nicht gelitten, sondern bin von den Priestern gut behandelt worden. Sie haben mich mit ihrer Weisheit und Freundlichkeit viel gelehrt.«

»Oh, Dank sei Gott! Ich könnte es nicht ertragen, wenn

man dich mißbraucht oder in irgendeiner Weise verletzt hätte!«

Ihre Mutter weinte leise vor sich hin, das Gesicht in den Händen verborgen. Als Windsor einen Arm um Amelias zitternde Schulter legte, verspürte sie Mitleid und Zuneigung. Tief in ihrem Herzen begann sich die Liebe, die sie in der Kindheit für ihre Eltern empfunden hatte, wieder zu rühren und erweckte Gefühle zum Leben, die in den Jahren seit der Trennung im Verborgenen geschlummert hatten. Vielleicht würden sie und ihre Mutter irgendwann wieder eine Familie sein können, dachte sie mit neuer Hoffnung.

Am Kai, von dem aus man einen Blick über den Hafen von San Francisco hatte, befestigte Stone die Zügel seines Pferdes an einem Eisenring und trat durch die Schwingtüren der White Albatross Taverne. Ungefähr einhundert Saloons gab es in der Hafengegend, die sich in ihrer Bauweise und Kundschaft ähnelten. Er hatte sie, seit er am frühen Morgen das Haus von Windsors Mutter verlassen hatte, beinahe alle besucht. Auf die mysteriöse Frau mit Namen Ruby Red war er bisher allerdings noch nicht gestoßen.

Vor Enttäuschung preßte er die Lippen zusammen, während er sich einen Weg durch die Männer bahnte und auf einen Tisch am Rande der Kneipe zusteuerte. Der Saloon war schon jetzt, am späten Nachmittag, überfüllt, und viele Gäste benahmen sich rüpelhaft. Er ließ seinen Blick über die Barmädchen gleiten, die sich an die männlichen Gäste schmiegten oder Holztabletts mit Bierkrügen herumtrugen. Eine von ihnen kam schließlich auch an seinen Tisch. Sie beugte sich vor, scheinbar, um den Tisch abzuwischen, und erlaubte damit Stone einen freien Blick auf ihre schweren, weißen Brüste.

»Mein Name ist Milly. Was soll ich Ihnen bringen, Mister?« erkundigte sie sich, richtete sich auf und strahlte ihn mit einem Lächeln an, das ihm viel mehr anbot als nur einen Drink.

»Whiskey und ein Mädchen namens Ruby Red.«

Eine Regung blitzte in ihren Augen auf, die Stone sagte, daß sie den Namen kannte. »Eine Frau mit diesem Namen kenne ich nicht«, erwiderte sie jedoch und zuckte mit den Schultern. »Was wollen Sie denn von ihr?«

»Was geht Sie das an?«

Als sie sich umdrehte, packte Stone sie am Handgelenk und zwang sie zu bleiben.

»Hey, Mister, lassen Sie mich los! Ich weiß nichts über sie, das habe ich doch schon gesagt!«

»Ich glaube aber doch, daß Sie etwas wissen.« Er hielt sie weiterhin fest, zog ein Zwanzig-Dollar-Goldstück aus seiner Tasche und schob es ihr über den Tisch.

Die Augen des Mädchens hefteten sich gierig auf das Geld. Sie blickte sich verstohlen um und fragte dann mit sehr leiser Stimme: »Für wen arbeiten Sie? Wenn ich rede, werden Sie ihr doch nichts tun, oder?«

»Ich arbeite für niemanden, und es liegt nicht in meiner Absicht, ihr wehzutun. Ich will lediglich mit ihr sprechen.«

Die Frau zögerte immer noch, runzelte die Stirn und biß sich auf die Unterlippe. »Schauen Sie, sie hat niemandem etwas getan. Ich möchte nicht, daß sie Schwierigkeiten bekommt.«

Stone zog eine weitere Münze hervor und legte sie neben die erste. Das Mädchen griff nach den beiden Geldstücken und ließ sie zwischen ihre Brüste gleiten.

»Sie wäscht für uns. Sie ist hinten im Garten und hängt Bettlaken auf die Leine, aber tun Sie ihr nichts, sie ist so zart und kränklich!«

Stone ließ sie los. Er erhob sich. »Danke, Milly. Bitte zeigen Sie mir den Weg.«

Einige Augenblicke später stand er auf der kleinen Veranda eines schmalen Gartens. Der Garten war von einem Bretterzaun umgeben. Wäscheleinen liefen von einem Ende zum anderen, und Bettlaken flatterten in der frischen Seebrise. Er sah das Mädchen, das sich über einen großen Kessel mit kochendem Wasser bückte, nicht gleich. Als er sie schließlich entdeckt hatte, ging er zu ihr hinüber. Sie hörte ihn kommen, noch bevor er sie erreicht hatte, wirbelte herum und umklammerte mit ängstlichem Gesicht einen Kissenbezug.

»Hallo«, sagte er, überrascht von ihrem furchtsamen Gehabe. »Tut mir leid, daß ich Sie erschreckt habe. Milly sagte, daß ich Sie hier finden könnte.«

Während er sprach, blickte Stone forschend in ihr Gesicht. Ihre dunkle Hautfarbe und das schwarze, geflochtene Haar deuteten auf eine mexikanische Abstammung. Sie war jung, wahrscheinlich noch jünger als Windsor. Aber in ihren Augen spiegelte sich nicht diese ruhige Unschuld, die er bei Windsor so anziehend fand. Statt dessen hatten ihre schokoladenbraunen Augen einen trüben, leblosen Ausdruck. Sie schienen abgestumpft, was Stone nicht verwunderte, wenn sie tatsächlich viel mit Clan zu tun hatte. Sie machte den Eindruck eines ängstlichen Kaninchens, das zur Flucht bereit war. Sie hatte noch keinen Muskel gerührt und auch kein Wort gesprochen, sondern starrte ihn nur mit großen, furchtsamen Augen an. Er mußte vorsichtig sein.

»Schauen Sie, es gibt keinen Grund, Angst zu haben. Ich werde Ihnen nichts tun. Ich möchte Ihnen nur ein paar Fragen stellen. Mein Name ist Stone Kincaid.«

Stone sah, wie sich blankes Entsetzen in ihren Augen spiegelte. Sie wich zurück und starrte ihn an, als sei er der Teufel, der gekommen war, um ihre Seele zu rauben. Stone machte einige Schritte auf sie zu, aus Angst, daß sie weglaufen könnte. »Ich suche einen Mann namens Emerson Clan. Kennen Sie ihn?«

Ihr Gesicht fiel in sich zusammen und wurde aschgrau. »Oh, *Dios, Dios*, Senor, bitte zwingen Sie mich nicht, zu ihm zurückzukehren, bitte nicht, er wird mir wieder wehtun. *Por favor,* ich flehe Sie an. Ich werde alles tun, was Sie sagen.«

Sie hatte einen starken, spanischen Akzent, so daß er sie kaum verstehen konnte. Aber vielmehr beunruhigte ihn, wie sehr ihr Kinn zitterte. Sie war kurz davor, hysterisch zu werden. Er sprach mit sanfter Stimme auf sie ein.

»Schhhh, ganz ruhig. Hören Sie mir zu. Haben Sie keine Angst. Er hat mich nicht geschickt, verstehen Sie? Ich bin auf der Suche nach ihm, und wenn ich ihn finde, werde ich ihn umbringen.«

Stone beobachtete, wie sie die Arme um ihre Schultern schlang, um das Zittern zu kontrollieren. »Er wird mich umbringen, wenn ich mit Ihnen rede«, flüsterte sie mit rauher Stimme.

»Nicht, wenn ich ihn zuerst umbringe.«

Ihre Brust hob und senkte sich schnell, und sie erwiderte nichts.

»Gibt es einen Ort, wo wir uns ungestört unterhalten können?« erkundigte er sich und schaute sich im Garten um. »Wohnen Sie hier?«

Sie nickte und deutete mit zitterndem Finger auf einen Schuppen, der an die Rückseite des Saloons gebaut worden war.

»Wir sollten dort hingehen, damit uns niemand sieht. Ich werde Ihnen nichts tun, das verspreche ich.«

Sie wich langsam in Richtung Schuppen zurück. Ihre Augen lösten sich nicht von seinem Gesicht. Im Schuppen angekommen, ließ Stone einen Blick über das armselige Innere gleiten. Es war dunkel dort drin, denn es gab kein Fenster.

Die Einrichtung bestand aus einer schmalen Liege und einem Waschständer mit einer rissigen weißen Schüssel und einem Krug. Eine kaputte Öllampe stand auf dem Boden in der Nähe eines großen Weidenkorbes, der voller Wäsche war.

»Man sagte mir, Sie heißen Ruby Red. Ist das Ihr richtiger Name?«

Das arme Mädchen preßte sich so weit wie möglich von ihm entfernt gegen die Wand. Sie schüttelte verneinend den Kopf. »Nein. Ich heiße Nina, Nina Nunez. Er hat mich nur gern Ruby Red genannt. Ich weiß nicht einmal warum, aber ich hasse es! Ich hasse ihn!« Ihre Stimme zitterte so stark, daß er sie kaum verstehen konnte. Er hatte noch selten einen derartig furchtsamen Menschen gesehen. »Ich flehe Sie an, *por favor*, gehen Sie weg und lassen Sie mich in Ruhe. Bringen Sie mich nicht wieder zu ihm. Senor Clan hat mich das letzte Mal beinahe umgebracht.« Sie stieß einen herzzerreißenden Seufzer aus.

Stone setzte sich auf das Bett. Ihm wurde klar, daß er sie erst einmal beruhigen mußte, wenn er überhaupt irgendwelche Informationen aus ihr herausbekommen wollte. »Sie können mir vertrauen, Nina. Ich hasse diesen Hundesohn tausendmal mehr als Sie, das können Sie mir glauben. Er hat Freunde von mir umgebracht, und er hat versucht, auch mich zu töten. Er hat auf meinen Bruder geschossen und meine Schwägerin gequält, die ein Kind erwartet. Er hätte auch sie umgebracht, wenn wir sie nicht gerettet hätten.«

Nina gab keine Antwort. Ihre Augen waren weit aufgerissen und starrten ihn unverwandt an.

Stone unternahm einen weiteren Versuch. »Ich weiß, daß er vor einigen Monaten meinen Namen benutzte, als er hier in San Francisco einen jungen Chinesen namens Hung-pin umgebracht hat. Er hat ihn zu Tode gepeitscht.«

Nina sank auf die Knie und begann, vor und zurück zu schaukeln. »Er ist durch und durch böse«, murmelte sie. »Es macht ihm Spaß, Leute zu töten. Er hat mich gezwungen, zuzusehen, wie er immer und immer wieder mit dieser schrecklichen Peitsche auf den Chinesen einschlug, und das nur, weil der Mann mir helfen wollte, nachdem Clan mich geschlagen hatte. Und die ganze

Zeit über, während er ihn peitschte, lächelte er. *Dios,* es ist so schrecklich, wie er die Peitsche schlagen kann! Es war das Schlimmste, was ich jemals in meinem Leben gesehen habe. Als ich versuchte, ihn aufzuhalten, wurde er wütend und hieb mit dem Peitschengriff auf mich ein! Schauen Sie nur, wie er mich geprügelt hat!« Sie riß den schwarzen Schal von ihren Schultern und löste die Bänder ihres Oberteils. Dann zog sie ihre Haare zur Seite, damit Stone ihren Rücken sehen konnte. »Schauen Sie! Schauen Sie, was er mit mir gemacht hat! Und er wird es wieder tun, wenn ich Ihnen irgendetwas verrate!«

Stone starrte entsetzt auf die purpurfarbenen Striemen, die immer noch geschwollen waren und von unbarmherzigen Prügeln zeugten.

»Großer Gott, er ist ein Tier«, murmelte Stone, die Stimme heiser vor Wut. »Ist er immer noch in San Francisco, Nina? Sie müssen es mir sagen.«

Nina zog sich den Schal wieder um die Schultern und schüttelte mehrmals den Kopf. »Nein, er wird mich umbringen, wenn ich es Ihnen sage. Bestimmt. Ich kann ihm nicht entkommen, so sehr ich mich auch anstrenge. Er findet mich jedes Mal wieder, wenn ich davonlaufe!«

»Ich werde Sie beschützen.«

»Das können Sie nicht! Das kann niemand. Ich werde niemals wieder frei sein, er wird mich immer finden.«

Stone starrte sie an, schockiert von ihrer panischen Angst. Aber er verstand ihre Furcht vor dem Mann nur allzu gut. Clan hatte meistens diese Wirkung auf Menschen, ganz besonders auf seine Opfer.

»Ich bin ein reicher Mann, Nina. Ich werde Sie ganz weit von hier wegbringen, wo er Sie nicht finden kann. Sie müssen mir vertrauen. Sagen Sie mir, wo er ist, und dann werden Sie frei sein.«

»Nein, nein, er wird mich aufspüren. Ich werde immer an ihn gebunden sein.«

Stone runzelte die Stirn. »Ich verstehe nicht ganz. Ich

kenne Clan. Wenn Sie weg sind, wird er sich eine andere Frau suchen. Sagen Sie mir, wo er ist, bitte, Nina. Lassen Sie mich ihn für das, was er Ihnen angetan hat, bestrafen. Sie können verhindern, daß er noch anderen Menschen wehtut.«

Nina blickte ihn an. Tränen strömten über ihr Gesicht, und ihre Augen waren ohne jede Hoffnung. »Er wird mich aufspüren, glauben Sie mir, egal wohin ich auch gehe oder was ich tue.«

»Warum?«

Nina stand auf und ging auf den Korb mit der Wäsche zu. Sie beugte sich hinab. Als sie sich umdrehte, hielt sie ein blondes, ungefähr sechs Monate altes Baby im Arm.

»Er wird mich aufspüren«, sagte sie leise, und Tränen schimmerten in ihren Augen, »denn ich habe seinen Sohn.«

16

Ihre Mutter gab sich wirklich sehr viel Mühe, dachte Windsor, während sie Amelia beobachtete, die neben ihr am Tisch im Eßzimmer saß. Gemeinsam mit Sonne-auf-Flügeln nahmen sie das Abendessen ein. Im Augenblick bewunderte er einen der vier reichhaltig verzierten Kerzenleuchter, die den mit einer Spitzendecke versehenen Tisch schmückten. Zwölf weiße, langstielige Kerzen brannten in den Haltern, und ihre Flammen spiegelten sich sowohl in dem polierten Fuß des Leuchters wider, als auch in den langen, diamantenen Ohrringen ihrer Mutter. Windsor fragte sich neugierig, warum ihre amerikanische Mutter der Auffassung war, daß so viel feiner, ausgefallener Zierrat notwendig war, um Nahrung zu sich zu nehmen.

Sonne-auf-Flügeln mußte sich zweifellos wie in einem

Wunderland vorkommen. Er hatte einen Teil der Welt des weißen Mannes im Pleasure Palace und an Bord des Zuges gesehen, aber bestimmt noch nie etwas Vergleichbares wie die extravagante Villa ihrer Mutter. Windsors Lippen verzogen sich zu einem leichten Lächeln, als sie daran dachte, wie ungläubig sie und Hung-pin um sich gestarrt hatten, als sie das Haus der Familie Cox zum ersten Mal betreten hatte.

Armer Hung-pin, dachte sie traurig. Er hatte die Pfade der Erde schon in so jungen Jahren wieder verlassen müssen! Er war derjenige gewesen, der Windsor ermutigt hatte, Kontakt zu ihrer Mutter aufzunehmen. Hung-pin wäre froh zu wissen, daß sie beide sich näher gekommen waren. Aber den Drachen würde er erst reiten können, wenn Emerson Clan bestraft worden war.

»Sonne-auf-Flügeln, Sie müssen unbedingt den Karamelpudding versuchen, den unsere Köchin zubereitet hat. Er ist einfach köstlich.«

Sonne-auf-Flügeln saß im Schneidersitz auf einem der roten, hochlehnigen Samtstühle, und Windsor wurde klar, daß er genau wie sie das weichgepolsterte Möbelstück als unpraktisch empfinden mußte. Aber er bemühte sich, die Sitten und Gebräuche der Weißen zu lernen.

»Der Pudding schmeckt wirklich gut, Sonne-auf-Flügeln«, drängte sie ihn. »Ich weiß, daß er nicht besonders appetitlich aussieht, aber versuche ihn mal, und du wirst feststellen, daß er ganz süß ist.«

Sonne-auf-Flügeln blickte mißtrauisch zu der orangefarbenen Paste hinüber, die, hübsch angerichtet, in einer Silberschüssel vor ihm stand. Er hob seine Hand und tauchte die Finger hinein. Windsor hörte, daß ihre Mutter nach Luft schnappte, aber als sich Sonne-auf-Flügeln schnell zu seiner Gastgeberin umwandte, rang sie sich ein kleines Lächeln ab.

»Ning-Ying könnte Ihnen etwas auffüllen, wenn Sie möchten«, schlug sie vor.

»Auffüllen?« erkundigte sich Sonne-auf-Flügeln und leckte sich den Pudding von den Fingern. Angenehm überrascht tauchte er seine Finger erneut in die Schüssel. Lächelnd hielt er Jun-li, der sich an die Lehne des Stuhls neben ihm klammerte, die Hand hin. Das Kapuzineräffchen schleckte den Pudding begeistert ab, sprang dann auf den Tisch, packte das Weinglas von Sonne-auf-Flügeln und stürzte den Inhalt hinunter.

»Jun-li mögen Beerensaft«, bemerkte Sonne-auf-Flügeln an Amelia gewandt. »Mögen Pudding ebenfalls, sein gut.«

»Nun, das freut mich zu hören«, erwiderte Amelia mit etwas aufgesetzt wirkender Freundlichkeit. »Haben Sie einen besonderen Wunsch, was unsere Köchin für Sie morgen abend zubereiten soll?«

»Büffelfleisch gut.«

Ihre Mutter schien durch den Vorschlag des Indianers derartig aus der Fassung gebracht, daß Windsor lachen mußte. Amelia und Sonne-auf-Flügeln sahen sie überrascht an.

»Es tut mir leid. Ich finde es nur so seltsam, daß wir drei so verschiedenen Menschen in deinem Haus zusammengekommen sind. Mutter, es ist sehr freundlich von dir, daß du uns deine Gastfreundschaft schenkst. Ich hoffe, du kannst uns verzeihen, wenn wir deine Anstandsregeln verletzen. Für Sonne-auf-Flügeln ist die Welt der Weißen ebenso neu wie für mich.«

»Du brauchst dich nicht zu entschuldigen, mein Kind. Ich genieße es wirklich, dich und deine Freunde hier zu haben. Dieses Haus ist für eine Frau allein viel zu groß.«

Bevor Windsor ihr darauf antworten konnte, fiel ihr Blick auf Stone Kincaid, der plötzlich im Türrahmen stand. Sie sprang auf. Wie war sie froh, ihn zu sehen! Da bemerkte sie, daß er nicht allein war. Eine Frau stand neben ihm, die ein Baby im Arm trug.

»Mr. Kincaid, wie schön Sie zu sehen. Kommen Sie

doch herein und setzen Sie sich zu uns«, forderte ihn ihre Mutter auf.

»Vielen Dank, Mrs. Cox«, erwiderte er und schob die Frau nach vorne. »Dies hier ist Nina Nunez.«

Windsor starrte bestürzt auf das hübsche, junge Mädchen neben ihm. Nina sagte nichts und hielt den Säugling so fest an ihre Brust gedrückt, als habe sie Angst, daß irgendjemand ihn ihr wegnehmen könnte. Windsor runzelte die Stirn. Stone Kincaid hatte sich auf die Suche nach Ruby Red gemacht, warum also kam er nun mit einer Frau namens Nina zurück? Es sei denn, sie war Stone Kincaids Frau. Wenn das der Fall sein sollte, dann war das Kind möglicherweise sein eigenes. Sie fühlte, wie sich ihr der Magen umdrehte, und sie kämpfte gegen das Gefühl der Übelkeit an, das in ihrer Kehle aufstieg. Er hielt den Arm der Frau mit sanftem Griff und behandelte sie respektvoll und mit großer Rücksicht.

»Mrs. Cox, ich hatte gehofft, daß Nina vielleicht eine Weile hier bei Ihnen wohnen könnte, da sie sonst niemanden hat, der sie und das Baby aufnimmt.«

Windsor spürte, daß ihre Mutter durch diese Bitte schockiert war, aber sie sah, daß Amelias gute Erziehung ihr zu Hilfe kam.

»Natürlich, Mr. Kincaid«, sagte sie und warf Windsor einen kurzen Blick zu. »Wie Sie wissen, haben wir viele Gästezimmer. Möchten Sie und Miss Nunez uns nicht beim Essen Gesellschaft leisten?«

»Nein, vielen Dank. Sie ist sehr müde. Ich werde sie nach oben begleiten und ihr behiflich sein, wenn Sie nichts dagegen haben. Es gibt keinen Grund, die Hausangestellten zu bemühen, da sie doch gerade mit dem Servieren beschäftigt sind.«

»Nun, wie Sie meinen. Aber sollten Sie etwas benötigen, zögern Sie nicht, sich an Ning-Ying oder an eines der Mädchen zu wenden.«

»Vielen Dank, Ma'am.« Zum ersten Mal wandte sich

Stone an Windsor. »Ich werde Ihnen später alles erzählen.«

Windsor sah, wie er Nina hinausführte. Er mußte nichts erklären. Man hatte ihr beigebracht, wie Männer waren. Er hatte eine Frau gefunden, die bereit war, auf eine Weise mit ihm zusammenzusein, wie Windsor es nicht konnte. Sie hatte das Gefühl, als würde ihr Herz von brutalen, unbarmherzigen Messerstichen zerstochen, und ihr wurde klar, um was für einen Schmerz es sich da handelte. Ich bin eifersüchtig, dachte sie verwirrt. Eifersüchtig, weil Stone Kincaid sich eine Konkubine genommen hatte.

Selbst eine Stunde später, nachdem Stone dafür gesorgt hatte, daß Nina und ihr Sohn Carlos im Zimmer neben dem seinen gut untergebracht waren, konnte er kaum seine Wut über die Art und Weise unterdrücken, wie Clan das arme Mädchen gequält hatte. Es gelang ihm nicht, den Anblick ihres entstellten Rückens zu verdrängen. Er fröstelte. Vierzehn Jahre alt und ihrer Familie entrissen, um von einem Mann mißbraucht und gequält zu werden, der ein wahres Monstrum war.

Mit einem grimmigen Gesichtsausdruck ging Stone den Flur entlang auf Windsors Zimmer zu. Mein Gott, was wäre, wenn Clan **sie** jemals in die Finger bekommen würde? Was wäre, wenn der Bastard ihre weiche, weiße Haut so verletzen würde, wie er es bei Nina getan hatte? Diese Vorstellung entsetzte Stone mehr als alles andere. Clan war verdammt schlau und gefährlicher als der Teufel. Es mangelte ihm an Empfindungen, an Mitleid und Skrupel. Und er würde keine Gnade walten lassen, nur weil sein Opfer eine Frau war. Er würde seine Peitsche ebenso tödlich auf Windsors weiches Fleisch herabsausen lassen wie auf einen Straßenköter.

Bei dem bloßen Gedanken an Windsor in Clans Händen wurde ihm übel. Wenn er nur ein bißchen Verstand besäße, würde er sich sofort auf den Weg machen, um Clan zu suchen, ohne Windsor und Sonne-auf-Flügeln etwas davon zu erzählen. Wenn er sicher sein könnte, daß sie im Haus ihrer Mutter bliebe, würde er auch keine Sekunde zögern. Aber das war nicht der Fall. Mit untrüglicher Ruhe würde sie herausfinden, wohin er gegangen war und ihm folgen. Genau so, wie sie es schon einmal getan hatte, als er sich aus dem Lager der Osage geschlichen hatte.

Stone preßte die Lippen aufeinander. Zweifellos würde sie auch Sonne-auf-Flügeln und den Affen, der nun ständig auf seinen Schultern herumhüpfte, mitnehmen. Wenn er sie doch nur irgendwo einsperren könnte, damit er sich keine Sorgen mehr zu machen brauchte! So schwer es ihm auch fiel, dies zuzugeben, mußte er sich doch eingestehen, daß er die beiden in sein Herz geschlossen hatte. Er schüttelte den Kopf. Wem versuchte er eigentlich noch etwas vorzumachen? Er hatte sich in Windsor verliebt, verdammt noch mal, auch wenn er sich dagegen sträubte. Sogar Suzy hatte es kommen sehen. Und Sonne-auf-Flügeln war inzwischen schon beinahe wie ein jüngerer Bruder für ihn.

Wütend auf sich selbst, weil das die ganze Sache furchtbar verkomplizierte, blieb er vor Windsors Zimmer stehen, unentschlossen, ob er klopfen sollte oder nicht. Teufel noch mal, er hatte sich bisher noch nie mit dem Gedanken beschäftigt, sich eine Frau zu nehmen. Er hatte keine Zeit für eine ernsthafte Beziehung gehabt, weil er nur von der Idee besessen gewesen war, Clan zu fassen.

Nun aber hatte er eine Frau kennengelernt, die ihn wie ein tropisches Fieber zu verbrennen drohte, und er durfte sie nicht besitzen. Windsor hatte einen Schwur abgelegt, der sie dem spirituellen Leben verpflichtete, und so sehr er sich auch danach sehnte, sie in seinem Bett zu haben, so wußte er doch, daß das niemals sein durfte. Und er würde nicht noch einmal so tief sinken, den Versuch zu unternehmen, sie zu verführen. Windsor würde ihn am Ende nur hassen, weil sie wegen ihm ihre Prinzipien verraten hatte.

Ein schwacher Lichtschimmer drang unter dem Türspalt hervor. Sie war noch wach. Er sollte besser von hier verschwinden, zu seinem Zimmer zurückgehen, ohne mit ihr zu sprechen. Statt dessen klopfte er leise an ihre Tür. Zu seiner Überraschung war die Tür nur angelehnt.

»Windsor?«

Nur eine einzige Kerze brannte in einem Kupferleuchter am Fußende des Bettes, und so war der überwiegende Teil der seidenen Vorhänge und luxuriösen Möbelstücke in Dunkelheit getaucht.

»Windsor, darf ich hereinkommen?«

Sie antwortete immer noch nicht, und so schloß er leise die Tür hinter sich. Als er sich dem im Schatten liegenden Bett näherte, sah er, daß sie im Schneidersitz auf der eleganten Satinbettdecke saß. Ihr Körper war in eine wundervolle Robe aus fließender, scharlachroter Seide gehüllt, auf deren Ärmel und Saum mit goldfarbenem Garn prächtige, feuerspeiende Drachen aufgestickt waren.

Noch ungewöhnlicher war, daß sie ihren langen Zopf geöffnet und ihrem seidenen Haar erlaubt hatte, sich in einer weichen, schimmernden Kaskade über ihre Schultern und den Rücken zu ergießen. Das flackernde Licht erzeugte einen hellen Schimmer auf ihren goldenen Strähnen, und Stone verlangte brennend danach, seinen Kopf darin zu vergraben. Er kämpfte gegen diese überwältigende Reaktion auf ihre Schönheit an und zitterte vor Verlangen, seine Finger durch ihr Haar gleiten zu lassen. Sein ganzer Körper war erfüllt von Zärtlichkeit und Sehnsucht. Es kostete ihn große Willenskraft, seinen Gelüsten zu widerstehen. Statt dessen griff er nach den seidenen Bettvorhängen, die verhinderten, daß er ihr Gesicht erkennen konnte und schob sie zur Seite.

Er mußte bestürzt feststellen, daß ihr dicke Tränen über

die Wangen liefen. Er hatte sie noch nie weinen sehen. Sie war bisher immer gelassen und gefaßt gewesen, selbst in den gefährlichsten Situationen. Besorgt nahm er neben ihr auf der Bettkante Platz.

»Ist etwas nicht in Ordnung, Windsor?«

»Vieles ist nicht in Ordnung.« Ihre geflüsterten Worte waren kaum zu verstehen.

»Was ist denn los? Sind Sie krank?«

»Ich habe Schmerzen.«

»Wo?« fragte er schnell, die Stimme erfüllt von Besorgnis. »Soll ich einen Arzt holen?«

Sie strich sich mit den Fingern über die Wangen und wischte die Tränen fort. »Mein Herz tut mir weh, Stone Kincaid. Ich verstehe meine eigenen Gefühle nicht. Meine Meditation bringt mir keinen Frieden mehr. Bitte, Sie müssen mir helfen.«

»Aber natürlich werde ich Ihnen helfen. Ich werde alles tun, was Sie verlangen.«

Windsor begann zu zittern und schloß ihre Augen.

»Ich denke jeden Augenblick des Tages an Sie«, gestand sie murmelnd und senkte ihren Kopf, bis ein seidiger, goldener Vorhang verhinderte, daß Stone ihr Gesicht sah. »Ich frage mich, wie es sein würde, wenn unsere Körper sich vereinten, und wie es sich wohl anfühlen mag, Sie zu lieben.« Sie schluckte schwer und biß sich auf die Lippe. »Meine Mutter sagt, daß ich mich solcher Gedanken nicht schämen muß, aber ich bin mir nicht sicher.«

Ihr Kopf senkte sich noch weiter nach vorne, als laste auf ihm das ganze Gewicht der Welt, aber Stones Herz jubelte.

»Du mußt dich dieser Gefühle nicht schämen«, erwiderte er und versuchte krampfhaft, seine eigene Leidenschaft zurückzuhalten. Er wollte sie berühren, er mußte es einfach! Mit einer zärtlichen Geste strich er ihre Haare zurück und sah, wie ihr erneut eine Träne über die Wange lief. »Das ist Liebe.«

»Liebe ich dich? Fühle ich mich deshalb so seltsam?«
Stone mußte beinahe lächeln, aber er tat es nicht. Der Augenblick, von dem er schon so lange geträumt hatte, war endlich gekommen. Er sehnte sich so verzweifelt danach, sie zu besitzen. »Wenn du jemanden liebst, dann genießt du es, wenn dieser Mensch dich berührt.« Seine Hand begann zu zittern. Er ließ seine Fingerspitze sanft entlang der makellosen Kontur ihrer weichen Wange gleiten. »Gefällt dir, was ich tue?« flüsterte er mit heiserer Stimme.

Sie seufzte und fuhr mit der Zunge über ihre Lippen. »Ja. Ich sehne mich immer wieder nach einer Berührung von dir, aber ich kämpfe ständig gegen dieses Gefühl an, weil ich geschworen habe, keusch zu bleiben.«

Bittere Enttäuschung erfaßte Stone, und er zwang sich, seine Hand zurückzuziehen. »Ich werde dich nicht berühren, wenn es dir unangenehm ist.«

Windsors Blick blieb auf ihren Schoß geheftet. »Ich habe dich heute abend mit dieser Frau namens Nina gesehen. Ich habe beobachtet, wie du sie berührt und zärtlich angesehen hast, und ich wußte, daß du sie als Frau genommen hast. Das war der Moment, wo mein Herz sich anfühlte, als würde es zerbrechen.«

»Nina?« sagte Stone überrascht. »Aber ich habe sie doch erst heute kennengelernt.« Er stieß ein leises Lachen aus. »Gott, Windsor, du solltest wissen, daß ich keine andere Frau mehr wollte, seit ich dich zum ersten Mal gesehen habe.«

Windsors Gesichtsausdruck blieb ernst. »Aber du wolltest Sweet Sue. Du hast sie im Arm gehalten und geküßt. Ich habe es selbst gesehen.«

»Ich habe sie geküßt, weil ich dich nicht küssen konnte. Aber du warst es, nach der ich mich gesehnt habe. Deshalb habe ich mich in dieser Nacht auch so betrunken. Ich wußte, daß dir dein Gelübde, das du abgelegt hast, heilig ist.«

Windsor hob ihre saphirblauen Augen, und ihre Blicke trafen sich. »Ich habe kein heiliges Gelübde abgelegt. Der Alte Weise hat gesagt, daß es mich nur ablenken würde, mit einem Mann das Bett zu teilen. Daß es dann sehr schwierig würde, eine tiefe Meditation zu erreichen. Also habe ich für mich entschieden, keusch zu leben.«

Eine tiefe Stille senkte sich über den Raum. Schließlich flüsterte Stone: »Willst du damit sagen, daß ich in den letzten Wochen beinahe verrückt geworden bin vor Entsagung, nur, damit du dich besser konzentrieren kannst?«

Windsor nickte unglücklich. »Aber nun weiß ich, daß ich selbst herausfinden muß, was zwischen einem Mann und einer Frau passiert, und was den Wunsch danach hervorbringt, daß du mich in den Armen hältst und —«

Stone ließ sie nicht weiterreden. Er packte sie an den Schultern, seine Augen brannten. »Verdammt, Windsor, die ganze Zeit über habe ich gedacht, du seiest an ein religiöses Gelübde gebunden —«

Er brach ab. Er verzehrte sich viel zu sehr danach, ihre Lippen zu schmecken, sie nun, da sie bereit war, zu besitzen. Ihre Münder brannten sich heiß und hart ineinander. Ihr Atem kam schwer und stoßweise. Stone wurde von einem so mächtigen, überwältigenden Verlangen erfaßt, wie er es noch niemals zuvor in seinem Leben empfunden hatte.

Er verhielt sich wie ein Besessener, hineingestoßen in die Tiefen einer rasenden Lust und unglaublichen Befriedigung.

Als Windsor aufstöhnte und ihre Arme ganz so wie er es sich in seinen Träumen immer wieder vorgestellt hatte, um seinen Hals legte, ließ er seine Hände unter ihr dichtes, schimmerndes Haar gleiten, vergrub sie in den seidigen Strähnen und zog ihren Kopf zurück, so daß sie gezwungen war, ihn anzusehen.

»So ist es, wenn man sich liebt«, murmelte er mit rauher Stimme, die Lippen gegen die anmutige Biegung ihres Halses gepreßt, wo ihr Puls unter seinem Mund hämmerte. »So fühlt es sich an.«

»Dann muß ich dich wohl lieben, denn es fühlt sich ganz wundervoll an«, flüsterte sie mit zitternder Stimme.

Stone legte den Kopf ein Stück zurück und lächelte sie an. »Du bist wunderschön«, sagte er. Sein Blick senkte sich auf ihre Robe, als er die seidene Schärpe löste, um den Rest ihres Körpers, der noch seinen hungrigen Augen verborgen war, betrachten zu können. Er zog den glänzenden Stoff langsam über ihre schmalen Schultern herab. Windsor saß ganz still, während die Robe an ihren Armen entlang auf das Bett hinabglitt, und Stone ihren weichen, glatten, perfekten Körper enthüllte.

»Und du bist wie die großen Götterkrieger Chinas«, murmelte sie atemlos und öffnete mit zitternden Fingern die Knöpfe an seinem Hemd. Stone stöhnte auf, als sie ihre Hände über die harten, stark ausgebildeten Konturen seiner Muskeln gleiten ließ. Er legte einen Arm um ihre Taille und zog sie eng zu sich heran, bis sich ihre weichen Brüste gegen seine nackte Brust preßten.

»Ich sehne mich schon so verdammt lange nach dir.« Er murmelte die Worte leise in ihr Haar hinein. »Ich habe nächtelang wachgelegen und davon geträumt, dich so wie jetzt in den Armen zu halten.«

»Küß noch einmal meinen Mund, Stone Kincaid. Ich habe es gern, wenn du mich küßt.«

Er lachte leise und triumphierend, aber dieser Triumph dauerte nicht lange, denn seine Ungeduld, ihr zu beweisen, wie gut es wirklich sein konnte, und wieviel sie sich in der letzten Zeit versagt hatten, war zu groß. Er umfing ihre Lippen, preßte sie in die Kissen zurück, stützte seine Ellenbogen links und rechts von ihrem Kopf auf und bemühte sich, genug Willenskraft aufzubringen, um sie langsam und sanft zu küssen und ihr die Gelegenheit zu geben, das zärtliche Verschmelzen ihrer Lippen zu genießen.

Immer und immer wieder fanden ihre Lippen zueinander, und seine Hände vergruben sich in ihrem Haar, bis all seine Gedanken sich aufgelöst hatten und er zu einem Mann wurde, der kurz vor dem Verdursten stand und ihr Körper das Wasser war. Nur sie allein konnte die Flamme in seinem Inneren löschen. Sein Mund nahm sie in Besitz, erweckte sie zum Leben, bewegte sich mit gieriger Hemmungslosigkeit von ihren Wangen zu ihrem Hals hinunter, von einer hart werdenden Brustspitze zur anderen, bis sie sich hin und her wand und unter ihm aufstöhnte. Stone hatte das Gefühl, in einem Ozean aus sinnlichen Freuden zu schwimmen, und die Begierde, sie zu besitzen war wie ein tosendes Feuer, das seinen Verstand versengte und es ihm unmöglich machte, zu denken oder zu sprechen.

Gefangen in ihrer eigenen unruhigen See erwachten Verlangens keuchte Windsor auf und begann zu protestieren, als Stone sich plötzlich aus ihrer Umarmung löste, vom Bett sprang und sich den Rest seiner Kleidung vom Körper zerrte, wobei seine Augen keine Sekunde von ihr wichen und sich wie zwei blaue Flammen in ihren Körper brannten. Was für ein prachtvoller Mann, dachte sie, und ihre Brüste hoben und senkten sich in zitternder Erwartung, als er wie ein nackter Gott zu ihr zurückkam, sich auf sie hinabgleiten ließ, seine Finger mit den ihren verschlang und ihre Arme auf die Kissen drückte. Eine unendliche Lust erfüllte sie, als ihre Körper sich ineinanderschmiegten, und sie genoß es, ihn so hart und stark und kräftig zu spüren.

Windsor schloß ihre Augen. Eine warme, friedliche Gelassenheit überkam sie, und jegliche Zweifel, die sie in ihrem Inneren vergraben hatte, lösten sich einfach in nichts auf. Sie gehörte in seine Arme und sonst nirgendwo hin. Sie bäumte sich auf, preßte sich gegen ihn, wollte mehr, wollte sich mit ihm vereinigen, wollte zu einem Teil von ihm werden. Er gab einen erstickten Laut von sich, als er bereit war, in sie einzudringen, und als sie sich dann tatsächlich vereinigten, Mann und Frau, Dunkel und Licht, Yang und Yin, gab sie sich dem Schmerz ihrer aufgegebenen Unschuld willig hin, zufrieden, als sie seine lustvollen Schreie hörte, zufrieden, daß er sie ebenso verzweifelt wollte, wie sie ihn, zufrieden, daß es eine Möglichkeit gab, ihrer Liebe Ausdruck zu verleihen.

Schließlich überdeckte die Lust, die er ihr bereitete, alles andere, und sie vergaß zu denken, war nur noch imstande, zu fühlen. Sie zitterte vor Verlangen und Erschöpfung und genoß jeden langsamen Stoß, bis ihr Körper mit einer überwältigenden Erfüllung explodierte und eine solche Lust durch sie hindurchströmte, daß sie aufschrie. Stone stöhnte auf, als sich seine eigene Leidenschaft entlud und hielt sie noch fester umklammert, das Gesicht in ihrem Hals vergraben.

Nicht lange, nachdem ihre erste Leidenschaft abgeklungen war, wurde Stone von einem summenden Geräusch geweckt. Lächelnd streckte er seine Hand nach Windsors warmem, weichem Körper aus, aber sie lag nicht mehr neben ihm. Enttäuscht setzte er sich auf und blickte sich um. Sie saß am Fußende des Bettes, die Beine zum Lotussitz verschränkt, die saphirblauen Augen unter langen, goldenen Wimpern verborgen. Mit einem heiteren, friedlichen Ausdruck auf dem schönen Gesicht murmelte sie den Singsang ihrer Sutra vor sich hin.

Stone kämpfe gegen das Verlangen an, die Hand auszustrecken und sie in seine Arme zu ziehen. Er wußte, daß das ein Fehler wäre. Ihre Meditationen waren ihr sehr wichtig. Deshalb lehnte er sich in die Kissen zurück und legte seine Hände hinter den Kopf, um sie zu betrachten. Er war geduldig. Sie war es Gott weiß wert, daß er auf sie wartete.

Sein Blick wanderte über ihr Gesicht und ihren Körper, und wieder einmal nahm ihm ihre außergewöhnliche

Schönheit den Atem. Sie trug zwar ihre chinesische Robe, aber sie hatte sie nicht zugebunden, und er konnte die sanfte Rundung einer Brust erkennen. Er ergötzte sich an ihrer Schönheit und war sich lebhaft des süßen Duftes bewußt, der von ihr ausging. Er erinnerte sich, wie gut es sich angefühlt hatte, sie im Arm zu halten. Diese Bilder reichten aus, seine Lenden erneut mit Sehnsucht nach ihr zu erfüllen.

Noch niemals hatte er die Art von Lust verspürt, die Windsor in ihm entfachte. Nachdem ihr Entschluß einmal gefaßt war, hatte sie sich ihm willig und ohne Scham oder Bedauern hingegeben, hatte alles von ihm gefordert, was er zu geben imstande war.

Plötzlich flammte sein Verlangen nach ihr wieder wild und unbändig auf. Er wollte sich tief in sie hineindrängen, sich für immer in ihre weiche, duftende Haut vergraben. Er streckte die Hand nach ihr aus, nicht länger gewillt, sich zurückzuhalten, legte seine Handfläche auf ihr Knie und ließ sie langsam auf der Innenseite ihrer nackten Oberschenkel in die Höhe gleiten.

Windsors Lider begannen zu flattern, und sie öffnete die Augen. Zuerst starrte sie ihn einen Moment lang ausdruckslos an, dann plötzlich erstrahlten ihre Augen und erhielten wieder die Lebendigkeit, die er so liebte. Sie lächelte ihn an, und Stones Herz machte einen Sprung, als sie ihre übereinandergeschlagenen Beine löste und sich auf ihn legte.

»Ich habe es vermißt, dich in meinen Armen zu halten«, flüsterte er und strich mit der Hand über ihr Haar.

»Ich hatte das Bedürfnis, nach meinem inneren Ich zu suchen«, murmelte sie, schlang ihre Arme um seinen Nacken und preßte ihre Lippen auf sein Ohr.

»Und, hast du es gefunden?« Stone legte seine Hände um ihre Taille, hob sie hoch und schob seine Hände in ihre Robe, während er seine Zunge über ihren Hals gleiten ließ. Er lächelte, als er fühlte, wie sich ihr Pulsschlag beschleunigte, sich unter seinem liebkosenden Mund beinahe überschlug.

»Ja«, keuchte sie, und begann bei den Berührungen seiner Hände zu zittern.

»Und?«

»Mein Herz ist glücklich. Ich habe tief in meine Seele hineingeschaut, wo man sich selbst klar erkennen kann. Wir sind wirklich füreinander bestimmt, wie ich es von Anfang an beim Blick in deine Augen empfunden habe.« Sie schwieg atemlos, um den Moment zu genießen, als sich sein Mund um ihre steif werdende Brustspitze schloß. »Ich hatte keine Vorstellung, daß es so wundervoll sein würde.«

Stone strich über ihren Rücken, und ihre Lippen verschmolzen miteinander — zuerst sanft und zärtlich, dann langsam immer fordernder und leidenschaftlicher. Erregt rollte er sie auf den Rücken und legte sich auf sie. Er blickte in die dunklen, blauen Tiefen ihrer Augen hinab, wo sich ihr Verlangen spiegelte, und er wußte, daß er sie liebte.

Windsors Blick schien seinen Körper und seine Seele förmlich in sich aufzusaugen. »Bring mein Herz zum Singen, Stone Kincaid«, flüsterte sie, ließ ihre Finger über die harten Muskelns seiner Brust gleiten und schob ihn von sich fort, bis er auf dem Rücken lag. »Bring mir noch mehr über diese wunderbare Sache bei, die sich Liebe nennt.«

Stone verschlug es den Atem, als sie sich plötzlich auf ihn setzte, ihr Haar über sein Gesicht fallen ließ und ihre warmen Lippen in die Mulde an seinem Schlüsselbein preßte.

»Im Moment machst du das gar nicht schlecht —« stieß er hervor, und seine Stimme wurde rauher, als sie sich nach vorne beugte und ihre nackten Brüste leicht über seinen Brustkorb gleiten ließ.

»Eine Anfängerin beim ersten Versuch, eine Meisterin

beim zweiten. Das hat mir der Alte Weise auch beigebracht —«

»Nun, du hast dich bereits mehr als meisterlich erwiesen, mein Liebling«, murmelte Stone und zog ihren Kopf hinunter, bis ihre Lippen zu einem wilden, besitzergreifenden Kuß verschmolzen, der jedes weitere Wort überflüssig machte.

Einige Stunden später öffnete Windsor ihre Augen und blickte verschlafen auf den Kerzenleuchter am Fußende des Bettes. Die lange, schlanke Wachskerze war beinahe völlig heruntergebrannt. Sie lag auf der Seite und spürte Stone Kincaids Körper, der sich an ihren Rücken schmiegte. Sein linker Arm umschlang ihre Taille, der rechte lag unter ihrer Wange. Sie kuschelte sich tiefer in seine Umarmung hinein. Seine Finger, die er in ihrem Haar vergraben hatte, zogen ihren Kopf sanft nach hinten, und seine Lippen glitten über ihren Nacken hinweg.

»Ich will dich schon wieder«, murmelte er gegen ihre Schulter. »Ich glaube, mein Verlangen nach dir ist unstillbar.«

Windsor schloß ihre Augen, als seine Hand über ihre nackte Haut hinwegglitt und ihre Brust umfaßte. Sie seufzte, fühlte, wie ihr Körper erregt und heiß wurde und befeuchtete ihre trockenen Lippen. Seine Hand wanderte an ihrem Körper entlang, über ihren glatten, festen Bauch hinweg und noch tiefer hinab. Er streichelte und liebkoste sie, bis sie sich gegen ihn preßte und hilflos zu stöhnen begann.

Mit einem brennenden Verlangen, das wie eine Flamme in ihrem Herzen züngelte, drehte sie sich in seinen Armen, überwältigt, daß eine solch ungeheure Lust so lange anhalten konnte, daß die bloße Berührung seiner Hand ihren Körper entflammte, bis sie die Kontrolle über sich selbst verlor. Der Wunsch, sich mit ihm zu vereinigen, ihn in sich zu spüren, überwältigte sie, und sie stöhnte auf, umschloß sein Gesicht mit ihren Händen und suchte gierig seinen Mund mit ihren Lippen, um ihn an ihren erstaunlichen Gefühlen teilhaben zu lassen.

Ein ähnlicher Laut löste sich tief in seiner Kehle, und er umklammerte ihr Gesicht ebenso leidenschaftlich und drängte seine Zunge immer wieder in einem werbenden Tanz in ihren Mund hinein.

»Oh, Gott, Windsor, ich glaube nicht, daß ich dich jemals wieder loslassen kann«, sagte er und drückte sie auf ihren Rücken. Windsor genoß seine Worte, und ihre Glieder schlangen sich ineinander, ihre Herzen schugen wild, und ihre Körper vereinigten sich ein weiteres Mal, während sie in himmlische Gefilde aufstiegen und einen wundervollen Ritt auf dem Drachen des Schicksals unternahmen.

Der nächste Morgen war strahlend klar. Als ein Sonnenstrahl durch einen Spalt in den Vorhängen auf Stones Gesicht fiel, öffnete er die Augen.

Windsor war bereits auf und stand mitten im Zimmer. Nackt wie sie war, übte sie die langsamen, bewußten Bewegungen ihrer Kampfkunst. Er setzte sich auf und lächelte sie an.

»Du scheinst ja sehr zufrieden mit dir zu sein, Stone Kincaid«, bemerkte sie, hob langsam ein Bein, drehte sich und holte mit einer ebenso langsamen Bewegung zu einem Tritt aus, wobei sie ihre Arme in einer kontrollierten Pose zur Selbstverteidigung vor den Körper hielt.

»Nein, ich bin sehr zufrieden mit *dir*«, entgegnete er. Der Anblick ihres nackten Körpers, der diese sinnlichen Bewegungen vollführte, ließ ihn wahrlich nicht unberührt. Jede ihrer Bewegungen war anmutig, geschmeidig und behend, aber er wußte sehr wohl, wie gefährlich sie auch sein konnten.

»Du solltest besser damit aufhören, sonst kann ich mich gleich nicht mehr beherrschen.«

»Ich praktiziere diese Übungen jeden Tag zur Kräftigung von Körper und Geist.«

»Ich werde dir neue Übungen beibringen.«

»Das hast du doch schon.« Sie drehte sich um, einen Arm ausgestreckt, den anderen gebeugt. Dann hob sie ihr linkes Knie vor dem Körper in die Höhe, und Stone kam in den Genuß eines unbeschreiblichen Anblicks.

»Ich warne dich, Windsor«, sagte er, bereits hart vor Erregung. Er erhob sich vom Bett. »Ich will dich noch einmal. Sofort.«

Sie lachte, fuhr schnell herum und vollführte einen anmutigen Tritt, aber Stone packte sie und zog sie an sich.

»Komm zurück ins Bett. Es ist noch viel zu früh, um aufzustehen.«

»Ich habe meine Übungen noch nicht beendet.«

»Doch, das hast du.«

Trotz ihrer Einwände drehte sie sich in seinen Armen zu ihm um, und er zog sie mit sich auf das Bett, legte sich auf sie und blickte in ihr lächelndes Gesicht. Ihm wurde aufs neue bewußt, wie lieb er sie hatte, und eine böse Ahnung überfiel ihn, wie verwundbar er dadurch wurde. Bisher hatte er sich nur um seine eigenen Belange gekümmert, ohne daß irgendjemand Anspruch auf seine Zeit oder sein Herz erheben durfte, aber nun würde es für immer Windsor geben, um die er sich kümmern wollte und die es zu beschützen galt.

»Bleib hier, wenn ich mich auf die Suche nach Clan mache, Windsor«, flüsterte er und hielt ihr Gesicht in seinen Händen, damit sie ihm zuhörte. »Ich möchte dich in Sicherheit wissen, damit du nicht verletzt werden kannst.«

»Wir sind dazu bestimmt, zusammen zu gehen. Das solltest du doch inzwischen wissen.«

Stone schüttelte den Kopf. »Hör mir zu —«

»Wenn du ohne mich gehst, werde ich dir dennoch folgen.«

Windsors Augen sahen ihn gelassen und wissend an,

und Stone seufzte resigniert. Daß sie ein solches Versprechen mit Sicherheit wahrmachen würde, wußte er nur zu gut. Er strich ihr zärtlich eine seidige Locke aus der Stirn, nicht sicher, ob er überhaupt imstande sein würde, sie zurückzulassen.

»Wenn ich dich mitkommen lasse, dann nur unter der Bedingung, daß du genau tust, was ich dir sage, hast du gehört? Ich kenne Clan besser als du. Ich weiß, wozu er fähig ist. Ich treffe die Entscheidungen, ist das klar?«

»Wenn zwei Partner derselben Ansicht sind«, murmelte sie mit einem entzückenden Lächeln, »wird Ton sich geschwind zu Gold verwandeln.«

»Hör auf, deine chinesischen Sprichwörter zu deklamieren, verdammt. Ich möchte, daß du mir dein Wort gibst.«

»Ich werde deine Entscheidungen akzeptieren, weil ich dich liebe.«

Stone lächelte triumphierend. »Na, endlich ein Schritt in die richtige Richtung.«

»Ich habe keine Lust mehr zu reden. Ich möchte mit dir schlafen.«

Stone lachte. »Du bist wirklich keine Anfängerin mehr. Was hast du vor? Willst du mich völlig fertig machen?«

»Es gibt einen untrüglichen Beweis, daß du noch nicht völlig fertig bist.«

Ein Stöhnen entfuhr Stone, als sie die Hand ausstreckte, um ihre Behauptung zu beweisen.

»Wird jede Nacht so sein wie diese, Stone Kincaid?« fragte sie und lächelte ihn an. »Ist es im allgemeinen üblich, sich so oft zu lieben?«

Stone sah in ihre Augen und senkte seinen Mund, um über ihre Lippen hinwegzustreichen. »Jede Nacht, die ich mit dir verbringe, wird hoffentlich wie diese sein.«

»Das ist gut«, murmelte sie, bevor ihre geflüsterten Worte durch seine flammenden Küsse erstickt wurden.

17

Von der Stelle aus, wo Sonne-auf-Flügeln sich auf der niedrigen Mauer der Veranda niedergelassen hatte, konnte er einen herrlichen Blick über das blaue Wasser der Bucht von San Francisco genießen. Seine Augen ruhten auf der schmalen Bucht, die von Segelschiffen und den großen, dampfbetriebenen Schiffen, hinter denen Rauchwolken auf der Oberfläche des Wassers zurückblieben, belebt wurde. An den Ufern erhoben sich Berge, deren kahle Hänge im Schatten eine königsblaue Färbung trugen. Sie erinnerten ihn an die Berge in seiner Heimat. Aber dort hatten die majestätischen Gipfel um sein Dorf herum weiße Hauben aus Schnee und Eis, und die Little Ones versammelten sich, eingehüllt in Büffelfelle, um die Feuer und lauschten den Legenden über ihr Volk, die die alten Männer erzählten.

Eine wehmütige Sehnsucht überkam ihn. Er hatte freiwillig seine Leute verlassen, um in das Land von Gelbhaar zu reisen und ihre starken Heilkünste und ihre wundersame Kampfkunst zu erlernen. Aber nun sehnte er sich nur noch danach, in sein ruhiges Dorf und zu seinen Verwandten zurückzukehren. Am meisten vermißte er seinen Großvater und seinen besten Freund, Flachnase. Aber er vermißte auch die abenteuerlichen Büffeljagden und die Ehre, die damit verbunden war, als jüngster Späher in die Gruppe der Jäger aufgenommen zu werden. Und er vermißte den Morgendämmerungsgesang, bei dem sich die Stimmen seiner Leute über das klare, kalte Wasser des Sees erhoben.

Das Leben unter den Weißen stellte sich für ihn schwieriger dar, als er erwartet hatte. Schon auf seiner Reise waren ihm so viele seltsame Dinge widerfahren. Er hatte in Töpfen mit warmem Wasser gebadet und auf hohen, weichen Gestellen geschlafen, aber mehr als alles andere war er von der Menge der Menschen überwältigt gewesen, die in diesem Land lebten. Allein in dem großen Dorf der Mutter von Gelbhaar hatten seine Augen mehr Menschen mit weißer Hautfarbe erblickt, als er jemals für möglich gehalten hatte. Sie lebten und arbeiteten ohne besondere Widrigkeiten. Sie mußten weder ihre Nahrung sammeln, noch ihr Land vor Feinden verteidigen. War er nicht selbst Zeuge gewesen, wie das Essen auf Wagen über die Straßen transportiert wurde, so daß die Leute nur aus den Häusern treten und ihre runden Münzen dafür eintauschen mußten? Auch in diesem Augenblick vernahm er unten von der Straße die Stimme einer Frau, die Eier und Milch anpries, die sie in einem Korb mit sich herumtrug!

Weißgefleckter Wolf und die anderen Krieger würden es nie glauben, wie stark ihr größter Feind, der weiße Mann, wirklich war. Genau wie Sonne-auf-Flügeln würden auch die anderen Little Ones sprachlos und mit großen Augen die seltsamen Lampen anstarren, die die Nächte in Tage verwandelten, und die ohne Bärenfett brannten, oder auch die großen Steinhäuser bewundern, die sich wie mächtige, gelbe Espen in den Himmel erhoben.

Die Zauberkraft des weißen Mannes machte ihm, dem tapferen Krieger, Angst. Wie sollte es den Little Ones jemals gelingen, sich gegen einen solch mächtigen Gegner zur Wehr zu setzen? Er müßte eigentlich in die Berge zurückkehren, um sie vor dem zu warnen, was er gesehen hatte, aber er wußte, daß er es nicht tun würde.

Mehr noch als alles andere auf der Welt wünschte er sich nämlich, in der Nähe von Gelbhaar zu bleiben. Er sehnte sich danach, in ihr die Liebe zu erwecken, die er für sie empfand. Sie war so seltsam, so ganz anders als alle anderen Menschen, denen er bisher begegnet war. Aber tief in seinem Herzen wußte er, daß sie seine Gefühle niemals erwidern würde. Obwohl ihre Zunge ihm sagte, daß sie keinen eigenen Mann nehmen wolle, ruhten ihre Augen doch ständig auf Pfeil-teilt-Haar und verfolgten jede seiner Bewegungen.

Sonne-auf-Flügeln rutschte ein Stück weiter nach vorne, als Jun-li die Schüssel mit Orangen umwarf, die zwischen ihnen gestanden hatte, und er schaute mit unbewegtem Gesichtsausdruck zu, wie die seltsamen Früchte über den Boden rollten. Trotz seiner eigenen Gefühle für Gelbhaar konnte Sonne-auf-Flügeln ihr nicht verdenken, daß sie den großen, weißen Krieger vorzog. Pfeil-teilt-Haar war tapfer und stark. Er hatte seinen Mut viele Male unter Beweis gestellt. Er hatte Sonne-auf-Flügeln aus den Klauen des mächtigen Grizzly gerettet.

Letzte Nacht hatte er gehört, wie Pfeil-teilt-Haar an seinem Zimmer vorbeigegangen und durch Gelbhaars Tür getreten war. Er hatte die ganze Nacht hindurch wachgelegen und hatte darauf gewartet, daß er ihr Zimmer wieder verlassen würde, aber das war nicht geschehen. Selbst nachdem Großvater Sonne bereits über den Hügeln aufgegangen war und Sonne-auf-Flügeln zu seinem Gebet gerufen hatte, waren sie immer noch zusammen gewesen.

Ein leises Geräusch unterbrach seine melancholischen Gedanken. Er drehte nur seinen Kopf, ganz so, wie er es tat, wenn er sich auf Elchjagd befand. Unter ihm kam an der Biegung des Gartenpfads ein Mädchen in Sicht. Es war die Mexikanerin, die Pfeil-teilt-Haar mitgebracht hatte und die er Nina nannte. Wie am Abend zuvor trug sie auch jetzt ihr Baby auf dem Arm.

Sonne-auf-Flügeln rührte sich nicht, während sie langsam unterhalb der Stelle, wo er saß, vorbeispazierte. Sie sah ihn nicht, da ihr Blick nachdenklich auf den Boden gerichtet war. Das Kind begann zu schreien, ein dünnes, ersticktes Jammern. Jun-li, der neben ihm hockte, legte interessiert seinen Kopf zur Seite, und bevor Sonne-auf-Flügeln es verhindern konnte, hatte das Äffchen auch schon seinen Schwanz um einen Ast geschlungen und sich unerwartet vor dem Mädchen auf den Boden fallen lassen. Nina schrie ängstlich auf, wich zurück und preßte ihr Kind an die Brust.

Sonne-auf-Flügeln wollte sie beruhigen und sprang geräuschlos hinter ihr zu Boden. »Jun-li wollen Nina nichts tun.«

Nina fuhr herum, und Sonne-auf-Flügeln war bestürzt über die Furcht, die er in ihren Augen sah.

»Keinen Schritt weiter!« rief sie mit hoher, schriller Stimme.

Sonne-auf-Flügeln starrte auf den schwarzen Revolver, den sie plötzlich in der Hand hielt. Wo war die Waffe des weißen Mannes hergekommen? Ihre Hand zitterte so sehr, daß der Lauf hin und her wackelte, aber sie zielte auf seinen Bauch. Obwohl er ein kampferfahrener Krieger war, wußte Sonne-auf-Flügeln nicht, wie er sich einer bewaffneten weißen Frau gegenüber verhalten sollte, die ein Baby auf dem Arm trug.

»Nina, nicht! Legen Sie meine Waffe weg. Er wird Ihnen nichts tun.«

Sonne-auf-Flügeln war sehr erleichtert, die Stimme von Pfeil-teilt-Haar zu hören. Er hatte eindringlich und doch mit einem beruhigenden Tonfall gesprochen. Sonne-auf-Flügeln stand bewegungslos und wartete darauf, daß die Angst und die Unentschlossenheit aus den großen, braunen Augen des Mädchens verschwanden.

»Sonne-auf-Flügeln ist mein Freund, Nina.« Pfeil-teilt-Haar war inzwischen bei ihnen angelangt und hatte sich neben Sonne-auf-Flügeln gestellt. »Er ist ein Osage-Krieger, aber er würde Ihnen oder Carlos nie etwas tun. Er wird uns dabei helfen, Clan zu finden.«

Sonne-auf-Flügeln beobachtete, wie Pfeil-teilt-Haar sich dem Mädchen zentimeterweise näherte, dann plötzlich nach ihrer Hand griff und ihr den Revolver wegnahm. »Es ist alles in Ordnung, Nina«, sagte er, schob die Waffe in seinen Halfter und legte dem Mädchen einen

Arm um die Schultern. »Ich weiß, daß Sie den Revolver aus meinem Zimmer genommen haben, weil Ihre Angst so groß ist. Aber hier sind Sie in Sicherheit. Wir sind Ihre Freunde. Wir möchten Ihnen helfen.«

Nina antwortete nicht, zog das Baby noch näher an ihre Brust, schloß die Augen und gab ein leises Stöhnen von sich, das wie der Laut von einem kranken Koyoten klang. Nina war sehr schwach und voller Tränen. Sonne-auf-Flügeln fühlte großes Mitleid mit ihr, als er hinter ihr und Pfeil-teilt-Haar zum Haus zurückging.

In der Eingangshalle stand Windsor an dem Tisch, auf dem ihre Mutter das Tablett mit dem Weihnachtsschmuck zurückgelassen hatte. Sie hob einen der zerbrechlichen, weißen Engel hoch. Plötzlich erinnerte sie sich an eine ähnliche Figur, über deren Flügel sie als Kind vorsichtig mit der Fingerspitze gestreichelt hatte.

Dieser Erinnerung folgte eine weitere. Sie fühlte aufs Neue, wie Stone Kincaid mit seinen Fingern und Lippen ihre nackte Haut liebkoste. Sie schloß die Augen und wünschte sich, wieder mit ihm im Bett zu sein, ihn zu einem Teil von ihr werden zu lassen, zu fühlen, wie er seine Lippen auf die ihren preßte und ihr zärtliche Worte ins Ohr flüsterte. Die körperliche Liebe war eine kostbare, wundervolle Sache, die sie immer und immer wieder erleben wollte. Kein Wunder, daß der Alte Weise gewarnt hatte, daß sie dadurch von ihrer Suche nach der höheren Weisheit abgelenkt wurde.

»Windsor, komm einmal her. Ich möchte dir gerne Nina vorstellen.«

Windsor sah sich um und erblickte Stone, der mit dem braunhaarigen Mädchen ins Zimmer trat. Sonne-auf-Flügeln folgte dicht hinter ihnen mit Jun-li, der sich an seinen Unterarm klammerte. Windsor spürte, wie ihr das Blut ins Gesicht stieg, als Stone sie anlächelte. Sie verspürte erneut das eigenartige Gefühl in ihrem Bauch, und sie schaute von ihm weg und wandte ihre Aufmerksamkeit dem mexikanischen Mächen zu.

»Hallo, Nina. Ich bin Windsor.«

Am gestrigen Abend hatte Windsor gar nicht bemerkt, wie jung Nina noch war. Ihre Augen hatten einen schüchternen, ängstlichen Ausdruck, und sie schien so gar nicht die Art von Frau zu sein, von der sie geglaubt hatte, daß ein Mann wie Emerson Clan sie bevorzugen würde. Außerdem schien sie noch viel zu jung, um schon ein Kind geboren zu haben!

Das Mädchen blickte von einem zum anderen, als fürchte sie sich. Stone führte sie zu einem blau-weiß bezogenen Ohrensessel und bedeutete Windsor, ebenfalls Platz zu nehmen. Windsor setzte sich, während Sonne-auf-Flügeln sich breitbeinig und mit vor der Brust gekreuzten Armen in der Nähe stehenblieb. Der Indianer sagte nichts, aber Windsor bemerkte, daß seine Augen keinen Augenblick von Nina wichen.

»Nina, ich weiß, daß Sie nicht gerne über Clan reden, aber wir müssen Ihnen einige Fragen stellen.«

Das Mädchen kaute auf seiner Lippe und hielt ihren Blick auf den Säugling gerichtet, der auf ihrem Schoß lag. Windsor blickte zu Stone hinüber. Es war ihr mit einem Mal bewußt geworden, daß sie vielleicht schon ein Kind empfangen hatte. Dieser Gedanke ernüchterte sie, und sie schaute auf das Baby hinab, das sich in Ninas Armen hin und her wand.

Windsor hatte noch niemals ein Baby aus der Nähe gesehen. Im Tempel waren die jüngsten Schüler jünger als zehn Jahre gewesen. Plötzlich überkam sie das Verlangen, Ninas Jungen in den Arm zu nehmen, um zu sehen, wie es sich anfühlte. Aber die besitzergreifende Art, mit der das Mädchen das Kind umfangen hielt, ließ darauf schließen, daß sie es wohl kaum hergeben würde.

»Was möchten sie wissen?« Ninas Englisch hatte einen starken Akzent, und ihr Verhalten war so von Furcht geprägt, daß Windsor und Sonne-auf-Flügeln besorgte Blicke tauschten.

»Es tut mir leid, daß ich Ihnen das antun muß, Nina«, sagte Stone, »das müssen Sie mir wirklich glauben. Aber wenn wir ihn wirklich fassen wollen, dann müssen wir wissen, wo er ist und was er tut. Werden Sie uns dabei helfen?«

Windsor sah, wie angespannt Stone Kincaid war. Tiefe Falten hatten sich auf seiner Stirn gebildet und machten deutlich, daß er sich sehr konzentrierte. Sein ganzer Körper war erwartungsvoll nach vorne gebeugt.

»Wenn Sie uns Ihr Vertrauen schenken, werden Sie nie wieder unter ihm zu leiden haben«, fügte Stone hinzu, als sie keine Antwort gab. »Und Carlos wird vor ihm sicher sein. Sie wollen doch nicht, daß Clan Ihren Sohn in die Finger bekommt, oder?«

Nina schüttelte energisch den Kopf. Zuerst dachte Windsor, sie würde ihr Schweigen nicht brechen, aber schließlich brachte sie die Worte mit leiser, ängstlicher Stimme hervor. »Er ist nach Mexiko zurückgekehrt.«

»Wohin genau? Wissen Sie das?«

»In ein Dorf am Meer, das sich Mazatlán nennt.«

Stones Gesicht überzog sich mit einem triumphierenden Lächeln. »Was macht er dort, Nina?«

»Er schmuggelt Waffen aus den Estados Unidos zu den *guerrilleros*, die gegen die *Nacionales* der Juarista Regierung kämpfen. Nachdem er den Chinesen umgebracht hatte, mußte er fliehen, aber er hat mir eine Nachricht zukommen lassen, daß ich Carlos zu ihm nach Mazatlán bringen soll. Wenn ich es nicht tue, hat er gedroht zurückzukommen, um mich umzubringen. Als Sie gestern zu mir kamen, dachte ich, er hätte Sie geschickt.« Ihr Mund begann zu zittern. »Er wird es wahr machen. Er wird kommen und mich umbringen, wenn ich nicht bald zu ihm gehe.«

»Wo sollen Sie ihn denn treffen?«

»Es gibt da eine *cantina* am Rande des Dorfes, an deren Vorderseite eine große Eisenglocke angebracht ist. Er hat mir befohlen, dort zu warten, bis jemand kommt, um mich abzuholen.«

»Haben Sie irgendeine Idee, wo er sich verstecken könnte?«

»Hoch oben in der Sierra, wo sie die Waffen an die *guerrilleros* verkaufen.«

»Jetzt habe ich den Bastard«, zischte Stone und sprang auf die Füße, als habe er Nina vollkommen vergessen. Sein Gesicht nahm einen harten und kalten Ausdruck an und er stürmte ohne ein weiteres Wort zu verlieren aus dem Zimmer. Windsor war sicher, daß er auf einer baldigen Abreise bestehen würde, um Clan an seinem Zufluchtsort aufzustöbern. Und sie würde ihn begleiten, um den armen Hung-pin zu rächen. Die Götter mußten einfach auf ihrer Seite sein, um die Welt von einem Mann zu befreien, der so viel Böses in sich trug.

Amelia saß in ihrem Lieblingsschaukelstuhl im vorderen Salon und ließ ihren Blick über die anderen Menschen im Raum wandern. Manchmal war die Ironie, die das Leben bereithielt, einfach unglaublich. Es war erst einen Monat her, daß sie in eben diesem Zimmer gesessen hatte und auf eine Nachricht von Windsor gehofft, ja darum gebetet hatte. Nun war ihre Tochter in Begleitung von drei Freunden heimgekehrt. Amelia fand sie zwar alle ein wenig seltsam, aber im Laufe der zwei Wochen, die sie nun schon in ihrem Haus weilten, hatte sie sie liebgewonnen.

Stone Kincaid und Windsor saßen auf einem kleinen Sofa am anderen Ende des Raumes. Seit mehreren Stunden diskutierten sie bereits über ihre bevorstehende Reise nach Mexiko. Die beiden waren so offensichtlich ineinander verliebt, daß Amelia die Gefühle, die sie füreinander hegten, nicht übersehen konnte. Sie fragte sich, ob sie wohl heiraten würden. Der Gedanke daran, daß sie unter ihrem Dach bereits wie Mann und Frau lebten, ließ sie erröten.

Windsors Vater würde sich im Grabe umdrehen, dachte sie mit schlechtem Gewissen. Aber ihre Zweifel waren schon bald verflogen. Mit zunehmendem Alter hatte sie ein wesentlich toleranteres Verhalten entwickelt. Solange Windsor glücklich war und sich hier im Hause aufhielt, würde Amelia nichts sagen, was sie dazu bringen könnte, Amerika zu verlassen und nach China zurückzukehren. Sie war sicher, daß ihre Tochter Mr. Kincaid sowieso bald heiraten würde.

Ihre Gedanken wurden abgelenkt, als Sonne-auf-Flügeln sich von seinem Platz in der Fensternische erhob, wo er im Schneidersitz gesessen hatte. Amüsiert beobachtete Amelia, wie er auf das Körbchen zuschlenderte, in dem Ninas Kind schlummerte. Der junge Indianer war von dem Baby völlig fasziniert, obwohl er sich bemühte, sein Interesse zu verbergen.

Amelia tat so, als sehe sie nicht hin, beobachtete aber verstohlen, wie er sich neben den Korb hockte. Er blickte sich um und zog dann eine der weißen Federn aus seiner Hutkrempe. Amelia konnte die Hände des Kindes erkennen, die sich über dem Korbrand hin und her bewegten. Als der Indianer dem Kind die Feder hinhielt, schoß eine winzige Faust in die Höhe und griff danach. Sonne-auf-Flügeln kicherte leise, und Amelia mußte unwillkürlich schmunzeln.

Sie waren alle noch so jung, im Grunde kaum mehr als Kinder. Außer Mr. Kincaid natürlich. Er war gewiß kein Junge mehr, sondern ein gutaussehender, kräftiger, selbstsicherer Mann von wohl ungefähr dreißig Jahren. Windsor aber war gerade erst zwanzig geworden, und Sonne-auf-Flügeln kaum älter als sechzehn.

Und dann gab es da noch die arme, mißhandelte Nina. Amelia richtete ihren Blick auf das Mädchen, das schweigend in die Flammen starrte. Vierzehn Jahre alt und die

Mutter eines sechs Monate alten Säuglings. Amelia schüttelte voller Mitleid den Kopf. Sie selbst war erst achtzehn Jahre alt gewesen, als Windsor geboren wurde, aber sie hatte einen Ehemann gehabt, den sie liebte.

Das Baby begann zu quengeln, und Nina wollte sich gerade erheben, als Sonne-auf-Flügeln das Kind auch schon hochgehoben hatte.

»Carlos riechen schlecht«, verkündete er.

Amelia mußte darüber lachen, wie der Junge das Baby eine Armeslänge weit von sich hielt. »Nina, ich wollte sowieso gerade nach oben gehen, um meinen Handarbeitskorb zu holen. Es würde mir nichts ausmachen, Carlos' Windeln zu wechseln.«

Nina zögerte, das freundliche Angebot anzunehmen. Amelia hatte schon öfter bemerkt, daß die junge Mutter stets darauf bedacht war, ihren Sohn immer ganz in ihrer Nähe zu haben. Wer konnte es ihr auch verdenken? Schließlich hatte Emerson Clan damit gedroht, ihr das Kind wegzunehmen!

»Es wird nur eine Minute dauern, dann bringe ich ihn schon wieder zurück«, versprach sie. »Trinken Sie ganz in Ruhe Ihren Tee aus, während ich weg bin.«

Nina stimmte schließlich widerwillig zu. Amelia durchquerte das Zimmer und wickelte eine weiche, gelbe Decke um das Kind.

»Carlos mögen Feder von Sonne-auf-Flügeln«, teilte ihr der junge Osage mit. »Er haben keine Angst vor Indianer.«

»Natürlich hat er keine Angst«, erwiderte Amelia und schenkte dem Krieger ein beruhigendes Lächeln. »Warum sollte er auch? Sie gehen ja sehr lieb und sanft mit ihm um, obwohl Sie ein tapferer Krieger sind.«

Sonne-auf-Flügeln machte einen überaus zufriedenen Eindruck nach dieser Bemerkung, und Amelia lachte in sich hinein, während sie das Kind aus dem Zimmer trug. Ja, sie hatte Windsors Freunde tatsächlich liebgewonnen.

Sie hoffte nur, daß sie nicht schon zu bald nach Mexiko abreisen würden.

Nachdem ihre Mutter mit dem Baby den Raum verlassen hatte, wandte Windsor ihre Aufmerksamkeit wieder Stone Kincaid zu. Wie dickköpfig er nur war!

»Wenn ich mein Haar braun färbe, dann sehe ich Nina ähnlich genug, um den Mann, den Clan schickt, zu täuschen. Und ich könnte Jun-li in eine Babydecke wickeln und so tun, als sei er Carlos. Wenn ich es ihm befehle, wird er ganz still liegen.«

Stone blickte sie entgeistert an. »Das ist die lächerlichste Idee, die mir jemals untergekommen ist!«

»An diesem Plan ist überhaupt nichts lächerlich. Du darfst nicht in Erscheinung treten, weil Clan dich wiedererkennen würde. Er erwartet Nina, also wird er Nina auch bekommen.«

»Ich habe nein gesagt, und dabei bleibt es auch.«

»Eine gute Sache durch Unvernunft zu verderben ist so, als würde man Feuerwerkskörper im Regen zünden«, entgegnete Windsor daraufhin ruhig, aber mit tadelndem Unterton.

»Ich bin nicht unvernünftig, sondern ich denke realistisch.«

»Du bist dickköpfig.«

»Verdammt, Windsor, du hast gesagt, daß du mich die Entscheidungen treffen läßt, und ich habe gerade eine gefällt. Du wirst dich einer solchen Gefahr nicht aussetzen. Was ist, wenn der Mann, den er schickt, Nina kennt? Clan würde dich umbringen lassen, ehe du auch nur ein Wort über die Lippen gebracht hättest!«

»Dann sag mir doch bitte, was es noch für eine andere Möglichkeit gibt, das Loch, in das er sich verkrochen hat, ausfindig zu machen! Wer sonst könnte uns denn zu ihm führen?«

»Es muß einfach noch einen anderen Weg geben. Wir

werden uns verstecken und alle beobachten, die in der *cantina* ein- und ausgehen, bis er auftaucht.«

»Sie werden ihn nicht fangen. Er ist zu schlau.« Ninas ruhig vorgetragene Bemerkung lenkte die Aufmerksamkeit aller auf sie. Sogar Sonne-auf-Flügeln nahm ganz in ihrer Nähe auf dem Boden Platz.

»Nina, machen Sie sich über das alles keine Gedanken«, beruhigte sie Stone. »Sie werden nie wieder mit Clan zu tun haben. Das habe ich Ihnen versprochen, und das ist mein voller Ernst gewesen.«

»Sie sind gut zu mir und meinem *nino*. Ich bin Ihnen etwas schuldig.«

»Sie haben mir gesagt, wo Clan sich aufhält. Mehr wollte ich gar nicht von Ihnen wissen.«

»Was er mehr als alles anderes auf der Welt haben will, ist sein Sohn«, erinnerte ihn Nina. »Er hat mir oft gesagt, wieviel ihm Carlos bedeutet. Solange Carlos bei mir ist, wird er nach mir suchen. Wenn ich weglaufe und mich verstecke, ist es egal, wie weit ich laufe, denn er wird mich finden und töten. Und dann hat er Carlos. Das darf niemals geschehen! Niemals! Er darf Carlos nicht großziehen! Er ist zu grausam. Er wird meinen Sohn auch in einen Teufel verwandeln.«

Windsor setzte sich auf die Lehne von Ninas Sessel und nahm ihre Hand. »Hab' keine Angst. Hier, im Hause meiner Mutter bist du sicher.«

»Aber was ist, wenn er kommt, während Sie alle in Mexiko sind? Was ist, wenn er seine Männer schickt, um mich zu holen? Niemand kann mich vor ihnen schützen. Er will seinen Sohn unbedingt zurückhaben.«

»Sonne-auf-Flügeln werden Nina schützen.« Das Gesicht des Jungen trug einen sehr ernsten Ausdruck.

Nina blickte ihn dankbar an, aber sie schüttelte den Kopf. »Keiner in diesem Zimmer weiß wirklich, was für ein Mensch er ist. Ich war erst zwölf Jahre alt, als er mich erblickte, auf einer Straße in der Nähe meines Dorfes, das nicht weit von San Diego entfernt liegt. Er hat mich meiner Familie entrissen. Er tut, was er will, und niemand traut sich, ihn aufzuhalten. An dem Tag, als mir klar wurde, daß ich ein Baby erwartete, bin ich vor ihm davongelaufen. Ich ging nach Hause zurück, aber er kam ins Dorf und hat meine Mama und meinen Papa umgebracht.« Ihre Unterlippe begann zu zittern. »Er hat sie direkt vor meinen Augen an einem Baum aufgehängt und mir dann gesagt, daß ich keine Familie mehr hätte, zu der ich heimkehren könnte. Dann drohte er mir, daß er dies mit jedem Menschen machen würde, der versucht, mir zu helfen.«

»Er hat dir mehr Leid zugefügt, als ein Mensch allein ertragen sollte«, sagte Windsor, »und er muß für seine Verbrechen bestraft werden.«

»Deshalb muß ich mitkommen. Ich bin diejenige, die er haben will. Wegen mir wird er kommen, denn ich habe Carlos. Aber ohne mich können Sie ihn nicht überlisten. Er ist zu gerissen.«

Einige Minuten lang sagte keiner ein Wort, während Stone im Zimmer auf und ablief. Mit gerunzelter Stirn dachte er noch einmal alles durch. »Wir dürfen es einfach nicht riskieren, Nina. Ich möchte vermeiden, daß Sie erneut verletzt werden.«

»Ich könnte sie begleiten«, schlug Windsor schnell vor. »Ich wäre imstande, sie zu beschützen, während wir in der *cantina* sind. Ich könnte mich als Carlos' Amme ausgeben.«

Stone kniete sich vor Ninas Stuhl und blickte ihr in die Augen. »Sind Sie sich ganz sicher, Nina? Sie müßten Clan noch einmal gegenübertreten. Glauben Sie, daß Sie dazu in der Lage sind?«

Nina umklammerte ihre Hände. Ihre Lippen zitterten. »Er hat meine ganze Familie vor meinen Augen getötet. An diesem schrecklichen Tag habe ich mir geschworen, dem Mann, der fähig sein würde, ihn zu töten, zu helfen, um meine Mutter und meinen Vater zu rächen. Wenn ich das nicht tue, wenn ich es zulasse, daß Sie mich weit weg schicken, dann würde ich für den Rest meines Lebens in Angst leben. Ich hätte ständig die Furcht, daß er mich finden könnte und mir meinen Sohn wegnimmt.«

»Ich denke, Sie sollten den Jungen hier bei Amelia lassen, da ist er in Sicherheit.«

»Nein, ich kann ihn nicht hier zurücklassen. Clan kommt es auf Carlos an, nicht auf mich.«

Stone nahm ihre Hand zwischen seine Handflächen. »Ich werde es nicht zulassen, daß Ihnen etwas zustößt, Nina. Das schwöre ich.«

»Alles, was ich von Ihnen will ist, daß Sie ihn töten, damit er niemandem mehr etwas tun kann.«

»Ich werde ihn töten«, sagte Stone mit solch wilder Entschlossenheit, daß keiner an seinen Worten zu zweifeln wagte. »Aber wir müssen bald nach Mazatlán reisen. Ich werde die nächstmögliche Schiffspassage für uns buchen, bevor Clan auf die Idee kommt, weiterzuziehen.«

Windsor lauschte, während Stones Pläne eine festere Gestalt annahmen, aber sie konnte sich eines unbehaglichen Gefühls nicht erwehren. Nina war so verletzlich und schnell einzuschüchtern. Windsor war nicht sicher, ob sie es schaffen würde, Emerson Clan gegenüberzutreten, ohne vor Angst zusammenzubrechen. Und sollte dies geschehen, wären sie alle in großer Gefahr.

18

Ungefähr zwei Wochen, nachdem sie Stone Kincaid zugesichert hatte, ihm bei der Ergreifung von Emerson Clan behilflich zu sein, fand sich Nina Nunez auf einem Schiff wieder, das nach Mexiko unterwegs war. Sie saß auf der Steuerbordseite, in der Nähe des Lukendeckels, um Carlos' Gesicht vor der frischen Meeresbrise zu schützen.

Zwei Tage lang waren sie in südlicher Richtung an der Küste Kaliforniens entlanggesegelt, und mit jeder Stunde war ihre Angst gewachsen.

Ein Schauer schlängelte sich wie eine Natter an ihrem Rückgrat hinunter. Sie sah Clans schreckliche Augen vor sich, die von einem so blassen Blau waren, daß sie beinahe weiß aussahen. Und sein langes, blondes Haar roch immer nach Rosen, da er es regelmäßig mit einem französischen Cologne besprühte, von dem er eine Flasche in seiner Jackentasche trug. Oh, *Dios,* sie konnte den Gedanken nicht ertragen, wieder in seiner Nähe zu sein! Seit er sie vor zwei Jahren aus ihrem Elternhaus weggeholt hatte, war sie Zeugin so vieler seiner fürchterlichen, unaussprechlichen Greueltaten gewesen!

Sie erinnerte sich noch daran, wie ängstlich sie gewesen war, als er und drei seiner widerwärtigen Kumpane auf ihrer kleinen *rancho* außerhalb von San Diego angekommen waren. Ihr Papa hatte ihm Wasser aus dem Brunnen angeboten, aber als Clan Nina auf der Veranda entdeckte, hatte er eine Goldmünze auf den Boden geworfen und darauf bestanden, sie zu kaufen, um sie zu seiner Frau zu machen. Eine Jungfrau wolle er haben, hatte er gesagt. Ein junges Mädchen, das rein genug war, um seinen Sohn zu gebären. Ihre Eltern hatten sich geweigert und versucht, sie zu beschützen, ihn aufzuhalten, aber er hatte sie beide schrecklich geprügelt, und später dann umgebracht. Er war kein menschliches Wesen, sondern eine Bestie. *El diablo,* der auf die Erde gekommen war.

Sie hatte ein flaues Gefühl in der Magengrube, und sie blickte auf ihren Sohn herab. Was wäre, wenn er ihr Carlos wegnehmen würde? Was wäre, wenn er seine Wut statt an ihr, an dem Kind auslassen würde? Er war imstande, ein Baby mit einem einzigen Faustschlag zu töten. Sie wäre am liebsten geflüchtet, wäre am liebsten davongerannt und hätte sich irgendwo versteckt, aber sie wußte, daß Clan sie finden würde, egal, wohin sie auch ginge. Erst durch seinen Tod wäre sie endlich frei. Furcht überkam sie, und sie begann zu weinen und preßte ihr Kind an sich.

»Nina keine Furcht haben.«

Ninas Kopf fuhr herum, und sie wischte sich schnell die Tränen von den Wangen, als sie Sonne-auf-Flügeln erblickte. Obwohl der junge Indianer sie immer freundlich behandelte, war sie in seiner Gegenwart noch etwas ängstlich.

Er schien jede ihrer Bewegungen zu verfolgen, richtete aber selten das Wort an sie. Sie starrte, eingeschüchtert durch die Größe und Kraft, die sein harter, muskulöser Körper ausstrahlte, zu ihm hinüber. Er war beinahe so groß wie Senor Kincaid, und sein kupferfarbenes Gesicht mit den hohen Wangenknochen und dem kantigen Kinn fand sie sehr anziehend. Seine Augen schienen im Sonnenlicht zu funkeln.

»Nina nicht weinen Tränen. Sonne-auf-Flügeln bleiben in Nähe und lassen keinen Mann verletzen Nina und Carlos.« Sonne-auf-Flügeln zog mit ernstem Gesicht etwas hervor, das er hinter seinem Rücken versteckt gehalten hatte. »Sonne-auf-Flügeln haben Geschenk gemacht, für kleinen Mann.«

Nina lächelte ihm gerührt zu und blickte ein wenig verwirrt auf das Objekt, das er ihr hinhielt. Es war ein Brett von knapp einem Meter Länge, auf dem eine Art Ledertasche angebracht war, mit einer Öffnung oben. Die Tasche war mit Lederfransen und Perlenbesatz geschmückt, und an ihrem oberen Teil befanden sich zwei Ledergurte, von denen einige weiße Federn herabhingen. Nina nahm das Geschenk entgegen und grübelte darüber nach, um was es sich wohl handeln könnte. Sie hatte noch nie vorher etwas Ähnliches gesehen.

»Die Perlen sind sehr hübsch«, sagte sie, da sie seine Gefühle nicht verletzen wollte. Zweifellos hatte er viele

Stunden damit verbracht, die komplizierten rot-weißen Muster anzufertigen, die die Vorderseite zierten.

»Gelbhaars Mutter mir geben, was brauchen. Gefallen Nina Wiegenbrett?«

»Oh, *sí*, sehr. *Gracias*, Sonne-auf-Flügeln.« Nina hatte den indianischen Namen noch niemals zuvor benutzt, und die Worte kamen ihr fremd vor. »Nur, was macht man damit?«

Sonne-auf-Flügeln nahm ihr das seltsame Ding aus der Hand. »Kleinen Mann hier festbinden und auf Rücken tragen. Nicht brauchen Hände. Nicht werden müde. Kleinen Mann geben, ich werde zeigen.«

Nina zögerte, aber der Indianer hatte sich in den letzten Wochen dem Kind gegenüber so fürsorglich verhalten, daß sie ihm Carlos reichte. Sie sah zu, wie er den Jungen auf dem Rücken in die Tasche legte, die an dem Brett befestigt war. Dann schlang er die Ledergurte vorsichtig um den Säugling und ließ Carlos' Kopf und Arme frei. Das Baby fuchtelte mit den Händen in der Luft und gab fröhliche Laute von sich, als ihn Sonne-auf-Flügeln in seiner neuen Tragetasche in die Höhe hielt. »Sehen? Carlos mögen. Nina auch mögen?«

Nina nickte, drehte sich um und erlaubte ihm, ihr das Kind auf den Rücken zu schnallen. Das Tragebrett war bequem und gab ihren Armen Bewegungsfreiheit.

»Du bist sehr freundlich zu uns«, sagte sie, voll aufrichtiger Dankbarkeit.

Der junge Osage-Krieger nickte und verschwand dann wie immer mit leisen Schritten.

Unter Deck, in der Kabine, die Windsor mit Stone Kincaid teilte, erhob sich Stone nackt vom Bett und stieg die vier Stufen hinunter, die zu dem kleinen, runden Bullauge führten. Er stützte einen Arm gegen die Wand und blickte zur Küste von Mexiko hinüber, die sich schwach am östlichen Horizont abzeichnete.

»Es wird jetzt nicht mehr lange dauern«, sagte er mit angespannter Stimme. »Ich werde mit Clan abrechnen, und dann können wir endlich anfangen, unser Leben zu leben.«

Windsor, die nur mit ihrer chinesischen Robe bekleidet war, setzte sich auf und betrachtete den Mann, den sie liebte. Sie seufzte, denn sie machte sich Sorgen um ihn. In seinen Augen flammte immer wieder der Zorn auf, der tief in seinem Inneren saß, und selbst jetzt, kurz nachdem sie Augenblicke voller Intimität und Liebe geteilt hatten, ballten sich seine langen Finger wieder einmal zu festen, harten Fäusten. Seine Wut und die Anspannung hatten sich verschlimmert, seitdem Nina ihnen gesagt hatte, wo sich Clan befand. Er war derart von dem Gedanken an Rache besessen, daß er kaum noch an etwas anderes denken konnte.

»Der, der von Wut geleitet wird, kann seine Feinde nicht besiegen«, sagte sie deshalb mit sanfter Stimme. »Du bist zu sehr von Zorn erfüllt, um diesen bösen Mann zu verfolgen. Du mußt es mir überlassen. Mein Herz ist ruhig, meine Hand ohne Zittern. Du wirst versagen. Ich nicht.«

»Ich werde nicht versagen«, entgegnete Stone und wandte sich schnell zu ihr um. »Clan ist schon jetzt so gut wie tot.«

»Du hast mir nie erzählt, was er dir angetan hat, daß eine solche Wut in dir tobt. Ich verfolge ihn, weil er Hung-pin getötet hat. Aber was ist — außer dem Tod deiner Freunde — dein wahrer Grund?«

Stone lief unruhig hin und her und drehte geistesabwesend an den Jadesteinen des Armbands, das sie ihm gemacht hatte. Er schaute sie nicht an. »Zwischen ihm und mir ist noch etwas anderes. Ich dachte, er wäre mein Freund. Wir lernten uns kennen, als man uns ein gemeinsames Zimmer in West Point zuwies.«

»Was ist dieses West Point?«

»Eine Militärakademie. Gott, ich war so dumm, daß ich mich überhaupt mit ihm eingelassen habe! Mir war von Anfang an klar, daß er eine gemeine Ader hatte, aber er hat niemals etwas derart Schlimmes angestellt, daß es mir möglich gewesen wäre, hinter die höfliche Fassade zu blicken, die er zur Schau trug, wenn ich mit ihm zusammen war. Er ist verdammt nochmal sehr schlau. Aus irgendwelchen Gründen mochte er mich, und er schien sich nicht wesentlich von den anderen jungen Männern zu unterscheiden, die die Akademie besuchten. Aber, großer Gott, ich muß wirklich blind gewesen sein, daß ich nicht bemerkte, daß er nur eine Rolle spielte. Erst als der Krieg begonnen hatte, und wir in derselben Einheit landeten, fand ich heraus, was für ein Bastard er in Wahrheit ist.«

Stones Gesicht wurde starr, und Windsor sah, wie schwer es ihm offenbar fiel, über sein früheres Verhältnis zu Clan zu reden. »Wie auch immer, er hat mich betrogen, uns alle betrogen und Informationen an die Rebellen weitergegeben. Clan war aus Alabama, und es wäre in meinen Augen kein unehrenhaftes Verhalten gewesen, wenn er sich dazu entschlossen hätte, für den Süden zu kämpfen. Statt dessen wurde er zu einem gottverdammten Verräter und hat den Tod von Dutzenden von Männern aus West Point auf dem Gewissen, die wir beide kannten und mochten.«

»Und du warst derjenige, der seinen Verrat aufgedeckt hat?«

»Verdammt richtig. Ich habe dafür gesorgt, daß der Hundesohn vors Kriegsgericht kam, und ich habe ihm höchstpersönlich die Streifen von der Uniform gerissen. Aber bevor wir ihn hängen konnten, wurden wir angegriffen. Wir wurden von den Rebellen gefangengenommen und nach Andersonville gebracht — das war ein Kriegsgefangenenlager unten in Georgia.«

Stone biß die Zähne aufeinander, und ein Muskel in

seiner Wange begann zu zucken. »Dort hat man uns wie Tiere behandelt, schlimmer noch als Tiere. Jeden Tag verhungerten Hunderte von Männern oder starben vor Entkräftung. Man hatte uns zu Tausenden in diesen verdammten Sumpf gepfercht. Aber Clan gelang es, sie davon zu überzeugen, daß er in unseren Reihen ein Spion für den Süden gewesen war, und daher machten sie ihn zu einem der Aufseher. Den Rest kannst du dir ja denken. Er hat uns das Leben zur Hölle gemacht. Deshalb entschloß ich mich zur Flucht.«

Er ließ sich auf den Stuhl fallen, der unter dem Bullauge stand. Seine Stimme wurde heiser, und sein Gesicht trug einen verzweifelten Ausdruck. »Er ließ einen Tunnel, den wir gegraben hatten, über uns einstürzen. Meine beiden besten Freunde starben dabei. Sie erstickten, bevor ich sie ausgraben konnte. Ich selbst wäre auch beinahe umgekommen. An diesem Tag habe ich mir geschworen, daß ich ihn irgendwann erwischen würde.«

Für einen Moment schwiegen sie beide. Dann ging Windsor zu ihm hinüber und setzte sich auf seinen Schoß. Sie legte ihre Wange an seinen Kopf und massierte seine verspannten Schultern. »Du zitterst ja schon vor Wut, wenn du nur über diese Dinge redest, Stone Kincaid«, murmelte sie. »Du bist eine Gefahr für dich selbst und für andere, wenn du in einem solchen Zustand eine Auseinandersetzung suchst. Du wirst die Kontrolle verlieren, wenn du von einer solchen Leidenschaft erfüllt bist.«

Stones Arme schlossen sich enger um sie. Seine Hände schoben sich unter ihre rote Robe. Die eine Hand glitt an ihrem nackten Rücken in die Höhe, die andere umfaßte ihre Hüfte und zog sie enger gegen seine Lenden. »Es gibt nur einen einzigen Menschen auf dieser Welt, der mich zum Zittern bringt und mich die Kontrolle verlieren läßt«, flüsterte er, »und das bist du.«

Windsor schloß die Augen, als ihr Körper von einer

Lust erfüllt wurde, die ihr Innerstes dahinschmelzen ließ. Sie schloß ihre Arme um seinen Kopf und preßte ihn gegen ihre Brüste. »Aber ich habe Angst um dich«, flüsterte sie. »Mein Herz sagt mir, daß uns an diesem Ort namens Mazatlán Gefahr droht.«

»Mein Herz sagt mir etwas ganz anderes«, murmelte Stone. »Ich will dich schon wieder, genau so, wie ich dich beim ersten Mal gewollt habe. Gott, ich glaube, ich werde niemals genug von dir bekommen.«

Sie fühlte seine Erregung unter ihren Schenkeln, während er ihr schnell die Seidenrobe auszog und sie zur Seite warf. Seine Hände umfingen ihre Taille, und es verschlug ihr den Atem, als er sie hochhob und vorsichtig auf ihn herabsinken ließ. Sie stöhnte lustvoll auf, stützte ihre Hände auf seinen breiten Schultern ab und bog ihren Körper zurück, bis ihr seidiges, weiches Haar, das offen über ihren Rücken herabhing, über seine Knie hinwegstrich. Sie stöhnte abermals auf, als er plötzlich eine Handvoll Haar packte, gleichzeitig ihre Brustspitze mit seinen Lippen umschloß und Schockwellen von Verlangen durch ihr Blut toben ließ.

Auch Stone stöhnte. Zeit und Umgebung spielten keine Rolle mehr, genausowenig wie seine Rachegedanken. Er konzentrierte sich ausschließlich auf Windsor — wie sie sich in seinen Armen anfühlte, wie sie sich zurückbeugte, ihre Fingernägel in die angespannten Muskeln seiner Oberarme grub. Langsam ließ er sie wieder auf sich sinken, schloß die Augen und glitt mit seinen Lippen forschend über ihre glatte, weiße Haut, die so viel sanfter und seidiger war, als er es jemals für möglich gehalten hatte. Ihr Körper war für ihn ein kostbares Geschenk.

Sein Kopf sank in den Nacken, und ein erstickter Laut drang aus seiner Kehle, als Windsor die Initiative übernahm, den Rhythmus bestimmte, ihren Körper mit unglaublich erotischen Bewegungen auf und ab bewegte und ihm dabei ihre Brüste zu seinem Vergnügen hinhielt, bis sie ihn schließlich an den Rand der Erfüllung gebracht hatte, und Stone diese süße Folter nicht länger ertragen konnte. Er umklammerte ihre Hüften und preßte sie gegen seine Lenden. Während ihre Lippen und Körper immer noch vereint waren, stand er auf und trug sie zu dem schmalen Bett hinüber. Sie sanken darauf nieder. Sein Atem ging immer noch kurz und schnell, und er genoß die gemurmelten, leidenschaftlichen Worte, die sie ihm ins Ohr flüsterte, und er genoß auch, daß sie ihn ebenso verzweifelt begehrte, wie er sie. Er liebte sie, er betete sie an, und nichts würde dies jemals ändern. Nichts.

Ihre Arme schlossen sich fest um seinen Nacken, und Stone ließ seiner Leidenschaft freien Lauf. Sie bewegten sich gemeinsam, mit wild pochenden Herzen, bis zu dem Moment, wo sie die Erde und alle realen Dinge hinter sich ließen und in die leuchtende Weite des Himmels aufstiegen, vor Ekstase zitternd, die ihre unvergleichliche Liebe ihnen schenkte, einer Liebe, die sie für immer aneinander binden würde.

Windsor und Nina folgten Stones Plan und gingen, nachdem die *Trinidad* in den Hafen von Mazatlán eingelaufen war, von Bord und bestiegen einen Frachtkarren. Während Stone und Sonne-auf-Flügeln zurückblieben, näherten sie sich mit Carlos einer Ansammlung von kleinen Häusern, die den sanft geschwungenen Sandstrand umringten.

Es war warm, und Windsor, die zwischen gepökeltem Schweinefleisch und Stoffballen auf dem Karren saß, fächerte ihrem Gesicht Luft zu. Das Klima in Mexiko unterschied sich sehr von den kühlen, feuchten Tagen in San Francisco. Hier schien die Sonne Ende Januar heiß auf ihre Köpfe herab. Windsor wünschte, sie könnte den schwarzen Schal abnehmen, der ihre blonden Haare bedeckte und auch den langen Baumwollrock ausziehen, den sie über ihrer Seidenhose trug.

Sie warf einen Blick zurück und versuchte, Stone zu entdecken, der mit Sonne-auf-Flügeln an den Docks zurückgeblieben war. Sie wollten ihnen, sobald die Dämmerung eingebrochen war und der Mantel der Nacht ihre Ankunft verdeckte folgen. Niemand durfte sie sehen, sonst würde ihre Falle nicht zuschnappen. Sobald sie im Ort angekommen waren, würde sie sich gewiß besser fühlen, und auch Nina wäre dann vielleicht in der Lage, ihre Furcht ein wenig in den Griff zu bekommen.

Ninas Augen waren ständig in Bewegung. Sie suchten die holprige Straße in jede Richtung ab. Sie war vollkommen verängstigt. Trotz des Mutes, den sie bisher gezeigt hatte, und trotz des Wunsches, den Tod ihrer Eltern zu rächen, begann sich ihre Furcht jetzt auf den kleinen Carlos zu übertragen, der nicht mehr lächelnd und zufrieden in die Welt schaute. Er weinte die ganze Zeit auf dem Weg ins Dorf.

Der Fahrer drehte sich um und sagte ein paar Worte auf spanisch. Windsor verstand nichts, aber Nina antwortete ihm mit zitternder Stimme.

»Er sagt, die *cantina* mit der Glocke sei nicht weit vom Ort entfernt«, flüsterte sie. »Er hat mich gefragt, ob wir beiden Frauen wirklich allein dorthin gehen wollen, denn es sei ein *muy malo*, ein schlechter Ort.«

»Keine Angst, Nina. Ich bin ja bei dir. Ich weiß mich zu wehren. Ich werde nicht zulassen, daß dir irgendjemand wehtut.«

Nina nickte, aber sie war kreidebleich und ihr Mund nur noch eine feine, gerade Linie. Windsor drückte beruhigend ihre Hand. »Du mußt mir vertrauen, Nina. Ich bin im Kampf geschult. Ich kann dich beschützen.«

»Du kennst ihn nicht, Windsor. Du weißt nicht, was er Menschen antut.«

Windsor antwortete ihr nicht, aber sie begann langsam zu verstehen, was für ein schlechter Mensch Emerson Clan sein mußte. Obwohl er ihr noch nie unter die Augen gekommen war, spielte er seit langem eine wichtige Rolle in ihrem Leben. Er hatte ihr Hung-pin genommen, er hatte Stone Kincaids Augen mit wildem Haß erfüllt, und er hatte Nina in ein furchterfülltes Häufchen Elend verwandelt. Er mußte ein von den Göttern gesandter Dämon sein, und sie war entschlossen, die Welt von ihm zu befreien. Er würde im Namen der Gerechtigkeit und der Ehre sterben, ebenso wie im Namen der Rache.

Die *cantina* mit der Glocke war sehr alt und aus Lehmsteinen erbaut, die über die Jahre hinweg von den Seewinden und der gleißenden Sonne ausgebleicht worden waren. Das längliche Gebäude hatte ein flaches Dach und hohe Fenster mit niedrigen, schmalen Gitterbalkonen. An den Wänden bröckelte der Putz in großen Flächen ab. Als der Fahrer vor dem Eingang anhielt, warf Windsor einen vorsichtigen Blick auf die Gruppe von Männern, die auf den Stufen der Veranda saßen und Bier aus braunen Glasflaschen tranken. Nina schnappte nach Luft, und Windsor schaute sich schnell zu ihr um.

»Hast du Clan gesehen?« flüsterte sie und wandte ihren Blick für den Fall, daß einer eine Bewegung in ihre Richtung machen sollte, erneut den Raufbolden zu. Sie hatte keine Angst. Sie war imstande, die Männer zurückzuhalten, bevor sie Nina auch nur anrühren konnten.

»Nein, aber einer von ihnen reitet mit Clan. Ich kenne ihn. Oh, Gott, was ist, wenn er mich schon jetzt zu ihm bringen will, obwohl Stone und Sonne-auf-Flügeln noch nicht hier sind? Was ist, wenn er mich zwingt, ihm Carlos zu geben?«

»Das werde ich nicht zulassen. Welcher ist es?«

»Der mit dem großen, schwarzen Schnäuzer und dem braunen Poncho. Sein Name ist Parker. Er war mit uns in San Francisco.«

Während sie vom Karren stiegen, beobachtete Windsor aus den Augenwinkeln den Mann, den Nina beschrieben hatte. Er machte keine Anstalten, auf sie zuzutreten, und sie war erleichtert, als er ein Pferd bestieg, das vor der *cantina* angebunden war.

»Halte Carlos so, daß er sein Gesicht sehen kann, damit er nicht nach ihm fragen muß, wenn er zurückkommt, um uns zu holen.«

Nina zog die Decke fort und hob Carlos in die Höhe. Parker warf einen prüfenden Blick auf ihn, als er sein Pferd an den beiden Frauen vorbeilenkte. Während sie die Stufen zum Eingang emporgingen, galoppierte Parker in Richtung auf die Hügel davon, die hinter dem Strand aufragten.

»Er wird Clan Bericht erstatten«, sagte Windsor zu Nina. »Komm, wir müssen uns fertig machen. Stone Kincaid und Sonne-auf-Flügeln werden bald hier sein.«

Drinnen führte eine alte Frau sie durch einen kühlen, düsteren Korridor, an dessen Ende ein blinder Mann auf einem wackeligen Holzstuhl saß. Während Nina sich mit ihm in ihrer Muttersprache unterhielt, prägte sich Windsor das Innere des Hauses genau ein, für den Fall, daß ihr Plan fehlschlagen sollte. Einen Augenblick später stiegen sie die Stufen hinauf und betraten ein schäbiges Zimmer, das auf den hinteren Garten hinausging.

Nina schloß die Tür. Windsor zog eine kleine Kerze aus ihrer Tasche hervor, zündete sie an und eilte zu den hohen, von Jalousien bedeckten Balkontüren. Sie setzte die Kerze draußen auf dem Geländer ab und starrte in die Dämmerung.

Die Rückseite der *cantina* war dreckig und verwahrlost. Abfälle bedeckten den Gartenboden. Es gab einen Stall und ein Hühnerhaus mit Dutzenden von Hennen, die innerhalb eines behelfsmäßigen Drahtzauns auf der Erde scharrten und gluckende Laute von sich gaben. Von Stone Kincaid oder Sonne-auf-Flügeln war noch keine Spur zu sehen.

»Siehst du sie? Sind sie schon da?« fragte Nina ängstlich.

»Nein, aber sie werden die Kerze sehen und wie verabredet kommen, um Carlos zu holen.«

»Oh, *por Dios*, was ist, wenn sie es nicht tun? Was ist, wenn Clan sie entdeckt und getötet hat? Er wird mich ebenfalls umbringen, weil ich euch hierhergebracht habe.« Ninas Stimme wurde schrill, und Windsor war klar, daß sie kurz davor stand, in Hysterie auszubrechen. Sie ging sofort zu ihr herüber und legte ihr sanft die Hand auf den Mund.

»Schhhh, Nina, so geht das nicht. Was ist, wenn uns jemand hört? Du mußt um Carlos' Willen tapfer sein.«

Nina sank auf das Bett und bemühte sich, gegen ihre Furcht anzukämpfen, aber ihre Augen wichen keinen Augenblick von den offenen Balkontüren. Windsor nahm ruhig auf einer Bank neben der Tür Platz, von wo aus sie sich Eindringlingen in den Weg stellen konnte und gleichzeitig das Fenster im Auge hatte, um nach Stone Ausschau zu halten. Sie hatte die Befürchtung, daß Nina nicht in der Lage war, ein mögliches Treffen mit Clan durchzustehen.

Draußen war inzwischen die Nacht hereingebrochen. Ein Geräusch ertönte vom Balkon, und Windsor sprang auf die Füße. Als jedoch Stones Gesicht über dem Eisengitter erschien, entspannte sie sich wieder. Mit einer gewandten Bewegung schwang er sich über das Geländer und betrat das Zimmer. Sonne-auf-Flügeln folgte ihm lautlos.

»Hat alles reibungslos funktioniert?« erkundigte sich Stone flüsternd bei Windsor.

»Ja, aber Nina hat große Angst. Sie dachte schon, Ihr würdet nicht kommen.«

Stone kniete sich neben Nina auf den Boden. »Wir waren die ganze Zeit über da, Nina, haben euch beobachtet und auf den richtigen Zeitpunkt gewartet. Wäre Clan hier aufgetaucht, hätten wir ihn niedergeschossen. Das sollten Sie nie vergessen. Sie dürfen keinen allzu nervösen

Eindruck machen, sonst wird Clan mißtrauisch. Glauben Sie, daß er selbst herkommen wird?«

Nina schüttelte den Kopf. »Nein, er wird irgendwo an einem sicheren Ort auf mich warten und einen Mann schicken, der mich holen soll. Weil er in Mexiko von den *Nacionales* gesucht wird, ist er sehr vorsichtig geworden.«

»Gut, dann werden wir Ihnen zu seinem Unterschlupf folgen. Machen Sie sich keine Sorgen. Wir werden immer ganz in der Nähe sein.«

Nina nickte, aber ihre Brust hob und senkte sich schnell. »Beeilen Sie sich, *por favor*. Bringen Sie Carlos von hier weg, bevor sie kommen, um ihn zu holen.«

Sonne-auf-Flügeln stützte ein Knie auf den Boden und nahm das Wiegenbrett von seinem Rücken. »Sonne-auf-Flügeln nehmen kleinen Mann. Nina brauchen sich keine Sorgen zu machen.«

Nun, da der Moment gekommen war, wo sie sich von ihrem Sohn trennen sollte, machte Nina einen untröstlichen Eindruck, aber sie hob den Säugling in die Tasche, band ihn schnell fest und richtete ihre ängstlichen Augen dann auf den Indianer. »Paß gut auf ihn auf, Sonne-auf-Flügeln. Du mußt mir versprechen, daß Clan ihn nicht bekommen wird. Egal was passiert, er darf ihn niemals bekommen. Versprichst du mir das?«

»Keine Sorgen, Nina. Sonne-auf-Flügeln schwören beim großen Wah-Kon-Dah, gut auf kleinen Mann aufzupassen.«

»*Gracias*, Sonne-auf-Flügeln. Er sollte jetzt eigentlich erst einmal eine Weile schlafen, aber wenn er zu weinen anfängt, dann lege dein Gesicht an seine Wange und summe ein kleines Lied. Das gefällt ihm. Er beruhigt sich immer, wenn ich ihm etwas vorsinge.«

Sonne-auf-Flügeln nickte, und Nina half ihm dabei, das Wiegenbrett wieder auf den Rücken zu schnallen. Stone legte seinen Arm um das Mädchen. »Wir werden nicht zulassen, daß ihm etwas zustößt, also machen Sie sich keine Sorgen. Solange er bei uns ist, wird Clan ihn nicht in die Finger bekommen.«

Windsor hielt immer noch Wache am Fenster, und Stone ging zu ihr hinüber. »Bist du sicher, daß du Jun-li dazu bringen kannst, still liegen zu bleiben?«

»Jun-li gehorcht mir immer.«

»In Ordnung, dann werden wir uns jetzt draußen auf die Lauer legen. Wir werden einschreiten, bevor sie euch in Clans Lager bringen.« Er senkte seine Stimme. »Aber falls etwas passieren sollte, mußt du dich um den Mann kümmern, der euch führt und Nina in Sicherheit bringt. Warte nicht zu lange damit. Ich möchte nicht, daß eine von euch allein in seinem Versteck landet. Verstanden?«

»Ja.«

»Es ist mein Ernst, Windsor. Clan ist zu gefährlich. Sobald du herausbekommen hast, wo er sich aufhält, suche nach einer Möglichkeit, euren Führer loszuwerden. Dann werden wir alles weitere übernehmen. Und du sorgst dafür, daß Nina wieder wohlbehalten zum Schiff zurückkommt, wo ihr beide in Sicherheit sein werdet.«

»Ich habe verstanden.«

Stone starrte sie an. Er zögerte immer noch. »Bist du sicher, daß du das hier tun willst? Es kann so vieles schiefgehen!«

»Ein entschlossener Mensch kann jede Aufgabe lösen.«

»Gibt es eigentlich irgendetwas, wofür du nicht das richtige Sprichwort parat hast?«

Ein schelmisches Lächeln erschien auf Windsors Lippen. »Warte, bis der gelbe Fluß klar sein wird. Wie alt magst du dann wohl sein?«

Stone lachte leise. »Ist das deine Art, mir zu sagen, daß ich mich endlich auf den Weg machen soll?«

»Parker wird bald kommen. Wenn er euch hier vorfindet, ist alles verloren.«

»Aber vergiß nicht: keine Heldentaten. Versuch nicht, allein mit ihm fertig zu werden, verstanden?«

»Ja. Bitte geh jetzt.«

Nur widerwillig bedeutete Stone Sonne-auf-Flügeln, ihm zu folgen. Als der Osage mit dem Baby sicher auf dem Boden angekommen war, schwang Stone sein Bein über das Geländer. Windsor hielt ihn zurück, indem sie ihre Hand auf seinen Arm legte.

»Sei du bitte auch vorsichtig. Laß es nicht zu, daß dein Zorn deinen Verstand reagiert. Noch heute nacht wirst du befreit werden von Emerson Clan. Du wirst friedlich in meinen Armen schlafen, ohne daß dich irgendwelche schrecklichen Träume verfolgen.«

»Darf ich dich daran erinnern, daß ich sehr selten schlafe, wenn ich dich in meinen Armen halte?« Stone lächelte und umfaßte ihren Nacken, um sie näher an sich zu ziehen. Seine Lippen erforschten sanft ihren Mund, und als sie sich zurückziehen wollte, verhinderte er es und genoß den Kuß noch einen Augenblick länger.

»Mach dir keine Sorgen um mich, paß nur gut auf dich auf«, befahl er dann, bevor er sich vom Geländer hinabgleiten ließ.

Windsor sah den beiden Männern nach, bis sie in der Dunkelheit verschwunden waren. Dann ging sie zum Bett hinüber und öffnete ihren Bambuskoffer. Froh, wieder in Freiheit zu sein, sprang ihr Jun-li auf die Schulter, und sie strich ihm liebevoll über das weiche schwarze Fell.

»Von dir hängt heute nacht viel ab, mein schlauer, kleiner Freund. Du mußt ganz still in der Decke liegen und darfst keinen Laut von dir geben. Hast du verstanden?«

Der Affe legte seinen Kopf zur Seite, aber seine intelligenten, braunen Augen waren viel mehr an den Mandeln interessiert, die Windsor aus einem Beutel genommen hatte, um ihn damit zu füttern.

19

Der Mann namens Parker tauchte erst am nächsten Morgen gegen acht Uhr auf. Als er an die Tür klopfte und Ninas Namen rief, umfaßte Windsor Ninas Schulter mit einem festen Griff.

»Keine Angst. Ich werde dich beschützen. Rede am besten nur, wenn er dir eine Frage stellt.«

Nina nickte, machte aber einen ängstlichen Eindruck. Windsor atmete einmal tief durch und öffnete dann die Tür. Clans Gefolgsmann stand auf dem Flur. Er war allein, aber er trug eine Waffe in der Hand und hatte sich zwei Munitionsgürtel über Kreuz um die Schultern geschlungen.

»Clan hat mich geschickt, um seine Freundin zu holen«, sagte er mit leiser Stimme.

»Bitte treten Sie ein«, erwiderte Windsor.

Nina erhob sich sofort und spielte nervös mit ihren Fingern.

»Wo ist der Junge?«

Nina starrte ihn stumm an, und Windsor antwortete schnell an ihrer Stelle. »Er schläft. Er ist sehr krank gewesen, und wir dürfen ihn nicht aufwecken, sonst fängt er wieder an zu weinen.«

»Was hat er denn?« erkundigte sich der Mann und blickte sich mißtrauisch im Zimmer um.

»Eine Krankheit, die sich Masern nennt.«

»Verdammt, ist das nicht ansteckend?«

»Ja, deshalb sollten Sie sehr vorsichtig sein und nicht zu nahe an ihn herankommen, sonst erwischt es Sie auch noch.«

»Ich bin mir nicht sicher, ob Clan ein krankes Kind im Lager haben will. Am besten warten Sie hier, bis ich ihm Bericht erstattet habe.«

»Er ist sein Sohn, oder etwa nicht? Er wird ihn sehen wollen.«

Der stämmige Mann strich über seinen dichten *mustachio* und blickte Windsor mit zusammengekniffenen Augen an. »Wer zum Teufel sind Sie überhaupt? Clan hat mir nichts von einer weiteren Frau gesagt.«

»Ich bin das Kindermädchen.«

Der Mann dachte einen Augenblick über die neue Situation nach.

Aus Furcht, er könne es ablehnen, daß sie Nina zum Lager begleitete, blickte Windsor zu ihm auf und verlieh ihren Worten einen besorgten Unterton.

»Wir müssen uns auf den Weg machen, solange das Baby schläft.« Sie drehte sich zu Nina um. »Ich werde Carlos für Sie nehmen, Nina, damit Sie sich erholen können.«

Sie durchquerte mit schnellen Schritten das Zimmer und trat zu dem Bambuskoffer, der hinter dem Bett lag. Sie öffnete ihn, streichelte Jun-li beruhigend und wickelte das Äffchen dann in Carlos' blaue Decke ein. Sie flüsterte ihm auf chinesisch zu, sich ganz still zu verhalten, und legte ihn in den Koffer zurück. Sie bedeckte sein Gesicht, hob den Koffer in die Höhe und hoffte, daß die Geschichte von der Krankheit des Kindes Parker davon abhalten würde, zu nahe zu kommen.

»Beeilen Sie sich! Clan ist eh schon wütend. Die Frau hätte schon vor langer Zeit mit dem Kind hier eintreffen sollen.«

Die Ungeduld des Mannes gereichte ihnen zum Vorteil, und Windsor fühlte sich sicherer.

»Clan sagt, Sie sollen sich *rebozos* umbinden, damit Sie niemand als Amerikanerinnen erkennt. Die *Nacionales* sind uns auf den Fersen, seit sie die Verstecke der *guerrilleros* ausheben.«

Nina schlang sich sofort den schwarzen Schal, den er ihr reichte, um den Kopf, und Windsor schaute zu, wie sie die Enden um ihre Schultern legte. Dann band sie sich ihren eigenen, roten Schal auf die gleiche Weise um. Sie hielt den Bambuskoffer waagerecht in ihren Armen, während sie Parker die schmale Treppe hinunterfolgte, die auf die Hinterseite der *cantina* führte.

Ein großer, zweirädriger Karren wartete dort auf sie. Ein alter Mann saß auf dem Fahrersitz, aber ein zweiter *guerrillero*, ein dunkelhäutiger Mexikaner mit langem, dreckigem, schwarzem Haar hielt die Plane auf, damit sie hineinsteigen konnte. Parker kletterte als erster hinein. Windsor blickte sich verstohlen um, sicher, daß Stone und Sonne-auf-Flügeln irgendwo ganz in der Nähe waren und ihre Waffen auf Clans Männer gerichtet hatten. Sie wußte, daß sie ihnen folgen würden, aber es widerstrebte ihr, unter die helle Segeltuchplane zu kriechen, wo sie Stone nicht sehen konnte.

Sie duckte sich jedoch und kletterte vorsichtig ins Innere. Zu ihrer Überraschung fiel ihr Blick auf zwei Frauen, die mit unbewegten Gesichtern dort saßen. Sie nahm neben einer von ihnen Platz. Beide hatten wie Nina eine dunkle Hautfarbe und braune Augen, aber sie waren älter. Die Haut in ihren Gesichtern war rauh und faltig, als ob sie viele Jahre draußen in der unbarmherzigen mexikanischen Sonne gearbeitet hätten.

»Wer sind diese Frauen?« erkundigte sich Windsor bei dem Mexikaner, der hinter ihr hineingeklettert war und die Plane geschlossen hatte. Weitere Personen würden ihren Plan verkomplizieren, Nina aus dem Wagen und in Sicherheit zu bringen, bevor sie Clans Versteck erreicht hatten.

»Das sind *putas*«, sagte der Mann und verzog seinen Mund zu einem häßlichen Grinsen, das seine gelben, kaputten Zähne entblößte. »*Mis amigos* sind hungrig nach Frauen, und deshalb bringen wir ihnen Huren mit.«

Der Karren ruckte an, und die Räder begannen sich zu drehen.

Windsor preßte den Bambuskoffer auf ihrem Schoß eng an sich. Nina saß ihr gegenüber, neben Parker, und ihr

Gesicht war so blaß und starr wie das einer Leiche. Sie fuhr sich immer wieder mit der Zunge über die Lippen, und Windsor wurde aufmerksam, als sie Parkers stirnrunzelnden Blick sah, der an Ninas unruhigen Händen hing.

»Haben wir eine lange Fahrt vor uns?« fragte sie ihn, um seine Aufmerksamkeit von Nina abzulenken.

Er starrte sie wortlos an, und seine dunklen Augen bekamen plötzlich einen Ausdruck, der ihr Unbehagen bereitete. Sie versuchte, seinen Blick einzuordnen. Was war es? Amüsiertheit? Oder Befriedigung?

Argwöhnisch betrachtete sie erneut die beiden Prostituierten. Ihre flachen, braunen Gesichter waren völlig ausdruckslos. Ihre innere Stimme, die ihr immer so gute Dienste geleistet hatte, begann sie zu warnen, daß hier etwas nicht stimmte.

»Ich fühle mich nicht wohl«, sagte sie und griff sich mit der Hand an den Kopf. »Bitte halten Sie einen Moment an, damit ich frische Luft schnappen kann.«

Niemand antwortete ihr. Parker und die drei anderen starrten sie nur an.

Windsors Unbehagen schien sich auf Nina zu übertragen, die sich von ihrem Sitz erhob, als wolle sie fliehen. Der *guerrillero* nahm sie am Arm und riß sie zurück. Nina schrie auf, als er sie an den Haaren packte. Windsor sprang auf die Füße, immer noch den Koffer mit Jun-li in der Hand.

»Lassen Sie sie in Ruhe«, rief sie, aber bevor sie ihre Hände frei hatte, spürte sie, wie Parker sich hinter ihr bewegte. Etwas Schweres schlug gegen ihren Kopf, und sie hörte ein dumpfes Geräusch. Schmerz durchschoß sie, und sie fiel kopfüber in einen tiefen, schwarzen Brunnen.

Stone zog die Zügel an, sorgsam darauf bedacht, hinter den Bäumen verborgen zu bleiben. Unter ihm rumpelte der Karren, in dem Windsor und Nina saßen, langsam den engen, zerfurchten Weg entlang, der in die Berge führte. Stone war weiter oben parallel zum Weg geritten, wo er von Bäumen und Sträuchern und felsigen Vorsprüngen verdeckt wurde. Sonne-auf-Flügeln suchte sich auf der anderen Seite des Weges einen Pfad.

Den ganzen Morgen über waren sie dem Wagen gefolgt, aber seitdem sie im Garten der *cantina* in den Karren gestiegen waren, hatte er weder Windsor noch Nina gesehen. Trotzdem war er nicht sehr beunruhigt. Sie wurden lediglich von zwei *guerrilleros* bewacht. Sollten sie Windsor irgendwelche Schwierigkeiten machen, wäre sie ganz bestimmt in der Lage, sie zu überwältigen. Bei ihrer Schnelligkeit und ihren Kampfkünsten konnte sie es sogar noch mit mehr Männern aufnehmen. Das hatte sie mehr als einmal bewiesen.

Er schützte seine Augen vor dem gleißenden Sonnenlicht und blickte zu der schmalen Holzbrücke hinüber, die in ungefähr zwanzig Meter Entfernung über einen steilen Canyon führte. Seine Aufmerksamkeit kehrte allerdings sofort wieder zum Wagen zurück, als der alte Mann die Pferde anhielt. Der mexikanische *guerrillero* stieg aus und half Windsor und Nina beim Aussteigen. Stone konnte sie nicht ganz deutlich erkennen. Beide trugen immer noch die langen Schals, die sie bereits beim Verlassen der *cantina* übergezogen hatten. Windsor trug nicht mehr den Bambuskoffer, aber Nina hatte ein Bündel im Arm. Stone erstarrte und betete, daß Jun-li keine verräterischen Laute von sich geben würde.

Stone sah, wie der *guerrillero* auf einen Pfad deutete, der entlang der hohen Felsklippe über dem schnell dahinfließenden Strom verlief. Windsor begann, in die angegebene Richtung zu laufen, und Nina folgte dicht hinter ihr. Ihr *guerrillero*-Wächter ging hinter ihnen her. Der Karren setzte sich wieder in Bewegung und klapperte über die rauhen Planken der Brücke.

Stone verzog das Gesicht und lenkte sein Pferd den Weg zurück, den er gekommen war. Dieser verdammte Clan, dachte er. Er hätte wissen sollen, daß er besondere Vorsichtsmaßnahmen treffen würde. Er war nur froh, daß Sonne-auf-Flügeln bereits auf der anderen Seite des Weges war. Selbst wenn Stone die Frauen für eine Weile aus den Augen verlieren sollte, wäre der Indianerjunge nahe genug bei ihnen, um ihnen zu Hilfe zu kommen, falls etwas passierte.

Mit Erleichterung stellte er fest, daß der *guerrillero* ihnen nicht einen Weg durch das dichte Unterholz wies, wo eine Verfolgung für Stone schwierig sein würde. Die beiden Frauen entfernten sich immer weiter von der Brücke und liefen parallel zum Fluß oben auf den Klippen entlang.

Was zum Teufel führte Clan im Schilde? Ob es hier irgendwo eine versteckte Höhle gab? Oder ob weiter oben ein zweiter Wagen auf sie wartete, um sie über einen anderen Weg fortzubringen?

Mit zunehmender Sorge lenkte Stone sein Pferd über den Weg zwischen die Bäume auf der anderen Seite. Innerhalb von wenigen Minuten hatte er die Frauen eingeholt und folgte ihnen, wobei er nach wie vor darauf bedacht war, außer Sichtweite zu bleiben. Eine Viertelstunde später zog er abrupt die Zügel an, als er sah, wie Sonne-auf-Flügeln plötzlich direkt vor dem *guerrillero* von einem Baum heruntersprang. Als der Gesetzlose nach seinem Revolver griff, hob Sonne-auf-Flügeln seine Waffe und schoß ihm in die Brust.

Windsor und Nina begannen, in entgegengesetzten Richtungen davonzulaufen.

Stone gab seinem Pferd die Sporen und ritt den Hügel hinunter auf Windsor zu. Mit gerunzelter Stirn und ohne genau zu verstehen, was passiert war, versuchte er, ihr auf ihrer panischen Flucht den Weg abzuschneiden. Augenblicke später hatte er sie eingeholt, zog die Zügel an und sprang aus dem Sattel, bevor sein Pferd richtig zum Stehen gekommen war.

»Windsor! Warte, ich bin es doch!« rief er, aber sie drehte sich nicht um, bis es ihm gelang, ihre Röcke zu packen und sie zu Boden zu ziehen. Er hockte sich neben sie. Sie versuchte immer noch, sich aus seinem Griff zu befreien, als er sie umdrehte. Er erstarrte. Er blickte in das Gesicht einer Fremden! Schlagartig wurde ihm klar, was geschehen war, und er wurde leichenblaß. Da kam auch schon Sonne-auf-Flügeln mit der anderen Mexikanerin, die nach ihm trat und ihn verfluchte, zu Stone herüber. Oh Gott, dachte Stone entsetzt, Clan hat uns an der Nase herumgeführt, und Windsor und Nina sind in seiner Gewalt!

Außer sich vor Angst sprang er auf sein Pferd und ritt in wildem Galopp zur Brücke zurück. Er nahm kaum wahr, daß Sonne-auf-Flügeln dicht hinter ihm folgte. Er mußte den Wagen einfach einholen. Er mußte zu Windsor. Das Undenkbare durfte einfach nicht geschehen. Es kam ihm wie eine Ewigkeit vor, bis die Brücke schließlich hinter einer Biegung in Sicht kam. Auf der anderen Seite konnte er noch den Karren erkennen.

Hoffnung stieg in ihm auf, und er gab dem Pferd gnadenlos die Sporen, um es zu einem noch schnelleren Galopp anzuspornen. Aber einen Moment später wurde die morgendliche Stille von einer markerschütternden Explosion durchbrochen. Stones Pferd scheute und stieg auf die Hinterbeine, derweil die Brücke in einer Wolke aus Rauch und umherfliegenden Trümmerteilen in die Luft ging. Holzsplitter flogen durch die Luft und regneten in einem beständigen Strom auf das tief unten dahinfließende Wasser hinab.

Stone bemühte sich, die verängstigte Stute zu beruhigen, aber seine Augen waren entsetzt auf das gegenüberliegende Ufer gerichtet. Oh Gott, nun sah er auch Clan. Der Bastard beugte sich in den Karren hinein und zerrte

Windsor hervor. Sie lag leblos in seinen Armen. Clan drehte sich um und hob sie hoch, damit Stone sie besser sehen konnte.

»Schau, was ich hier habe, Kincaid!« ertönte triumphierend sein Ruf aus der Ferne.

»Du Bastard! Wenn du ihr etwas tust, bringe ich dich um!« schrie Stone mit gellender, wutentbrannter Stimme.

Clans Lachen schallte über den Canyon hinweg. »Es gibt da eine *cantina* auf dem Marktplatz von Durango. Solltest du sie immer noch haben wollen, nachdem ich mit ihr fertig bin, dann treffen wir uns dort in einer Woche.«

»Clan, warte!« rief Stone verzweifelt, als Sonne-auf-Flügeln mit donnernden Hufen herangeprescht kam. »Ich habe deinen Sohn! Wir können einen Handel machen! Jetzt sofort, verdammt!«

Clan zögerte und legte dann Windsors schlaffen Körper über den Rücken seines Pferdes. Er schwang sich hinter ihr in den Sattel, hielt sie mit einer Hand fest und rief: »Ich bin derjenige, der die Regeln bestimmt, Kincaid. Bring den Jungen in einer Woche nach Durango, und versuche keine weiteren Tricks, wenn du sie lebend wiedersehen willst!«

Gelähmt vor Hilflosigkeit und hoffnungslosem Entsetzen mußte Stone zusehen, wie Nina mit einem der *guerrilleros* kämpfte, bevor auch sie bewußtlos geschlagen und auf ein Pferd gehoben wurde. Sobald sich die Gruppe von Gesetzlosen in einer Staubwolke auf den Weg gemacht hatte, verlor Stone keine Zeit mehr. Er nahm in seiner Verzweiflung die Verfolgung auf, trieb sein Pferd die steilen Klippen hinunter und auf den wilden Fluß zu, der tief unten tobte.

Beinahe vierundzwanzig Stunden später lenkte Sonne-auf-Flügeln sein Pferd durch die Dunkelheit, obwohl er kaum noch in der Lage war, den Pfad zu erkennen. Er war so müde, daß es ihm schwerfiel, die Zügel zu halten, aber er wagte es nicht, anzuhalten, aus Angst, zurückgelassen zu werden. Pfeil-teilt-Haar ritt wie ein Besessener. Er sprach kein Wort, machte keine einzige Pause, sondern ritt immer weiter, mit der unmenschlichen Kraft eines Geisterkriegers, der auf dem Nachtwind reitet. Nun, da der Mond untergegangen war, ließ sich das felsige Terrain kaum mehr bewältigen, und dennoch ritt Pfeil-teilt-Haar ohne Unterbrechung weiter. Er stieg lediglich ab, um sein Pferd zu Fuß über lose Schiefertafeln und schlüpfrige Felsen zu führen.

Den ganzen Tag und die ganze Nacht hindurch waren sie so schnell wie nur eben möglich geritten. Es hatte viel Zeit gekostet, den Fluß zu durchwaten. Sie mußten erst viele Meilen flußabwärts reiten, bevor sie eine Stelle fanden, wo sie hinüberkamen. Dann hatten sie sich auf der anderen Seite einen Weg gesucht, der sie die Felsen des Canyon hinaufführte. Beide Pferde waren schon lange in Schweiß gebadet und völlig erschöpft, aber Pfeil-teilt-Haar ritt trotzdem gnadenlos weiter. Carlos, der in seinem Wiegenbrett auf dem Rücken von Sonne-auf-Flügeln festgeschnallt war, weinte mitleidserregend vor Hunger und Müdigkeit, aber Pfeil-teilt-Haar blieb nicht stehen und nahm nicht einmal wahr, als Sonne-auf-Flügeln ihm etwas zurief.

Clan und seine Männer hatten den Weg verlassen und ritten nun über steile und gefährliche Bergpfade. Sonne-auf-Flügeln war einer der besten Spurenleser in seinem Dorf, aber auch er konnte die Fährte der flüchtenden *guerrilleros* nicht mehr lesen. Er war sich nicht einmal mehr sicher, ob sie überhaupt noch der Spur des bösen Mannes folgten. So sehr er sich auch wünschte, Gelbhaar und Nina zu finden, so war ihm doch klar, daß er bald eine Rast einlegen mußte. Er benötigte dringend ein wenig Ruhe oder zumindest die Möglichkeit, seine Beine

eine Weile zu strecken. Das Tempo, das sie angeschlagen hatten, war einfach mörderisch. Selbst die Pferde würden nicht mehr sehr viel länger durchhalten. Er mußte Pfeil-teilt-Haar dazu bringen, auf ihn zu hören.

Vor ihm hatte sich sein weißer Freund in der Dunkelheit hingehockt, um den Pfad zu untersuchen, aber wie sollte er ohne das Licht des Mondes, das ihm den Weg wies, überhaupt etwas sehen? Pfeil-teilt-Haar war offensichtlich nicht mehr imstande, klar zu denken. Er war besessen davon, die beiden Frauen zu befreien. Er wollte nicht einsehen, daß sie anhalten mußten, bis sie wieder in der Lage waren, die Fährte aufzunehmen.

»Zu dunkel, jetzt«, sagte er und hielt sein Pferd neben Pfeil-teilt-Haar an. »Warten auf Großvater Sonne, um uns Weg zu zeigen.«

Ohne zu antworten erhob sich Pfeil-teilt-Haar und zog sein Pferd an den Zügeln weiter. Die Hufe verursachten auf den Felsen ein lautes Klappern. Sonne-auf-Flügeln beeilte sich, ihn wieder einzuholen.

»Pfeil-teilt-Haar sein müde. Pferde brauchen Ruhe«, beharrte er und griff in die Zügel von Stones Pferd.

Bevor Sonne-auf-Flügeln das Tier anhalten konnte, fuhr Stone aufgebracht herum, packte ihn am Hemd und zog ihn zu sich herüber. Die Worte, die er sprach, waren scharf und bitter, und er preßte sie zwischen zusammengebissenen Zähnen hervor.

»Laß mich zum Teufel noch mal in Ruhe! Du kannst tun und lassen was du willst, verdammt, aber ich werde nicht anhalten, bis ich sie gefunden habe!«

Sonne-auf-Flügeln stolperte, als Pfeil-teilt-Haar ihn zurückschubste. Dann mußte er mitansehen, wie der große, weiße Mann sich wieder auf sein Pferd schwang und davonritt.

Sonne-auf-Flügeln stand regungslos da. Er fühlte sich schuldig, weil er anhalten wollte. Er hatte das Gefühl, seinen Freund zu verraten, aber er war so müde — er konnte sich kaum noch auf den Beinen halten. Er mußte einfach eine Rast einlegen, nur so lange, bis sein Pferd sich etwas erholt hatte und Carlos gefüttert war. Dann würde er sich schnell wieder auf den Weg machen, um Pfeil-teilt-Haar einzuholen.

Carlos wimmerte, und Sonne-auf-Flügeln sank auf seine Knie und ließ das Wiegenbrett vom Rücken gleiten. Er band den Jungen los, hob ihn in die Höhe und legte ihn gegen seine Schulter.

»Schhh, kleiner Mann«, flüsterte er und gebrauchte Worte in der Sprache der Little Ones.

Der Säugling beruhigte sich sofort. Sonne-auf-Flügeln band das Pferd an einem Baum fest und legte das Baby auf den Boden. Carlos krabbelte umher, bis der Indianer ein Stück Brot aus seinem Lederbeutel gezogen hatte. Carlos griff danach und kaute darauf herum, und Sonne-auf-Flügeln streckte sich auf dem Boden aus. Er sollte weiterreiten, dachte er. Er sollte da sein, wenn Pfeil-teilt-Haar ihn brauchte.

Er würde sich nach einer kurzen Pause sofort wieder auf sein Pferd setzen, beschloß er, während er seine Decke um den Jungen wickelte und ihn fest gegen seine Brust drückte. Er würde nur für einen Moment die Augen schließen.

Als er erwachte, dämmerte bereits der Morgen. Entsetzt, daß er so lange geschlafen hatte, band er Carlos schnell im Wiegenbrett fest und machte sich, von der kurzen Nachtruhe belebt, wieder auf den Weg. Er ritt so schnell er nur konnte und folgte der Fährte, die das Pferd von Pfeil-teilt-Haar hinterlassen hatte. Die engen, gewundenen Pfade führten durch eine rauhe Gebirgsgegend, und er benötigte beinahe den ganzen Tag, bevor er den Rand eines Abhangs erreichte und unter sich auf der Wiese ein grasendes Pferd entdeckte. Pfeil-teilt-Haar saß zusammengesunken im Sattel. Er bewegte sich nicht, als der Indianer auf ihn zuritt, und Sonne-auf-Flügeln wurde klar, daß sein Freund solange geritten war, bis ihn seine Kräfte verlassen hatten.

Sonne-auf-Flügeln stieg ab und zog den kräftigen Mann von der Stute, ohne daß Pfeil-teilt-Haar erwachte. Der Indianer legte eine Decke über ihn und setzte sich in die Nähe auf den Boden. Er versuchte den Gedanken an Gelbhaar, die in der Hand des Mannes namens Clan war, zu verdrängen.

Sie war weise und stark, ganz bestimmt würde sie einen Weg finden, um sich und Nina in Sicherheit zu bringen. Sie würde ihre Zauberkraft und ihre wundervollen Kampfkünste benutzen, um ihre Freiheit wiederzuerlangen.

Er hielt Wache, während sein Freund wie ein Toter schlief. Carlos spielte mit Stöcken und Kieseln, bis Pfeilteilt-Haar plötzlich mit einem verzweifelten Schrei in die Höhe fuhr. Sein Gesicht war leichenblaß.

»Wir müssen weiter«, murmelte er, rappelte sich auf und griff nach den Zügeln. Ohne ein weiteres Wort zu verlieren schwang er sich in den Sattel. Sonne-auf-Flügeln packte Carlos auf seinen Rücken und galoppierte so schnell er konnte hinter ihm her.

Windsor hörte in weiter Entfernung jemanden schreien. Sie bemühte sich, ihren Verstand zu gebrauchen, aber sie konnte einfach nicht klar denken. Die Arme taten ihr weh, als würde jemand unablässig daran ziehen, und ihr Kopf pochte unbarmherzig, so daß ihre Gedanken wie die losen Teile eines Puzzles darin herumpurzelten. Sie hörte einen lauten Knall, und ein weiterer, schrecklicher Schrei durchdrang den Nebel in ihrem Kopf. Das muß eine Frau sein, dachte sie benommen und bemerkte plötzlich, daß sie vor und zurückschaukelte.

Wieder hörte sie die furchteinflößenden Geräusche — das tiefe Brummen einer männlichen Stimme, einen scharfen Knall, auf den ein schriller Schrei folgte. Sie versuchte, sich zu konzentrieren. Sie mußte wohl noch auf dem Schiff sein, der *Trinidad*, aber sie waren doch in Mazatlán an Land gegangen, oder etwa nicht? Wo war Stone? Und Nina und Sonne-auf-Flügeln? Was war nur geschehen, daß sie keinen klaren Gedanken fassen konnte?

»Stone Kincaid?« murmelte sie zusammenhangslos und lauschte, als die Schreie wieder einsetzten.

Windsor zwang sich, die Augen zu öffnen, aber alles um sie herum war verschwommen und undeutlich, als schwämme sie unter der Wasseroberfläche. Sie stöhnte und versuchte, ihre schmerzenden Arme zu bewegen. In einem lichten Augenblick bemerkte sie plötzlich, daß man sie an den Händen an einem Deckenbalken aufgehängt hatte. Sie erinnerte sich nun wieder an den Plan zur Ergreifung von Emerson Clan, erinnerte sich an die Fahrt im Karren mit Parker, dem *guerrillero* und den *putas*. Furcht ließ ihr das Blut erstarren, und sie begann, sich zu winden, was aber nur dazu führte, daß sie noch heftiger vor- und zurückschaukelte. Sie blinzelte mehrmals, befeuchtete ihre trockenen Lippen und bemühte sich angestrengt, etwas zu erkennen. Als es ihr endlich gelang und sie die Szene erkennen konnte, die sich vor ihren Augen abspielte, da wünschte sie, es wäre ihr nie gelungen.

Sie befanden sich in einer Scheune. Nina hing ihr gegenüber. Man hatte sie auf die gleiche Weise an den Händen aufgehängt wie Windsor. Windsor konnte ihr Gesicht nicht erkennen, aber ihre Augen hefteten sich auf den Rücken des Mädchens. Man hatte ihr das Kleid bis zur Taille heruntergerissen und die schrecklichen Narben von früheren Schlägen waren zu sehen. Aber nun waren neue Wunden dazugekommen. Lange Streifen, unter denen zerfetzte Muskeln sichtbar wurden. Ströme von Blut, die an ihrem Rückgrat entlangliefen und dunkelrote Flecken auf ihrem weißen Rock hinterließen. Es war nur ein einziger Mann zu sehen, und er stand mit dem Rücken zu Windsor.

»Du hättest mich niemals an Kincaid verraten dürfen, Nina, Liebling. Damit hast du wirklich meine Gefühle verletzt«, sagte er. Jedes Wort klang wie geölt und wurde mit verräterischer Sanftheit gesprochen. »Was für ein Glück für mich, daß wir wegen einer neuen Waffenlieferung zufällig den Hafen beobachteten und ich dabei dich und Stone Kincaid gesehen habe, bevor ihr an Land gegangen seid. Sonst hätte seine kleine Falle vielleicht sogar funktioniert.«

»Oh, *Dios, por favor*, schlag mich nicht mehr.« Nina stöhnte, ihre Stimme heiser vor Schmerz. »Ich kann nicht noch mehr ertragen. Ich kann einfach nicht.«

»Du hättest dir eben vorher über die Konsequenzen deines unloyalen Verhaltens klar sein sollen, mein Schatz. Dann bestünde zu alle dem hier gar keine Veranlassung.«

»Es tut mir leid. Ich werde es niemals wieder tun, das schwöre ich. Ich werde alles tun, was du sagst, oh, *Dios*, alles was du willst —«

Jeder Muskel in Windsors Körper spannte sich, als er mit seiner langen, schwarzen Peitsche ausholte. Der mit Knoten versehene Riemen verursachte ein leises, surrendes Geräusch, während er durch die Luft sauste. Er traf Nina hart auf dem Rücken, und sie schrie vor Schmerz laut auf. Das schreckliche Geräusch hallte von den Wänden wider.

»Halt!« rief Windsor und versuchte, ihren Körper so zu drehen, daß sie den Mann mit ihren Füßen davon abhalten konnte, ihre Freundin weiter zu quälen, aber ihre Fußgelenke waren zusammengebunden und machten es ihr schwer, zu einer kräftigen Bewegung auszuholen. »Sie kann wirklich nicht mehr ertragen! Schauen Sie sich ihren Rücken an! Sie werden sie umbringen!«

Der Mann drehte sich zu ihr um, und Windsor erstarrte, als das Monster mit der Peitsche direkt vor ihr stehenblieb. Das Licht der Laterne fiel auf ihn, und Windsor sah zum ersten Mal in Emerson Clans Gesicht.

Sein Haar war sehr lang und hing ihm ein gutes Stück über die Schultern herab. Es war schneeweiß, wie das eines alten Mannes, dabei aber so fein wie bei einem kleinen Kind. Der aufdringliche Rosengeruch, der von ihm ausging, brachte sie zum Würgen. Er trug einen sorgfältig gestutzten Schnäuzer, der dieselbe Farbe wie sein Haar hatte. Sein Gesicht war ohne Falten und attraktiv. Die Monate in der mexikanischen Sonne hatten es gebräunt. Aber es waren seine Augen, in die Windsor starrte, und ihr ganzer Körper wurde angesichts der Grausamkeit, die sie in diesen eisblauen Tiefen entdeckte, vor Furcht ganz starr. In diesem Moment, als sich ihre Blicke zum ersten Mal trafen, konnte sie Stone Kincaids Alpträume und Ninas Furcht vor diesem Mann verstehen.

»Sie haben sich also entschlossen, bei unserer kleinen Feier mitzumachen, wie nett von Ihnen. Ich hatte mich schon gefragt, ob ich Sie mit meinem guten Freund hier aufmuntern muß.«

Er hielt die Bullenpeitsche in die Höhe und rollte sie locker zusammen, während er weitersprach. Die rubinroten Augen seines Kobraringes glänzten im Licht der Laterne. Ninas Blut tropfte immer noch von den Lederknoten herab. Windsor konnte Nina schluchzen hören. Sie schluckte schwer, zwang sich aber, Kraft zu sammeln und ruhig zu bleiben. Stone Kincaid und Sonne-auf-Flügeln waren ihnen gefolgt. Sie würden schon bald kommen, um sie zu holen. Bis zu ihrer Rettung mußte sie Emerson Clan hinhalten.

»Wenn Sie uns töten, werden Sie Ihren Sohn niemals wiederbekommen«, sagte sie und zwang sich, alle Ängste aus ihrem Kopf zu verbannen. Sie war zufrieden, daß ihre Stimme keine Spur von Furcht zeigte.

Clan lächelte, und seine Zähne leuchteten in dem sonnengebräunten Gesicht so weiß wie sein Haar. »Ich hoffe sehr, daß Sie wirklich so tapfer sind, wie es den Anschein hat. Mutige Frauen habe ich am liebsten. Es macht mehr Spaß, ihren Widerstand zu brechen.« Er warf einen Blick über seine Schulter zu Nina. »Nina ist zum Beispiel überhaupt nicht in der Lage, Schmerz zu ertragen. Ein halbes Dutzend Hiebe und sie wird ohnmächtig. Dann muß ich mir erst wieder die Mühe machen, sie zu Bewußtsein zu bringen. Das ist doch Verschwendung von Zeit und Energie, finden Sie nicht auch?«

»Ich habe keine Angst vor Ihnen, Emerson Clan. Und ich habe auch keine Angst davor, zu sterben, denn ich werde lediglich diesen Körper verlassen und in einen anderen wechseln. Aber Sie werden in Ihrem nächsten Leben und in alle Ewigkeit für ihre grausamen Taten bestraft werden. Ich empfinde nichts weiter als Mitleid mit Ihnen.«

Emerson Clan warf seinen Kopf zurück und begann laut zu lachen.

»Sie sind eine Frau ganz nach meinem Geschmack«, sagte er, und seine Augen verengten sich zu tückischen Schlitzen. »Kein Wunder, daß Kincaid Sie zu seiner Hure gemacht hat. Ja, da staunen Sie, ich weiß alles über Ihre Affäre. Nina hat es mir erzählt — und wissen Sie was, Miss Windsor Richmond? Ich mußte nur meine Peitsche in die Höhe halten und schon sprudelten alle möglichen interessanten Dinge aus ihrem Mund hervor. Wie Sie sehen, kennt mich die kleine Nina viel besser als Sie, sonst würden Sie nicht versuchen, mich so zu provozieren, wie Sie es gerade getan haben.«

»Sie machen mir keine Angst«, erwiderte Windsor noch einmal. »Ich habe gelernt, meinen Geist von meinem Körper zu trennen. Sie können mich den ganzen Tag lang auspeitschen, und ich werde Ihnen trotzdem nichts sagen. Ich werde auch nicht vor Schmerz schreien. Ich werde keinen Ton von mir geben.«

»Sehr interessant.« Clan kam näher auf sie zu und packte die Vorderseite ihrer Bluse. Er riß sie in der Mitte auf und entblößte ihre Brüste. »Und wie wäre es damit? Ist dir das vielleicht lieber?«

Windsors Gesichtsausdruck veränderte sich nicht, als er mit den Händen über ihren Körper strich. »Ich verspüre nichts weiter als Verachtung für Sie.«

Clan trat zurück. Seine blassen Augen schimmerten. Dann schlang er plötzlich die Peitsche um ihren Hals und zog die Schlaufe so fest zu, daß sie nicht mehr atmen konnte. Er löste seinen Griff nicht und starrte lächelnd in ihre Augen, bis sie sich zu winden begann und ihr Gesicht blau anlief. Schließlich lockerte er den Riemen ein kleines bißchen, damit sie einen schwachen Atemzug nehmen konnte. Er entblößte noch einmal seine Zähne mit einer langsamen, grausamen Bewegung seiner dünnen Lippen.

»Wir werden ja sehen, wie sehr Sie sich von Nina und all den anderen unterscheiden, die den Biß meiner Peitsche zu spüren bekommen haben, meine Liebe. Es gibt die unterschiedlichsten Möglichkeiten, um Schmerz zu verursachen. Ich habe sie über die Jahre hinweg alle entdeckt. Einige Menschen halten gar keine körperlichen Qualen oder Vergewaltigungen aus. Und manche, mein lieber, kleiner Schatz — manche finden sogar Gefallen an dem, was ich mit ihnen mache. Du könntest meine größte Herausforderung werden, das sehe ich schon jetzt.«

Er zog seine Peitsche von ihrem Hals, kicherte und strich sich dann mit den Fingern das Haar aus dem Gesicht. »Und dazu kommt noch, daß ich all das, was ich Ihnen antue, weit mehr genießen werde, weil ich weiß, daß Stone Kincaid Sie liebt. Das finde ich übrigens außergewöhnlich, denn seit Jahren hat er an niemand anders mehr gedacht, als an mich. Wir waren sogar einmal Freunde, bevor er plötzlich die Moral für sich gepachtet hatte und mich vor das Kriegsgericht stellen ließ. Oh, ja, wie wird er die Vorstellung hassen, Sie in meinen Händen zu wissen. Und auch die Vorstellung, was ich wohl mit Ihnen anstelle. Und jetzt kommt der beste Teil, also hören Sie mir genau zu« — er packte in ihre Haare und riß ihren Kopf zurück, bis sie gezwungen war, ihn anzusehen — »er wird Sie ebensosehr hassen, denn selbst wenn ich mit Ihnen fertig bin, wird er sich jedes Mal, wenn er Sie anschaut, daran erinnern, daß Sie mit mir zusammengewesen sind, und das wird ihn bis in die Tiefen seiner Seele verletzen.«

»Stone Kincaid wird Sie umbringen.«

»Das glaube ich nicht. Er wird alles tun, um Sie zurückzubekommen, er wird sich vielleicht sogar selbst zum Tausch anbieten. Aber wissen Sie was, Miss Windsor Richmond? Ich will Kincaid gar nicht mehr. Ich will viel lieber seine Geliebte, denn ich weiß, daß ihn das viel mehr verletzen wird als alles andere, was ich ihm jemals antun könnte.«

Als Windsor seinen Blick unentwegt erwiderte, lachte er erneut, scheinbar erfreut über ihren Widerstand. »Ach, übrigens«, fügte er hinzu, »ihren kleinen Affen anstelle von Carlos in die Decke zu wickeln, war ein ganz netter Einfall. Zu schade, daß ich ihm den Hals umdrehen mußte.«

Tief in ihrem Inneren schrie Windsor vor Kummer auf, aber sie bemühte sich, keinerlei Reaktion zu zeigen, als sich Clan ganz nahe zu ihrem Gesicht herüberbeugte.

»Ich liebe Herausforderungen«, murmelte er, und sein Atem strich über ihre Wange. »Aber genug geredet. Gönnen wir uns ein wenig Spaß.«

20

Durango befand sich beinahe hundert Meilen östlich von Mazatlán. Das Dorf, das von der Sierra Madre umgeben war, lag um einen Marktplatz, einem Treffpunkt für Indianer und *mestizos*, die sich dort unterhielten, den Frauen den Hof machten und um Waren feilschten. Wie in den meisten mexikanischen Dörfern und Städten dominierte eine mächtige katholische Kathedrale den Ort, deren hoch aufragende Mauern von den Jahrhunderten gezeichnet waren.

Neben diesem riesigen Glaubenssymbol erstreckte sich eine Reihe von hohen, schmalen Gebäuden mit rotgedeckten Dächern, die um den Platz herumgebaut waren und in deren Bauweise sich der Einfluß der spanischen Eroberer widerspiegelte. Große Terracottatöpfe mit Geranien dekorierten die Fensterbretter oder hingen in geknüpften Blumenampeln herab, die der staubigen Umgebung ein paar Farbtupfer verliehen.

Abgesehen von der Kirche war die *cantina* das meistbesuchte Gebäude im Ort. Dieses Etablissement war aus Ziegelsteinen erbaut und sorgfältig weißgetüncht. Es stand an einer Stelle, wo drei belebte Straßen auf den Platz mündeten. Eines Abends, als die Sonne den Himmel hinter indigoblauen Bergspitzen mit ineinanderschmelzenden Rosa- und Violettönen anmalte, saß Stone Kincaid allein draußen auf der gefliesten Terrasse des geschäftigen Cafés an einem abseits stehenden Tisch.

Er trank und hatte das Gesicht dem Platz zugewandt. Seine rechte Hand lag locker um eine halbleere Tequila-Flasche. Er machte einen trägen Eindruck. Seine Lider waren halb über den geröteten Augen geschlossen, aber dahinter arbeitete sein Verstand auf Hochtouren. Er beobachtete unablässig die bepackten Einheimischen, die an ihm vorbeieilten. Sein hübsches Gesicht, das nun tiefgebräunt war und von einem ungepflegten Bart bedeckt wurde, wirkte gefaßt, aber tief in seinem Inneren waren seine Gefühle in Aufruhr. Stone wurde von Furcht und Verzweiflung erfüllt.

Neun Tage waren vergangen, seit Windsor Clan in die Hände gefallen war. Fünf davon hatten er und Sonne-auf-Flügeln damit zugebracht, Clans Fährte über die Berge nach Durango zu verfolgen, aber sie hatten keine Spur von den *guerrilleros* oder ihrem Versteck entdeckt. In den letzten Tagen hatten sie Durango als Ausgangspunkt genommen und waren Tag für Tag in die zerklüfteten Berge hinaufgeritten, wo sie die Canyons und Dörfer absuchten, die *campesinos* befragten, jedem auch noch so kleinen Hinweis nachgingen. Stone schlief nicht mehr und dachte nicht mehr ans Essen. Erst wenn die Sonne unterging kehrte er zu der *cantina* zurück, die Clan ihm genannt hatte, saß dort allein und durchlitt die langen, endlosen Stunden, die dahinkrochen, während Clan ihn warten ließ.

Oh Gott, was hatte der Hundesohn nur mit ihr gemacht? Was für schreckliche Dinge mochte er ihr angetan haben? Wenn er an die gezackten Narben auf Ninas Rücken dachte, drehte sich Stone der Magen um und er begann zu zittern. Windsors Haut war so weich und glatt, so empfindlich und leicht verwundbar. Er preßte die Lider zusammen und biß die Zähne aufeinander. Die Schuld lastete wie Granit auf seiner Seele. Wenn Clan nun herausgefunden hatte, was Windsor ihm bedeutete? Es würde ihm das allergrößte Vergnügen bereiten, den beißenden Haß, den er für Stone empfand, auch auf sie zu übertragen.

Denk nicht dran, ermahnte er sich. Denk nicht dran! Konzentriere dich auf etwas anderes, irgendetwas! Er preßte seine Faust gegen den Mund und zwang sich, sein Gehirn in eine leere Tafel zu verwandeln, eine brandneue, schwarze Tafel, so sauber wie die, die er als Junge an seinem ersten Schultag besessen hatte. Als er in Andersonville eingesperrt gewesen war und ihn das Leid und der Schmerz zu überwältigen drohten, hatte er gelernt, im Geiste ein Tuch zu nehmen und seine Gedanken wegzuwischen, all die Qualen und den Kummer auszulöschen, bis sein Verstand schwarz und leer war. Die Tafel in seinem Kopf hatte ihm im Lager geholfen, seinen Verstand zu bewahren, und er benutzte sie nun erneut, um das Entsetzen über Windsors Gefangennahme durchzustehen. Nein, denk nicht mehr an Windsor, sagte er sich ein weiteres Mal, nicht einmal an ihren Namen. Verharre nicht bei dem Schmerz und dem Schuldgefühl, die an deinem Herzen nagen. Denk an gar nichts.

Statt dessen konzentrierte er seine Energie auf die Notwendigkeit, geduldig zu sein und seine Gefühle unter Kontrolle zu halten, um für den Moment bereit zu sein, wenn Clan endlich auftauchte. Trotz seines Entschlusses drängten abermals Erinnerungen an die Oberfläche. Wie lauteten ihre letzten Worte? *Heute nacht wirst du frei sein von Emerson Clan. Du wirst friedlich in meinen Armen schlafen, ohne, daß dich schreckliche Träume verfolgen.* Oh, Gott, oh, Gott.

Wisch die Tafel blank, ermahnte er sich eindringlich.

Clan kam mit Absicht so spät. Stone war sich dessen bewußt. Er war nicht nach einer Woche gekommen, wie er gesagt hatte, denn er wollte Stone so lange wie möglich leiden lassen.

Stone kannte die Denkweise dieses Verbrechers nur allzu gut. Clan war sich sicher, daß die Zeit für ihn arbeitete. Stone würde seinem Sohn niemals etwas antun, und das wußte er. Er wußte auch, daß Stone alles tun würde, um Windsor zurückzubekommen.

Oh, Windsor, wo bist du nur? Wie konnte ich dir das nur antun? Sein schlechtes Gewissen schrie die quälenden Anschuldigungen heraus, bevor er sie unterdrücken konnte, und er schüttelte den Kopf und befeuchtete seine trockenen, aufgeplatzten Lippen. Nein, denk nicht an sie, laß es, verdammt noch mal! Wisch die Tafel blank, wisch sie blank! Aber er vermißte sie doch so! Er würde sein eigenes Leben geben, wenn er dadurch hätte verhindern können, was sie durchmachen mußte! Was sollte er nur tun, wenn Clan nicht käme? Wenn er Windsor einfach bei sich behalten würde?

Sein Griff um die Tequila-Flasche wurde fester, und er konzentrierte sich ausschließlich auf seinen Drink. Ganz bewußt hob er die Flasche, setzte sie an den Mund, trank, schluckte, vergaß, dachte an nichts.

Clan würde kommen. Er wollte Carlos und war bereit, Nina dafür durch die Hölle und wieder zurück zu jagen. Und er wußte, daß Stone ihm das Baby niemals geben würde, solange er Windsor und Nina festhielt. Oh, Gott, wie konnte er den armen kleinen Carlos nur an solch einen mordenden Bastard ausliefern? Aber auch daran durfte er nicht denken. Es gab keine andere Möglichkeit. Nur so würde er Windsor und Nina lebendig zurückbekommen.

Stone setzte die Flasche erneut an den Mund und ließ seinen Blick über die belebte Straße wandern. Plötzlich erstarrte jeder Zentimeter seines Körpers. Drüben am Brunnen, mitten auf dem Platz, stand Clan. Der Mistkerl grinste ihn an. Während Stone ihn beobachtete, kam Clan langsam auf ihn zu und bahnte sich einen Weg durch die Männer und Frauen, die vor der *cantina* herumlungerten. Stone zog seinen Revolver und legte ihn auf sein Knie. Noch niemals zuvor in seinem ganzen Leben war er derart von dem Wunsch besessen gewesen, einen Menschen umzubringen, wie in diesem Augenblick.

»Hallo, Kincaid. Es ist schon eine Weile her, seit wir gemeinsam getrunken haben, nicht wahr, *amigo*?«

Stone starrte den Mann an, den er nun schon so viele Jahre verfolgte. Das Verlangen, Clan an der Gurgel zu packen und ihm die Luft abzudrücken, war so stark, daß sein ganzer Körper zu zittern begann. Er zwang sich jedoch, ruhig zu werden. Er durfte nicht zulassen, daß Clan sich seine Schwäche zunutze machte.

Statt dessen studierte er Clans Aussehen. Er hatte sich seit dem letzten Oktober, als Stone ihn in Chicago beinahe gefaßt hatte, verändert. Er trug nun einen schwarzen Gehrock, eine schwarze Hose und ein weißes Hemd mit einem steifen, gestärkten Kragen, um den er ein schwarzes Band gebunden hatte. Stone kam es vor wie die Kleidung eines Leichenbestatters. Sein Haar war länger, als er es in Erinnerung hatte, und fiel ihm in dünnen Strähnen bis über die Schultern. Mit einem triumphierenden Gefühl bemerkte Stone, daß Clan ein wenig hinkte, was bedeutete, daß ihm die Kugel, die ihm Stone bei ihrer letzten Begegnung ins Bein gefeuert hatte, immer noch Probleme bereitete. Aber seine Augen waren die alten — blaß, ohne Leben, furchteinflößend kalt und grausam.

»Setz dich, Clan.« Stones Worte klangen abgehackt und gereizt. Er zwang sich, sich zu entspannen.

Emerson Clan nahm auf dem Stuhl gegenüber von Stone Platz. Sie starrten sich wortlos an. Dann griff Clan in die Tasche seines schwarzen Gehrocks, und ein gemeines Grinsen breitete sich auf seinem Gesicht aus. Stones Finger schlossen sich fester um den Elfenbeingriff seines Revolvers, aber Clan zog lediglich einen goldenen Zigarrenbehälter hervor.

»Darf ich dir eine Zigarre anbieten, Kincaid?« erkundigte er sich und entzündete ein Streichholz auf der hölzernen Tischplatte. Er lehnte sich zurück und sog an der teuren viereckigen Zigarre, bis sie endlich brannte.

Stone schüttelte den Kopf. »Wo sind sie, du Bastard?«

Clan legte seinen Kopf in den Nacken und blies eine Wolke aus bläulichem Rauch in die Luft. Er ließ sich Zeit, bevor er antwortete. »Ich muß dir zu deinem hervorragenden Geschmack gratulieren, mein Freund. Deine

Herzensdame ist eine ziemliche Schönheit. Und tapfer dazu. Zumindest war sie das am Anfang.«

Stone erstarrte, aber da er sich bewußt war, welche Macht Clan über ihn haben würde, wenn er auch nur den kleinsten Hinweis auf irgendeine Schwäche gab, tat er so, als ließen ihn die Worte völlig unberührt. Er zuckte mit den Schultern und zwang sich zu einem gleichgültigen Lächeln. »Sie ist nur eine Frau wie jede andere.«

Clan zog eine Augenbraue in die Höhe. »In der Tat.« Er verstummte und griff erneut in seine Jackentasche. »Dann darf ich wohl annehmen, daß dich das hier auch nicht weiter berühren wird.« Er warf etwas auf den Tisch. Stone erblickte den langen blonden Zopf, der über Windsors Rücken gehangen hatte.

»Ich dachte, du hättest vielleicht gerne eine Erinnerung an sie, falls wir zwei uns nicht einigen können —«

Clans Grinsen fiel in sich zusammen, als Stone mit wutverzerrtem Gesicht aufsprang und ihn an der Kehle packte. Seine Finger klammerten sich über Clans hüpfendem Adamsapfel fest um seinen Hals.

»Nur zu«, krächzte Clan, »bring mich um. Dann wirst du sie nie wiedersehen.«

Die erstickt vorgebrachte Drohung ließ Stone wieder zu Sinnen kommen.

Er nahm seine Hände zurück. Clan fiel entkräftet auf seinen Stuhl. Stone rang um Fassung, während der andere zu husten begann und sich die Hand gegen die schmerzende Kehle preßte.

»Du warst noch nie in der Lage, dein Temperament zu zügeln«, murmelte Clan. »Das bringt dich immer noch in Schwierigkeiten. Aus diesem Grunde waren wir auch solch ein gutes Team in West Point. Ich habe dafür gesorgt, daß du dich beherrschst. Denk nur, was uns zusammen alles gelungen wäre, wenn du nicht den Helden gespielt hättest.«

»Du warst ein verdammter Verräter!«

Emerson Clan antwortete nicht. Er nahm einen tiefen Zug von seiner Zigarre und drehte sie dann zwischen Daumen und Zeigefinger, während er über die Menge blickte.

»Ich muß zugeben, daß ich über deine Hartnäckigkeit überrascht bin. Ich hätte nicht gedacht, daß du mich so lange verfolgst. Wieviele Jahre sind es nun schon? Sechs? Oder noch mehr? Denk nur, Stone, alter Freund, wenn du deine Suche nach mir aufgegeben hättest, dann würde sich deine kleine Miss Windsor Richmond immer noch unter dir in deinem Bett winden.« Er stupste Windsors Zopf mit einer Fingerspitze an. »Und das hier hinge noch an ihrem hübschen Kopf.«

Stones Hände ballten sich zu Fäusten. Clan sah, wie er sie zusammenpreßte und wieder öffnete. Er kicherte zufrieden.

»Mein Gott, Stone, du solltest einmal dein Gesicht sehen. Das muß ja wirklich Liebe sein. Aber ich kann dich beruhigen, keiner meiner Männer hat sie gehabt. Ich habe sie ganz für mich behalten.« Seine weißen Zähne blitzten in der anbrechenden Dämmerung auf.

Eine Vene klopfte sichtbar an Stones Schläfe. »Reize mich nicht bis zum Äußersten, Clan. Du solltest nicht vergessen, daß ich deinen Sohn habe.«

Clans amüsierter Gesichtsausdruck veränderte sich nicht. »Aber du wirst ihm nichts tun. Du bist ja schließlich ein Ehrenmann.«

»Laß uns endlich über das Geschäft reden, verdammt, sonst verliere ich doch noch meine Geduld und jage dir eine Kugel durch den Kopf.«

»Was für ein Hitzkopf du doch bist, Kincaid.« Clan beugte seinen Kopf zurück und blies einen Rauchring in die Höhe. »Ich bin bereit, deine Freundin für Carlos einzutauschen.«

»Ich will auch Nina haben.«

Ein überraschter Ausdruck breitete sich auf Clans hübschem Gesicht aus. »Nina? Was um alles in der Welt willst du denn mit ihr?«

»Du hast sie lange genug mißbraucht.«

»Nina ist eine verräterische kleine Schlampe. Wenn ich mit meinen Männern nicht die einlaufenden Schiffe beobachtet hätte, dann wäre dein kleiner Plan wahrscheinlich erfolgreich gewesen. Aber wir wissen beide nur zu gut, daß ich immer schon ein bißchen schlauer war als du, nicht wahr, Stone? Deshalb will es dir einfach nicht gelingen, mich zu fassen, egal, wie sehr du dich auch bemühst. Du solltest wirklich aufgeben und nach Hause zurückkehren.« Er drückte seine Zigarre auf dem Tisch aus.

»Wann und wo werden wir den Austausch vornehmen?«

»Du schickst mir diesen dreckigen Indianer mit meinem Sohn vorbei, und dann werde ich dir sagen, wo du die Frauen findest.«

»Ja, Clan, ganz bestimmt.« Stone lachte verächtlich.

»Was? Traust du mir etwa nicht?« Clans Lippen verzogen sich zu einem spöttischen Grinsen.

»Es muß ein neutraler Ort sein. Und ich will Beweise, daß beide noch am Leben sind, bevor ich dir das Kind übergebe.«

»Himmel, Kincaid, du bist ja wirklich ein harter Geschäftsmann geworden.«

Stone wartete schweigend ab.

»Es gibt eine Stadt oben in den Bergen, die sich Saltillo nennt. Bevor man die Außenbezirke erreicht, führt eine Brücke über einen tiefen Canyon. Wir treffen uns dort in drei Tagen bei Sonnenaufgang. Ich werde die Frauen zur Ostseite der Brücke bringen, und du kommst mit meinem Sohn zur Westseite. Der Austausch findet auf der Brücke statt.«

Die Lippen vor ohnmächtiger Wut zu einer schmalen Linie zusammengepreßt beobachtete Stone, wie Clan sich entfernte. Er wäre ihm am liebsten gefolgt, um den selbstzufriedenen Ausdruck mit der Faust von seinem Gesicht zu wischen, aber das durfte er nicht, noch nicht. Sonne-auf-Flügeln wartete mit Carlos, gut versteckt vor Clans Männern, in den Bergen. Er würde eine lange Zeit brauchen, bevor er dort ankam, denn er mußte eine schwierige Route reiten, die viel Zeit in Anspruch nahm. Dies war aber notwendig, um sicher zu gehen, daß ihm niemand folgte. Zumindest hatte die Warterei endlich ein Ende. Noch drei Tage, und er würde Windsor wieder in die Arme schließen können.

Er nahm den Zopf vom Tisch und drückte das weiche, blonde Haar an sein Gesicht. Ein leichter Jasmingeruch ging von ihm aus, und der Schmerz traf ihn wie ein Faustschlag. Er biß die Zähne zusammen, verfluchte Clan aufs Neue, wandte sich um und ging mit schnellen Schritten zu seinem Pferd.

»Da kommen sie«, zischte Stone mit leiser Stimme. Er lag auf dem Bauch nahe am Rand der Klippe. Unter ihm stieg der Morgennebel von der Oberfläche des schmalen, gewundenen Flusses in die Höhe und umhüllte die Brücke, auf der der Tausch stattfinden sollte. Er blinzelte und versuchte, durch den grauen Schleier hindurch etwas zu erkennen. »Dieser verdammte Nebel. Ich kann nicht genau erkennen, ob es Windsor ist. Wir werden warten müssen, bis er sich etwas gelichtet hat.«

»Nina nicht wollen, daß Clan kleinen Mann bekommen«, sagte Sonne-auf-Flügeln, der ganz in der Nähe lag, mit gedämpfter Stimme. »Sie so sagen.«

Stone drehte seinen Kopf und blickte ihn an. Ein Gefühl von Schuld brannte sich tief in sein Gewissen bei dem Gedanken daran, das unschuldige Baby zu opfern, aber er konnte es sich nicht erlauben, jetzt darüber nachzudenken. »Es muß sein. Clan wird ihm nichts tun, aber er wird Nina und Windsor umbringen, wenn wir ihm den Jungen nicht geben.« Sonne-auf-Flügeln blickte ihn zweifelnd an. Er hatte Carlos in sein Herz geschlossen. Stone warf einen Blick auf das Kind, das in seinem Wiegenbrett festgebunden war, vernahm sein leises Gebrabbel und spürte, wie sich ihm beinahe der Magen umdrehte. Er schaute zur Seite.

»Wir müssen es tun«, wiederholte er, »sobald sich der Nebel gehoben hat.«

Die Sonne stieg langsam in die Höhe und wurde zu einem Feuerball in dem klaren, blauen Himmel. Die Luft erhitzte sich, Vögel zwitscherten und flatterten in den Zweigen der Bäume hin und her, als sei die Welt in Ordnung.

Stone hielt sich eine Hand über die Augen und richtete den Blick auf die andere Seite der Brücke, wo er fünf Pferde und einen schmalen, zweirädrigen Karren ausmachen konnte, in dem zwei Gestalten saßen. »Da sind sie.« Seine Stimme nahm einen schärferen Tonfall an. »Ich kann sie jetzt besser sehen. Sie sind in dem Eselskarren. Halt nach Heckenschützen in den Felsen über ihnen Ausschau. Ich glaube zwar nicht, daß er es riskieren würde, eine Falle zu stellen, wenn sein Sohn sich in der Schußlinie befindet, aber wir dürfen ihn nicht unterschätzen.«

»Komm schon, laß uns gehen, bevor er es sich anders überlegt«, befahl Stone einen Moment später und erhob sich.

Sonne-auf-Flügeln hob widerstrebend das Wiegenbrett auf den Rücken, bestieg sein Pferd und folgte Stone den Hügel hinunter. Als sie an der schmalen Holzbrücke angekommen waren, zog Stone seinen Revolver und stieg ab.

»Ich möchte sie sehen«, rief er zu Clan hinüber.

Wut durchfuhr ihn, als Clan Windsors Kopf herumriß, damit Stone ihr Gesicht sehen konnte, und das gleiche auch mit Nina machte. Er war nicht imstande, sie ganz genau zu erkennen, aber er wußte, daß sie es waren.

»Schick sie rüber!« schrie Stone. Seine Stimme zitterte vor Wut.

»Zeig mir zuerst das Kind«, ertönte Clans Antwort von der anderen Seite.

Ungeduldig drehte sich Stone zu Sonne-auf-Flügeln um. Das Gesicht des Indianers hatte einen betroffenen Ausdruck, als er das Wiegenbrett in die Höhe hielt, um Clan das Baby zu zeigen.

»Binde ihn am Pferd fest, und zähl' bis fünf, dann laß es losgehen«, schrie Clan.

»Mach schon, Junge, tu was er sagt«, befahl Stone. Als Sonne-auf-Flügeln immer noch zögerte, ging er zu ihm hinüber und nahm ihm das Baby aus den Armen. »Es tut mir leid, aber es muß sein. Wir werden ihn zurückholen, das schwöre ich. Sobald Windsor und Nina in Sicherheit sind, werden wir uns auf die Suche nach ihm machen.«

Sonne-auf-Flügeln trat zurück, als Stone das Wiegenbrett sicher am Sattelknauf befestigte. Carlos begann zu weinen und streckte die Arme nach Sonne-auf-Flügeln aus. Stone schluckte schwer. Er biß die Zähne aufeinander und schlug dem Pferd auf die Flanke. In der Entfernung konnten sie den Eselskarren hören, der über die Brücke klapperte. Ungefähr in der Mitte trabte das reiterlose Pferd an dem Karren vorbei und lief langsam bis zur anderen Seite weiter. Sobald der alte Mexikaner nahe genug mit dem Wagen herangekommen war, rannte Stone zu ihm hin. Er sah hinein und erstarrte vor Entsetzen.

»Clan, du Bastard! Zum Teufel mit dir! Du sollst in der Hölle schmoren!« schrie er, die Stimme so schrill vor Zorn und Schmerz, daß seine gellenden Flüche, mit denen er Clan immer und immer wieder in das Feuer der Verdammnis wünsche, über das Wasser hinweghallten.

21

Während Stones gequälte Schreie von den Wänden des Canyons widerhallten, galoppierten Clan und seine Männer in Richtung Saltillo davon. Ein Schluchzer schnürte Stone die Kehle zu, als er auf Windsor hinabblickte, deren Gesicht so schlimm zugerichtet war, daß er sie kaum erkennen konnte. Man hatte sie nackt in ein rotes Tuch gewickelt. Er nahm ihren schlaffen Körper in seine Arme, und sein Herz wurde von einem solchen Kummer erfüllt, daß er am liebsten gestorben wäre. Er legte sein Gesicht gegen ihre Wange.

»Windsor? Oh, Gott, Windsor —«

»Bitte nicht mehr wehtun«, murmelte sie durch ihre aufgeplatzten Lippen. Die Höllenqualen, die sich auf seine Seele legten, nahmen ihm die Luft zum Atmen. Er versuchte verzweifelt, mit seinen Gefühlen fertigzuwerden. Sonne-auf-Flügeln kam zu ihm herüber. Entsetzen spiegelte sich auch auf seinem Gesicht, als er Windsor erblickte.

Stone vergrub sein Gesicht in ihrem kurzen Haar, unfähig, auch nur ein Wort von sich zu geben. Nina, die auf dem Boden des Karrens lag, begann zu stöhnen, und Stone sah zu, wie Sonne-auf-Flügeln sie herumdrehte. Als er den blutigen Schal betrachtete, der den Rücken des jungen Mädchens bedeckte, wurde ihm übel. Clan hatte Windsor brutal zusammengeschlagen, aber er hatte seine Peitsche benutzt, um Ninas Körper zu zerfetzen.

Stone richtete seinen wutentbrannten Blick auf den Bauern, der den Karren fuhr. Der alte Mann aber schaute ihn voller Furcht an und hielt seine Arme in die Höhe, als wolle er auf diese Weise Stones Wut abwehren.

»Nein, Senor, nein! Ich habe nichts mit diesem Werk von *el diabolo* zu tun! Ich war mit meinem Karren auf dem Weg zum Markt, als mir der *gringo* zehn Pesos bot, um zwei kranke Frauen zu transportieren!«

Stone hatte keinen Grund, ihm zu mißtrauen. Seine Kleidung und die Sprache deuteten darauf hin, daß er ein *compasino* war. Er besaß nicht das harte abgebrühte Aussehen der Männer, die Clan folgten. »Wir benötigen Hilfe, *comprende? El doctor* und eine Unterkunft. Wir werden dir Geld geben, *muchos pesos.*«

»Der einzige Doktor ist weit weg, in Durango«, erwiderte der Mann, der offenbar eifrig bemüht war, ihnen zu Hilfe zu kommen, »aber es gibt einen Heiler ganz hier in der Nähe. Er lebt mit seinen *ninas* in den Bergen. Er wird sich um die armen *senoritas* kümmern.«

»In welche Richtung müssen wir reiten? Wir müssen uns beeilen!«

Stone blickte auf den Karren hinunter. Er konnte den Gedanken nicht ertragen, Windsor wieder auf die blutbefleckten Bretter zu legen. Statt dessen stieg er auf sein Pferd und ließ sie sich von Sonne-auf-Flügeln vorsichtig in die Arme betten. Er hielt sie ganz sanft, aber sie stöhnte jedesmal vor Schmerz, wenn er sie bewegte. Unterwegs verfluchte er Clan immer und immer wieder und schwor sich, ihn in die Hölle zu jagen.

Obwohl sie nur eine Stunde benötigten, bis die niedrige, weiße Hazienda in Sicht kam, kam es Stone so vor, als seien sie bereits einige Stunden unterwegs. Sie mußten einen ungeheuer steilen Abhang überwinden, um das Haus zu erreichen, und Stones Geduld wurde auf eine äußerst harte Probe gestellt, da er seinem Pferd am liebsten die Sporen gegeben hätte, um schneller ans Ziel zu kommen.

Sonne-auf-Flügeln hatte Nina zu sich aufs Pferd genommen, als der Weg für den Karren unpassierbar wurde, und nun war sein Lederhemd mit ihrem Blut durchtränkt. Nina würde sterben, dachte Stone hilflos. Niemand konnte einen solchen Blutverlust überleben.

Als sie sich dem gepflegten, berankten Lehmsteinhaus näherten, begann ein Hund zu bellen und lief neben den

Pferden her. Sein Heulen veranlaßte drei Mädchen, die mit bunten Baumwollröcken und luftigen weißen Blusen bekleidet waren, auf die Veranda herauszulaufen. Sie waren alle noch jung und hatten langes, schwarzes Haar, das zu Zöpfen geflochten war. Als Stone die Zügel anzog, lief die jüngste davon und schrie nach ihrem Papa.

»Bitte, wir brauchen Hilfe! *Por favor!*« sagte Stone und versuchte, sich an das bißchen Spanisch zu erinnern, das er beherrschte, während er sich mit Windsor auf dem Arm vorsichtig aus dem Sattel gleiten ließ. »Versteht Ihr Englisch?«

»Sí, Senor. Was ist mit der Senora passiert?«

»Man hat sie geschlagen. Das andere Mädchen wurde ausgepeitscht.«

Seine Antwort verschlug den Mädchen den Atem, und sie warfen sich ängstliche Blicke zu.

»Wer hat ihnen so etwas Schreckliches angetan?« erkundigte sich eine tiefe Stimme, und Stone wandte sich um. Er erblickte einen grauhaarigen Mann, der um das Haus herumgekommen war. Er schien ungefähr sechzig Jahre alt zu sein, und sein dunkelhäutiges Gesicht war vom Alter und von der Sonne mit tiefen Falten durchzogen.

»Ein Mann namens Emerson Clan. *Muy malo.* Er und seine *guerrilleros* schaffen Waffen nach Saltillo.«

Der alte Mann nickte. »Die Rebellen waren in den Bergen eine zeitlang sehr stark, bis sie in der Mission von San Miguel vernichtend geschlagen wurden. Jetzt patrouillieren die *Nacionales* auf den Straßen zwischen Saltillo und Monterrey.« Sein Blick fiel auf Windsor, und seine Stimme nahm einen dringlichen Tonfall an. »Schnell, bringen Sie sie ins Haus. Ich bin Gilberto Gomez. Meine *ninas* werden Ihnen helfen.«

Stone folgte ihm mit schnellen Schritten. Eines der Mädchen hielt ihnen die Tür auf, und er ging hinter Sonne-auf-Flügeln, der Nina auf den Armen trug, ins Haus hinein. Gilberto führte sie durch einen Raum mit niedriger Decke und einem Lehmsteinkamin. Nachdem sie einen Rundbogen durchschritten hatten, gingen sie einen kurzen Flur entlang, der zu einem kleinen Schlafzimmer führte.

»Legen Sie sie vorsichtig aufs Bett und helfen Sie dann bei dem anderen Mädchen. Margarita wird mir zur Seite stehen.«

»Nein. Ich möchte bei ihr bleiben.«

Gilberto warf ihm einen Blick zu, während er sich die Ärmel seines Hemdes hochkrempelte. »Ist sie Ihre Senora?«

Stone zögerte. »Wir sind nicht verheiratet, aber ich —«

»Dann müssen Sie gehen. Wir werden uns um sie kümmern, und ich werde dann zu Ihnen kommen. Meine Untersuchung wird nicht viel Zeit in Anspruch nehmen.«

Stone runzelte die Stirn, denn er wollte Windsor nicht allein lassen. Plötzlich überfiel ihn eine irrationale Angst, daß sie abermals in große Gefahr geraten könnte, wenn er sie aus den Augen ließe. Während das Mädchen namens Margarita seinen Arm ergriff, um ihn aus dem Zimmer zu führen, warf er einen Blick zurück auf das Bett, auf dem Windsor lag. Auch Sonne-auf-Flügeln wurde gebeten, das Zimmer zu verlassen, nachdem er Nina auf das Bett gegenüber gelegt hatte.

»Gelbhaar werden nicht sterben«, sagte Sonne-auf-Flügeln mit fester Stimme, als sie beide im Flur standen. Er umklammerte Stones Handgelenk, um ihm sein Mitgefühl zu zeigen.

Stone nickte. Er war aber nicht sicher, ob er den Optimismus von Sonne-auf-Flügeln teilen konnte. »Nina ist in einer ziemlich schlechten Verfassung.«

»Sehr schlecht. Haben viel Blut verloren.«

»Papa sagt, Sie sollen *pulque* trinken. Das wird ihre Angst mildern.« Die Jüngste von Gilbertos Töchtern stand neben ihnen und hielt ein Tablett in den Händen, auf dem sich zwei Metallbecher und eine braune Flasche befanden. Das Kind mußte ungefähr sechs Jahre alt sein.

»*Gracias*«, murmelte Stone dankbar und nahm die Flasche und einen der Becher. Er starrte auf die geschlossene Tür von Windsors Zimmer. Das gedämpfte Gemurmel von Gilbertos Stimme war zu hören, danach das von einem der Mädchen.

Er war nicht bereit, sich zu entfernen. Also hockte er sich neben der Tür auf den Boden. Sonne-auf-Flügeln nahm den anderen Becher und tat es ihm nach. Stone schüttelte ihnen beiden etwas von dem Alkohol ein und stürzte seinen Drink in einem Zug hinunter. Der Wein war süß und stark. Sonne-auf-Flügeln ließ sich mit seinem Becher etwas mehr Zeit.

Stone lehnte seinen Kopf gegen die Wand und schloß die Augen. Er war so sehr von Furcht erfüllt, daß er sich wie betäubt fühlte. Zehn Minuten verstrichen, dann fünfzehn. Stone begann, auf und ab zu laufen. Er blieb erst abrupt stehen, als Gilberto endlich die Tür öffnete.

Stone sah ihn schweigend an.

Gilbertos dunkle Augen blickten ernst. »Der Mann, der dies getan hat, kann nur dem Samen von *el diabolo* entstammen sein.« Er seufzte und blickte fragend in Stones Gesicht. »Sie haben beide schreckliche Verletzungen erlitten. Die Frau, die Nina genannt wird, ist in einer sehr schlimmen Verfassung, denn die Haut auf ihrem Rücken ist so schlimm zerfetzt, daß es wenig Hoffnung auf Heilung gibt.«

Sonne-auf-Flügeln gab einen erstickten Laut von sich, und Stone fühlte einen bitteren Geschmack in seiner Kehle aufsteigen. »Was ist mit Windsor?« brachte er schließlich hervor.

»Nur *Dios* und die Engel wissen darauf eine Antwort«, erwiderte der Heiler und legte eine tröstende Hand auf

Stones Schulter. »Irgendjemand hat sie schwer mißhandelt. Die vielen Male auf ihrem Körper sagen mir, daß er seine Fäuste, vielleicht auch den Griff einer Peitsche benutzt hat. Ein Arm ist direkt über dem Handgelenk gebrochen und mehrere Rippen sind angebrochen.« Er zögerte und schüttelte besorgt sein ergrautes Haupt. Er vermied es, in Stones gepeinigte Augen zu blicken. »Ihr Körper wird heilen, aber ich fürchte, sie wurde auf noch schlimmere Art und Weise mißbraucht.«

Stone erbleichte. Er ballte seine Hände zu Fäusten.

»Es tut mir sehr leid, mein *hijo*«, sagte Gilberto mit leiser Stimme. »Ich weiß, wie schwer es für einen Mann ist, das zu hören. Aber sie wird sich mit der Zeit zumindest von den Wunden, die ihrem Körper zugefügt wurden, wieder erholen. Sie müssen sehr sanft mit ihr umgehen, wenn sie aufwacht. Sie wurde auf abscheuliche Weise von diesem Mann mißhandelt, der nicht mehr als ein Tier ist. Das wird sie nicht so schnell vergessen.« Er seufzte und blickte zu Sonne-auf-Flügeln hinüber. »Was das andere Mädchen angeht, so habe ich Margarita nach einem Priester ins Dorf geschickt. Ich fürchte, sie wird nicht mehr lange durchhalten, obwohl ich mich bemühe, die Blutung zu stoppen.«

Nachdem Gilberto wieder im Krankenzimmer verschwunden war, standen Sonne-auf-Flügeln und Stone sich schweigend und mit gramgebeugten Gesichtern gegenüber. Stone rieb sich mit den Händen über das Gesicht und wünschte sich verzweifelt, endlich aufzuwachen und festzustellen, daß alles wieder einmal nur ein böser Traum über Clan gewesen war. Aber keiner seiner Alpträume war jemals dem Schrecken der Realität nahe gekommen.

»Ich werde bei Windsor bleiben«, murmelte er und wandte sich ab. Er betrat den Raum. Gilberto und seine Töchter kümmerten sich um Nina. Windsor lag auf dem Rücken. Sie war ruhelos, stöhnte und murmelte unverständliche Worte vor sich hin. Stone zog einen Stuhl neben das Bett und nahm darauf Platz.

Er starrte auf ihr Gesicht hinab. Schmutz und Blut hatten die Mädchen abgewaschen, aber die Prellungen waren geblieben. Dunkelblau und zu dicken Beulen angeschwollen. Ein Schrei der Verzweiflung stieg in seiner Kehle auf, und es kostete ihn all seine Kraft, ihn zu unterdrücken.

Das Herz tat ihm weh, als er ihre rechte Hand an seine Lippen hob. Der andere Arm war mit einem schmalen Holzbrett und hellroten Stoffstreifen behelfsmäßig geschient worden. Ihre nackten Schultern und die Oberarme waren auch mit Prellungen übersät. Es sah aus, als hätten starke Hände sie mit einem brutalen Griff festgehalten.

Stone war plötzlich so von Zorn erfüllt, daß er nicht sicher war, ob er sich noch länger beherrschen konnte. Er hätte am liebsten laut geschrien, seinen Kopf gegen die Wand geschlagen, jemanden mit seinen bloßen Händen umgebracht.

Windsor bewegte sich unruhig und versuchte schwach, ihren Arm aus seiner Hand zu ziehen. Stone ließ ihn los, beugte sich näher zu ihr und strich ihr sanft einige schmutzige Haarsträhnen aus der Stirn. Er biß die Zähne aufeinander. Clan hatte ihr das Haar aufs Geratewohl abrasiert. An manchen Stellen war es lang, an anderen bis auf die Kopfhaut abgeschnitten. Stone schloß die Augen. Er verfluchte sich selbst, weil er zugelassen hatte, daß so etwas geschehen konnte.

Er stöhnte auf, aber die Laute wurden gedämpft, weil er seine Stirn auf die Matratze sinken ließ. Ich sollte beten, sagte er sich. Ich sollte Gott um Hilfe bitten, damit sie wieder gesund wird. Aber er war dazu nicht imstande. Er konnte nichts tun, außer an ihrem Bett zu sitzen und ihr Leiden mitanzusehen, das er verursacht hatte. Er war verantwortlich für all ihre Schmerzen. Ein Schluchzer stieg in seiner Kehle auf, ein Schrei der Schuld, der sich wie ein Schwert in seine Seele bohrte und so tief hineindrang, daß er unmöglich jemals wieder der sein konnte, der er einmal gewesen war.

Drei Tage, nachdem sie auf der Hazienda angekommen waren, lag Nina im Sterben. Sonne-auf-Flügeln wußte, daß sie bald den Pfad der Geister in die Schattenwelt betreten mußte, wo die Fußtritte nur in die eine Richtung reisten. Er hatte viele sterben sehen, durch Kampfwunden, wie auch durch Krankheit, aber Nina war keine Kriegerin wie Gelbhaar und sie litt auch nicht an irgendeiner Krankheit. Sie sollte nicht so auf ihrem Bauch liegen, während ihr das Blut aus dem Rücken tropfte, und sie sollte nicht so jung sterben.

Er zuckte innerlich zusammen, wenn er daran dachte, wie ihr Rücken ausgesehen hatte, als er zuvor das Laken hochgeschoben hatte, damit der alte Medizinmann seine Salbe auftragen konnte. Es war nur noch sehr wenig von ihrer Haut übriggeblieben. Der böse Mann hatte bei der Mutter seines Kindes keine Gnade walten lassen.

Der Gedanke an Carlos hinterließ eine Leere in seinem Herzen. Er mußte das Kind um Ninas Willen zurückbekommen.

Je länger er darauf wartete, die Verfolgung von Emerson Clan aufzunehmen, desto weiter weg würde dieser Ninas Jungen bringen. Sonne-auf-Flügeln würde ihn allein verfolgen müssen, denn seit sie die Frauen zu dem Medizinmann gebracht hatten, verhielt sich Pfeil-teilt-Haar wie ein Mann in tiefer Trauer.

Er wich Gelbhaar nicht von der Seite. Er schlief nicht. Er saß einfach nur unbeweglich da und wartete darauf, daß sie aufwachte. Er sagte nichts, tat nichts, starrte sie nur an.

»Carlos, Carlos«, murmelte Nina, und Sonne-auf-Flügeln beugte sich näher zu ihr hinunter, um ihren Worten zu lauschen, obwohl er wußte, daß sie nur nach ihrem Sohn rief.

»Sonne-auf-Flügeln sein hier. Nina nicht allein.«

»Sonne-auf-Flügeln?« Ninas Wange lag auf dem Kissen. Ihre Augen waren vor Schmerz glasig. »Wo ist Carlos? Wo ist mein Kind?«

Sonne-auf-Flügeln gab keine Antwort. Er brachte es nicht über sich, ihr zu sagen, daß er sein Versprechen gebrochen hatte. Er war außerstande, über seine Schande zu reden.

Nina hob ihren Kopf ein wenig vom Kissen und bemühte sich verzweifelt, ihren Blick auf sein Gesicht zu richten. »Paß auf meinen kleinen Carlos auf, *por favor, por favor* ...« Sie murmelte noch einige Worte auf Spanisch, die Sonne-auf-Flügeln nicht verstehen konnte. Er umschlang ihre Hand, als sie nach ihm tastete.

»Sonne-auf-Flügeln passen gut auf Carlos auf. Sonne-auf-Flügeln nicht brechen Versprechen«, flüsterte er nahe an ihrem Ohr. Verlegen bemerkte er, daß seine Stimme zitterte und ihm Tränen in die Augen stiegen. Nina sollte nicht sterben. Nina war seine Freundin.

»*Gracias, mi amigo, gracias* ...«

Sonne-auf-Flügeln schluckte schwer und trat dann zurück, weil der schwarzgekleidete Schamane aus der Welt des weißen Mannes ins Zimmer kam. Der alte Medizinmann namens Gilberto legte seine Hand auf den Arm des Indianers.

»Komm, Junge, der Priester ist gekommen. Er wird sie darauf vorbereiten, durch die Pforten des Himmels zu treten.«

Sonne-auf-Flügeln nickte, obwohl er das leise Gemurmel und die Handzeichen nicht verstand, die der Priester über Ninas gequältem Körper vollführte. Der monotone Gesang erinnerte ihn an Gelbhaar. Aber sie würde nicht sterben. Pfeil-teilt-Haar würde das nicht zulassen. Sonne-auf-Flügeln war froh darüber, aber sein Herz konnte nicht wie ein Adler in die Lüfte steigen, solange Nina litt oder Carlos sich in den Händen seines bösen Vaters befand. Sonne-auf-Flügeln wußte, was zu tun war. Und niemand konnte ihn aufhalten.

22

Windsor wollte nicht aufwachen. Sie konnte zwar die Stimme des Mannes hören, der immer wieder ihren Namen rief, aber sie wollte ihr keine Aufmerksamkeit schenken. Er war es. Er wartete auf den Moment, daß sie ihre Augen öffnete, damit er ihr wieder wehtun konnte. Aber sie hatte nicht vor, das zu tun, egal, was er sagen oder anstellen würde. Sie beabsichtigte, in dieser Welt der Dunkelheit zu bleiben, wo es keinen Schmerz und keine entsetzlichen Schreie gab.

Eine Weile wartete sie darauf, erneut von dem wundervollen Frieden überwältigt zu werden, der einen sicheren Hafen für sie darstellte. Was war nur los? Warum gelang es ihr nicht mehr, ins Vergessen zurückzusinken, wo ihr niemand wehtun konnte? Sie lag totenstill da und lauschte.

»Windsor, bitte komm zu mir zurück, bitte hör auf mich. Ich weiß, daß du es kannst. Du bist eine Kämpferin. Kämpf noch einmal so, wie du es gegen Falke-fliegt-herab getan hast —«

Windsor konnte nicht klar denken, sie war durcheinander. Aber sie versuchte, sich daran zu erinnern, was er meinen könnte. Und plötzlich fiel es ihr ein. Es gefiel ihm immer, wenn sie sich gegen ihn wehrte. Dann lachte er, und bestrafte sie anschließend. Ihr ganzer Körper erstarrte vor Furcht. Sie nahm undeutliche, leise, wimmernde Laute wahr und realisierte entsetzt, daß sie von ihr kamen. Er würde es herausbekommen! Er würde herausbekommen, daß sie versuchte, ihn auszutricksen! Ihre einzige Chance war, völlig still zu liegen und keinen Muskel zu rühren. Aber ihr Arm tat so weh. Wahrscheinlich hatte er sie wieder die ganze Nacht am Dachbalken hängen lassen. Wenn er sie doch nur für eine kleine Weile herunterholte! Vielleicht würde dann wieder etwas Gefühl in ihre Hände zurückkehren.

»Windsor, versuche, deine Augen zu öffnen. Versuch es, bitte, mein Liebling. Ich weiß, daß du es kannst. Öffne deine Augen und schau mich an.«

Mein Liebling, dachte Windsor. Clan nannte sie niemals so. Es gefiel ihm, ihr Namen wie ›Kincaids Hure‹ oder ›chinesische Schlampe‹ zu geben. Sie erinnerte sich, daß er Jun-li getötet hatte, und ein Gefühl von Traurigkeit überkam sie. Und er hatte seine schreckliche Peitsche immer und immer wieder auf den Rücken der armen Nina herabsausen lassen, bis Windsor ihn angeschrien hatte, damit aufzuhören. Möglicherweise würde er sie auch auspeitschen, sobald sie sich bewegte. Aber sie würde ihn nicht wissen lassen, daß sie wach war. Niemals.

Stone lehnte sich erschöpft im Stuhl zurück. Schon seit Tagen saß er an Windsors Bett und versuchte, die dunklen Ketten zu sprengen, die sie festhielten und verhinderten, daß sie zu ihm zurückkehren konnte. Er hätte so gerne ihre Hand genommen und sie aus dem Koma in das Licht des Tages geführt, um sie in seine Arme zu schließen.

Aber sie lag immer noch ohne Bewußtsein da, und das schon viel länger, als Gilberto erwartet hatte. Und dennoch gab Stone nicht auf. Er mußte es einfach weiter versuchen.

Er massierte seine Nasenwurzel mit Daumen und Zeigefinger. Er war so müde, daß er kaum noch denken konnte.

Wie durch einen Nebel hindurch nahm er wahr, daß irgendjemand hinter ihm das Zimmer betreten hatte. Er hob seine müden, rotgeränderten und geschwollenen Augen und versuchte, sich auf das Gesicht von Sonne-auf-Flügeln zu konzentrieren.

»Nina sein tot.«

»Das tut mir leid, Sonne-auf-Flügeln. Ich weiß, wie sehr du sie gemocht hast. Wir alle haben sie gern gehabt.« Stone rieb über sein stoppeliges Kinn und schüttelte mutlos den Kopf. Nina hatte er auch auf dem Gewissen. Er hatte sie in diese Sache verwickelt, hatte versprochen, sie vor Clan zu beschützen. Nina war tot und Windsor lag wie leblos vor ihm, wie eine kaputte, böse zugerichtete Puppe.

»Sonne-auf-Flügeln suchen nach kleinem Mann. Sonne-auf-Flügeln haben Nina versprochen.«

»Nein!« Stone sprang erregt auf und wandte sich dem jungen Indianer zu. »Du kannst einen Mann wie Clan nicht allein überlisten, und im Moment kann ich Windsor unmöglich verlassen. Wenn es ihr besser geht, wenn sie aufwacht und ich weiß, daß sie gesund wird, dann machen wir uns zusammen auf den Weg. Das schwöre ich, Sonne-auf-Flügeln. Du mußt mir vertrauen.«

»Der böse Mann werden Carlos zu weit weg bringen, wenn Sonne-auf-Flügeln noch warten lange. Pfeil-teilt-Haar werden folgen.«

»Verdammt, Sonne-auf-Flügeln, tu mir das nicht an! Du wirst sterben, wenn du alleine losziehst, und das kann ich nicht zulassen. Schon Nina hat wegen mir ihr Leben verloren!«

Sonne-auf-Flügeln blickte in Stones rotunterlaufene Augen. »Gelbhaar brauchen Pfeil-teilt-Haar. Brauchen aber nicht Sonne-auf-Flügeln. Ich werden suchen nach Carlos.«

Stone packte ihn wutentbrannt am Arm. »Du wirst nicht gehen, Sonne-auf-Flügeln, ist das klar? Clan wird dich umbringen! Warum zum Teufel willst du das denn nicht begreifen?«

Sonne-auf-Flügeln ließ sich von Stones Worten nicht beeindrucken, er reckte entschlossen sein Kinn in die Höhe. »Sonne-auf-Flügeln werden bösen Mann töten, für das, was er Nina und Gelbhaar angetan haben. Keine Sorgen machen. Ich tapferer Krieger.«

»Es spielt überhaupt keine Rolle, wie tapfer du bist! Clan wird dich sofort umbringen, wenn du versuchst, ihm Carlos wegzunehmen. Sieh dir doch Windsor an! Sie hat auch gedacht, daß sie allein auf sich aufpassen kann!«

Der Indianer blickte schweigend in Stones Augen.

»Sonne-auf-Flügeln kommen zurück mit kleinem Mann. Haben Nina Ehrenwort gegeben.«

Stone mußte hilflos mitansehen, wie er sich umdrehte und das Zimmer verließ. Er verursachte auf dem Holzboden nicht das leiseste Geräusch. Mit der düsteren Vorahnung, daß er den jungen Indianer niemals wiedersehen würde, ließ sich Stone auf den Stuhl fallen, während die Hufschläge des Pferdes von Sonne-auf-Flügeln sich immer weiter entfernten. Mutlos und erschöpft sank er tiefer und tiefer in die dunkelsten Ebenen seiner Verzweiflung.

Windsor erschrak, als etwas Kühles ihre Lippen berührte. Sie öffnete die Augen und blickte in das Gesicht eines alten Mannes. Er schien auch erschrocken zu sein. Dann lächelte er sie an. In diesem Moment setzte ihre Erinnerung wieder ein.

»Nein, nicht, bitte nicht —«

»Ganz ruhig, mein Kind, ich tue Ihnen nicht weh. Schauen Sie nur, ich werde Sie nicht einmal berühren, wenn Sie es nicht möchten.«

Windsor fuhr sich mit der Zunge über ihre trockenen Lippen. Ihre Augen schossen zur rechten Seite des Bettes, als sie auch dort eine Bewegung wahrnahm. Ein junges Mädchen blickte auf sie herab. Sie sah sehr traurig und besorgt aus. Windsor erschrak.

»Wer sind Sie? Wo bin ich?«

»Man nennt mich Papa Gilberto, und das hier ist Margarita.«

Windsors Herz begann sich zu überschlagen, als sie an Clan dachte. »Wo ist er? Ist er hier?«

»*Sí*. Er ist draußen am Bach. Er ist eben erst für einen kleinen Augenblick hinausgegangen. Ich werde ihn holen lassen —«

»Nein! Nein!« schrie Windsor entsetzt. »Bitte sagen Sie ihm nicht, daß ich wach bin. Er soll glauben, daß ich noch schlafe. Bitte, helfen Sie mir zu fliehen. Er ist so grausam —«

»Schhhh, mein Kind, Sie sind hier in Sicherheit. Senor Kincaid wird Ihnen nichts tun. Er hat Sie sehr gern. Er hat Sie von den Schurken weggeholt und hierhergebracht, damit wir Sie gesund machen können.«

Windsor war nicht sicher, ob sie ihm glauben sollte. Sie war noch mißtrauisch, aber dann erwachte wieder Hoffnung in ihr, von der sie so lange Zeit geglaubt hatte, daß es sie nicht mehr gäbe. »Stone Kincaid? Ist er wirklich hier?«

»*Sí*, Senorita«, erwiderte das kleine Mädchen und kniete sich neben ihr Bett. »Er hat Sie vor beinahe einer Woche zu Papa gebracht. Er hat sich große Sorgen gemacht, als Sie nicht aufwachen wollten. Möchten Sie, daß ich ihn hole?«

Windsor nickte. Sie wagte kaum daran zu glauben, daß sie die Wahrheit sprachen. Aber sie machten beide einen so freundlichen und gütigen Eindruck. Als Margarita loslief, um Stone zu holen, erinnerte sie sich an das, was Emerson Clan ihr angetan hatte, an die schrecklichen Dinge, zu denen sie von ihm gezwungen worden war. Sie fühlte Übelkeit in sich aufsteigen und verbarg ihr Gesicht im Kissen. Sie schämte sich so sehr. Warum nur war sie nicht tot? Am liebsten hätte sie ihre Augen geschlossen und nie wieder geöffnet.

»Die Senorita ist wach, Senor, kommen Sie schnell!«

Stone, der sich unten am Bach aufhielt, fuhr herum, ließ seine Zigarre fallen und rannte mit klopfendem Herzen auf die hintere Veranda der Hazienda zu. Er hastete durch die Küche, den Flur entlang und blieb außer Atem im Türrahmen des Schlafzimmers stehen.

Gilberto und Margarita standen lächelnd neben Windsors Bett. Stones Blick fiel auf die zierliche Gestalt, die unter den weißen Leinentüchern verborgen war. Ihre wundervollen saphirblauen Augen waren geöffnet und betrachteten ihn mißtrauisch. Ganz langsam ging er auf sie zu.

»Oh, Windsor, Gott sei Dank«, murmelte er mit erstickter Stimme, den Tränen nah. Er ließ sich auf die Bettkante sinken und nahm ihre Hand. Er preßte seinen Mund gegen ihre Finger. »Ich hatte solche Angst, daß du nicht mehr aufwachen würdest.«

Seine Freude und Erleichterung wichen jedoch tiefer Bestürzung, als sie ihre Hand wegzog, sich von ihm abwandte und ihr Gesicht mit den Händen bedeckte. »Geh, weg, oh, bitte, geh weg.«

Stone schluckte, und er blickte zu Gilberto auf. Der alte Mann schüttelte bekümmert den Kopf. Stone runzelte die Stirn.

Er bedeutete Gilberto und seiner Tochter mit besorgtem Blick, das Zimmer zu verlassen. Sobald sich die Tür hinter ihnen geschlossen hatte, wandte er sich wieder Windsor zu. Sie schluchzte mit zuckenden Schultern.

»Windsor, bitte weine nicht«, flüsterte Stone und beugte sich zu ihr hinunter. »Laß mich dich in den Arm nehmen und trösten. Ich bin so froh, daß ich dich wiederhabe.«

»Nein«, schrie sie und rutschte mit fahrigen Bewegungen über das Bett von ihm weg. »Ich möchte nicht, daß du mich berührst.«

Stone war nicht sicher, wie er sich verhalten sollte. Er wollte sie bestimmt nicht zu etwas zwingen, aber er brachte es auch nicht fertig, einfach so dazusitzen und zuzusehen, wie sie litt. Nicht nach allem, was sie durchgemacht hatte. Er mußte sie einfach berühren. Er wollte sie in seinen Armen halten, wo sie hingehörte.

»Ich liebe dich«, sagte er leise. »Mehr als jeden anderen Menschen auf dieser Welt.«

Einen Moment lang hörte sie auf zu weinen. Ihre Antwort wurde durch das Kissen gedämpft. »Geh weg.«

»Nein, ich werde nicht gehen, Windsor. Ich weiß, daß du schreckliche Dinge durchgemacht hast, aber das ist nun vorbei. Ich bin bei dir. Ich werde mich um dich kümmern und dafür sorgen, daß so etwas nie wieder geschieht. Sag mir doch, was in dir vorgeht ... Ich möchte dir so gerne helfen.«

»Ich möche nicht darüber reden«, flüsterte sie mit leiser und unglücklicher Stimme, so daß er sie kaum verstehen konnte. »Niemals.«

»Das mußt du auch nicht, das verspreche ich dir.«

Ganz vorsichtig legte Stone seine Hand auf ihren Rücken und fuhr zusammen, als sie sogar vor dieser leichten Berührung zurückzuckte.

Er nahm seine Hand weg, da er Angst hatte, daß sie aus dem Bett springen würde, wenn er sie noch einmal berührte. Er lauschte ihrem Weinen und verfluchte Clan im Stillen. Aber viel mehr noch verfluchte er seine eigene Dummheit, die sie in solche Gefahr gebracht hatte. Er hätte sie in San Francisco lassen sollen. Daß er das nicht getan hatte, würde er nun bis an sein Lebensende bedauern.

Nach einer Weile ließ ihr herzzerreißendes Weinen ein wenig nach, aber sie blieb ein ganzes Stück von ihm entfernt liegen, bis sie wieder eingeschlafen war. Er wich den Tag über nicht von ihrer Seite, starrte auf ihren geschorenen Kopf und spürte, wie es ihn innerlich fast zerriß, wenn sie hin und wieder wach wurde, aber kein Wort zu ihm sagte und ihn auch nicht anschaute.

Am späten Nachmittag überredete Papa Gilberto sie, ein wenig Hühnersuppe zu sich zu nehmen. Danach machte sie einen etwas stärkeren und wacheren Eindruck.

Vor dem Fenster hüpften Vögel von Ast zu Ast, und ihr Gezwitscher hallte durch die stille Bergluft. Im Hintergrund hörte Stone das Rauschen des Baches, der den Berg hinunterströmte und nach Saltillo floß.

»Ist das ein Fluß, den man da hört?« erkundigte sich Windsor plötzlich.

»Ja. Er fließt hinter der Hazienda vorbei.«

»Bringst du mich bitte dorthin?«

Stone runzelte überrascht die Stirn. »Warum?«

»Bitte.«

»Du bist zu schwach, um so weit zu laufen. Du solltest dich noch etwas ausruhen und warten, bis die Verletzungen abgeheilt sind.«

»Ich möchte aber jetzt dorthin.«

»Dann werde ich dich tragen müssen.«

»In Ordnung.«

Er sah, wie sie sich hinüberlehnte und etwas vom Nachttisch nahm, auf dem eine Waschschüssel und ein Krug standen.

Als sie sich umdrehte, bemerkte Stone, daß sie ein Stück Seife in ihrer Hand umklammert hielt. Sein Magen krampfte sich vor Mitleid zusammen, als ihm klar wurde, was sie vorhatte.

Er erhob sich, ging um das Bett herum, nahm eine saubere, blau-weiße Decke und legte sie ihr behutsam um die Schultern. Dann hob er sie vorsichtig auf seine Arme. Sie, die immer so stark und lebendig gewesen war, kam ihm nun zart und zerbrechlich vor. Gram überwältigte ihn, und er schloß für einen Moment die Augen. Margarita hatte ihr das Haar ein wenig nachgeschnitten, und die Prellungen in ihrem Gesicht begannen zu verschwinden. Gott sei Dank. Stone wollte nicht, daß Windsor jemals erfuhr, wie schlimm ihr Zustand gewesen war, nachdem er sie gefunden hatte.

Windsor lehnte ihren Kopf gegen seine Schulter, als sei sie bereits erschöpft. Stone blieb stumm, aus Angst, etwas Falsches zu sagen, während ihre Gefühle noch so leicht verletzbar waren.

Vier der Mädchen spielten draußen auf der Veranda mit einem Wurf munterer, brauner Welpen. Sie riefen Windsor einige fröhliche Worte zu, als Stone sie an ihnen vorbeitrug.

Er ging zügig den Hügel bis zum Bach hinunter und zögerte dann am Ufer, weil er nicht genau wußte, was er tun sollte.

»Setz mich im Wasser ab.«

»Soll ich dir dabei helfen, dein Nachthemd auszuziehen?«

Sie begann, in seinen Armen zu zittern und schüttelte den Kopf.

Stone trat ins klare, seichte Wasser und setzte sie vorsichtig hinein. Sie zuckte zusammen, als die schnelle Strömung über ihre nackten Beine hinwegglitt. Der Saum ihres Nachthemds wurde hochgewirbelt und der nasse Stoff begann an ihren Hüften zu kleben. Windsor sagte nichts und Stone entfernte sich ein paar Schritte.

»Bitte, schau mich nicht an«, sagte sie mit gesenkten Lidern. Ihre Stimme war so leise, daß sie kaum über das Gemurmel des Wassers hinwegdrang.

Stone, der sich ganz furchtbar fühlte, richtete seinen Blick auf die Spitzen der Pinien, die am gegenüberliegenden Ufer standen. Aber trotz ihrer Bitte konnte er seine Augen nicht von ihr lassen. Er schaute wieder zu ihr hinüber und sah, wie sie das Seifenstück über ihr Gesicht rieb, als wolle sie sich die Haut abkratzen.

Lange Zeit fuhr sie mit ihrer verzweifelten Reinigung fort. Sie hielt ihren gebrochenen Arm an die Seite gepreßt und wusch sich mit der anderen Hand jeden Zentimeter ihres Körpers. Sie setzte diese Prozedur so lange fort, bis Stone es nicht länger aushielt. Ihre Rippen waren noch nicht verheilt. Was sie dort tat, mußte einfach schmerzhaft sein. Am liebsten hätte er sie hochgezogen, in seine Arme geschlossen und ihr gesagt, daß all das, was sie mitgemacht hatte, nicht ihr Fehler gewesen war. Und daß alles wieder gut werden würde. Aber er tat es nicht.

Nachdem eine ganze Weile vergangen war, wurden ihre Bewegungen langsamer, und schließlich saß sie still und starrte flußabwärts, während ihr das Wasser über Arme und Beine plätscherte.

»Nina ist tot, nicht wahr?« fragte sie endlich, ohne Stone anzusehen.

»Ja.«

»Und Sonne-auf-Flügeln? Ist er auch tot?«

»Nein. Er hat sich auf die Suche nach ...« Stone verstummte, aus Angst, sie könne bei der Erwähnung von Clans Namen zusammenbrechen. »... nach Carlos gemacht. Sie haben ihn jetzt.«

Tränen begannen über Windsors Wangen zu laufen. Schreckliche, stille Tränen. Stone konnte es nicht länger aushalten, sie leiden zu sehen.

Er ging zu ihr hinüber, hob sie hoch und drückte sie leicht an sich. Als sie sich nicht von ihm abwandte, war er sehr froh. Während er sie zur Hazienda zurücktrug, weinte sie an seiner Schulter.

Obwohl bis dahin noch viel Zeit vergehen mußte, so war er doch sicher, daß irgendwann einmal alles wieder gut würde.

Er wollte alles tun, egal was, und egal, wie lange es

dauerte, um ihr den Schmerz zu nehmen, den Clan ihr zugefügt hatte.

Denn solange es ihr nicht wieder gut ging, würde auch sein eigenes Herz nicht heilen.

23

Eine niedrige Hängematte war auf der hinteren Veranda der Hazienda angebracht worden. Spät am Abend saß Windsor im Schneidersitz in ihrer weiten, geräumigen Tiefe. Es verlangte sie danach, in die entfernten Winkel ihres Geistes zu tauchen, wo sie nicht gezwungen war, zu denken, und sie begann, ihren vertrauten Gesang zu murmeln.

Seit sie mit zehn Jahren in den Tempel gekommen war, hatten ihr die alten Worte immer eine innere Ruhe verschafft, die sie friedlich und ausgeglichen machte. Aber nun wollte es ihr einfach nicht mehr gelingen, diese Gelassenheit zu erreichen.

Egal, wie sehr sie sich bemühte, ihre Gedanken zu konzentrieren, sie schaffte es nicht mehr, wie in der Vergangenheit die Welt um sich herum auszuschließen. Schmerz und bittere Demütigung tobten in ihrem Inneren — Gedanken an die schrecklichen Dinge, die Clan ihr angetan hatte hämmerten unbarmherzig gegen die Wände ihres Hirns, wie Motten, die gegen Laternenglas klatschten.

Sie unterdrückte ein Schluchzen, öffnete ihre Augen und starrte mit betrübtem Blick in die dunkle Nacht hinaus. Sie saß bewegungslos und lauschte auf die leisen, raschelnden Geräusche. Der Abendwind versetzte die Zweige der Pinie über der Veranda in Bewegung, und Grillen zirpten in dem dichten Grün, das das Haus umgab.

Der feuchte Geruch nach Blättern, der gewöhnlich einem bevorstehenden Regen vorangeht, durchdrang den dichten Pinienwald und rief Erinnerungen an den Tempel der Blauen Berge in ihr wach. Sie hatte die Geräusche und Düfte der Natur schon immer gemocht. Nun liebte sie auch die Dunkelheit, wo sie niemand sehen konnte.

Nicht weit entfernt, auf der langen Veranda, von der aus man in ein weites Tal blickte, konnte sie den polternden Bariton von Stone Kincaid hören. Die gemurmelten Antworten kamen von Papa Gilberto. Der alte Heiler war in den Wochen ihrer Genesung sehr nett zu ihr gewesen.

Stone gab ein leises Lachen von sich und sagte dann etwas, das Windsor nicht verstehen konnte. Auch er war sehr sanft mit ihr umgegangen, war immer aufmerksam zu ihr gewesen und hatte Rücksicht auf ihre Gefühle genommen. Er tat so, als mache er sich nichts daraus, was Clan ihr angetan hatte, aber sie wußte, daß ihre Tage mit Clan sie für immer verändert hatten. Ihr Körper und ihre Seele waren nicht länger rein. Sie empfand sich selbst und ihre Einstellung zu Dingen, die sie gelernt oder an die sie geglaubt hatte, nun anders als vorher.

Die klugen Worte des Alten Weisen konnten ihr nicht mehr als Rat und Hilfe dienen. Sie fühlte sich, als sei sie von ihnen betrogen worden, als triebe sie auf einem stürmischen, vom Teufel besessenen Meer aus Zweifeln und Verwirrung umher. Der Verlust ihres Glaubens ließ sie erzittern.

Die kühle Gebirgsluft drang durch ihre leichte Kleidung. Sie zog sich den warmen, schwarzen Schal über den Kopf und wickelte die langen Enden um ihre Schultern. Die kleine Margarita hatte ihr diesen Schal gegeben, ebenso wie mehrere bunte Baumwollröcke und tief ausgeschnittene weiße Blusen, die ihrer ältesten Schwester Juana gehörten, die gerade Freunde in Mexico City besuchte. Papa Gilberto und seine Familie, ganz besonders Margarita, waren gut zu ihr gewesen.

Aus der Küche hinter ihr hörte Windsor, wie das jüngste der Mädchen versuchte, einen Ton aus der federgeschmückten Flöte herauszubekommen, die Sonne-auf-Flügeln zurückgelassen hatte. Wie von unsichtbaren Händen wurde ihr verwundetes Herz wieder einmal fest und schmerzhaft zusammengepreßt. Sie vermißte ihren tapferen, indianischen Freund. Sie hatte ihm nicht einmal auf Wiedersehen sagen können.

Einen Augenblick später trug der Wind den beißenden Geruch von Zigarrenrauch zu ihr hinüber. Windsor erstarrte. Eine grauenerregende Erinnerung riß sich aus ihren Ketten los und flog ungehindert durch die tiefen, verborgenen Gänge ihres Verstandes. Steif vor Angst sah sie Emerson Clan vor sich, wie er ein Streichholz entzündete, in ihre Augen starrte und an seiner Zigarre saugte, bis sie brannte. Er hatte immer gelächelt, bevor er ihr wehtat, erinnerte sie sich voller Abscheu und biß sich auf die Lippe, um das Zittern zu unterdrücken. Seine Zähne waren so weiß gewesen wie sein langes, süßlich duftendes Haar.

Ihr Puls überschlug sich und ihr Atem kam kurz und stoßweise. Die Nerven zum Zerreißen gespannt, blickte sie in die Dunkelheit hinein, die nicht länger beruhigend wirkte, sondern mit grausiger Feindseligkeit gefüllt war. Was wäre, wenn er dort draußen rauchte und sie beobachtete? Was wäre, wenn er sie erneut in seine Gewalt bringen würde? Sie biß die Zähne aufeinander und bemühte sich verzweifelt, ihre Nerven zu beruhigen. Aber das einzige woran sie denken konnte, war, wie Clan gelacht hatte, als er die glühende, rote Spitze seiner Zigarre auf ihre nackte Brust gepreßt hatte. Panik stieg in ihr auf. Schnell und mit aller Macht. Sie sprang mit klopfendem Herzen auf die Füße, bereit, loszurennen.

»Windsor? Was ist los?«

Sie fuhr zusammen, stieß einen kurzen Schrei aus und wirbelte herum. Stone Kincaid stand hinter ihr. Er trat einen Schritt zurück und hielt beide Hände hoch, als wolle er ihre Ängste besänftigen. Windsors Blick richtete sich auf die rauchende Zigarre, die er zwischen Daumen und Zeigefinger hielt. Er verstand wohl, daß es die Zigarre gewesen war, die sie erschreckt hatte, denn er warf sie sofort ins Gras. Zitternd beobachtete Windsor, wie die glühende Spitze in einem weiten, roten Bogen zu Boden fiel.

»Vergib mir, Liebling. Ich wollte dich nicht erschrecken. Ich dachte, du hättest mich kommen hören.« Stones Stimme hatte einen leisen, beruhigenden Tonfall angenommen, den er immer wieder benutzte, seit sie in den Bergen lebten.

Windsor zitterte immer noch und wich vor ihm zurück. Sie hatte Angst, er könne wieder versuchen, sie zu berühren. Erleichtert bemerkte sie, daß er keine bedrohlichen Bewegungen in ihre Richtung unternahm. Statt dessen nahm er ein Stück von ihr entfernt auf den Holzstufen Platz.

Windsor zog sich in die dunkelste Ecke zurück, wo das Lampenlicht aus dem erleuchteten Fenster zwar sie nicht mehr erreichen konnte, aber die Stelle, wo Stone saß, gut sichtbar machte. Sie hockte sich auf den Boden, lehnte den Rücken gegen die Wand und umschlang ihre Taille mit den Armen.

»Fühlst du dich heute etwas besser, Windsor?« erkundigte Stone sich einen Moment später. »Papa Gilberto sagt, daß dein Arm gut heilt. Er meinte, du wärst in ein paar Wochen in der Lage, zu reisen.«

Entsetzen erfüllte sie. Sie wollte nirgendwohin reisen. Clan würde sie hier, auf dieser einsam gelegenen Hazienda hoch in der Sierra Madre niemals finden. Margarita und ihre Schwestern hatten ihr versichert, daß nur einige wenige Nachbarn die steile, felsige Straße zu ihrem Haus heraufkämen, wenn sie medizinische Versorgung benötigten.

Stone wandte ihr sein Profil zu und streckte seine langen Beine aus. Er trug immer noch seine schwarze Hose und die hohen Lederstiefel, aber seit sie auf der Hazienda waren, hatte er es sich angewöhnt, lose, weiße Hemden wie Papa Gilberto zu tragen, die *camisas* genannt wurden. Beide Revolver, die er besaß, steckten in den Halftern, die um seine muskulösen Oberschenkel gebunden waren. Er nahm seine Waffen niemals ab.

Sein Bart war stark gewachsen und überzog Kinn und Wangen wie ein schwarzer, dichter Schatten. Im Augenblick suchten seine Augen die Dunkelheit ab, in der sie sich versteckte.

»Habe ich dir eigentlich erzählt, daß meine Schwester Carlisle hier in Mexiko ist, um eine Freundin zu besuchen?«

»Nein.«

»Ein Freund meines Bruders begleitet sie. Sein Name ist Chase Lancaster. Er hat eine Ranch hier unten, irgendwo in der Nähe von Monterrey, die sich Hacienda de los Toros nennt. Und eben habe ich erfahren, daß Papa Gilberto und die Mädchen ihn auch kennen. Chase und Carlisle waren sogar vor einigen Monaten auch hier. Offenbar wurden sie in irgendwelche Auseinandersetzungen mit den *guerrilleros* verwickelt, bevor die Revolution niedergeschlagen wurde.« Er schwieg einen Moment. »Ich mache mir ein wenig Sorgen um Carlisle, denn Papa Gilberto sagte, daß sie an Malaria erkrankt sei.«

»Tut mir leid, daß es ihr nicht gut ging.« Stone hatte noch niemals zuvor mit ihr über seine Familie gesprochen, und Windsor fragte sich, wie es wohl sein mußte, an Carlisles Stelle zu sein und einen Bruder zu haben, der sich um einen sorgte. Hung-pin war beinahe wie ein Bruder gewesen, und Clan hatte ihn mit seiner Peitsche getötet, ganz so, wie er es mit Nina gemacht hatte. Sie preßte die Augenlider zusammen, unfähig, weiterzudenken.

»Papa Gilberto sagte, daß Chases Ranch gar nicht weit von hier entfernt ist. Ich weiß, daß wir willkommen sind, ganz besonders, wenn sich Carly ebenfalls dort aufhält. Und selbst wenn sie inzwischen weitergereist sein sollte, so könnte ich doch wenigstens herausfinden, ob es ihr besser geht.«

»Ich werde hierbleiben und auf dich warten«, erwiderte sie, denn der Gedanke, diesen sicheren Hafen zu verlassen, erschreckte sie.

Stone sagte eine Weile nichts. Dann antwortete er mit sehr leiser Stimme: »Du kannst nicht ewig hierbleiben, Windsor. Ich möchte dich heiraten und mit nach Hause, mit nach Chicago nehmen. Dort kann ich dich beschützen, das schwöre ich.«

Heiße Tränen stiegen in ihr auf und brannten wie Flammen hinter ihren Augenlidern. Wie konnte er nur an so etwas denken? Er ahnte doch sicher, was für schreckliche Dinge Clan ihr angetan hatte. Sie konnte den Gedanken, daß sie jemals wieder ein Mann berührte, nicht ertragen, auch nicht, wenn es sich um Stone handelte.

»Wenn ich hier weggehe, werde ich zum Tempel der Blauen Berge zurückkehren.«

Stone gab einen tiefen, resignierenden Seufzer von sich.

»Wenn es das ist, was du möchtest, dann werde ich dich dort hinbringen.«

Keiner von ihnen sprach mehr ein Wort. Das Rauschen des Flusses und das Zirpen der Insekten waren fortan die einzigen Geräusche, die die Stille der Nacht durchbrachen.

Stone saß auf dem niedrigen Bett, das *catre* genannt wurde, und das ihm Papa Gilberto kurz nach ihrer Ankunft auf der Hazienda zur Verfügung gestellt hatte. Er hatte es während der ersten Tage, als Windsor noch ohne Bewußtsein war, in ihr Zimmer gestellt. In dieser Zeit hatte er kaum geschlafen und ständig an ihrem Bett gewacht, aus Furcht, sie könne sterben. Nun, Wochen später, begann ihr Körper endlich zu heilen, aber ihre Seele litt nach wie vor unter den tiefen emotionalen Wunden.

Er betrachtete Windsor, die in ihrem Bett auf der anderen Seite des Raumes schlief. Im Augenblick lag sie ruhig, aber er wußte, daß ihre Alpträume schon bald beginnen würden. Es war jede Nacht das gleiche. Aber wenn sie dann furchterfüllt und zitternd aus dem Schlaf fuhr, ließ sie es zu, daß er sie in den Arm nahm. Er nutzte diese kostbaren Gelegenheiten, da es die einzigen Augenblicke waren, in denen sie es ertragen konnte, seine Hände auf ihrem Körper zu spüren.

Er schloß die Augen und spürte, wie die Wut in seinem Bauch tobte. Windsor war so stark gewesen und so selbstbewußt ihren Weg gegangen. Clan machte sich einen Spaß daraus, Menschen zu zerstören. Und er wurde immer besser darin. Wieviele Opfer würde er wohl noch quälen und umbringen, bevor ihn jemand aufhielt? Er sah das junge Gesicht von Sonne-auf-Flügeln vor sich und verdrängte es schnell wieder aus seinem Bewußtsein. Er konnte nur darum beten, daß der Junge nicht leiden mußte.

Stone entspannte sich ganz bewußt und setzte sich bequemer hin. Er mußte sich auf die Gesundung von Windsor konzentrieren. Sie brauchte ihn jetzt. Er war froh, daß sie so friedlich schlief. Vielleicht würde sie diese Nacht ausnahmsweise einmal nicht träumen. Da sie so ruhig dalag, sollte er sich vielleicht auch einige Stunden Schlaf gönnen.

Er war hundemüde. Es war schlimm, sie zu betrachten und sich nach ihr zu sehnen und an die Zeit zu denken, als er sie in seinen Armen gehalten, sie geküßt und mit ihr geschlafen hatte. Er fühlte sich so verdammt machtlos. Er konnte lediglich abwarten und zusehen und hoffen, daß sie eines Tages über all das hinwegkommen würde, was sie durchlitten hatte.

Seltsamerweise hatte er selbst nur noch selten unter seinen schlimmen Träumen zu leiden. Er dachte sogar nicht mehr oft daran, was ihm Clan in Andersonville angetan hatte.

Obwohl er Emerson Clan mehr als je zuvor haßte, hatte er keine Lust mehr, an ihn zu denken, keine Lust mehr, ihn noch jahrelang zu jagen. Noch mehr haßte er allerdings sich selbst, denn durch ihn hatte Clans Boshaftigkeit auch die Leben der Menschen beeinflußt, die er liebte.

John Morris und Edward Hunt waren Opfer seines Streits mit Clan gewesen. Sie hatten beide in Andersonville den Tod gefunden. Und nachdem sie Clan nach Chicago gelockt hatten, war Gray angeschossen und Tyler gequält worden. Ein Hausmädchen hatte Verletzungen erlitten und ein weiterer Bediensteter war erstochen worden.

Und nun war Stones besessene Verfolgungsjagd dafür verantwortlich, daß Windsors wunderschöne saphirblaue Augen leer waren, sie ihre jugendliche Unschuld und ihre Kraft verloren hatte, ganz so, als hätte Clan in ihr Inneres gegriffen und die Flamme, die ihren Geist nährte, ausgelöscht.

Stones Wange zuckte. Er kämpfte gegen seine Ängste an. Er liebte Windsor. Er wußte zwar nicht, was sie alles erduldet hatte, solange sie in Clans Händen gewesen war, aber er konnte es sich vorstellen. Er wollte nichts darüber hören, und er wollte nicht darüber nachdenken. Er wünschte nur, er besäße die Macht, all ihre Erinnerungen an die Leiden auslöschen zu können. Aber diese Macht hatte er nicht.

Windsor selbst würde die Kraft zum Überleben finden müssen. Er konnte nur versuchen, ihr ganz vorsichtig zu helfen. Wenn er sie zu sehr bedrängte, bestand allerdings die Gefahr, daß er sie ganz verlieren würde. Trotz seiner Zustimmung, die er ihr vor einigen Tagen abends auf der Veranda gegeben hatte, wollte er nicht, daß sie nach China zurückkehrte. Falls sie dies doch tat, würde sie sich vielleicht entschließen, dort zu bleiben, um wie der Alte Weise zu werden, den sie ja so sehr achtete. Wie konnte er sie nur davon abhalten?

Ihm blieb nur, abzuwarten, geduldig und verständnisvoll zu sein. Sie brauchte Zeit, viel Zeit, um ihr Herz von den Qualen, die sie plagten, zu reinigen. Wenn er sie überreden könnte, mit nach Chicago zu kommen, wären Gray und Tyler vielleicht imstande, ihm dabei zu helfen, zu ihr durchzudringen.

Verzweiflung gewann wieder die Oberhand über seine Hoffnungen, und Stone beugte seinen Kopf, um auf die Jade-Steine hinabzuschauen, die an seinem Handgelenk hingen.

Aus Gewohnheit strich er über sie hinweg und hoffte, daß sie ihm dabei helfen würden, sich zu entspannen, wie es Windsor einmal geglaubt hatte.

Es war an der Zeit, weiterzuziehen. Er wollte Windsor aus den Bergen, aus Mexiko, herausbringen, und so weit wie nur eben möglich weg von Clan. Vielleicht würde er sie zu einem Besuch bei ihrer Mutter überreden können. Während der Wochen, die sie zusammen in San Francisco verbracht hatten, waren sie sich sehr nahe gekommen.

Stone wurde aus seinen Gedanken gerissen und sprang auf die Füße, als Windsor plötzlich im Bett hochfuhr. Bevor ihr erstickter Schrei verklungen war, hatte er sie schon in die Arme geschlossen. Er hielt ihre Fäuste fest, mit denen sie kraftlos gegen seine Brust schlug.

»Alles in Ordnung, mein Liebling. Ich bin es. Du hast wieder geträumt. Ich passe auf dich auf. Du bist in Sicherheit.«

Er hatte die gleichen Worte in der Nacht zuvor und auch in der Nacht davor gebraucht, und ihre Reaktion unterschied sich auch heute nicht von den vorherigen Nächten.

Sobald sie bemerkte, daß er es war und nicht Clan, hörte sie auf zu kämpfen und weinte bitterlich an seiner Brust. Aber sie wich nicht vor ihm zurück. Sie blieb in seinen Armen, und genau dort wollte er sie haben. Wenn der Morgen kam, würde sie wieder in Trübsal und Mißtrauen versinken, wohin sie sich für gewöhnlich rettete. Aber bis dahin würde er sie festhalten, ihr die Tränen trocknen und die weiche Wärme ihres Körpers genießen, der sich an den seinen preßte. Die Zeit würde all ihre Wunden heilen, die äußeren so wie die inneren, das sagte er sich immer wieder. Daran mußte er glauben.

»Und es gibt keinen Zweifel, Papa Gilberto?«

»Nein, mein Kind. Du wirst dein Baby im Winter bekommen.«

Windsor wandte ihren Blick von seinen gütigen, dunklen Augen ab. Sie hatte vermutet, daß sie schwanger war, sich aber gegen diese Vorstellung gesträubt. Sie saß mit dem alten Mann am Ufer des Flusses und starrte in das klare Wasser, auf dessen Grund ein kleiner Fisch bewegungslos verharrte. Langsam richtete sie ihren Blick flußabwärts, auf die Stelle, wo Stone stand.

Er trug kein Hemd, und die Muskeln auf seinem Rücken traten hervor, als er die Axt über seinen Kopf hob. Die Sonne spiegelte sich im Stahl, bevor Stone sie mit einem dumpfen Schlag auf einen Holzklotz hinabsausen ließ. Er beugte sich vor und warf die gespaltenen Stücke in einen Korb. Dann sagte er etwas zu den fünf kleinen Mädchen, die auf dem Boden saßen und ihn beobachteten.

»Werden Sie Senor Kincaid etwas von dem Kind sagen?«

Windsor spürte, wie ihr Gesicht rot anlief. »Ich bin mir nicht sicher, ob er der Vater ist.«

»*Sí*. Aber er könnte der Vater sein, nicht wahr?«

»Das würde ich mir wünschen. Es war so schrecklich, als —« Sie verstummte und rang um ihre Fassung.

Papa Gilberto stützte die Ellenbogen auf seine gebeugten Knie. »Ihr Kind ist ein Teil von Ihnen. Es hat keine Schuld an den Dingen, die Ihnen andere angetan haben. Neugeborene sind unschuldig. Man kann ihnen weder die Güte noch die Bosheit ihrer Väter vorhalten.«

Windsor blickte ihn an. »Ich würde einem Kind niemals die Schuld an dem geben, was mir zugestoßen ist. Nina hat Carlos ja auch nicht gehaßt. Sie ist bei dem Versuch, ihn zu beschützen, gestorben.«

»Dann müssen Sie Senor Kincaid eine Chance geben. Er wird wissen wollen, daß er möglicherweise Vater wird. Er hat Sie sehr gern. Ich habe gesehen, wie er sie behandelt. Er wird gut zu Ihrem Kind sein.«

»Ich weiß nicht, was ich tun soll«, murmelte sie. »Ich glaube nicht, daß ich eine gute Frau für Stone Kincaid wäre.«

Papa Gilberto schenkte ihr sein gütiges Lächeln und tätschelte ihre Hand.

»Lassen Sie Ihr Herz seinen Worten lauschen, die er zu Ihnen spricht. Dann werden Sie wissen, wie Sie sich entscheiden sollen.«

Windsor blieb sitzen, als er aufstand und zur Hazienda ging, aber sie hatte große Angst. Der Gedanke daran, daß Emerson Clans Kind in ihr heranwuchs, erfüllte sie mit Abscheu.

Ich will es nicht haben, dachte sie. Dann erfüllte sie neues Entsetzen. Ob er sie wohl verfolgen würde, wenn er davon erfuhr? Würde er sie auf die gleiche Weise jagen, wie Nina, nachdem sie seinen Sohn geboren hatte? Sie legte eine Hand auf ihren Mund und bemühte sich, gegen die wachsende Panik, die in ihr aufstieg, anzukämpfen. Sie mußten von hier fort! Jetzt sofort, noch heute! Stone mußte sie weit, weit weg bringen, wo Clan niemals herausfinden würde, daß sie möglicherweise sein Kind unter dem Herzen trug.

24

Trotz der brodelnden Spätjunihitze war es auf der von schattigen Bäumen umgebenen Terrasse der Hacienda de los Toros kühl und schattig. Dona Maria Jimenez y Morelos saß in einem weißen Weidensessel ganz in der Nähe eines hübschen kleinen Springbrunnens. Weiche, handgearbeitete Kissen mit gelben und schwarzen Aztekenmustern machten es ihrem Rücken in dem hochlehnigen Stuhl bequemer. Ihr dunkler Kopf, dessen Haar mit grauen Strähnen durchzogen war, beugte sich eifrig über ihre Hände.

Ungeachtet des heißen Wetters legte sich ihre Stirn vor Konzentration in tiefe Falten. Dona Maria zog eine silberne Nadel durch feines, eierschalfarbenes Leinen, das in ihren Stickrahmen gespannt war. Jeder Stich wurde mit geübter Präzision ausgeführt. Dann hielt sie einen Moment inne und lächelte, während sie den winzigen, spitzenbesetzten Kragen des Babyhemdchens kritisch betrachtete.

Nach langen Monaten des Wartens waren ihre beiden kleinen Enkelkinder auf dem Rückweg von Amerika und würden bald hier in Mexiko ankommen. Dann hätte sie endlich die Gelegenheit, ihre entzückenden, kleinen Gesichter zu sehen und sie in den Armen zu halten. Darauf freute sie sich schon seit April, als sie von Chaso, ihrem ältesten Sohn, die freudige Mitteilung über ihre Geburt erhalten hatte.

Aber noch viel schöner war, daß Chaso sich mit Carlita,

seiner wunderschönen amerikanischen Frau, versöhnt hatte. Als Dona Marias Schwiegertochter einige Wochen vor Weihnachten von Veracruz aus weggesegelt war, hatte Maria befürchtet, daß sie Carlisle nie mehr wiedersehen würde. Aber Chaso war ihr in die *norteamericano* Stadt namens Chicago gefolgt, und es war ihnen gelungen, alle Probleme, die ihre Ehe belasteten, zu lösen. Die Briefe ihres Sohnes klangen, als seien sie nun sehr glücklich miteinander, genau wie Dona Maria es sich immer erhofft hatte.

Die Nadel begann erneut aufzublitzen, und Dona Marias leiser Seufzer drückte ihre Zufriedenheit aus. All die Stunden, die sie auf ihren Knien betend vor dem Altar der Heiligen Jungfrau verbracht hatte, waren nicht umsonst gewesen. Sie war wirklich mit Glück gesegnet.

Selbst ihr jüngerer Sohn, Tomas, war zur Vernunft gekommen. Sie blickte zu ihm hinüber. Er saß an einem Glastisch auf der Veranda und sollte sich eigentlich mit seinen Gesetzesbüchern beschäftigen, statt dessen flickte er mit großem Eifer ein Lederlasso. Dona Maria wies ihn jedoch deshalb nicht zurecht.

Zumindest war er endlich über seine Verliebtheit zu Carlita, der Frau seines eigenen Bruders, hinweggekommen! Welch eine Erleichterung, daß er sich endlich mit der Ehe von Chaso und Carlita abgefunden hatte, ganz besonders, da das Paar nun auch noch Eltern von Zwillingen geworden war! Und seit Dona Maria Tomas mit hierher in den Norden auf die Hacienda de los Toros genommen hatte, machte er einen sehr viel zufriedeneren Eindruck.

Vor fast einem Monat waren sie auf Chasos großer Ranch angekommen. In den letzten Wochen hatte Tomas beinah jede Sekunde des Tages in der Arena verbracht und sich als Stierkämpfer geübt. Sie hoffte, daß er mit der Zeit einsehen würde, daß eine Ehe mit der kleinen Marta Morena, der beide Familien zugestimmt hatten, nur zu seinem Besten war. Alles schien sich in der Tat zum Besten zu wenden. Nun würde es ihr vielleicht auch gelingen, ihren Seelenfrieden wiederzuerlangen, der sie verlassen hatte, als beide Söhne so unglücklich gewesen waren.

Nun konnte sie ihre Tage damit verbringen, Strampelanzüge und winzige Socken zu stricken. Wer hätte gedacht, daß Carlita Chaso *zwei* gesunde Jungen schenken würde und eine *zweite* Babyausstattung notwendig wäre? Die Zwillinge waren auf spanische Namen getauft worden. Sie konnte es kaum erwarten, den kleinen Esteban und seinen Bruder, Enrico, zu sehen. Ihr Herz schlug vor Aufregung wie die Flügel eines Kolibris, wenn sie nur daran dachte!

»*Perdón*, Senora, es ist Besuch eingetroffen.«

Dona Maria blickte erstaunt auf, als sie die Worte ihres Hausmädchens vernahm, dann aber machte ihr Herz einen Satz. »Sind es Chaso und Carlita, Rosita?« fragte sie atemlos.

»Nein, Senora. Sie sind beide *norteamericanos*, ein Mann und eine Frau. Der Senor sagt, daß Papa Gilberto sie zu uns gesandt hat.«

Dona Maria war enttäuscht, aber gleichzeitig auch neugierig. Sie hatte selten Gäste, wenn sie sich hier im Haus ihres Sohnes aufhielt. »Papa Gilberto? Wirklich? Nun, dann *vamos*, bring sie zu mir. Ich freue mich darauf, zu hören, wie es meinem lieben, alten Freund und seinen *ninas* geht.«

»Wer ist da gekommen, Mama?« erkundigte sich Tomas und gesellte sich zu ihr, während sie das Hemd ihres Enkelsohnes sorgfältig zusammenfaltete und vorsichtig auf das große Nähkörbchen legte, das neben ihr auf dem Boden stand.

»Lassen wir uns überraschen, *mi hijo*. Ich weiß nur, daß sie von Papa Gilberto geschickt wurden«, erwiderte sie und strich mit den Händen über ihren weiten, schwarzen

Seidenrock, als Rosita auch schon zwei Fremde über den schmalen, gefliesten Weg heranführte.

Dona Maria betrachtete die beiden interessiert. Der *gringo* war so groß und kräftig wie Chaso. Aber dieser Mann war nicht hellblond, wie ihr Sohn, sondern hatte rabenschwarzes Haar, das ihm weit über den Nacken reichte und einen dichten, schwarzen, sorgfältig gestutzten Bart, der sich den Konturen seiner schlanken Wangen anglich. Er war gekleidet wie die *vaqueros*, die Cowboys, die sich um die Rinder und die Arenen kümmerten. Seine langen, muskulösen Beine steckten in schwarzen Hosen, und an den Füßen hatte er hohe, schwarze Stiefel mit Sporen, die bei jedem Schritt ein klirrendes Geräusch verursachten. Um die Schultern hatte er einen von der Reise beschmutzten, olivgrün und braun gestreiften Poncho geschlungen. Dieses staubige Kleidungsstück der *campesinos* konnte jedoch nicht die beiden schweren, mit Elfenbeingriffen versehenen Colts verbergen. Die schwarzen Lederhalfter, in denen sie steckten, waren mit ausgefallenen Motiven in Silber verziert und um seine Oberschenkel gebunden. Er trug seine Waffen wie ein erfahrener Revolverheld. Sie kam zu dem Schluß, daß er ein gutaussehender Mann war, aber etwas Hartes, Gefährliches an sich hatte. Sie war plötzlich froh, daß Tomas neben ihr stand, obwohl der Fremde seine Begleiterin sehr rücksichtsvoll führte. Er hielt ihren Arm, als sei sie aus Porzellan und als habe er Angst, sie zu zerbrechen, dachte sie.

Ihre Neugierde war nun wirklich geweckt, und sie studierte die *gringa*, die er mit solch außergewöhnlicher Rücksicht behandelte. Sie war von kleiner Statur, nicht sehr viel größer als Dona Maria. Das Mädchen hielt seinen Blick auf die Steine vor ihren Füßen gerichtet, daher konnte Dona Maria ihr Gesicht nicht erkennen. Sie trug einen weiten Rock aus leuchtend roter Baumwolle und eine weiße Bluse, jedoch keine Kopfbedeckung, und ihr

Haar, das einen blaßglänzenden Goldton hatte, umkränzte in kurzen Locken ihren Kopf — eine Mode, die Dona Maria höchst skandalös fand! Noch nie in ihrem Leben hatte sie eine solche Frisur bei einer Frau gesehen, nicht einmal unter den ärmsten *campesinos*.

»*Bienvenida*«, begrüßte sie Dona Maria, als sie vor ihr standen. Sie gab sich Mühe, nicht auf den seltsamen Haarschnitt der *gringa* zu starren, obwohl es ihr ausgesprochen schwer fiel. »Ich bin Dona Maria, Don Chasos Mutter. Und dies ist mein Sohn Don Tomas. Rosita sagte, daß Papa Gilberto Sie hierhergeschickt hat.«

Der große *gringo* nickte Tomas zu und blickte ihr gerade in die Augen, als er ihr antwortete. Sie entdeckte sofort die große Müdigkeit, die in den blau-grauen Tiefen lag.

»*Sí*, Senora. Wir haben die letzten Monate auf Papa Gilbertos Hazienda verbracht.« Er warf seiner blonden Begleiterin einen Blick zu, aber diese schaute nicht auf. »Dies ist Windsor Richmond, und mein Name ist Stone Kincaid. Mein Bruder und meine Schwester sind mit ihrem Sohn, Senor Lancaster, bekannt. Ich hatte eigentlich gehofft, Carlisle hier vorzufinden, denn Papa Gilberto sagte mir, daß sie an Malaria erkrankt sei.«

»Kincaid! Sie müssen Carlitas Bruder sein!« rief Tomas aufgeregt aus.

Zum ersten Mal erschien ein kurzes Lächeln auf Stone Kincaids bärtigem Gesicht. »Ja, das bin ich.«

»Carlita hat oft von Ihnen und Ihrem Bruder Gray gesprochen, während sie in meinem Haus in Mexico City wohnte«, bestätigte Dona Maria und studierte mit neuerwachtem Interesse sein Gesicht. Sie kam zu dem Schluß, daß er keinerlei Ähnlichkeit mit seiner Schwester hatte, deren Haar flammendrot war.

»Ist sie hier?« erkundigte er sich.

»Nein, es tut mir leid, Ihnen sagen zu müssen, daß sie zu einem Besuch nach Amerika zurückgekehrt ist. Aber wir erwarten sie jeden Tag mit Chaso und den Kindern zurück auf der Hacienda de los Toros.«

Stone Kincaid runzelte leicht die Stirn und blickte von Tomas zu Dona Maria. »Kinder? Ich fürchte, ich verstehe nicht.«

»Oh, dann wissen Sie es also noch nicht, Senor Kincaid? Ihre Schwester hat im Herbst meinen Sohn Chaso geheiratet. Vor kurzem hat sie ihm zwei Söhne geboren.« Maria lächelte und bemerkte, daß das Mädchen bei der Erwähnung der Kinder aufblickte.

»Hol mich der Teufel«, fluchte Carlitas Bruder, schüttelte den Kopf und blickte sie dann entschuldigend an. »Ich bitte um Verzeihung wegen dieses Ausbruchs, Senora, aber ich habe schon seit Monaten keinen Kontakt mehr zu meiner Familie gehabt, und ich hatte keine Ahnung, daß Carly geheiratet hat, noch viel weniger, daß sie Mutter geworden ist. Im letzten November, als ich Chicago verließ, wußten wir, daß sie zu einem Besuch der Familie Perez hier in Mexiko weilte, aber niemand hat vermutet, daß sie beabsichtigte, Ihren Sohn zu heiraten. Ich hatte eigentlich eher den Eindruck, daß sie ihn nicht leiden konnte.«

Dona Maria widerstrebte es, über all die tragischen Vorfälle zu reden, die zu der überstürzten Heirat ihres Sohnes mit Carlita geführt hatten. »Ich fürchte, das ist eine lange Geschichte, und ich bin sicher, daß Sie viel zu müde sind, um sie sich heute anzuhören. Vergeben Sie mir, aber die Senorita macht einen sehr erschöpften Eindruck.«

Als Dona Maria sie erwähnte, hob die schweigsame *gringa* ihre großen, von goldenen Wimpern umrandeten Augen. Der Ausdruck in ihren saphirblauen Augen war so unendlich traurig, daß Dona Maria erschrak.

»*Sí*, ich bin sehr müde, Signora«, antwortete Windsor Richmond. Sie hatte die Worte in Englisch gesprochen, aber Dona Maria hörte einen leichten Akzent heraus, der allerdings kein spanischer war. Sie fragte sich, woher sie kommen mochte.

»Wir haben in den letzten Wochen eine harte Reise hinter uns gebracht«, erläuterte Stone Kincaid und legte schützend einen Arm um das Mädchen. Als sie kaum merklich zusammenzuckte, nahm er ihn schnell wieder weg.

Dona Maria wurde noch neugieriger, als Stone Kincaid fortfuhr: »Ich hatte gehofft, Senor Lancaster würde uns eine Weile aufnehmen, bis ich die Überfahrt nach New Orleans arrangiert habe. Aber wenn er und Carly nicht hier sind —«

»*Sí*«, unterbrach ihn Dona Maria entschlossen, »sie müssen hierbleiben. Carlita wäre sehr enttäuscht, wenn ich Sie vor ihrer Ankunft schon wieder ziehen ließe. Wie ich schon sagte, rechnen wir jeden Tag mit ihnen.« Sie hob ihren Arm und deutete auf das Haus. »Und wie Sie sehen, ist die Hacienda de los Toros sehr groß. Tomas und mir wird es eine große Freude sein, Sie bis zum Eintreffen meines Sohnes und meiner Schwiegertochter zu unterhalten.«

»*Gracias*, Senora.«

Dona Maria nickte ihm lächelnd zu, erfreut, daß Stone Kincaid sich die Mühe machte, ihre Sprache zu benutzen. Er beherrschte zwar kein Kastilisch, aber die spanischen Worte, die er benutzte, waren verständlich.

»Da wäre noch etwas anderes, Dona Maria. Ich muß dringend eine Nachricht an meinen Bruder Gray in Chicago schicken. Gibt es hier in der Nähe ein Telegrafenamt?«

»Wir schicken zu diesem Zweck häufig Reiter nach Monterrey. Schreiben Sie nur Ihre Nachricht auf, ich werde dann dafür sorgen, daß sie morgen früh weggebracht wird.« Dona Maria lächelte, aber sie machte sich ein wenig Sorgen um die Senorita, die mittlerweile hin und her schwankte, als würde sie jeden Augenblick umfallen.

»Mein Sohn und ich wollten uns gerade zum Essen setzen, Senor«, sagte sie, ohne ihre Augen von dem armen Mädchen zu nehmen. »Es wäre uns ein Vergnügen, wenn Sie uns Gesellschaft leisten würden.«

»Ich möchte nicht unhöflich erscheinen«, erwiderte Stone Kincaid, »aber Windsor ist in den letzten Monaten sehr krank gewesen. Ich fürchte, unsere lange Reise hierher hat sie über alle Maßen angestrengt. Würde es Ihnen etwas ausmachen, wenn wir uns gleich zurückziehen?«

»Das ist nur allzu verständlich, die Reise von der Sierra *fría* hier herunter ist äußerst strapaziös. Ich werde Ihnen Ihre Unterkünfte zeigen. Tomas, würdest du Rosita Bescheid sagen, daß sie warmes Wasser für Bäder bringen soll, *por favor?*«

»*Sí*, Mama.«

Stone Kincaid blickte dem Jungen nach. »Das ist sehr freundlich von Ihnen, Dona Maria, aber machen Sie sich bitte nicht die Mühe, zwei Zimmer herrichten zu lassen. Ich werde bei Windsor bleiben, für den Fall, daß sie mich in der Nacht braucht.«

Dona Maria war aufs Neue schockiert. Sie nickte, gab sich alle Mühe, ihre Reaktion zu verbergen und führte sie zur Treppe, die zum ersten Stock hinaufging. Als sie sich umdrehte, sah sie, daß Stone Kincaid die zierliche, junge Frau auf seinen Armen trug.

Dona Maria hob ihren langen raschelnden Rock und stieg dann die Stufen hinauf, die zu den Schlafzimmern im ersten Stock führten. Ihr Instinkt sagte ihr, daß zwischen den beiden *norteamericanos* irgendetwas nicht stimmte.

Windsor saß Stone gegenüber und machte einen ebenso stillen wie zerbrechlichen Eindruck wie die mit weißen Rosen gefüllte Porzellanvase, die auf dem Tisch zwischen ihnen stand. Er studierte ihr Gesicht. Sie waren nun schon beinahe zwei Wochen auf der Hacienda de los Toros, und obwohl sie einen ausgeruhteren Eindruck machte, war sie immer noch so nervös wie eine eingesperrte Katze.

Jede Bewegung, jedes unerwartete Geräusch ließ sie vor Angst zusammenzucken. Stones Magen zog sich zusammen. Seine Gefühle waren so verwirrt, wie ein verknoteter Wollfaden.

Mehr als alles andere hatte er gehofft, daß ihre gereizten Nerven sich in der relativen Sicherheit, die Chase Lancasters Ranch bot, erholen würden. Das war einer der Gründe, warum er sich entschlossen hatte, die anstrengende Reise aus den Bergen hinunter zu unternehmen. Stone hatte sich in der Sierra, wo Clan und seine schreckliche Bande von Mördern sich frei bewegen konnten, nie sicher gefühlt. Gott allein wußte, wohin der Bastard sich davongemacht hatte.

Hier ließ Lancaster sein riesiges Anwesen Tag und Nacht von hundert bewaffneten *vagueros* bewachen. Kein Eindringling kam an ihnen vorbei, nicht einmal ein so schlauer Mann wie Clan. Im Haus lebten zudem viele Bedienstete, und es war mit seinen hohen Mauern und vergitterten Toren wie eine Burg befestigt.

Rein körperlich fühlte sich Stone so gut wie schon lange nicht mehr. Am ersten Abend nach ihrer Ankunft hatte er sich gebadet und rasiert, und Dona Maria war seither eine unvergleichliche Gastgeberin, die dafür sorgte, daß es ihnen an nichts fehlte. Sie hatte sogar ihre Köchin angewiesen, für Windsor einfache Gerichte zuzubereiten, wie beispielsweise gedünsteten Reis ohne die Tomatensoße und Chilis, die die Mexikaner in ihrer würzigen Küche verwendeten. Und er schlief zur Abwechslung einmal in einem richtigen Bett mit einer bequemen Matratze. Aber nicht mit Windsor. Sie ließ es nach wie vor selten zu, daß er sie überhaupt berührte.

Im Augenblick stocherte sie mit einer schweren Silbergabel in ihrem Essen herum. Zumindest nahm sie ein bißchen Nahrung zu sich. Bei Papa Gilberto hatte sie immer nur auf Stones nachdrückliches Drängen hin etwas gegessen.

Ja, es ging ihr besser hier. Sie blieb die meiste Zeit in ihrem Zimmer, aber jeden Morgen stand sie sehr früh auf, um allein durch den inneren Garten zu spazieren. Das sah er bereits als großen Erfolg an. Sie weigerte sich allerdings immer noch, über das zu reden, was ihr zugestoßen war, oder darüber, wie ihre Zukunft aussehen sollte.

Ein Blitz fuhr hinter ihm über den Himmel und Windsor blickte auf. Als sich ihre Blicke trafen, verzog sich ihr Mund zu einem kleinen, entzückenden Lächeln. Er dachte an den Moment, als er sie zum ersten Mal gesehen hatte. Damals hatte sie die Nonnentracht getragen und Jun-li in ihrem Bambuskoffer versteckt. Selbst in diesem düsteren Schwarz war sie die wunderschönste Frau gewesen, die er jemals gesehen hatte.

Seit sie in Chicago in diesen Zug gestiegen waren, hatten sie so viel gemeinsam durchgemacht. Es fiel ihm schwer, sich überhaupt daran zu erinnern, wie das Leben ohne sie gewesen war.

Nun verfiel sie körperlich und seelisch vor seinen Augen, und es brachte ihn um, dies mitansehen zu müssen.

Heute nacht wollte er ihr in Erinnerung rufen, wie es einmal zwischen ihnen gewesen war, wie es wieder sein könnte. Die Idee war ebenso anziehend wie erschreckend, denn er wußte, daß er vorsichtig sein mußte, um nicht den mühevollen Fortschritt, den er bei ihr gemacht hatte, zu vernichten.

Draußen, vor den hohen, weißen Balkontüren tropfte der Regen auf das gußeiserne Gitter ihres Balkons. Es hatte schon den ganzen Tag über geregnet, und die Geranien in den Terracotta-Töpfen hatten schließlich resigniert ihre leuchtend roten Köpfe hängen lassen. Die endlosen Wasserfluten trommelten unablässig auf die gebogenen, roten Dachziegel und tropften in einem langsamen, hypnotischen Rhythmus von dem überhängenden Dachvorsprung herab.

Er hob seinen langstieligen Weinkelch in die Höhe und bemerkte, daß ihre weiße, bestickte Bluse von einer Schulter herabgerutscht war. Ihr schmales Schlüsselbein stand hervor. Das erinnerte ihn an ihre durchlittenen Qualen und verlieh zudem ihrer weichen, elfenbeinfarbenen Haut ein zerbrechliches und durchscheinendes Aussehen. Aber sie hatte ein wenig von dem verlorenen Gewicht wieder zugenommen, und sie war unzweifelhaft immer noch schön. Ihr liebliches Gesicht war nicht mehr durch die Prellungen und Abschürfungen von Clans Mißhandlungen verunstaltet, sondern es war wieder glatt und weich.

Die einzigen Narben, die zurückgeblieben waren, befanden sich in ihrem Kopf. Für einen Augenblick packte ihn ein heißer, intensiver, überwältigender Zorn. Er würde es sich niemals verzeihen, daß er zugelassen hatte, wie sie von Clan zugerichtet worden war, niemals solange er lebte.

Nach den Greueln, die er in Andersonville überlebt hatte, war er nur noch von dem Gedanken besessen gewesen, Emerson Clan zu töten. Sein Leben hatte aus der Suche nach ihm bestanden. Er hatte sich um nichts und niemanden sonst mehr gekümmert. Er hatte sein Leben nur noch mechanisch geführt, sowohl was seine Familie betraf, als auch die wenigen Frauen, die er begehrt hatte. Er hatte nicht wirklich gelebt, nicht so wie andere Menschen.

Obwohl er die Suche nach Clan eines Tages wieder aufnehmen wollte, stellte er fest, daß er sich nach einem friedlichen Leben sehnte. Und er wollte Windsor an seiner Seite haben, und zwar die wunderbare, geheimnisvolle Windsor, die er einmal gekannt hatte. Wenn Gott sie ihm so zurückgeben würde, dann hätte er keinen Grund, jemals um etwas anderes zu bitten.

Windsor seufzte erneut. Ihre Aufmerksamkeit war auf den herunterprasselnden Regen gerichtet, und Stones Blick verharrte auf den dunklen Ringen unter ihren Augen. Sie schlief besser, aber es gelang ihr immer noch nicht, durchzuschlafen. Nacht für Nacht schreckte sie nach wie vor aus Alpträumen auf.

Donner grollte drohend, rollte über den Abendhimmel hinweg und rief in Stone Erinnerungen an die Nacht wach, als er im Wigwam der Osage schwitzend und nach Luft ringend aus seiner eigenen Hölle hochgeschreckt war.

Er blickte auf das Jadearmband hinunter, das Windsor ihm geschenkt hatte. Er hatte es seither niemals abgenommen.

Wenn er damals geahnt hätte, was sie erwartete, wäre er den Winter hinüber bei den Osage geblieben, und Windsor wäre heute noch die Frau, die mit verbundenen Augen Pfeile abschoß und mit bloßen Händen die mutigsten Krieger besiegte. Ein Gefühl des Bedauerns beschlich ihn, erfüllte sein Inneres, aber er wehrte sich mit aller Macht dagegen. Eines Tages würde sie wieder so sein, sagte er sich fest.

»Erinnerst du dich noch an die Nacht, als du mir diese Jadesteine gegeben hast?« fragte er sie jetzt und hielt seinen Arm in die Höhe, damit sie sie auch sehen konnte.

Sie nickte, aber ihre Augen waren trüb, ohne Glanz. Ihre Finger legten sich um ihren Hals, wo einmal ihre eigene Jadekette gehangen hatte, und Stone wurde klar, daß sie sich wahrscheinlich an den Moment erinnerte, als Clan sie ihr weggenommen hatte. Er wollte nicht, daß sie an Clan dachte, ganz besonders nicht heute nacht und auch sonst nie mehr.

»Die Jadesteine haben mir geholfen, aber nun benötigst du sie mehr als ich.«

Stone streifte das Armband vom Handgelenk und zog es über ihre Hand. Windsor blickte auf die glatten, runden Steine hinab und drehte sie zwischen ihren Fingern.

»Danke, Stone Kincaid. Dies sind die einzigen Dinge, die mir noch von den Sachen geblieben sind, die ich aus China mitgebracht habe.« Ihre Stimme versagte und sie biß sich auf die Lippen. »Sogar den armen Jun-li habe ich verloren.«

Stone kämpfte gegen den Drang an, sie zu berühren, sie an sich zu drücken, ihr über das Haar zu streichen, sich in ihr zu vergraben. Das war es, was er wollte, und das war es auch, was sie brauchte, damit sie überhaupt die Chance hatte, alles, was sie quälte, wieder zu vergessen.

»Du hast in dieser Nacht deine Hände über meinen Nacken gleiten lassen und einen Haufen Nadeln in mich hineingesteckt.« Er grinste. »Ich war mir damals noch nicht ganz sicher, was ich von dir halten sollte.«

»Du hast mich nicht besonders gut leiden können. Du hast mir nicht vertraut.«

»Ich vertraue dir jetzt, Windsor«, sagte er ruhig. Seine Augen suchten die ihren. »Vertraust du mir auch?«

»Ja. Du hast mir dreimal das Leben gerettet.«

»Dann laß es zu, daß ich dich festhalte, daß ich dich berühre. Ich brauche dich, Liebling. Ich vermisse es so sehr, dich in meinen Armen zu halten. Verlange ich zuviel?«

Ihre dichten, goldenen Lider senkten sich über ihre Augen. Dann erhob sie sich und ging zu den geöffneten Balkontüren hinüber.

Stone stand ebenfalls auf. Er trat hinter sie und legte seine Hände auf ihre Schultern. Er spürte die Anspannung in ihrem Körper. »Ich werde nichts tun, was du nicht willst, Windsor. Das solltest du inzwischen eigentlich wissen.«

Während er sprach, ließ er seine Hände unter ihr kurzes, seidiges Haar gleiten und preßte seine Handflächen fest gegen ihren Kopf, genau so, wie sie es damals, in dieser Regennacht im Wigwam, auch getan hatte. Wie seltsam doch das Leben war. Welch eine Ironie, daß sich ihre Rollen derartig umgekehrt hatten. Wie konnte ein einziger schlechter Mensch nur so viele Leben zerstören?

Er spannte seine Finger an, zog sie vom Scheitel bis zu ihren Schläfen hinunter und dann wieder hinauf. Windsor stieß einen zufriedenen Seufzer aus und ließ sich gegen seine Brust sinken. Nach einer Weile ließ er seine Hände zu ihren Schultern hinabgleiten, wo er die verspannten Muskeln knetete, bis sie sich unter seinen Händen weich und nachgiebig anfühlten.

»Fühlt sich das gut an?« flüsterte er und seine Lippen liebkosten die feingeschwungene Biegung ihrer Ohrmuschel. Seine Selbstbeherrschung ließ schnell nach. Gott, wie sehr er sie begehrte. Aber er konnte sie nicht zwingen, durfte sie nicht zu früh bedrängen. Er strich die seidenen Locken hinter ihr Ohr, damit er seine Lippen über ihren Hals gleiten lassen konnte.

»Ja.« Sie ließ ihren Kopf langsam gegen seine Schulter zurücksinken. Stone schloß die Augen und bemühte sich verzweifelt, sein Verlangen nach ihr unter Kontrolle zu halten. Aber der süße Duft, der aus ihrem Haar aufstieg, raubte ihm die Sinne.

»Ich liebe dich, Windsor«, murmelte er mit einer Stimme, die so belegt war, daß man sie kaum verstehen konnte. »Was passiert ist, spielt keine Rolle für mich. Ich möchte, daß du meine Frau wirst. Laß mich dir zeigen, wieviel mir an dir liegt. Laß uns zusammen schlafen.«

Windsor reagierte nicht, als habe sie seine Worte nicht vernommen, aber als seine Handflächen über ihre Schultern wanderten und die Schlaufen ihrer Bluse lösten, entzog sie sich ihm nicht. Stones Herz begann zu hämmern. Er wünschte sich so sehr, sie zum Bett hinüber zu tragen, damit sie ihre Weichheit um seine Einsamkeit und sein Verlangen hüllen konnte. Aber er wußte nur zu gut, daß er das nicht tun durfte. Er mußte sanft mit ihr umgehen, Verständnis zeigen, und nicht der gewaltigen Leidenschaft nachgeben, die ihn in ihren Klauen hielt und seine Hände zum Zittern brachte.

Sie löste sich von ihm und preßte das geöffnete Mieder gegen ihre Brust. »Nein, ich kann das nicht tun, nie wieder. Bitte nicht. Du weißt, ich kann es nicht ertragen, deine Hände auf meinem Körper zu spüren!«

Ihre Worte erschütterten ihn bis ins Mark. »Ich werde dir nicht wehtun. Das brächte ich niemals fertig, niemals«, murmelte er mit heiserer Stimme, drehte sie zu sich um und zwang sie, ihn anzusehen. Er nahm ihre Handgelenke und legte ihre Handflächen vorsichtig auf seine Wangen. »Schau mich an, Windsor. Ich bin es, nicht er. Wir müssen miteinander schlafen, damit ich dir helfen kann, dich daran zu erinnern, wie es einmal zwischen uns gewesen ist.«

Tränen stiegen ihr in die Augen, tropften von ihren langen Wimpern und liefen die Wangen hinunter. »Ich kann es nicht, Stone Kincaid. Wenn du mich so hältst, kann ich nur noch an ihn denken und was er mir angetan hat —«

Stone blickte auf sie herab. Er wollte sie zu nichts zwingen, aber wenn es ihm nicht bald gelänge, die Mauern, die sie um sich errichtet hatte, einzureißen, dann würde es ihm vielleicht niemals mehr gelingen. Der Gedanke, sie zu verlieren, quälte ihn, und er zog sie zu sich heran und vergrub sein Gesicht in ihrem Haar. »Bitte tu mir das nicht an, Windsor. Ich glaube nicht, daß ich es ertragen kann, wenn du mich jetzt abweist.«

»Oh, Stone, er hat mir so wehgetan. Er hat uns beiden

wehgetan.« Der Schmerz ließ ihre Stimme verstummen und es blieb nur noch Verzweiflung. »Er hat jedes Mal gelacht, wenn er uns quälte! Und ich dachte, ich könnte es aushalten. Ich dachte, ich könnte meinen Geist kontrollieren, so daß er keine Möglichkeit hätte, mich zu verletzen, aber wenn ich das tat, wandte er sich Nina zu und gebrauchte seine Peitsche! Er schlug sie immer und immer wieder, und sie schrie und schrie und flehte mich an, alles zu tun, was er wollte. Ich kann immer noch ihre schrecklichen Schreie hören. Und ich sehe, wie das Blut ihr den Rücken hinunterläuft, bis sie ganz davon bedeckt ist —«

Stone schrak innerlich zusammen. Dies war das erste Mal, daß sie Einzelheiten darüber, was ihr zugestoßen war, enthüllt hatte, und er war nicht auf die Wut vorbereitet, die in ihm tobte, als Windsor sich aus seinen Armen wand.

Außer sich vor Verzweiflung fiel sie auf ihre Knie und vergrub ihr Gesicht in den Händen. »Er hat mich die ganze Zeit bei sich behalten«, murmelte sie mit tränenerstickter Stimme. »Wenn wir reisten, wenn wir irgendwo Rast machten, jede Minute wollte er mich bei sich haben, damit er mich verhöhnen und quälen konnte. In der Nacht brachte er uns zu einer Scheune oder einem Stall, nur Nina und mich, und dort hielt er uns dann stundenlang fest. Er schlug Nina mit seiner Peitsche, und ich mußte auf Händen und Füßen herumkriechen und ihn um Dinge bitten. Und, oh, Stone, er hat mich gezwungen, von dir zu erzählen, über das, was wir miteinander machen, wie du mich berührst und mit mir schläfst. Ich mußte ihm sagen, daß er der bessere Mann war, der bessere Liebhaber, daß ich dich niemals wirklich geliebt habe —«

Stone verwandelte sich in einen Stein, jeder Muskel wurde so hart wie Granit. Die Qual, die ihn erfaßte, war so mächtig, so überwältigend, daß sie ihn vollkommen erfüllte. Er war nicht imstande, sich zu bewegen, konnte nicht antworten, sie nicht einmal trösten. All der wilde Zorn, den er in den letzten Monaten unterdrückt und tief in sich verborgen hatte, ließ sich nicht länger zurückhalten. Die engen Zügel, mit denen er seine brodelnden Emotionen angeschirrt hatte, entzogen sich seinem Griff. Entsetzen floß über ihn hinweg und mischte sich mit Verzweiflung und Schuldgefühlen, die vom Grunde seiner Seele heraufströmten und von seinem Körper Besitz ergriffen.

Zitternd machte er ein paar unsichere Schritte auf den Eßtisch zu und klammerte sich an die Kante, bis seine Wut explodierte.

Mit einer einzigen, zornigen Bewegung warf er den Tisch um, und Teller und Tassen zersplitterten an der Wand. Immer noch blind vor Wut stolperte er zum Bett hinüber und umfaßte mit beiden Händen den Bettpfosten. Er schlug seinen Kopf dagegen und umklammerte, in einen inneren Kampf verstrickt, das Holz so hart, daß seine Finger schmerzten. Er bemühte sich verzweifelt, die schrecklichen Bilder in seinem Kopf auszulöschen. Diese Visionen, in denen die Frau, die er liebte, mit Emerson Clan zusammen war. In denen Windsor von ihm berührt und gequält und geschändet wurde.

Einen Moment später erstarrte er, als Windsor ihre Arme um seine Taille legte. Sie schmiegte ihre Wange an die zitternden Muskeln seines Rückens. »Es tut mir so leid, Stone Kincaid«, flüsterte sie leise. »Ich habe meine Augen vor deinem Schmerz verschlossen und nur an mich selbst gedacht. Entschuldige, daß ich deinem Leid gegenüber so blind gewesen bin.«

Stone schloß stöhnend die Augen, drehte sich um und preßte sie an sich.

»Ich allein bin für das verantwortlich, was man dir angetan hat. Ich habe es dir angetan«, murmelte er mit rauher Stimme. »Oh, Gott, Windsor, ich werde niemals darüber hinwegkommen, daß ich nicht verhindern konnte, wie er dich gequält hat.«

»Ich gebe dir nicht die Schuld«, erwiderte sie mit leiser Stimme. »Du hast mich gerettet, als ich schon jede Hoffnung aufgegeben hatte. Du hast mich hierhergebracht und dich um mich gekümmert. Ich liebe dich.«

Stone suchte nach ihrem Mund und die Worte, die er gegen ihre Lippen sprach, offenbarten zugleich seine Angst.

»Ich kann ohne dich nicht weiterleben. Du mußt auch an uns denken, an das, was wir einmal hatten, bevor wir nach Mexiko kamen. Denk an mich, Windsor. Denk daran, wie sehr ich dich liebe und brauche. Mach deinen Kopf leer, wie du es immer getan hast. Tauche tief in dich ein und fühle mit deinem Herzen.« Sein Atem kam ungleichmäßig, als sie ihre Arme um seine Taille legte und ihren Kopf an seine Brust schmiegte.

»Ich liebe dich mehr als mein Leben. Ich schwöre, daß ich dir nicht wehtun werde«, flüsterte er und versuchte, nichts zu übereilen und sie nicht zu erschrecken. Er küßte sie auf den Scheitel und preßte seinen Mund auf ihre Schläfen, dann auf ihre Wangen und schließlich auf ihre zitternden Lippen. Sie schmeckten so süß und waren so weich, genau, wie er sie in Erinnerung hatte. Er zwang sich, ihren Körper ganz leicht und sanft zu halten. Aber er rang mit seiner Selbstbeherrschung und stählte sich gegen die Leidenschaft, die wie ein Blitz durch sein Herz fuhr und sich dann wie ein Feuerstrom durch sein Blut ergoß.

Mit eisernem Willen verteilte er kleine Küsse auf ihre nackten Schultern und hob sie dann in die Höhe, so daß seine Lippen über die weichen Rundungen ihrer Brüste hinweggleiten konnten.

Als sie sich ihm nicht entzog, hob er sie auf seine Arme, legte sie auf das Bett und streckte sich neben ihr aus. Dann hielt er sie eng an sich gedrückt in den Armen, ohne jedoch eine weitere Bewegung zu machen. Statt dessen genoß er das Gefühl, sie nach so vielen Wochen, in denen er auf diesen Moment gehofft und davon geträumt hatte, endlich wieder zu spüren. Als sie sich schließlich in seiner Umarmung entspannte und mit einem zufriedenen Seufzer ihre Arme um seinen Hals legte, begann er, mit den Händen über ihren Rücken zu streicheln. Er schlüpfte mit der Hand unter ihre Bluse und ließ sie auf ihrer Haut liegen, die sich wie weicher, heißer Samt anfühlte.

Nach einer Weile stützte er sich auf einen Ellenbogen und lehnte sich gerade so weit hinunter, daß er über ihre Lippen hinwegstreichen konnte. Er schmiegte seinen Mund an den ihren, schmeckte ihn, reizte ihn, bis sie die Lippen öffnete und seinen Kuß erwiderte. Sein Herz begann schneller zu klopfen und er war kurz davor, jegliche Vernunft außer acht zu lassen. Er küßte sie härter, und sein Verlangen nach ihr wuchs ins Unermeßliche. Er würde sterben, wenn er sie nicht besitzen durfte, da war er sicher.

Plötzlich bäumte sich Windsor auf und preßte ihre Brüste gegen ihn. Ihr Atem ging flach und kurz, und Stone wagte sich weiter vor. Er ließ seine Hände unter ihren Rock gleiten, wanderte an ihren nackten Beinen in die Höhe und umfing ihre Hüften. Windsor gab ein lustvolles, hilfloses Stöhnen von sich, und Stone zog sie weiter an sich. Seine Lippen erforschten ihre nackte Haut, und er strich mit seinen Händen und seinem Mund sanft über ihren Körper, bis sie sich krümmte und ihn an sich zog.

Sein Puls klopfte in seinen Schläfen, pumpte durch seine Venen, und er rollte sich auf sie. Seine Finger glitten durch ihr seidiges Haar. Er preßte seinen Mund auf ihre Lippen, als er sich endlich mit ihr vereinigte, sie eins wurden, wie es ihnen bestimmt war und wie er es sich für immer wünschte. Sie schrie auf, und ihr Körper erstarrte, während die Wellen der Lust durch sie hindurchströmten. Sein eigener Moment der Ekstase kam schnell, mächtig, erschütterte ihn bis in sein tiefstes Inneres und ließ ihn schließlich kraftlos und befriedigt zurück.

Doch selbst danach hielt er sie immer noch besitzergreifend an sich gepreßt. Ihre weichen Arme legten sich fest um seinen Hals, und das Klopfen ihres Herzens verschmolz zu einem einzigen Herzschlag mit seinem eigenen. Und in diesem Augenblick voller Zärtlichkeit, da seine Liebste wieder zu ihm zurückgekehrt war, wußte er, daß er noch nie zuvor in seinem Leben solch eine überwältigende Freude empfunden hatte.

25

Stunden, nachdem der Kerzendocht in einer kleinen Rauchwolke zischend verlöscht war, wurde Stone durch das Geräusch von Rädern geweckt, die über die Pflastersteine der Einfahrt direkt unter dem Balkon ihres Schlafzimmers fuhren. Windsors warmer Körper lag eng an seine Seite geschmiegt, und er rutschte vorsichtig aus dem Bett, um sie nicht aufzuwecken.

Von der Hitze ihrer Leidenschaft erschöpft, war sie endlich ruhig eingeschlafen, ohne sich endlos hin und her zu wälzen und erstickte Angstschreie von sich zu geben, wie sie es sonst immer tat. Stone war ebenfalls zufrieden, denn sie hatten eine der höchsten Mauern, die zwischen ihnen standen, eingerissen. Die restlichen würden sie mit der Zeit auch einstürzen. Er zog vorsichtig eine weiche Decke über ihre nackten Schultern, kleidete sich rasch an und hoffte inständig, daß die Kutsche seine Schwester Carlisle auf die Hacienda de los Toros zurückgebracht hatte.

Er trat aus der Tür, ging den Flur entlang und hörte

Stimmen, die aus dem vorderen Salon zu ihm hoch schallten. Er lehnte sich über das Geländer.

Dona Maria stand neben dem großen Lehmsteinkamin. Sie war offenbar gerade erst wachgeworden, denn sie trug noch ihr langes, weißes Nachthemd, über das sie einen Morgenmantel aus braunem Samt gezogen hatte. Sie sprach mit leiser, gurrender Stimme auf zwei Säuglinge ein, die ihr von einem dunkel gekleideten Kindermädchen hingehalten wurden. Stone lächelte. Das Verhalten dieser eleganten, gebieterischen Dame überraschte ihn, aber sie war ihm in den letzten Wochen, in denen sie sich Windsor gegenüber so freundlich verhalten hatte, ans Herz gewachsen.

Eifrig hielt er nach seiner Schwester Ausschau, und er lächelte, als sie in sein Blickfeld trat. Sie legte einen Arm um Dona Maria, lachte und umarmte die ältere Frau herzlich. In diesem Augenblick wurde ihm zu seiner Überraschung klar, wie sehr er seine kleine Schwester vermißt hatte. Er hatte sie in der letzten Zeit wahrlich nicht oft gesehen.

Bis vor einem Jahr noch war sie im Kloster des Heiligen Herzens in New Orleans gewesen, in das sie sein Bruder Gray geschickt hatte, nachdem sie an einer Demonstration für das Frauenwahlrecht teilgenommen und einige andere Aktionen weiblichen Widerstandes zur Schau gestellt hatte. Aber der wirkliche Grund, warum er seine Schwester so selten gesehen hatte, war der, daß er viel mehr an der Verfolgung von Emerson Clan interessiert gewesen war, als daran, Zeit mit seiner Familie zu verbringen. Erst jetzt wurde ihm klar, wie falsch die Prioritäten gewesen waren, die er sich gesetzt hatte.

Carlisle schlug ihre Kapuze zurück und steckte eine Strähne ihres goldroten Haares, die sich gelöst hatte, in der dicken Haarrolle in ihrem Nacken fest.

Während sie aus dem regennassen, blauen Umhang schlüpfte, trat ein großgewachsener Mann hinter sie, nahm ihr den Umhang ab und schüttelte den Regen aus seinen Falten.

»Oh, Chaso, Carlita, eure *ninos* sind so wundervoll«, sagte Dona Maria, und nahm ein eingehülltes Bündel aus den Armen des indianischen Kindermädchens. »Und was für kräftige Jungen es sind! Man würde vermuten, daß sie bereits sechs Monate alt sind, und dabei sind sie gerade einmal drei! Tomas, sind sie nicht goldig?«

»Eins sieht wie das andere aus«, bemerkte der sechzehnjährige Onkel und blickte das Baby an, das seine Mutter ihm hinhielt.

»Bei Zwillingen passiert es schon einmal, daß sie sich ähnlich sehen«, erwiderte Chase Lancaster trocken und lachte, während er seinen anderen Sohn in seine Armbeuge bettete.

Stone, den es nun drängte, Carlisle zu begrüßen, ging die Stufen hinunter. Als er beinahe am Treppenabsatz angekommen war, erblickte ihn Dona Maria und wandte sich direkt zu Carlisle um.

»Oh, Carlita, wie konnte ich das nur vergessen! Dein Bruder Stone ist hier! Er und seine Begleiterin sind schon seit ein paar Wochen unsere Gäste.«

»Stone ist hier?« rief Carlisle und packte Dona Maria am Arm.

»Und ob ich hier bin, und es wurde langsam Zeit, daß du auch kommst«, erwiderte Stone anstelle von Dona Maria.

Carlisle wirbelte herum und stürmte dann mit einem Freudenschrei auf ihn zu. Stone lachte und öffnete die Arme für ihre gewohnt stürmische Begrüßung.

»Oh, Stone, wir haben uns solche Sorgen um dich gemacht!« schalt sie ihn. Sie umarmte ihn abermals heftig, bevor sie weiterredete. »Wo bist du gewesen? Und warum hast du nichts von dir hören lassen? So vieles ist inzwischen passiert, daß ich gar nicht weiß, wo ich mit erzählen anfangen soll!« Ihre hervorsprudelnden Worte versiegten für einen Moment, als sie sich zurücklehnte, um ihn vorwurfsvoll anzusehen. Aber sobald sie wieder zu Atem gekommen war, prasselten weitere Fragen auf ihn nieder. »Und was um Himmels Willen machst du hier in Mexiko? Bei der letzten Nachricht, die wir erhielten, hieß es, du wärst auf dem Weg nach San Francisco! Und was ist mit Emerson Clan? Hast du ihn aufgespürt?«

»Wenn du dem armen Mann die Gelegenheit geben würdest, etwas zu sagen, Carly, dann würdest du vielleicht ein paar Antworten erhalten«, schlug ihr Mann lachend vor.

Stone wandte sich Carlisles Mann zu. Chase Lancaster war groß, schlank und muskulös. Die Sonne hatte sein blondes Haar auf dem Scheitel heller gebleicht, und er trug es aus der Stirn zurückgestrichen. Sein Gesicht war sonnengebräunt, was seine dunkelblauen Augen nur noch eindringlicher wirken ließen. Er glich in keiner Weise seiner dunkelhaarigen, dunkeläugigen Mutter und seinem Bruder.

Chase legte einen Arm um Carlisles Schultern und lächelte auf sie hinab. Schon diese liebevolle Geste machte Stone deutlich, daß sie eine sehr glückliche Ehe führten.

»Es tut mir leid, Stone, aber ich bin einfach so froh, dich zu sehen!« rief Carlisle, und ihre grünen Augen strahlten auf die herzliche Art, an die er sich so gerne erinnerte. Schon als kleines Mädchen, als Gray und er ihre Erziehung übernommen hatten, war sie immer frech und ausgelassen gewesen, was sie mehr als einmal in Schwierigkeiten gebracht hatte.

»Stone, dies ist mein Mann, Chase Lancaster. Ich wette, du wußtest nicht einmal, daß ich verheiratet bin, stimmt's?«

Endlich, zum ersten Mal seit Carlisle ihn entdeckt hatte, war es ihm erlaubt, zu sprechen. »Nein, ich hatte keine Ahnung, bis Dona Maria es mir sagte. Aber von Grays

Hochzeit habe ich ja schließlich auch erst erfahren, nachdem alles vorüber war, also mach dir deshalb keine Gedanken.«

»Ich freue mich, dich endlich kennenzulernen, Stone«, sagte Chase und streckte ihm die Hand hin. Stone ergriff sie und erinnerte sich plötzlich an Chases Verwandtschaft mit seiner Schwägerin Tyler.

»Danke. Ich habe auch schon einiges über dich gehört. Von deiner Cousine. Als sie und Gray letzten Sommer nach Chicago zurückkehrten, warst du ihr Lieblingsgesprächsthema. Wie geht es ihr?« Seine Augen wanderten zu Carlisle. »Und Gray? Ich habe ihnen ein Telegramm geschickt, nachdem ich hier angekommen war, und sie darum gebeten, falls möglich, mit euch zu kommen, aber ich habe noch keine Antwort erhalten. Haben sie ihr Baby bekommen?«

Carlisles fröhlicher Gesichtsausdruck wich einer tiefen Traurigkeit. »Ihr Kind hat nur drei Tage gelebt, Stone. Tyler und ich waren im Februar in einen Unfall verwickelt. Unser Schlitten wurde von einer Kutsche gerammt, und Tylers Wehen setzten zu früh ein. Es war ein kleiner Junge. Wir waren alle am Boden zerstört, als er starb.«

Stone beobachtete, wie sie ihre eigenen, gesunden Kinder ansah, und verstand ihren Kummer. Sein Magen krampfte sich zusammen, wenn er sich daran erinnerte, wie sehr sich Gray auf die Geburt seines ersten Kindes gefreut hatte.

»Das tut mir leid. Es muß sie sehr schwer getroffen haben.«

»Ja, das hat es, ganz besonders am Anfang, aber nachdem die Zwillinge geboren waren, schienen sie mit der Sache ein wenig besser fertig zu werden. Und es gibt auch eine gute Neuigkeit. Tyler glaubt, daß sie wieder schwanger ist! Wir alle wünschen es ihr.«

»Das tue ich auch.« Stone lächelte Carlisle zu. »Ich bin

froh, daß es dir gut geht. Ich konnte es einfach nicht glauben, als Dona Maria mir sagte, daß du bereits zwei Kinder hast.«

Carlisles Lachen sprühte förmlich vor Glück. »Chase und ich auch nicht! Aber schau sie dir doch erst einmal an. Du hast deine Neffen ja noch gar nicht gesehen.« Sie zog ihn zu Dona Maria hinüber, die sich immer noch mit den in Decken gewickelten Kindern beschäftigte.

»Dies ist Enrico«, erklärte Carlisle und deutete auf den Jungen, der im Arm seiner Großmutter lag, »und dieser kleine Kerl ist Esteban. Wir haben ihn nach Chases gutem Freund, Esteban Rivera, genannt.«

»Wie um alles in der Welt haltet ihr sie auseinander?« erkundigte sich Stone, während Carlisle vorsichtig die Decke, in die Esteban gehüllt war, enger zog.

»Oh, ganz einfach. Enrico quengelt ständig und Esteban ist ein Goldjunge, immer lieb.«

Chase lachte und stimmte seiner Frau zu, aber als Stone auf die kleinen Jungen hinabblickte, die sich in der liebevollen Obhut ihrer Eltern befanden und einen so glücklichen und zufriedenen Eindruck machten, da konnte er nur noch an Carlos denken. Wieder verfluchte sich Stone, daß er das unschuldige Kind in die Hand dieses Verrückten gegeben hatte. Obwohl Stone wußte, daß Clan seinen Sohn niemals verletzen würde, war es ihm unerträglich, mit dem Wissen zu leben, daß er Ninas Vertrauen mißbraucht hatte. Plötzlich gefror er innerlich und wurde so kalt wie Eis. Seine Gefühle mußten sich auf seinem Gesicht wiedergespiegelt haben, denn Carlisle ergriff seine Hand.

»Was ist los, Stone? Geht es dir nicht gut?«

Eine kurze Stille trat ein. Chase bemerkte, daß es Stone widerstrebte, auf ihre Frage zu antworten. »Vielleicht möchte dein Bruder gern eine Weile mit dir allein sein, Carly? Ihr beiden habt euch sicherlich eine Menge zu erzählen. Mama und ich können Juana dabei helfen, die

Kinder ins Bett zu bringen. Du hast doch sicherlich nichts dagegen, Mama, oder?«

»Nein, ganz gewiß nicht. Ich habe so viele Monate darauf gewartet, diese beiden Schätze in meinen Armen zu halten.«

»*Gracias*«, sagte Carlisle zu ihrer Schwiegermutter und lächelte, als sich ihr Mann zu ihr hinabbeugte, um ihr einen Kuß auf die Wange zu geben. »Ich werde später nach oben kommen.«

»In Ordnung«, erwiderte Chase, und wandte sich dann noch einmal Stone zu. »Du weißt gar nicht, wie glücklich du meine Frau mit diesem überraschenden Besuch gemacht hast. Ich hoffe, du planst einen längeren Aufenthalt.«

»Ich weiß noch nicht genau, wie lange ich bleiben werde, aber ich bin dir sehr dankbar für deine Gastfreundschaft.«

Während die anderen die Kinder nach oben trugen, hängte Carlisle sich bei Stone ein. »So, und du kommst jetzt mit mir, denn ich will alles hören, was du in den letzten Monaten erlebt hast.«

Carlisle saß auf den mit Quasten versehenen Polstern des braunen Ledersofas. Stone hatte sich neben den Kamin gestellt. Sie wartete darauf, daß er das Gespräch eröffnen würde. Als er weiterhin schweigend in die Flammen starrte, wurde ihr bewußt, daß er sich wie früher dagegen sträubte, seine Probleme mit ihr zu teilen.

Obwohl sie sich immer nahegestanden hatten — Stone war ihr Verbündeter gegen Grays strikte disziplinarische Maßnahmen gewesen — war er selten zu ihr gekommen, um sich ihr anzuvertrauen, und das auch schon bevor ihn die Konföderierten in dieses schreckliche Kriegsgefangenenlager in Georgia gesteckt hatten. Nach all den Leiden, die er dort erduldet hatte, war er allerdings noch zurückhaltender und distanzierter geworden.

Nun spürte sie, daß er sich irgendwie verändert hatte. Gleich zu Anfang war ihr, trotz seines Lächelns, dieser Schatten von Schmerz aufgefallen. Aber selbst das war besser, als dieser schrecklich kalte, verbitterte Blick, den er kurz nach dem Krieg getragen hatte, als er heimgekehrt war und wie eine menschliche Vogelscheuche ausgesehen hatte. Plötzlich hatte sie Angst um ihn. Was um Himmels Willen war geschehen, seit sie ihn das letzte Mal gesehen hatte?

»Stone? Bitte sag mir, was los ist. Hat es mit Emerson Clan zu tun? Hast du ihn gefunden?«

Stones Schultern versteiften sich. »Ja, ich habe ihn gefunden.«

Carlisle sah, wie sein Kiefer arbeitete. Er benötigte mehrere Minuten, um mit seinen Gefühlen fertig zu werden. Carlisle wartete geduldig.

»Er hatte eine Frau in seine Gewalt gebracht, die ich sehr gern habe«, brachte er schließlich hervor. »Er hat ihr sehr wehgetan.« Die letzten Worte waren rauh vor Schmerz. Carlisles mitleidiges Herz fühlte mit ihm. Es lief ihr kalt den Rücken hinunter, wenn sie daran dachte, wie sich ihre Schwägerin selbst jetzt noch, Monate, nachdem Clan sie in Chicago entführt hatte, vor ihm fürchtete.

»Das einzige, was wir wissen, ist, daß du mit einer Nonne gereist bist«, sagte sie mit sanfter Stimme. »War sie es, die verletzt wurde?«

Stone nickte.

Wiederum legte sich die Stille über den Raum. Carlisle runzelte besorgt die Stirn, während ihr Bruder im Zimmer auf und ab lief.

»Was ist mit ihr geschehen? Bist du imstande, darüber zu reden?«

Stone blieb abrupt stehen, und sie sah, daß sich sein Gesicht veränderte, und harte, zornige Falten erschienen. »Er hat sie verprügelt und —« er schien an dem nächsten

Wort beinahe zu ersticken — »vergewaltigt. Und es war mein Fehler. Er soll in der Hölle schmoren.«

»Oh, nein, Stone, das tut mir so leid«, murmelte Carlisle. Sie war entsetzt. Clan hatte Tyler das gleiche angedroht, aber es war Gray und Stone Gott sei Dank gelungen, sie zu retten. »Geht es ihr jetzt wieder gut?«

»Es geht ihr etwas besser. Wir haben hier mittlerweile einige Fortschritte gemacht.«

»Sie ist hier?« erkundigte sich Carlisle überrascht, denn Dona Maria hatte bisher keinen weiteren Hausgast erwähnt.

»Ich benötigte einen sicheren Ort, wo ich sie hinbringen konnte, und ich erinnerte mich daran, daß du Lancasters Ranch aufsuchen wolltest. Am Anfang war sie in einer ziemlich schlechten Verfassung, aber sie versucht, über die Sache hinwegzukommen.«

Carlisle wartete darauf, daß er fortfahren würde, aber statt dessen lehnte er nur seinen Ellenbogen auf die Kamineinfassung und richtete seinen Blick wieder ins Feuer.

»Wer ist das Mädchen?« fragte sie nach einer längeren Pause. »Bedeutet sie dir sehr viel?«

Stone drehte sich nicht um. Seine Antwort kam leise. »Ich liebe sie. Ich möchte sie heiraten, aber sie hat abgelehnt. Ich weiß nicht, was daraus werden wird.«

Carlisle seufzte und fragte sich, warum das Leben immer so schwer sein mußte. »Gib die Hoffnung nicht auf, Stone. Chase und ich haben eine schreckliche Zeit durchgemacht, bevor die Zwillinge geboren wurden. Ich habe ihn verlassen und bin nach Chicago zurückgekehrt, weil ich Angst hatte, daß er mir einige Dinge nicht vergeben konnte, die ich getan hatte. Hat Dona Maria dir erzählt, daß ich mich nach meiner Ankunft hier mit den *guerrilleros* eingelassen hatte?«

Stone drehte sich um und sah sie stirnrunzelnd an. »Nein, das hat sie nicht. Wie ist es denn dazu gekommen?«

»Erinnerst du dich an das Mädchen, mit dem ich mir im Kloster ein Zimmer geteilt habe, Arantxa Perez? Ihr Bruder Javier hat mir Lügen über Chase und Präsident Juarez erzählt, und ich war naiv genug, ihm zu glauben.« Sie senkte ihren Blick, denn sie fühlte sich immer noch verantwortlich für das Leid, das sie in ihrem jugendlichen Leichtsinn verursacht hatte. »Chases bester Freund, Esteban, wurde getötet, als er versuchte, mich aus dem Versteck der *guerrilleros* zu retten. Ich habe nicht geglaubt, daß Chase jemals darüber hinwegkommen würde, aber er hat es schließlich doch akzeptiert.«

»Die Sache mit Windsor ist anders. Sie ist in China aufgewachsen. Sie ist in vielem anders als wir. Vor allem denkt sie anders.«

Carlisle runzelte die Stirn. »Ich verstehe nicht ganz, Stone. Ist sie nun eine Nonne oder nicht? Wo hast du sie kennengelernt?«

»Sie ist keine Nonne. Das war nur eine Verkleidung, als wir uns das erste Mal begegnet sind. Du wirst es kaum glauben, aber sie dachte, ich sei Emerson Clan.«

»Emerson Clan! Wie kam sie denn auf diese Idee?«

Sie hörte zu, als Stone begann, ihr die ganze Geschichte von dem Moment an zu erzählen, als er in Chicago zusammen mit einer Frau namens Windsor Richmond in den Zug nach Westen eingestiegen war. Er wanderte unruhig im Zimmer umher und seine Stimme war manchmal so voller Zorn, daß sie zitterte.

Carlisles Entsetzen wuchs, je länger sie zuhörte, besonders dann, als er ihr beschrieb, was Clan Windsor und dem mexikanischen Mädchen namens Nina angetan hatte.

»Als ich sie zurückbekommen hatte, hielten wir uns in den Bergen in der Nähe von Saltillo auf, und ein *campesino* führte uns zur Hazienda von Gomez.«

»Papa Gilberto? Aber dort war ich auch! Hat er dir davon erzählt?«

»Er ist derjenige, der vorgeschlagen hat, daß ich hierhergehen sollte.«

»Mein Gott, ich kann einfach nicht glauben, wie seltsam das alles ist. Wer hätte gedacht, daß Clan etwas mit der Revolution hier unten zu tun haben würde. Aber der Aufstand ist niedergeschlagen, Stone. Chase und die *Nacionales* haben vor Monaten den größten Unterschlupf der *guerrilleros* zerstört.«

»Solange Emerson Clans Herz noch schlägt, ist die Sache für mich noch nicht vorbei«, stieß Stone wütend hervor.

»Du willst dich doch nicht etwa erneut auf die Suche nach ihm machen, oder? Doch wohl nicht nach all dem, was geschehen ist?«

»Sobald ich weiß, daß es Windsor wieder gut geht und sie irgendwo in Sicherheit ist, werde ich die Verfolgung aufnehmen. Und dieses Mal werde ich allein reisen, wie ich es von Anfang an hätte tun sollen.«

Carlisle versuchte gar nicht erst, es ihm auszureden. Seine Augen brannten schon seit Jahren mit dieser Rache. »Was wird aus Windsor?«

»Ich hatte gehofft, daß du ihr helfen könntest, Carly. Ich glaube, es gibt da einige Dinge, mit denen sie allein nicht klarkommt, aber scheinbar bringt sie es auch nicht über sich, sie mir anzuvertrauen. Vielleicht ist sie in der Lage, mit dir zu reden. Sie braucht eine Freundin.«

»Natürlich werde ich ihr gerne meine Freundschaft anbieten. Sie muß ein ganz besonderer Mensch sein, wenn du sie so liebst.«

»Ja, das ist sie.«

»Stone, bitte jage nicht wieder hinter Clan her. Windsor braucht dich hier, nach allem, was sie durchgemacht hat!«

»Ich habe auch nicht vor, irgendwohin zu gehen, bis sie sich vollkommen erholt hat.« Er durchquerte das Zimmer und setzte sich auf ein Kissen, das vor ihr auf dem Boden lag. Seine Augen blickten forschend in ihr Gesicht. »Du wirst sie mögen, Carly, das weiß ich. Du wirst feststellen, daß sie ganz anders ist, als die Menschen, die dir bisher begegnet sind, aber sie ist klug und schön und gut —«

»Du bist wirklich in sie verliebt«, unterbrach Carlisle ihn lachend.

Stone schüttelte wehmütig den Kopf. »Ich glaube, ich habe mich schon in dem Augenblick, als wir uns das erste Mal begegnet sind, in sie verliebt, obwohl ich damals noch dachte, daß sie eine Nonne sei.«

Carlisle lachte erneut, aber das Gesicht ihres Bruders blieb ernst.

»Du mußt mir einfach helfen, Carly. Du mußt sie dazu überreden, mich zu heiraten.«

»Ich werde es versuchen, das verspreche ich dir. Du weißt ja, wie überzeugend ich sein kann, wenn ich mir etwas in den Kopf gesetzt habe.«

»Danke, Carly. Du ahnst nicht, was mir das bedeutet.«

Bruder und Schwester lächelten sich an, und dann umarmte ihn Carly ganz fest. Sie war so froh, ihn wohlbehalten wieder bei sich zu haben. Sie hoffte, daß Gray und Tyler sein Telegramm bekommen hatten und bald eintreffen würden. Die beiden hatten sich ebenfalls große Sorgen um ihn gemacht. Wenn sie erst einmal da wären, mußte es ihnen allen gemeinsam einfach gelingen, Stone davon zu überzeugen, sich nicht wieder auf die Suche nach Emerson Clan zu begeben.

26

Als der perlenfarbene Morgennebel noch wie zarte Gaze über der Nacht lag, erhob sich Windsor nackt wie sie war aus dem Bett. In der kühlen Luft des neuen Morgens wusch sie schnell ihr Gesicht und zog sich die Kleider über. Bevor sie das Schlafzimmer verließ, blieb sie einen Moment lang mit der Hand auf der geschwungenen Messingklinke stehen. Stone lag bewegungslos im Bett, halb verdeckt von dem herabgezogenen Baldachin. Er schlief auf dem Bauch, der Arm, den er die Nacht über schützend um sie gelegt hatte, lag immer noch ausgestreckt an der Stelle, wo sie unter ihm weggeschlüpft war.

Nach ihrem Liebesspiel hatte er sie eng gegen seinen warmen, muskulösen Körper gezogen und sie nicht mehr losgelassen. Er hatte ihr zugeflüstert, wie sehr er sie liebte und Windsor war in Tränen ausgebrochen, denn er war so zärtlich gewesen, und sie wußte, daß sie ihn ebensosehr liebte, wie er sie.

Und doch hatte sie ihm noch nichts von dem Baby erzählt. Sie brachte es einfach nicht fertig, solange sie noch von der Angst erfüllt war, ob er tatsächlich fähig sein würde, den Stempel des Bösen zu vergessen, den Emerson Clan auf ihrem Körper zurückgelassen hatte. Wie viele Male hatte Clan ihr ins Gesicht gestarrt und wiederholt, warum er sie mißbrauchte? Um Stone zu quälen, um sicherzugehen, daß Stone niemals vergaß, daß Clan sich an ihrem Körper vergangen hatte. *Egal, wie oft Kincaid auch sagen wird, daß er dich liebt, er wird niemals darüber hinwegkommen, daß ich dich auf diese Weise berührt habe,* hatte Clan mit seinem teuflischen Lachen gesagt. *Niemals, so lange er lebt.*

Schmerz durchbohrte sie und glitt durch ihr Herz wie gezacktes Glas. Wenn die Götter doch nur entschieden hätten, daß das Kind, das in ihrem Leib heranwuchs, Stones Samen entsprungen war, dachte sie, und ein schreckliches Gefühl der Hilflosigkeit überkam sie. Heiße Tränen stiegen ihr in die Augen, und sie verließ den Raum.

Sie würde nicht weinen, beschloß sie und bemühte sich, die Gedanken aus ihrem Kopf zu vertreiben. Sie beugte sich über die Mauer, die entlang der oberen Galerie lief. Unten konnte sie kaum die Bäume, die noch im

Nebel versteckt waren, erkennen. Es wollte ihr so scheinen, als blicke sie in ihre eigenen, unheimlichen Träume hinein, und als könne nur sie allein in diese düsteren Schatten hineintreten.

Sie stieg die Stufen hinunter und duckte sich, um unter den tiefherabhängenden Ästen eines riesigen Mimosenbaumes hindurchzuschlüpfen. Sie mied den Weg und betrat statt dessen den Rasen, schritt an den ordentlich gepflegten Geranienbeeten vorbei, zwischen ·denen weiße Steine lagen, und an den rosafarbenen Stockrosen, die auf hohen Stengeln Blüten trugen. Obwohl das Gras von dem nächtlichen Regen immer noch feucht war, wußte sie, daß es die Hitze des Tages schon bald wieder trocknen würde.

Um sie herum war tiefe Stille. Nur gelegentlich erwachte ein Vogel und stimmte ein verschlafenes Lied an. Wie die Osage, so hatte auch Windsor immer den Sonnenaufgang gepriesen und war früh aufgestanden, um zu beobachten, wie die Sonne die Nacht wegbrannte. Als kleines Mädchen waren sie und Hung-pin immer barfuß über ähnlich kalte, flache Steine hinweggegangen und hatten sich mit ehrfurchtsvollem Respekt zu Füßen des Alten Weisen gehockt. Nun waren diese beiden geliebten Freunde nicht mehr bei ihr, und niemand vermittelte ihr mehr die ruhigen, leisen Weisheiten, die sie so dringend benötigte.

Sie seufzte und ging an einer großen Laube vorüber, die aus Weidenzweigen errichtet war, die man über einen Holzrahmen gezogen hatte. Ein köstlicher Duft wehte von dem dicht rankenden Wein herüber, der an der Laube in die Höhe rankte. Sie fühlte sich hinter den hohen, weißen Mauern der Hacienda de los Toros sicher. Hier war sie mehr zu Hause als an irgendeinem anderen Ort, seit sie China verlassen hatte. Die friedliche Umgebung und die isolierte Lage des alten Lehmsteinhauses erinnerte sie an ihren geliebten Tempel der Blauen Berge.

Als sie einen sprudelnden Springbrunnen erreicht hatte, nahm sie auf der Steinbank davor Platz. Sie fühlte sich an diesem Morgen viel besser als in den Wochen vorher. Sie hatte in Stone Kincaids Umarmung tief und fest geschlafen und ihr Verstand war endlich einmal zur Ruhe gekommen. Sie war an dem Platz, wo sie hingehörte.

Wie sehr wünschte sie sich doch, daß sie sich wieder in sich selbst zurückziehen konnte, wie sie es früher immer getan hatte. Dort wäre sie vielleicht im Angesicht des weißen Lichts in der Lage, ihren Geist zu öffnen und die sanften Worte des Alten Weisen zu vernehmen, die er murmeln würde, um ihr die Ängste zu nehmen. Er hätte verstanden, wie sehr sie sich verändert hatte, seit sie in das Land der Barbaren gereist war.

Und obwohl der Alte Weise sie vor den Versuchungen des Fleisches gewarnt hatte, so hätte er ihre Liebe zu Stone Kincaid dennoch nicht verdammt. Liebe ist die Antwort auf alle Dinge, hatte er sie gelehrt. Er würde ihr statt dessen dabei behilflich sein, das zu akzeptieren, was sie durch Clan erlitten hatte. Er hätte Vergebung gepredigt. *Haß wird niemals durch Haß beendet, sondern durch Liebe*, hatte er oft gesagt und seine knorrigen, mit blauen Venen überzogenen Hände sanft auf ihren Kopf gelegt.

Sie nahm den Lotussitz ein, schloß ihre Augen und preßte ihre Handflächen zusammen. Sie sehnte sich nach dem Tag, an dem sie endlich wieder jene innere Ruhe finden würde, die so wichtig für ihr Leben war. Seit den grauenhaften Erlebnissen mit Clan hatte sie Tag für Tag versucht, diese Ebene der Ruhe zu finden. Und jeden Tag hatte sie versagt.

Die alte Sutra kam ihr leicht über die Lippen. Sie hatte das langsame, schwingende Summen viele hundert Male in ihrem Leben praktiziert, aber sie brach sofort damit ab, als sich ihr Magen mit einem Mal zusammenkrampfte.

Der Brechreiz, den ihr das ungeborene Kind jeden Morgen verursachte, dauerte nur einen Moment, aber er würde wiederkommen, als eine ständige Erinnerung ihrer Ängste.

Sie strich über ihren leicht gerundeten Bauch, versuchte, ihren Geist so zu benutzen, wie sie es gelernt hatte, durch ihre Haut zu reisen, Muskeln und Knochen zu durchdringen, in ihren Blutstrom einzutauchen, bis er sie in den Körper ihres ungeborenen Kindes führte.

Sie sehnte sich verzweifelt danach, Mutterliebe für das Leben zu empfinden, das da in ihr heranwuchs, und das innige Verhältnis herzustellen, das eine Mutter zu ihrem Kind haben sollte. Statt dessen füllte sich ihr Kopf mit Bildern von bleichem Haar und hellen Augen, mit Schreien und Blut, und mit einem Mal kam es ihr so vor, als würden scharfe Krallen sie von innen zerreißen. Sie verspürte eine unüberwindbare Abscheu bei dem Gedanken, daß das Kind möglicherweise der Abkömmling eines Dämons war.

Sie preßte entsetzt die Augen zusammen, schloß in ihrem Kopf die Tür, hinter der sich das furchteinflößende Bild von Clan versteckte und richtete alle bewußten Gedanken in ihr Inneres, auf ihr klopfendes Herz, auf das klopfende Herz ihres Babys. Sie rang um ihre Seelenruhe, um Wege, ihre Notlage zu begreifen, um Möglichkeiten, mit ihrer Verwirrtheit fertig zu werden. Aber obwohl sie sich in der Dunkelheit ihrer Verzweiflung vorantastete und nach Licht suchte, fand sie es nicht. Statt dessen fühlte sie sich leer, ganz so, als sei ihr Körper nichts weiter als eine brüchige Schale.

Ihre Haut wurde klamm und ihr Körper eiskalt, denn die Erinnerung an Clan überfiel sie aufs Neue. Sie sah ihn vor sich, wie er sie angeschaut hatte, roch seinen Duft — so süßlich wie die mit Rosenöl eingeriebene Konkubine eines chinesischen Edelmannes — als er die Hände auf ihren Körper legte.

Ein grauenhafter Schauer kroch langsam an ihrer Wirbelsäule hinunter. Das Kind konnte durchaus von Clan stammen, dachte sie, und Panik stieg in ihr auf. Es würde möglicherweise wie er aussehen, würde sich wie er verhalten. Vielleicht trug es wie sein Vater diese Bosheit in sich, würde unschuldige Menschen quälen und verstümmeln, wie Clan es bei ihr und Nina und Stone getan hatte, und bei vielen anderen, die nur den Dämonengöttern bekannt waren, die auf der Erde umherstreiften.

Ihre Zähne gruben sich in ihre Unterlippe. Sie mußte aufhören, über diese Dinge nachzudenken, mahnte sie sich und schlang ihre Finger ineinander, um das Zittern zu kontrollieren. Selbst wenn es Clans Kind sein sollte, so war sie immer noch die Mutter. Sie würde es zur Welt bringen und es die Wahrheiten lehren, die man ihr beigebracht hatte.

»Kommt man in die Nähe von Zinnober, holt man sich rote Flecken, kommt man dagegen in die Nähe von Tinte, so sind sie schwarz«, flüsterte sie vor sich hin und fand Trost in diesen Worten, die der Weise Alte vor vielen Jahren gesagt hatte. Sie mußte sich an seine Lehren halten. Sie durfte nicht beim Bösen verweilen, es galt, das Gute in den Vordergrund zu rücken.

Sie würde versuchen, daran zu glauben, daß Stone Kincaid der Vater des Kindes war. Mit ihm war sie zuerst zusammengewesen. Sie hatten sich zärtlich berührt und sich gegenseitig mit Respekt behandelt. Dieses Kind war das Vermächtnis ihrer Liebe.

Stone Kincaid war ein guter Mann, stark und gütig und ehrlich. Das Baby würde Haare wie die Flügel eines Rabens haben, und ein Lächeln, das ihr Herz schmelzen ließe. Das Kind mußte von ihm sein. Das Kind *war* von ihm.

Windsor blickte auf, als sie ein Geräusch in dem stillen Garten vernahm. Die Sonne ging inzwischen auf und mit ihrer Wärme ließ sie den Nebel verschwinden und den

Tau abtrocknen. Jemand summte ein Wiegenlied. Einen Augenblick später näherte sich eine Gestalt. Es war eine junge Frau, die einen rosafarbenen Morgenrock trug. Ihr langes Haar war zu einem Zopf gebunden, der die Farbe von Feuer hatte. Sie trug ein kleines, weißes Bündel in ihren Armen.

»Sie müssen Windsor sein«, sagte die Fremde. Sie lächelte und ihr hübsches, herzförmiges Gesicht erstrahlte. »Ich bin Stones Schwester Carlisle. Als wir letzte Nacht ankamen, schliefen Sie bereits.«

Windsor studierte ihr Gesicht, entdeckte aber keine Ähnlichkeit zwischen Carlisle und ihrem Bruder. »Stone Kincaid wird sich sehr freuen, Sie zu sehen«, sagte sie. »Weiß er, daß Sie hier sind?«

Die junge Frau lachte. Es war ein fröhliches, ansteckendes Lachen. »Nennen Sie meinen Bruder immer so? Nennen Sie ihn immer bei seinem Vor- und Nachnamen?«

»Ich bin aus China. Dort ist es so Brauch.«

Das Baby begann sich in seiner leichten, weißen Decke hin und her zu winden, und Carlisle tätschelte beruhigend seinen Rücken.

»Es tut mir leid, wenn ich sie beleidigt haben sollte«, entschuldigte sie sich, »aber es klang so seltsam. Ja, Stone hat unsere Kutsche gestern nacht gehört und kam nach unten, um uns zu begrüßen. Wir haben uns schon ausführlich unterhalten.« Carlisle nahm neben Windsor Platz und drehte das Kind so, daß es ihnen das Gesichtchen zuwandte, während sie es auf den Knien schaukelte.

»Sie haben ein hübsches Baby«, bemerkte Windsor und blickte in das runde, kleine Gesicht mit den riesigen, grünen Augen.

»Ja, er ist ein hübscher Junge, nicht wahr?« erwiderte Carlisle. »Und er ist ein richtiges Goldstück. Er hat nur leider diese dumme Angewohnheit, vor Sonnenaufgang aufzuwachen. Ich habe ihn mit nach draußen genommen, damit er seinen Bruder nicht aufweckt.«

Die Worte waren ihr kaum über die Lippen gekommen, als ein heller, lauter Schrei aus einem Fenster im ersten Stock ertönte, der mehrere Vögel aufschreckte, die auf einer Mauer in der Nähe gesessen hatten und nun eilig davonflogen.

»Oh, je, das ist nun Enrico«, sagte Carlisle und sprang auf die Füße. »Er ist nicht so ruhig, wie Esteban, wenn er aufwacht. Rico wird sich die Lungen aus dem Hals schreien, bis er bekommt, was er will. Mein Mann sagt, er hätte das von ihm.« Sie lachte, während sie Windsor das Kind in die Arme legte. »Es macht Ihnen doch nichts aus, ihn für eine Minute zu halten, oder? Ich verspreche, es wird nur einen Moment dauern, bis ich Rico geholt habe. Dann können wir beide uns ein bißchen besser kennenlernen.«

Windsor blieb keine andere Wahl, denn Carlisle hastete bereits durch die Laube davon, ohne eine Antwort abzuwarten. Windsor blickte auf den kleinen Jungen in ihrem Arm herab. Sie hielt eine Hand vorsichtig unter seinen Kopf und die andere unter sein kleines Hinterteil. Wie winzig er doch war, dachte sie, er füllte nicht einmal ganz ihren Schoß aus.

Sie staunte ihn wortlos an, bis der Säugling ungeduldig wurde und seine Schultern hin und her bewegte. Aus Angst, daß er sich aus ihren Händen herauswinden könnte, kniete sie sich auf den Boden, breitete vorsichtig die Decke aus und legte Esteban in die Mitte auf den Rücken. Sofort begann er zu quengeln, trat mit den Füßen in die Luft und wedelte mit seinen winzigen Fäusten.

»Ga-ga-ga«, gluckste er und sog an seinen Fingern.

Als sich Windsor tief über ihn beugte, wurde er ruhig und richtete seine strahlenden, weit geöffneten Augen auf ihr Gesicht.

»Schhhh, mein Kleiner. Deine Mama wird bald zurückkommen«, flüsterte sie mit sanfter Stimme. Er begann erneut zu glucksen, als Windsor sein zerknittertes Hemdchen glattzog.

Er trug ein langes, weißes Hemd, das mit kleinen, gelben Enten bestickt war, aber seine Beine waren nackt. Sie hielt einen kleinen Fuß fest, um ihn genauer zu betrachten, aber er wehrte sich kräftig gegen ihren sanften Griff und zappelte in ihrer Hand, um sich zu befreien. »Du bist ein starker, kleiner Mann. Du wirst einmal lange Glieder und eine große Statur haben.«

Esteban schien einen Augenblick ernsthaft über ihre Worte nachzudenken und verzog dann seinen kleinen Mund zu einem breiten Grinsen. Er entblößte dabei seinen zahnlosen, rosa Gaumen. Windsor mußte unwillkürlich zurücklächeln, und eine tiefe Ehrfurcht überkam sie, als sie daran dachte, daß sie schon bald selbst einem anderen Menschen das Leben schenken würde. Vor ihrem inneren Auge entstand eine winzige Person mit zwei Augen, zwei Ohren, zehn Fingern und Zehen, und vielleicht einem ebenso fröhlichen, glucksenden Lachen wie das von Esteban. Wie konnte ein solch kleines Wesen etwas anderes als unschuldig und rein sein?

Neue, mütterliche Gefühle stiegen in ihr auf. Sie hob Carlisle Lancasters Kind in die Höhe und drückte seinen Kopf zärtlich gegen ihren Hals, während sie es vor und zurück schaukelte. Ihr ungeborenes Kind war ein Teil von ihr. Sie würde ihm das Leben schenken und es liebhaben. Wie hatte sie nur jemals daran zweifeln können?

»Es tut mir leid, daß es so lange gedauert hat, Windsor, aber Rico war ganz naß und so aggressiv wie ein ganzes Hornissennest«, sagte Carlisle, die hinter sie getreten war. Sie kniete sich neben Windsor und hielt ihren zweiten Sohn so, daß Windsor ihn sich ansehen konnte. »Schauen Sie, die beiden sind eineiige Zwillinge. Ist es nicht erstaunlich, daß sie sich so gleichen? Es ist ein Wunder.«

Windsor stimmte ihr zu und streichelte Enricos pummelige Hand. Er umklammerte ihren Finger mit seiner Faust und schüttelte ihn wild. Windsor lächelte Carlisle an. »Wie glücklich Sie sein müssen, daß sie ihrem Mann zwei schöne, starke Söhne geschenkt haben.«

»Vielleicht werden Sie auch eines Tages ein Baby haben.« Als sie Windsors erstaunten Blick sah, fügte sie schnell hinzu: »Stone hat mir gestern nacht erzählt, daß er Sie unbedingt heiraten möchte und bereit ist, sogar sein Leben dafür zu riskieren, um ihr Ja-Wort zu bekommen.« Sie lachte. »Ich muß Sie warnen. Stone ist ein ausgesprochener Dickkopf. Wenn er sich erst einmal etwas in den Kopf gesetzt hat, gibt er niemals auf.« Carlisle lächelte und fuhr ungezwungen fort, zu plaudern. »Und ich bin wirklich froh, daß er sich in Sie verliebt hat. Ich dachte schon, er habe vor, ein Leben lang Junggeselle zu bleiben.«

Windsor schwieg. Sie fragte sich, ob Carlisle Bescheid wußte über das, was Clan ihr angetan hatte. Windsor blickte auf, als ein Mann über den Weg vom Haus herüberkam.

»Hier bist du also«, sagte er, ging auf Carlisle zu und beugte sich hinab, um ihr einen Kuß zu geben.

Carlisle griff nach seiner Hand und stellte ihm Windsor vor. »Windsor, das hier ist mein Mann, Chase Lancaster. Chase, das ist Windsor Richmond, die zukünftige Frau von Stone.«

»*Buenos dias*, Senorita Richmond«, sagte Chase und neigte höflich seinen Kopf in ihre Richtung. »Willkommen auf meiner Ranch. Wie ich sehe, haben Sie meine Söhne schon kennengelernt.« Er hob Enrico auf, der zu weinen begonnen hatte. Windsor verspürte beim Anblick eines Vaters, der so ganz offensichtlich stolz auf seine Kinder war, erneut ein starkes Gefühl. Ob Stone wohl in der

Lage sein würde, ebenso liebevoll auf das Kind zu blicken, das sie bekam? Und sollte sein Haar weiß sein, wäre er dann wohl überhaupt imstande, es zu berühren?

Chase legte den weinenden Säugling in seine Armbeuge und knuffte ihn mit seinen Fingerknöcheln zärtlich unter das Kinn. Enrico hörte sofort auf zu weinen.

»Er wollte einfach von einem Mann gehalten werden«, erklärte Chase und blinzelte Windsor zu. »Er ist es leid, andauernd von euch Frauen mit Samthandschuhen angefaßt zu werden. Er ist eben kein Waschlappen.«

»Wie Sie sehen, ist Chase ein liebevoller Vater«, zog Carlisle ihn auf.

»Es gibt ein altes chinesisches Sprichwort, in dem es heißt, daß ein Vater, der seine Söhne rühmt, auch immer gleichzeitig sich selbst preist«, sagte Windsor.

»Stone hat sich eine schlaue Frau ausgesucht«, sagte Chase lachend zu Carlisle.

»Ermuntern Sie ihn nicht auch noch, Windsor. Er hält sich bereits für den besten Vater auf der Welt.«

»Nun, das bin ich ja auch.«

»Das hoffe ich auch, *mi hijo*«, mischte sich Dona Maria ein, die sich über einen anderen Weg der kleinen Gruppe näherte. »Aber wo sind meine kleinen Lieblinge?« Sie trat auf Chase zu und nahm ihm Enrico aus dem Arm. Sie rieb ihre Nase an seinem Hals und hielt dann ihren anderen Arm hin, um auch seinen Bruder zu nehmen. »Komm, Chaso, und du auch, Carlita, ich möchte Rosita und der Köchin meine beiden Enkel vorstellen.« Sie wandte sich lächelnd an Windsor. »Möchten Sie uns Gesellschaft leisten, *nina*? Das Frühstück wird bald fertig sein.«

»Vielen Dank, aber ich muß Stone Kincaid wecken. Er liegt immer noch im Bett.«

»Nun, das ist ein gutes Zeichen«, bemerkte Carlisle. »Er hat lange Zeit nicht gut geschlafen. Sie müssen wirklich einen guten Einfluß auf ihn haben. Wecken Sie ihn recht bald, damit wir alle zusammen frühstücken können.«

Windsor nickte. Stones Schwester winkte ihr zu und folgte dann ihrem Mann und ihrer Schwiegermutter, die schon auf dem Weg zurück zum Haus waren.

Windsor blieb allein beim Springbrunnen zurück. Sie saß einen Augenblick lang ruhig da und dachte über das nach, was sie bewegte. Ein Blick in die unschuldigen Augen eines Kindes hatte ihr endlich den ersehnten Frieden gebracht. Der Zeitpunkt war gekommen, mit Stone über das Baby zu reden. Mit entschlossenem Gesichtsausdruck betrat sie den gefliesten Weg, der sie zu dem Teil des Hauses führte, in dem ihr Schlafzimmer lag.

27

Als Stone seine Augen öffnete, saß Windsor im Schneidersitz am Fußende des Bettes und betrachtete ihn eingehend. Er lächelte und erinnerte sich daran, wie schön es gewesen war, als sie ihren Körper in der Nacht an ihn geschmiegt hatte. Er hob die Bettdecke in die Höhe und öffnete seine Arme.

»Komm her, ich möchte dich ganz dicht bei mir haben.«

Windsor krabbelte auf Händen und Füßen zu ihm hin. Aber anstatt sich neben ihn zu legen, nahm sie seine Hand und preßte seine gebräunten Knöchel an ihre Lippen.

»Ich liebe dich, Stone Kincaid.«

Stone war überglücklich, ihre geflüsterten Worte zu vernehmen. Er umklammerte ihre Hand und zog sie zu sich herüber, denn er wollte sie in seinen Armen halten und sie noch einmal lieben. Als sie sich wehrte, runzelte er die Stirn. »Was ist los, Liebling?«

»Ich erwarte ein Kind.«

Stone erstarrte. Obwohl ihm bewußt gewesen war, daß

sie schwanger werden könnte, hatte er sich gesträubt, genauer darüber nachzudenken. Ein Gefühl der Furcht ergriff ihn. Ihre saphirblauen Augen musterten ihn ernsthaft und forschend, und sie wartete geduldig auf seine Reaktion.

Er mußte vorsichtig sein, und die richtigen Worte finden, um sie nicht zu verletzen. Er setzte sich auf und strich sich mit den Fingern durch das Haar. Dann ergriff er erneut ihre Hand und preßte die Handfläche gegen seine Wange.

»Ich habe es schon vermutet.«

»Warum hast du dann nichts gesagt?«

»Weil ich nicht wollte, daß du dich aufregst.«

»Und regst du dich nun auf?«

Stone schwieg erneut, nicht sicher, welche Antwort sie von ihm erwartete. »Ich möchte unser Baby«, murmelte er und blickte sie an, »und ich möchte, daß du meine Frau wirst.«

»Und wenn es nicht dein Kind ist? Wirst du mich dann immer noch zur Frau nehmen wollen?«

»Es *ist* unser Kind, Windsor. Deins und meins. Ich möchte nicht, daß du irgendetwas anderes denkst. Das mußt du mir versprechen.«

Windsors Blick glitt von seinem Gesicht. »Es könnte auch von ihm sein«, murmelte sie mit heiserer Stimme und starrte auf ihren Schoß hinab. »Wir werden es erst wissen, wenn es geboren ist.«

Die Muskeln in Stones gebräunten Wangen zuckten, als er die Zähne zusammenbiß. »Nein. Es ist von mir. Verstehst du, Windsor? Das Kind ist von mir.«

Windsor stiegen Tränen in die Augen. Mit gepeinigtem Gesichtsausdruck legte sie ihre beiden Handflächen auf seine angespannten Wangen. »Seit ich dich kenne, mein geliebter Stone Kincaid, waren deine Augen voller Haß für Emerson Clan. Dein Herz sann auf Rache, und du bist nun noch mehr als früher von dem Verlangen besessen, ihn zu töten. Wenn mein Kind mit Haar wie Schnee und Augen wie Eis geboren wird, dann werde **ich** imstande sein, es zu lieben, da es in meinem Leib herangewachsen ist. Aber wirst **du** in der Lage sein, in ein Gesicht zu blicken, das dich in deinen Alpträumen verfolgt, und es dennoch lieben? Könntest du ihn ›Sohn‹ nennen und die Sünden vergessen, die sein Vater gegen dich begangen hat?«

Für den Bruchteil eines Augenblicks stand die Zeit still. Stone schwieg, überwältigt von ihrer Weisheit. Er war nicht sicher, wie er antworten sollte. Eine Träne rollte über Windsors Wangen und er zog sie an sich, hielt sie fest, verzweifelt bemüht, seinen Gefühlen Ausdruck zu verleihen.

»Ich werde dich immer lieben, Windsor, egal, was passiert. Um Gottes Willen sag, daß du mich heiraten wirst.«

Er wartete ab, die Nerven bis zum Zerreißen gespannt, aber einige Zeit verstrich, bevor ihre Lippen gegen seine Brust gepreßt murmelten: »Ich möchte abwarten, bis das Kind geboren ist, dann werde ich dir meine Antwort geben. Wenn es dein Kind ist, werde ich dich heiraten. Wenn nicht, kehre ich mit dem Kind nach China zurück.«

Stone packte sie an den Schultern und hielt sie von sich weg, damit er in ihr Gesicht blicken konnte. Sein Griff wurde fester. »Nein. das werde ich nicht zulassen. Niemals.«

Neue Tränen liefen über Windsors Wangen hinab, und Stone zog sie wieder an seine Brust. »Wenn du nach China zurückkehren möchtest, werde ich mit dir gehen. Verlaß mich nicht. Es ist mir egal, von wem das Kind ist, Gott ist mein Zeuge. Gib mir die Chance, es dir zu beweisen. Verstehst du denn nicht, Windsor? Ohne dich hat das Leben für mich keine Bedeutung.«

Nach dieser flehentlich vorgetragenen Bitte begann

Windsor zu schluchzen. »Aber ich habe solche Angst«, flüsterte sie unglücklich. »Ich habe Angst, daß du mein Baby hassen wirst, wenn ich bei dir bleibe. Ich fürchte mich davor, daß dein Gesicht jedes Mal einen harten Ausdruck annehmen wird, wenn du es anschaust. Jeden Tag deines Lebens wird mein Kind dich an all das erinnern, was du verabscheust.«

Stone strich ihr über das Haar. Er schloß die Augen, aber seine Stimme war sanft. »Und glaubst du denn, daß du selbst imstande sein wirst, all die Dinge, die er dir angetan hat, zu vergessen?«

»Mein Kind ist ein Teil von mir.«

»Und deshalb werde ich es lieben«, murmelte Stone in die kurzen, blonden Locken an ihrer Schläfe.

Windsor legte ihre Wange an seine Brust und ließ ihren Tränen freien Lauf.

»Er ist so böse«, murmelte sie unter Tränen und wagte es endlich, ihre größte Angst in Worte zu kleiden. »Du weißt doch, wie Emerson Clan seinem Sohn gegenüber empfindet, wie entschlossen er war, sich Carlos zu holen. Was ist, wenn ich sein Kind bekomme? Was ist, wenn er versucht, es mir wegzunehmen, wie er es mit Carlos gemacht hat?«

»Das wird niemals geschehen«, stieß Stone hervor. »Er wird niemals wieder einen Menschen anrühren, den ich liebe, niemals. Das schwöre ich dir, Windsor.«

Die Schulter feucht von ihren kummervollen Tränen, drückte Stone Windsor noch fester an sich und das Feuer eiserner Entschlossenheit verwandelte sein Herz zu Stahl. Egal, ob das Kind sein eigenes war oder nicht, Windsor würde ihn nicht verlassen, und Clan würde niemals wieder die Möglichkeit bekommen, in die Nähe von Windsor oder dem Baby zu kommen. Gleichgültig, wie lange es dauern würde, und gleichgültig, wie weit er auf seiner Flucht gekommen war: Stone war wild entschlossen, den Bastard umzubringen.

In den nächsten Wochen lebte Stone mit den brodelnden Gefühlen seines Verlangens nach blutiger Rache, die er allerdings in seinem Inneren vergrub und vor Windsor verbarg, der es mit jedem Tag besser zu gehen schien. Seit sie ihm ihre Ängste und Zweifel gestanden hatte, schien sie viel entspannter zu sein und sich mit all dem, was ihr zugestoßen war, besser abfinden zu können. Und mit Carlisle, die sie wie eine Schwester behandelte, verstand sie sich ausgezeichnet. Stone würde Carlisle dafür immer dankbar sein.

Eines Abends, als sich die Familie im Hauptsalon zusammengefunden hatte, beobachtete Stone Windsor, die ruhig auf einem kleinen Sofa ganz in seiner Nähe saß und Carlisles Geplapper zuhörte. Sie sah wunderschön aus, hatte ihre Hände im Schoß gefaltet und machte einen heiteren, gelassenen Eindruck. Stone war sicher, daß mit der Zeit alles gut werden würde. Seit sie ihm von dem Kind erzählt hatte, war die Anspannung von ihr abgefallen. Sie würde diesen Alptraum überstehen.

Wie gewöhnlich, wenn er an das Baby dachte, lasteten Ängste auf seinem Herzen und nahmen ihm die Luft zum Atmen. Es ist mein Kind, sagte er sich zum tausendsten Mal. Es durfte einfach nicht anders sein. Er weigerte sich, etwas anderes zu denken.

»Windsor, wenn du einen Jungen bekommen solltest, werde ich dir meine ganzen Babysachen borgen, dann hast du alles doppelt«, schlug Carlisle gerade großzügig vor. »Aber wenn es ein Mädchen ist, mußt du mir all deine kleinen Spitzenkleidchen geben, denn Chase und ich werden beim nächsten Mal sicher ein Mädchen bekommen.«

»Sie ist sich ihrer Sache verdammt sicher, nicht wahr?« bemerkte ihr Mann und lächelte Windsor zu.

Windsor lachte leise und Stone durchströmte ein warmes, gutes Gefühl. Anfangs hatte er sich Sorgen gemacht, sie hier allein zurückzulassen, während er sich auf die Suche nach Clan machte, aber inzwischen war er beruhigt, denn Windsor konnte Chase und Carlisle offensichtlich gut leiden. Und von Dona Maria wurde sie geradezu verwöhnt. Sobald Sonne-auf-Flügeln zurückgekehrt war, um über Clans Aufenthaltsort zu berichten, würde Stone sich auf den Weg machen. Windsor war hier in Sicherheit.

»Was wünschst du dir, Stone?« erkundigte sich Carlisle, und bezog ihn so in das Gespräch ein. »Einen Jungen oder ein Mädchen?«

Stone dachte an die Jungen seiner Schwester, mit ihren grünen Augen und dem schwarzen Haar. Was für eine Augenfarbe mochte wohl Windsors Kind haben? Er schaute sie an und lächelte. »Ich wünsche mir nur, daß Windsor mich so bald wie möglich heiratet.«

»Das ist eine gute Idee. Wir könnten eine große Familienfeier veranstalten! Das wäre doch wunderbar, nicht wahr? Wir haben es bisher noch nie geschafft, zu einer Hochzeitsfeier zusammenzukommen.«

»Klingt verlockend.«

Die tiefe Stimme, die diese Worte gesprochen hatte und alle gleichermaßen erschreckte, kam von der Verandatür. Stone fuhr herum und erkannte seinen älteren Bruder Gray, der ihn angrinste. Seine Frau Tyler stand neben ihm.

»Überraschung!« rief sie, und Carlisle quietschte vor Vergnügen. Sie rannte auf ihre Schwägerin zu, und die beiden Frauen umarmten sich und tanzten ausgelassen im Kreis herum wie zwei aufgeregte Kinder. Alle begannen gleichzeitig loszureden und zu lachen, außer Stone, der wortlos auf seinen Bruder zutrat und ihm kräftig die Hand schüttelte.

Als sie sich umarmten, fühlte Stone einen Klumpen in seiner Kehle aufsteigen. Er freute sich sehr, seinen Bruder zu sehen. Sie hatten sich schon immer ausgesprochen nahe gestanden. Zusammen hatten sie Carly großgezogen, obwohl sie anfangs selbst fast noch Kinder gewesen waren, und gemeinsam waren sie losgezogen, um in den Straßen von Chicago ihren Lebensunterhalt zusammenzukratzen. Dies war kurz nach ihrem Umzug von Mississippi gewesen und lange, bevor sie ihr Vermögen mit dem Eisenbahngeschäft gemacht hatten.

»Vielen Dank, daß du gekommen bist, Gray«, sagte er mit ergriffener Stimme.

»Wir haben Chicago einen Tag nach dem Eintreffen deines Telegramms verlassen. Ich bin nur überrascht, daß du es so lange hier ausgehalten hast. Ich hatte schon damit gerechnet, daß wir dich bei unserer Ankunft gar nicht mehr vorfinden würden. Du hast uns ja nicht gerade auf dem Laufenden gehalten, zum Teufel nochmal«, beschwerte sich Gray, aber er lächelte, während er fortfuhr. »So, und wo ist nun diese Nonne, die dich endlich zum Ehemann bekehrt hat?«

Stone warf Windsor einen Blick zu, die die liebevolle Begrüßungsszene von ihrem Platz auf dem Sofa aus beobachtet hatte. Er holte sie dort weg, um sie dem Rest seiner Familie vorzustellen.

»Dies ist Windsor Richmond, und sie wird mich heiraten, sobald du und Tyler mir dabei geholfen habt, sie davon zu überzeugen, daß dies die richtige Entscheidung ist.«

Gray verbeugte sich tief und griff nach Windsors Hand. »Guten Tag, Miss Richmond. Ich muß Sie gleich warnen, denn ich besitze einen Charme und eine Überzeugungskraft, von der mein kleiner Bruder nur träumen kann. Sie sollten also schon einmal die Bestellung für ihr Brautkleid aufgeben.«

Windsor lächelte. »Ich freue mich, Sie wiederzusehen. Wir haben uns kurz in Chicago kennengelernt, als ich den Zug nach San Francisco bestieg.«

»Ja, ich erinnere mich auch daran, Sie gesehen zu haben«, sagte Tyler MacKenzie, die zu ihnen getreten war.

»Ich habe Gray damals sofort gesagt, ich sei sicher, daß Sie keine Nonne sind. Und ich hatte recht. Ich habe eine gute Nase für solche Dinge.«

»Ja, jetzt entsinne ich mich«, erwiderte Gray. »Sie haben uns gesagt, Ihr Name sei Schwester Mary, aber Tyler sagte, Sie seien viel zu jung für eine Nonne. Aber Stone, alter Junge, erzähl mir doch einmal, wie lange es bei dir gedauert hat, bis du es bemerkt hast?«

»Ungefähr zwei Minuten hat es gebraucht, bis ich wußte, daß sie jung und hübsch ist«, gab er zu und legte seine Hand um Windsors Taille. »Aber ich habe verdammt lange gebraucht, um herauszufinden, daß sie keine Nonne ist.«

»Ich möchte die ganze Geschichte hören«, sagte Tyler, »aber jetzt will ich unbedingt erst einmal die Jungen sehen. Ich kann keinen Augenblick länger warten, ich habe sie so vermißt! Wo sind sie, Gray?«

»Sie sind im Garten, mit Tomas und ihrer Großmutter«, antwortete Carlisle und ergriff ihren Arm. »Komm mit uns, Windsor. Ich kann es kaum erwarten, daß du Tyler näher kennenlernst! Jetzt kann sie uns dabei helfen, deine Hochzeit zu planen! Und Windsor, du solltest möglichst kein Schwarz bei der Zeremonie tragen, so wie Tyler es getan hat«, stichelte Carlisle und lachte, als ihre Schwägerin errötete.

»Oh, erzähl doch nicht allen Leuten davon! Es ist mir immer noch peinlich, daß ich so etwas getan habe«, rief Tyler, während Carlisle die beiden anderen Frauen aus dem Zimmer zog.

Die drei Männer blieben zurück und lächelten ihnen nach.

Chase schüttelte den Kopf. »Carlisle wird sie ins Verderben stürzen, wir sollten die drei besser gut im Auge behalten.«

»Tyler ist durchaus selbst in der Lage, sich in Schwierigkeiten zu bringen, das solltest du doch noch wissen«, erwiderte Gray und warf Stone einen Blick zu. »Du hast mir sicherlich einiges zu erzählen, oder nicht?«

»Doch. Es sind tatsächlich ein paar Dinge passiert, seit wir uns das letzte Mal gesehen haben.«

»Davon gehe ich aufgrund deiner Andeutungen im Telegramm aus.«

Chase deutete mit der Hand auf die Tür, die in den nächsten Raum führte. »Ich würde vorschlagen, daß wir in mein Arbeitszimmer gehen. Dort können wir uns Zigarren und Kognak gönnen und sind ungestört.«

Eine halbe Stunde später hatte Stone seine Geschichte beendet.

Aus irgendeinem Grund fand er es dieses Mal einfacher, über die Einzelheiten zu sprechen, als an dem Abend, als er Carlisle die schäbigen Vorfälle anvertraut hatte. Möglicherweise lag es daran, daß Windsor inzwischen auf dem Weg der Besserung war.

Gray setzte sich in seinem Sessel zurück. Sein Gesicht trug einen ernsten und betroffenen Ausdruck. »Zur Hölle mit dem Kerl. Er hat so viele Leben wie eine Katze. Manchmal will es mir scheinen, als sei er einfach unbesiegbar.«

»Er ist nicht unbesiegbar«, sagte Stone und der Haß verlieh seinen Worten Nachdruck. »Er ist ein toter Mann, der darauf wartet, daß ich die Drecksarbeit erledige und ihn abknalle.«

Gray lehnte sich vor, die Augen auf seinen Bruder gerichtet. »Du willst also erneut die Verfolgung aufnehmen? Selbst jetzt, nach allem, was geschehen ist?«

»Würdest du das etwa nicht tun? Wenn er Tyler so etwas angetan hätte?« fragte der Gray. »Oder Carlisle?« fügte er in Chases Richtung hinzu.

»Dann würde ich ihn mit meinen bloßen Händen erwürgen wollen«, gab Gray zu, »aber ich habe den Eindruck, als sei Windsors Zustand noch nicht allzu stabil. Du möchtest doch nicht, daß sie einen Rückschlag erleidet, wenn du davonreitest und sie sich Sorgen um dich macht, oder?«

»Hör zu, Stone«, mischte sich Chase ein und setzte seinen Kognakschwenker auf dem Schreibtisch ab. »Ich habe beste politische Verbindungen in Mexico City. Wenn Clan sich mit den *guerrilleros* eingelassen hat, könnte ich dir möglicherweise die Hilfe der Nationalgarde zur Verfügung stellen, während du in meinem Land weilst. Wir könnten dir dabei helfen, ihn zu fangen und ein für allemal hinter Gitter zu bringen.«

»Nein, ich möchte die Sache allein erledigen.«

»Himmel noch mal Stone, so nimm doch endlich Vernunft an«, sagte Gray verärgert. »Clan hat dir doch bewiesen, daß er zu gefährlich ist, als daß ein Mann allein mit ihm fertig werden könnte. Wir drei sollten uns einige Männer zu Hilfe holen, und uns dann gemeinsam nach ihm auf die Suche machen.«

»Jedes Mal, wenn ich andere Menschen in diese Angelegenheit verwickele, stößt ihnen etwas zu. Das werde ich nicht noch einmal zulassen. Ich gehe allein. Das hier ist mein Kampf. Ich will, daß dieser Mann durch meine Hand stirbt.«

»Und was passiert, wenn du nicht zurückkommst? Was wird dann aus Windsor und dem Baby?«

Stone blickte seinem Bruder gerade in die Augen. »Ich werde zurückkommen. Und bis dahin werdet Ihr beide hier sein, um Windsor zu beschützen.«

Chase und Gray warfen sich besorgte Blicke zu, aber ihre ernste Unterhaltung wurde unterbrochen, als die drei Frauen mit den beiden Jungen, einer vernarrten Großmutter, einem lächelnden Kindermädchen und einem verlegen dreinschauenden Onkel Tomas ins Zimmer platzten.

28

Ungefähr eine Woche später beendete Windsor gerade die letzte ihrer langsamen, methodischen Bewegungsabläufe einer Drachenfeuer-Kampfübung und nahm dann auf einer Decke Platz, die sie auf einem Grashügel ausgebreitet hatte. Von dort aus konnte sie über den Santa Catarina Fluß hinwegblicken. Sie hatte wieder mit ihren Übungen begonnen, um ihre Muskeln zu kräftigen und ihren Körper geschmeidiger zu machen. Die körperliche Anstrengung half ihr, wenn sie sich verspannt und müde fühlte.

In einiger Entfernung hielten sich die anderen Teilnehmer des Picknicks unter den Schatten spendenden Bäumen in der Nähe des Flusses auf. Windsor beobachtete Stone, der sich mit seinem Bruder unterhielt. Von Anfang an hatte Windsor gespürt, daß die beiden Männer nicht nur Blutsverwandte, sondern auch sehr enge Freunde waren. Anders als bei ihrer Schwester ähnelten sich Stone und Gray sehr. Beide waren dunkel und gutaussehend, beide groß, mit breiten Schultern und langen Beinen.

Seit ihrer Ankunft hatten sich Gray und Tyler ausgesprochen freundlich ihr gegenüber verhalten, ebenso wie Carlisle und die anderen Mitglieder von Chase Lancasters Familie. Dennoch fühlte sich Windsor als Außenseiterin der Gruppe. Diese reichen Amerikaner kamen aus einer Welt, die im völligen Gegensatz zu ihrer eigenen stand.

Ihr Leben war mit Lachen und Freude und Glück angefüllt, während eine schwere Wolke aus Furcht und Zweifeln wie ein Leichentuch über ihr und Stone lag, und auch weiterhin, bis zur Geburt des Kindes, ihre Fröhlichkeit dämpfen würde.

Windsor fürchtete sich, darüber nachzudenken, was die Zukunft für sie beide bereithalten würde, und sie legte ihre Hand auf ihren langsam anschwellenden Bauch.

»Hat sich Ihr Baby bewegt?« erkundigte sich Tyler, die aus dem Schatten eines mächtigen Pecannußbaumes heraustrat.

Windsor drehte sich um und blickte Stones Schwägerin an, mit der sie noch nicht sehr viele Worte gewechselt hatte. Windsor wußte aber, daß Tylers erstes Kind vor nicht allzu langer Zeit kurz nach der Geburt gestorben war.

In Tylers hübschem Gesicht entdeckte sie jetzt einen Schleier von Melancholie, der immer noch über den zimtbraunen Augen der jungen Frau lag.

»Nein, ich habe bisher noch keine Bewegung gespürt.«

»Eines Tages werden Sie es, und es wird ein wunderbarer Moment sein«, prophezeite ihr Tyler lächelnd. »Würde es Ihnen etwas ausmachen, wenn ich mich zu Ihnen setze? Carlisle und Dona Maria bringen die Zwillinge zu ihrem Nachmittagsschlaf ins Haus und Tomas ist fort, um gegen die Stiere zu kämpfen. Aber es ist so angenehm warm hier draußen am Fluß, daß ich noch gerne bleiben würde, um erst später mit Gray zum Haus zurückzugehen.«

»Ich würde mich über Gesellschaft sehr freuen.«

Tyler trug ein dünnes Seidenkleid, dessen kräftiges Saffrangelb Windsor an die Gewänder erinnerte, die von buddhistischen Priestern getragen wurden.

»Ich frage mich, worüber Gray und Stone sich so lange unterhalten«, sagte Tyler, nachdem sie sich hingesetzt und ihre weiten Röcke arrangiert hatte. »Sie sind ja ganz in ihr Gespräch vertieft.«

Sie sprechen über Emerson Clan, dachte Windsor. Stone hat vor, ihn aufzuspüren. Ihr Herz zog sich zusammen und Furcht durchströmte sie.

»Es ist wundervoll, Stone wiederzusehen«, fuhr Tyler freundlich fort. »Gray und ich haben uns schreckliche

Sorgen um ihn gemacht, obwohl Gray mir immer wieder versichert hat, daß Stone sehr gut in der Lage ist, auf sich aufzupassen. Aber er ist nun einmal ein ganz besonderer Mensch.«

Windsor wandte sich Tyler zu. »Stone Kincaid ist ein guter Mann, aber immer noch von Haß erfüllt. Dieser Haß nagt an seiner Seele und verspeist sie Stück für Stück, wie ein Geier, der sich an Aas sattfrißt.«

Tyler schien angesichts dieser blutigen Analogie ein wenig aus der Fassung zu geraten. »Hm, nun, ja, da mögen Sie recht haben, aber ich hatte gehofft, daß Ihre Heirat ihm helfen würde.«

Windsor war sich bewußt, daß Stone allen deutlich gemacht hatte, was er ihr gegenüber empfand. Aber sie hatte ihre Entscheidung, ihn erst nach der Geburt des Kindes zu heiraten, nicht zurückgezogen. »Ich bete, daß das Schicksal unsere Leben verknüpfen wird. Aber ich habe Angst um Stone Kincaid.«

Tyler zögerte für den Bruchteil einer Sekunde, als sträube sie sich, zu sprechen. Dann berührte sie Windsor am Ärmel.

»Carlisle hat mir erzählt, was Ihnen zugestoßen ist. Es tut mir wirklich leid. Ich weiß, wie grausam Emerson Clan sein kann. Er hat einen unserer Dienstboten getötet, als er in unser Haus einbrach. Er dachte, ich sei Stones Frau. Ich erinnere mich noch genau an den Ausdruck in seinen Augen, wenn er Stones Namen aussprach. Es läuft mir heute noch kalt den Rücken hinunter. Aber vielleicht wird es Ihnen eines Tages, wenn genügend Zeit verstrichen ist, gelingen, zu vergessen.«

Windsor nickte, obwohl sie wußte, daß eine sehr lange Zeit vergehen mußte, bevor die erlittenen Qualen aus ihrem Gedächtnis verschwinden konnten. Aber dennoch fühlte sie sich durch Tylers Verständnis getröstet. Sie hatte sich bisher nicht überwinden können, mit einem anderen Menschen außer Stone über ihr Martyrium zu reden, und sie hatte sogar aufgehört, sich ihm anzuvertrauen. Denn jedes Mal, wenn sie es tat, entdeckte sie aufs Neue, wie der Zorn in seinen Augen aufflammte.

»Anfangs war ich völlig verängstigt, aber inzwischen fühle ich mich mit jedem Tag, der verstreicht, mehr und mehr wieder wie früher. Die Zeit wird nicht nur meinen Körper, sondern auch meinen Geist heilen, denn Eisen, das lange im Feuer liegt, wird zu Stahl.«

»Sie sind sehr tapfer«, murmelte Tyler. Ihre Augen waren voller Mitleid auf Windsor gerichtet.

»Ein weiser Mensch paßt sich den Umständen an, wie Wasser, das sich dem Gefäß angleicht, in dem es sich befindet. Wir müssen ebenso handeln, während wir durch dieses Leben gehen.«

»Oh, ja, ich empfinde ebenso. Es ist irgendwie tröstlich, nicht wahr?« Tyler blickte nach unten und zupfte an einem Grashalm. »Ich habe erst vor ein paar Monaten mein Baby verloren, wissen Sie.« Sie schwieg einen Moment, überwältigt von ihren Gefühlen. Dann sprach sie aber gefaßt weiter. »Doch ich hatte das Glück, den Kleinen eine Weile bei mir haben zu dürfen, das war ein kostbares Geschenk. Ich glaube, daß Gott uns vielleicht schon ein weiteres Kind geschenkt hat, obwohl ich noch nicht ganz sicher bin.«

»Ich hoffe, Sie werden schon bald wieder ein Baby bekommen.«

»Je länger Gray und ich warten müssen, desto kostbarer wird dieses Kind für uns sein. Meinen sie nicht auch?«

»Alles Leben ist kostbar, egal wie groß oder klein es ist.«

Die beiden tauschten ein bedeutsames Lächeln und Windsor fühlte sich Tyler plötzlich sehr nah. Sie spürte, daß sie sich in ihren Herzen sehr ähnlich waren.

Während Windsor Tyler anblickte, schaute diese an ihr vorbei, und ihr Gesicht nahm plötzlich einen ängstlichen Ausdruck an. Sie schlug eine Hand vor den Mund, um einen Schrei zu unterdrücken, aber bevor Windsor herumfahren konnte, um zu sehen, was sie so verängstigte, durchbrach ein schriller Schrei die Luft.

»*Chee, chee, chee, chee*«, ertönte es nahe an ihrem Ohr, und dann packte sie etwas Warmes und Pelziges am Hals und kletterte auf ihre Schulter.

»Jun-li!« schrie Windsor und hockte sich auf die Knie, während der kleine Affe sich an sie klammerte. Außer sich vor Freude, daß das Kapuzineräffchen noch am Leben war, schloß sie es in die Arme.

Tyler kroch davon, als der Affe erneut laut zu kreischen begann und auf den Boden sprang, aber Windsors Blick war nun auf das Pferd gerichtet, das sich ein Stück flußabwärts seinen Weg entlang des sandigen Ufers suchte. Der Reiter war auf dem Hals des Tieres zusammengesunken, aber sie konnte die weißen Adlerfedern in seinem Haar erkennen.

»Das ist Sonne-auf-Flügeln, Tyler! Laufen Sie los und holen Sie Stone Kincaid! Schnell!« drängte sie sie und hastete bereits auf den Indianer zu, während Jun-li an ihrer Seite versuchte, mit ihrem Tempo Schritt zu halten.

Windsor nahm kaum wahr, daß Tyler ihren Mann rief und bemerkte weder Stone noch Gray, die auf sie zugerannt kamen, sondern hatte lediglich Augen für ihren erschöpften Freund, der sich kaum noch im Sattel halten konnte.

»Sonne-auf-Flügeln!« rief sie, als sie bei ihm war und griff nach dem herabhängenden Zaumzeug. Die Wange des jungen Osage-Kriegers war gegen die Mähne des Pferdes gepreßt.

Im selben Augenblick, als er seine trüben Augen öffnete, sah Tyler sein Bein. »Du bist verletzt!« rief sie und griff nach ihm, ohne ihren ängstlichen Blick von dem blutgetränkten Leder zu nehmen.

»Gelbhaar...«, murmelte er, aber sein Gesicht verzerrte sich vor Schmerz, als er sein Bein über den Hals des Pferdes schwang und sich zu Boden gleiten ließ. »Carlos krank —«

Als Tyler angelaufen kam und hinter Windsor stehenblieb, schüttelte Sonne-auf-Flügeln gerade unter Schmerzen den Gurt des Wiegenbrettes von seiner Schulter. Er sank auf seine Knie, war aber immer noch darauf bedacht, das Kind in der Tragetasche zu schützen. Windsor ließ sich ebenfalls auf die Knie fallen und versuchte, ihn zu stützen. Tyler griff schnell nach dem Wiegenbrett, als auch schon Stone und Gray herangeeilt kamen, um zu helfen.

»Er hat einen Schuß ins Bein abbekommen«, sagte Windsor an Stone gewandt. »Wir müssen ihn sofort ins Haus bringen. Schnell! Seht doch nur, wieviel Blut er verliert!«

Der Junge stöhnte, als Stone und Gray ihn hochzogen, in die Mitte nahmen und zur Hazienda trugen. Windsor lief neben den drei Männern her, während Tyler stehenblieb und auf das arme kleine Wesen hinabstarrte, das in der Ledertasche festgeschnallt war. Das schmutzige Gesicht des Jungen war tränenüberströmt und sein hellblondes Haar auf der Seite, wo Sonne-auf-Flügeln ihn berührt hatte, blutverkrustet. Es war aber vor allem sein dünnes, schwaches Jammern, das Tyler beinahe das Herz zerriß. Sie öffnete die Lederbänder, mit denen das Kind in dem mit Perlen verzierten Wildleder festgebunden war. Ganz vorsichtig hob sie es aus der Tasche heraus und drückte es zärtlich gegen ihre Brust. Der Junge lag ganz still, als sei er zu müde, um sich zu bewegen.

»Alles wird gut, du süßer kleiner Kerl. Ich halte dich fest. Alles wird gut«, murmelte sie mit sanfter Stimme. Tränen stiegen ihr in die Augen, als sie daran dachte, wie sehr er gelitten haben mußte, und sie drückte ihn noch ein klein wenig fester an sich und folgte den anderen zum Haus zurück.

Sobald Sonne-auf-Flügeln ausgestreckt auf dem Bett lag, nahm Windsor die Schere, die Dona Maria geholt hatte, und begann, die Lederhose entlang seines verletzten Beines aufzuschneiden, damit sie die Schußwunde versorgen konnte.

»Was ist passiert, mein Junge?« fragte Stone und half Windsor dabei, vorsichtig das blutdurchtränkte Leder wegzuziehen.

»Wo sein Carlos? Er krank. Er brauchen Sonne-auf-Flügeln.«

»Carlos geht es gut. Tyler kümmert sich um ihn. Hat Clan dir das angetan?«

»Clan nicht getötet. Er nicht bei Carlos. Er reiten weg aus Bergen mit vielen Männern und lassen kleinen Mann in Haus mit Frau. Sonne-auf-Flügeln nehmen Carlos weg.«

»Wer hat auf dich geschossen?«

»Zwei Männer bewachen Carlos und Frau«, antwortete Sonne-auf-Flügeln. Er atmete schwer und jedes Mal, wenn Windsor sein Bein berührte, zuckte er zusammen. »Sonne-auf-Flügeln nicht schlimm verletzt. Schwach. Viel Blut verloren.« Er wandte sein Gesicht Windsor zu. »Sonne-auf-Flügeln bringen Gelbhaar Jun-li und Medizinstöcke. Der böse Mann lassen bei Carlos und Frau.«

»Du hast meine Nadeln?« erkundigte sich Windsor aufgeregt. »Wo sind sie, Sonne-auf-Flügeln? Ich kann dir damit die Schmerzen nehmen.«

Mit schmerzverzerrtem Gesicht bewegte Sonne-auf-Flügeln seinen Körper ein wenig und zog Windsors schwarzen Seidenbeutel hervor, den er an der Taille befestigt hatte. Windsor griff schnell danach und breitete den Inhalt auf dem Nachttisch aus. Erleichtert stellte sie fest, daß nichts von den kostbaren Dingen fehlte.

Sie hob den Deckel der schwarzen Lackdose und nahm drei Nadeln und die Säckchen, in dem sich die Moxa befand, heraus.

»Das hier muß in sauberem Wasser gekocht werden. Ich werde die Wunde damit abdecken, damit sie sich nicht weiter entzündet«, sagte sie und drückte Gray eines der zugebundenen Säckchen in die Hand. Gray verließ das Zimmer, während Stone Wasser in eine Schüssel goß und begann, das Blut und den Dreck rund um die Schußwunde am Oberschenkel des Indianerjungen abzutupfen.

»Sonne-auf-Flügeln wollen töten bösen Mann, aber konnten nicht folgen mit Carlos.«

»Weißt du, wohin er geritten ist?« fragte Stone und beugte sich weiter vor, um die heiseren Worte von Sonne-auf-Flügeln besser verstehen zu können.

»Sonne-auf-Flügeln haben Frau zum Reden gebracht. Böser Mann zu Ort an großem Fluß im Norden geritten, genannt Matamoros.«

»Clan ist in Matamoros?« Stones Stimme wurde heiser vor Aufregung.

Sonne-auf-Flügeln nickte. Windsor unterbrach die Untersuchung der Wunde und blickte zu Stone auf. Sie spürte, wie ihr Körper innerlich zu Eis wurde, als sie den entschlossenen, haßerfüllten Ausdruck in Stones Gesicht sah. Nun würde er sich auf den Weg machen, dachte sie, und das Herz wurde ihr schwer. Aber als Sonne-auf-Flügeln aufstöhnte, wandte sie sich wieder ihrer Aufgabe zu. Sie mußte die Wunde versorgen, bevor ihr Freund verblutete.

Nachdem sie die tiefe Fleischwunde mit ihren Fingern abgetastet hatte, wurde sie etwas ruhiger. »Die Infektion ist noch nicht schwarz geworden, Sonne-auf-Flügeln. Ich kann dir helfen. Wir müssen die Wunde nähen, aber zuerst werde ich dafür sorgen, daß dir meine Nadeln den Schmerz nehmen.«

Sachkundig machte sie sich daran, die scharfen Nadeln in seinen Arm zu setzen, sie zu drehen um mit Hilfe der Hitze eine Stimulation zu bewirken. Sie war erleichtert und froh, daß ihr Freund wieder sicher bei ihr war. Sie beugte sich nahe zu ihm hinunter und strich ihm das Haar aus der Stirn.

»Ich danke dir, Sonne-auf-Flügeln. Es war sehr tapfer und gütig von dir, Carlos zurückzuholen. Ich habe mir große Sorgen um dich gemacht.«

»Sonne-auf-Flügeln haben Nina heiliges Wort gegeben. Kleiner Mann nicht wissen, daß Vater böser Mann.«

Windsor nickte, reinigte die Wunde und legte, nachdem sie sie genäht hatte, Moxa auf die frischen Stiche. Sie hielt eine Kerzenflamme an das weiche, fedrige Kraut und ließ es auf der Haut schwelen.

»Tyler kümmert sich um das Baby«, teilte ihnen Gray mit. »Der arme, kleine Kerl ist fast verhungert. Sie gibt ihm gerade mit Dona Marias Hilfe ein wenig Milch. Ich werde wieder hinuntergehen und schauen, ob ich etwas tun kann.«

Nachdem Gray das Zimmer verlassen hatte, befeuchtete Windsor die Moxa und wickelte saubere Verbände um das Bein des Indianers.

Der junge Mann war inzwischen vor Erschöpfung eingeschlafen, und Windsor blickte liebevoll und mit leichterem Herzen auf ihn hinab. Sie war so froh, daß er wieder da war! Aber als sie sich umwandte, sah sie, daß Stone in der Nähe des Kleiderschrankes stand und sich seinen Waffengurt umlegte.

Als er die Halfter festgebunden hatte, öffnete er seine Arme für sie. Ohne ein Wort zu sagen, ließ sie sich gegen seine Brust sinken.

»Mußt du das wirklich tun?« fragte sie, obwohl sie die Antwort längst kannte.

»Du weißt, daß ich es muß.«

»Ich habe Angst um dich. Er ist ein Dämon.«

»Er ist kein Dämon. Er ist ein Mann, der es nicht verdient hat, unter zivilisierten Menschen zu leben.«

Windsor biß sich auf die Lippe. Es hatte einmal eine

Zeit gegeben, da war sie ebenso entschlossen gewesen wie Stone, Clan umzubringen. Selbst jetzt noch verspürte sie den Wunsch, mit dem Mann, den sie liebte, zu gehen, und ihn bei seinem Rachefeldzug zu unterstützen. Aber sie würde nicht das Leben, das in ihr heranwuchs, gefährden, nur weil sie nach Rache trachtete.

»Haß wird niemals durch Haß enden, sondern nur durch Liebe«, murmelte sie mit furchterfülltem Herzen.

»Nicht in diesem Fall«, erwiderte Stone. »Nicht bei diesem Menschen.«

Windsor lehnte ihren Kopf gegen das weiche, weiße Leinen seines Hemdes. Er war so stark und sein Herz schlug so kräftig und regelmäßig unter ihrer Wange! »Komm wieder zurück zu mir, Stone Kincaid. Ich kann ohne dich nicht leben.«

Stone hielt sie ein Stück von sich weg, aber sein Gesicht trug einen harten, entschlossenen Ausdruck. »Du wirst hier bis zu meiner Rückkehr sicher sein. Versprich mir, daß du mir nicht folgen wirst. Ich muß diese Sache ganz allein erledigen.«

»Ich verspreche es«, flüsterte sie, obwohl sie sich mit jeder Faser ihres Körpers sträubte, ihn gehen zu lassen. Sie umklammerte seine Taille in der Angst, ihn niemals wiederzusehen, wenn er erst einmal dieses Zimmer verlassen hatte. Aber sie wußte auch, daß sie keine andere Wahl hatte, als ihn gehen zu lassen.

Er würde wieder zu ihr zurückkommen. Er mußte einfach zurückkommen.

29

Sonne-auf-Flügeln schob sich das gepolsterte Ende seiner Krücke unter einen Arm und humpelte unter Schmerzen über die Terrasse in den Garten zu der Stelle, wo Gelbhaar auf einer Steinbank saß. Sie starrte auf das seltsame Wasserloch, das der weiße Mann gebaut hatte und aus dem das Wasser wie die Stromschnellen eines Gebirgsbaches herausschoß. Seitdem Pfeil-teilt-Haar das große Haus verlassen hatte, um den bösen Mann zu töten, hatte sie oft mit Jun-li hier gesessen und in das Wasser des kleinen Beckens gestarrt.

Er bewegte sich langsam auf sie zu, wobei er sein krankes Bein ein wenig nachzog. Selbst jetzt, wo er sich so viel besser fühlte, verursachte jeder Schritt einen messerscharfen Schmerz, der von dem Einschußloch an seinem Oberschenkel über die Wade bis in den Fuß reichte.

Abgesehen davon heilte die Wunde gut. Erst vor zehn Sonnen war er mit Carlos zurückgekehrt, aber die seltsamen Silberstäbe, die Gelbhaar in seine Haut gesteckt hatte, und das weiche Kraut, das auf seiner Haut verbrannt war, hatten Wunder gewirkt. Er fühlte sich schon viel besser. Bald würde er die Kraft in seinem Bein zurückerlangt haben, und dann wollte er den langen Rückweg heim zu seinen eigenen Leuten antreten. Er hatte das Leben bei den Weißen gründlich satt.

Als er sich Gelbhaar näherte, vernahm sie das scharrende Geräusch seiner Krücke, und erwachte aus ihrer nachdenklichen Stimmung. Ihr Gesicht blickte ernst, aber sie rutschte sofort auf die Seite, um Platz für ihn zu machen.

Jun-li sprang auf seine Schulter. Während Sonne-auf-Flügeln sein Bein vorschob und sich vorsichtig niederließ, blickte er traurig auf ihr kurzes, goldenes Haar, dessen Anblick ihm selbst nach so langer Zeit immer noch schwerfiel. Er vermißte den geflochtenen Zopf aus glänzendem, gelbem Haar, der über ihren Rücken herabgehangen hatte, als er ihr zum ersten Mal begegnet war. Noch seltsamer war es, zu sehen, wie ihr schlanker Körper durch das Kind, das sie erwartete, angeschwollen war. Sie macht sich große Sorgen um Pfeil-teilt-Haar, dachte er. Traurige Gesänge verweilten in den dunkelblauen Tiefen ihrer Augen.

»Pfeil-teilt-Haar tapferer Krieger. Er werden bald zurück sein«, versuchte er sie mit leiser Stimme zu trösten.

»Ich weiß«, entgegnete sie. »Aber ich wünschte, wir wären bei ihm, falls er unsere Hilfe benötigt.«

Eine Weile herrschte Schweigen, während sie beide nachdenklich in die sprudelnden Wasserfontänen blickten. Schließlich war es Sonne-auf-Flügeln, der als erster wieder sprach. »Sonne-auf-Flügeln werden nach Hause gehen, sobald Pfeil-teilt-Haar zurückkommen. Mögen Leben von weißem Mann nicht. Schlechte Medizin. Sonne-auf-Flügeln gehen zu Bergen, wo Little Ones bei Sonnenaufgang singen. Mann mit Namen Tomas sagen, mich bringen nach Norden zu Fluß zwischen Mexiko und Land der Little Ones.«

Gelbhaar wandte sich ihm zu. Sie machte einen überraschten Eindruck. »Ich werde dich vermissen, Sonne-auf-Flügeln«, sagte sie, »und Stone Kincaid auch. Du bist wie ein Bruder für uns.«

»Sonne-auf-Flügeln fühlen sich geehrt, wie ein Bruder zu sein. Gelbhaar werden bald Frau von Pfeil-teilt-Haar. Er dann sehr glücklich.«

Sie blickte in ihren Schoß hinab und spielte an dem bunten Band, mit dem ihre Bluse am Hals geschlossen wurde. »Ich kann nicht, Sonne-auf-Flügeln. Nicht, bis das Baby geboren ist.«

»Baby sein Sohn von Pfeil-teilt-Haar.«

»Darum bitte ich die Götter jeden Tag und jede Nacht«, erwiderte sie leise.

Sonne-auf-Flügeln erkannte die Unsicherheit in ihren Augen. Er sprach rasch und mit Nachdruck. »Wah-Kon-Dah machen ihn Sohn von Pfeil-teilt-Haar, Sonne-auf-Flügeln wissen.«

»Wenn sich das bewahrheiten sollte, dann werde ich Stone Kincaid mit Freuden heiraten«, sagte sie. »Ich wünschte, du könntest bleiben. Ich werde dich vermissen.«

»Werden bald gehen. Welt von weißem Mann leid.«

»Ich werde dich niemals vergessen.«

»Gelbhaar und Pfeil-teilt-Haar werden leben in Legenden der Little Ones. Sonne-auf-Flügeln werden Kindern erzählen, wenn Winter die Berge weiß machen.«

»Ich denke, du wirst derjenige sein, der in den Legenden deiner Leute weiterleben wird, Sonne-auf-Flügeln. Eines Tages wirst du der große Häuptling werden, dessen Schicksal Weißgefleckter Wolf in seinem Traumschlaf vorausgesehen hat.«

Sonne-auf-Flügeln fragte sich, ob sie wohl recht hatte. Aber ob es nun so kommen würde oder nicht, er würde sich jedenfalls sobald wie möglich auf den Weg machen. Es dürstete ihn nach dem einfachen, guten Leben der Little Ones.

Ein Stück weiter hinten im Garten erblickte er die weiße Frau, die sich Tyler nannte. Sie trug Carlos auf dem Arm. Sie schmiegte das Kind gegen ihre Schulter, küßte seine Wange und strich mit ihren Fingern über sein blondes Haar.

»Frau mit Namen Tyler mögen Carlos«, bemerkte er und wandte seine Aufmerksamkeit erneut Gelbhaar zu. »Sie nichts darum geben, daß böser Mann sein Vater.«

»Nein, das macht ihr nichts aus. Sie hat erst vor kurzem selbst ein Kind verloren, um das sie immer noch trauert, deshalb ist es gut für sie, Carlos zu haben.«

»Sonne-auf-Flügeln geben Carlos Tyler-Frau. Können weißes Kind nicht mitnehmen in Dorf. Carlos gehören nicht dorthin. Er gehören zu seinen Leuten.«

Gelbhaar lächelte. »Das würde ihr sicherlich gefallen, Sonne-auf-Flügeln, und ich kann dir versprechen, daß Tyler und ihr Mann ihn wie ihren eigenen Sohn behandeln werden. Das tun sie ja bereits. Carlos wird liebevoll aufgezogen werden. Nina würde das gefallen.«

Tyler Kincaid schaute von der Bank, auf der sie Platz genommen hatte, hoch und erblickte sie. Sie lächelte und winkte.

»Warum gehst du nicht hinüber, um es ihr zu sagen, Sonne-auf-Flügeln? Sie hat sich schon Sorgen gemacht, daß du bald weggehen und Carlos mitnehmen könntest.«

Sonne-auf-Flügeln nickte, stemmte sich hoch und ließ sich Zeit, um seine Krücke richtig zu plazieren. Er ließ Jun-li bei Windsor zurück und humpelte langsam zu Tyler hinüber. Als sie ihn auf sich zukommen sah, stand sie auf, um ihn zu begrüßen.

»Hallo, Sonne-auf-Flügeln«, sagte sie und schenkte ihm ihr warmes Lächeln, mit dem sie ihn immer empfing. Sie drehte Carlos in ihren Armen herum, bis er Sonne-auf-Flügeln sehen konnte. Das Baby strahlte vor Freude und streckte seine Ärmchen aus. »Ich glaube, Carlos freut sich, dich zu sehen«, bemerkte Tyler lachend. »Komm, wir werden uns hinsetzen, damit du dein Bein schonen kannst«, lud sie ihn ein und nahm auf einer Seite der Gartenbank Platz.

Sonne-auf-Flügeln setzte sich neben sie, streckte sein Bein aus und lehnte seine Krücke gegen die Bank. Er nahm die Hand des kleinen Jungen. Carlos gab einen gurgelnden Laut von sich und lachte, während sich seine kleinen Finger fest um den Daumen des Indianers schlossen.

»Ich glaube, er möchte, daß du ihn hältst«, sagte Tyler und hielt ihm sofort das Kind hin.

Sonne-auf-Flügeln nahm den Jungen auf den Arm und Carlos packte sofort in die Haare des Osage, die wild gewachsen waren seit er seinen Stamm verlassen hatte. Das Baby zog an einem Büschel Haare, und Tyler protestierte lachend und versuchte, seinen Griff zu lösen. Als das Kind ihre sanfte Stimme hörte, drehte es sich um und streckte seine Arme nach Tyler aus.

»Er wollen dich«, sagte Sonne-auf-Flügeln und reichte den Jungen schnell wieder zu der weißen Frau hinüber.

Tyler lächelte, als sie ihn nahm. Sie sprach mit sanfter Stimme auf ihn ein und strich beruhigend über seinen Rücken. Tyler blickte Carlos genau so an, wie es Nina getan hatte — mit dem Stolz und der Liebe einer Mutter.

»Er denken du sein jetzt seine Mutter«, teilte ihr Sonne-auf-Flügeln mit und schaute zu, wie sie das Baby wieder an sich drückte. »Er dich mögen.«

»Das liegt daran, daß ich mich am meisten um ihn kümmere«, murmelte Tyler und preßte ihre Lippen auf Carlos' Kopf. »Er ist ein kleiner Engel, so brav, daß er gar keine Umstände macht. Das stimmt doch, nicht wahr, mein kleiner Schatz?«

»Sonne-auf-Flügeln denken, du sollen seine Mutter sein, wenn Sonne-auf-Flügeln gehen zurück zu Little Ones.«

Tylers Blick flog zu ihm hin. Vor Überraschung verschlug es ihr den Atem. »Aber ich hatte gedacht, du würdest ihn mitnehmen, oder daß Stone und Windsor ihn haben wollten —«

»Er Sohn von Weißen. Er gehören zu Weißen. Du sein bessere Mutter. Sein Vater verletzen Gelbhaar. Sie nicht vergessen leicht. Pfeil-teilt-Haar verfolgen Vater, um zu töten. Er auch zu sehr von Haß erfüllt, um zu vergessen. Carlos besser mit dir und weißem Mann namens Gray.«

Tyler blickte in Carlos Gesicht. In ihren Augen glitzerten Tränen.

»Oh, Sonne-auf-Flügeln, vielen Dank. Ich liebe diesen kleinen Jungen wirklich über alles. Und Gray tut das auch. Vom ersten Moment, als ich Carlos sah, so dreckig und müde, das Haar blutverkrustet, habe ich ihn in mein Herz geschlossen.«

Der Indianer nickte.

»Sonne-auf-Flügeln wissen. Er guter kleiner Mann. Seine Mutter dir sehr ähnlich.«

»Bist du sicher, daß du ihn weggeben möchtest? Ich sehe doch, wie gerne du ihn hast.« Tyler blickte ihn besorgt an. »Ich weiß, wie schwer es ist, ein Kind loszulassen.«

»Carlos klein. Er brauchen Mutter.«

Tyler zog ein Taschentuch aus ihrem Ärmel und betupfte sich damit die Augen. »Es tut mir leid, ich sollte nicht weinen, aber ich bin so glücklich. Ich dachte, ich müßte ihn wieder hergeben, und ich war nicht sicher, ob ich es ertragen könnte.« Sonne-auf-Flügeln wartete geduldig, während sie sich bemühte, mit ihren Gefühlen fertig zu werden. Schließlich nahm sie einen tiefen Atemzug und schenkte ihm ein zittriges Lächeln. »Darf ich es Gray direkt sagen? Das sind so wundervolle Neuigkeiten. Er hat sich schon Sorgen gemacht, daß ich mich zu sehr an Carlos gewöhnen könnte.«

Sonne-auf-Flügeln nickte. Tyler legte einen Arm um seinen Hals und gab ihm einen Kuß auf die Wange, bevor sie mit Carlos davoneilte. Sein Herz war ihm schwer, denn wenn er erst einmal die Hazienda verlassen hatte, würde er den kleinen Mann für viele Winter nicht mehr wiedersehen. Aber Carlos würde es bei der hübschen Frau mit dem rotbraunen Haar besser gehen. Und Sonne-auf-Flügeln würde es bei seinen eigenen Leuten besser gehen. Sobald Pfeil-teilt-Haar zurückgekommen war, würde er sich auf die lange Heimreise zum Dorf der Osagen in den schneebedeckten Bergen im Norden machen. Er hoffte nur, daß dieser Tag bald kommen würde. Er war lange genug fort gewesen.

In einer dreckigen, heruntergekommenen *cantina* in der Grenzstadt Matamoros legte Emerson Clan seinen Kopf zurück und blies einen Ring aus blauem Rauch Richtung Decke. Er blickte sich im Barraum um, während seine

Finger mit der Zigarre spielten. Der Laden war mit Mexikanern überfüllt, aber er saß allein an seinem Tisch in einer hinteren Ecke. Die Männer seiner Bande hatten den größten Teil der Nacht damit verbracht, sich mit Tequila und *aguardiente* vollaufen zu lassen und die sehr tief ausgeschnittenen Blusen der mexikanischen Huren zu begrapschen, die ihre Körper für ein paar Pesos darboten.

Sollten die Narren doch ihren Spaß haben, dachte er verächtlich, denn morgen, wenn sie ihren Rausch ausschliefen, würde er schon wieder auf dem Weg über die Grenze zurück nach Texas sein, mit Satteltaschen voller Gold, das er mit ihrer Hilfe ergaunert hatte. Jetzt, wo Präsident Juarez seine *Nacionales* aussandte, um die Revolution in Mexiko zu ersticken, gab es keinen Grund mehr für ihn, noch länger mit diesem Haufen dreckiger, verlauster Dummköpfe zu reiten. Die Bande hatte ihm einen guten Batzen Gold eingebracht, und er hatte vor, damit in die Staaten zurückzukehren.

Zuerst allerdings mußte er noch zur Ranch zurückreiten, wo sich die alte Frau um seinen Sohn kümmerte. Sobald er Carlos abgeholt hatte, würde er sich auf den Heimweg machen. Soweit er wußte, wurde er vom Sheriff in New Orleans nicht gesucht, und es gab genug reiche Frauen und viel, viel Geld, das in den Spielhallen und Bordellen des alten, französischen Teils der Stadt floß.

Sein Gesicht verzog sich vor Abscheu, als er beobachtete, wie zwischen zwei seiner Männer ein Kampf ausbrach, der schnell in blutige Gewalt ausartete. Er hatte sie alle so verdammt satt und war froh, sie schon bald los zu sein. Er freute sich darauf, allein mit seinem Sohn zu reisen. Er war stolz auf Carlos. Der Junge würde seinen Namen tragen, an seiner Seite reiten und in den Genuß des Reichtums kommen, den Clan bis dahin angesammelt hatte.

Das einzige Problem war, eine Frau zu finden, die sich um das Kind kümmern würde und bereit war, genau das zu tun, was Clan ihr sagte — ganz so, wie es anfangs mit Nina gewesen war. Verdammt, er hatte noch nie Probleme damit gehabt, Frauen zu finden — sie flogen auf ihn wie Motten auf das Licht.

Aber er wollte eine hübsche haben. Und sie mußte schüchtern genug sein, damit er sie gut im Griff hatte, ohne sich zu sehr anstrengen zu müssen. Dann könnte sie ihm das Bett wärmen, wenn ihm danach war und sich außerdem um den Jungen kümmern. Er würde sich nach einem jungen, unschuldigen Ding wie Nina umsehen. Gott, am Ende hatte sie von Kopf bis Fuß gezittert, wenn er auch nur in die Richtung geschaut hatte, wo die Peitsche hing.

Er legte stirnrunzelnd seine Hand auf die lederne Bullenpeitsche, die er zusammengerollt an seinem Waffengurt trug. Sie hatte es verdient, zu sterben, diese Schlampe, weil sie ihn an Kincaid verraten hatte. Bei dem Gedanken daran, wie er sich mit ihrer Hilfe an seinem alten Freund gerächt hatte, verzog sich sein Mund zu einem kalten, harten Lächeln.

Clans blasse Augen verengten sich und glitzerten vor Vergnügen, wenn er an sein Zusammentreffen mit Stone in der *cantina* in Saltillo dachte. Stones Gesicht war leichenblaß geworden. Er war Zeuge gewesen, wie Kincaid das Blut aus dem Gesicht gewichen war und seine Augen vor Schmerz einen eisigen Ausdruck angenommen hatten, als Clan den geflochtenen Zopf der Frau auf den Tisch geworfen hatte. Dieser eine, unterhaltsame Augenblick war all den Ärger wert gewesen, den Kincaid ihm bereitet hatte.

Nie zuvor war es ihm gelungen, Kincaids undurchdringliche Fassade zu durchbrechen. Er mußte unwillkürlich kichern, wenn er nur daran dachte. Und obwohl Windsor Richmond anfangs sehr viel Mut gezeigt und

Widerstand geleistet hatte, so war sie am Ende, als er mit ihr fertig war, doch nichts weiter als ein zusammengekauertes Opfer gewesen. Wie so viele andere hatte sie sich dann geschlagen gegeben, als er Nina an ihrer Stelle leiden ließ.

Obwohl er wieder einmal über Kincaid triumphiert hatte, war Clan nicht so dumm, anzunehmen, daß ihr Spiel vorüber war. Kincaid würde ihn weiter verfolgen, wie er es seit langem tat. Seine Handlungsweise war einfach zu durchschauen, denn er lebte nach diesem lächerlichen Ehrenkodex, lauschte auf sein heiliges Gewissen, das ihm Wahrheit, Ehrlichkeit und Moral predigte. Und das war auch der Grund, warum Kincaid immer wieder der Verlierer bleiben würde. Das Gute mochte ja innerhalb der perlengeschmückten Himmelspforten siegen, aber auf der Erde lief das zum Teufel noch einmal anders. Wie viele Male in den letzten Jahren hatte Clan das nun schon bewiesen?

Die Stunden verstrichen und er wurde des Lärms und der Guitarrenmusik überdrüssig. Er durchquerte den Salon und stieg über einige seiner mexikanischen Gefolgsleute hinweg, die schon zu betrunken waren, um noch stehen zu können. Sollten sie doch ihren Spaß haben, dachte er. Morgen würde er sich mit dem Geld aus dem Staub machen.

Er trat nach draußen. Die schmalen Gassen waren dunkel und verlassen. Ganz Matamoros schien in der Tat unbewohnt zu sein.

Die Nacht legte sich mit ihrer samtigen Dunkelheit um ihn. Er zog noch einmal an seiner Zigarre, ließ sie dann in den Dreck fallen und spazierte über die Straße auf die Pferdeställe zu. Wenn er schnell genug ritt, könnte er mit dem Jungen schon vor Sonnenaufgang über die Grenze sein.

Er schob die Stalltür auf, hörte, wie ein Pferd unruhig schnaubte und mit den Hufen aufstampfte. Der Geruch von Staub und Stroh, vermischt mit den Gerüchen der Pferde, hing schwer in dem düsteren Gebäude. Ein lautes Schnarchen wies ihm den Weg zu dem alten Indianer, der die Ställe ausmistete. Wie gewöhnlich lag er schlafend auf dem Bauch im Heu, eine leere, umgeworfene Whiskeyflasche neben sich.

Clan griff nach der Laterne, die an einem Nagel hing. Das Glas war so dreckig, daß ihm lediglich ein schwaches Glühen dabei half, sich durch die Dunkelheit zu tasten. Er hielt die Laterne vor sich, während er langsam auf die Box zuging, in der er seinen Braunen untergestellt hatte. Vielleicht sollte er auch die Pferde der anderen mitnehmen und sie auf der ersten Ranch außerhalb von Matamoros verkaufen. So konnte er vermeiden, daß ihm einige der Mexikaner folgten, um doch noch an ihren Teil der Beute zu gelangen. Er bezweifelte allerdings, daß auch nur einer von ihnen den Mut dazu aufbringen würde. Nach all den Monaten, die sie zusammen in den Bergen verbracht hatten, kannten sie ihn zu gut. Sie hatten gesehen, wie er mit seiner Peitsche umgehen konnte. Es würde ihm nichts ausmachen, sie alle zu töten, im Gegenteil, er würde es sogar genießen. Und das wußten sie.

Clan hatte sich nie etwas daraus gemacht, ob die Menschen, mit denen er zu tun hatte, lebten oder starben — ob nun durch seine Hand oder die eines anderen Mannes. Stone Kincaid bildete da allerdings eine Ausnahme. Kincaid war anders. Er war ebenso klug wie Clan. Clan hatte ihn sogar damals bewundert, als sie noch Zimmergenossen in West Point gewesen waren. Das hatte sich dann schlagartig an dem Tag geändert, als Stone ihn vor das Kriegsgericht bringen ließ, weil er den Konföderierten geholfen hatte. Wieder einmal hatte der Ehrenkodex Kincaids Verhalten bestimmt, dieser dumme Bastard.

Clan nahm ein ledernes Zaumzeug vom Haken und

zog es über die Ohren des Pferdes, wobei er seine samtige Schnauze zärtlich tätschelte. Als ihn aber plötzlich etwas Kaltes an der Schläfe berührte, erstarrte er. Ein leises Klicken folgte — das tödliche Drehen eines Pistolentrommel.

»Hallo, Clan.«

Clans Nackenhaare richteten sich auf und ein kaltes Frösteln lief sein Rückgrat entlang. Stone Kincaids leise Stimme erklang ganz nahe an seinem Ohr. Clan drehte sich langsam um, wütend auf sich selbst, weil er so verdammt unvorsichtig gewesen war. Er hatte gewußt, daß Kincaid kommen würde, aber er hatte ihn nicht so früh erwartet. Es war das erste Mal, daß er ihn unterschätzt hatte.

Ihre Blicke trafen sich. Clan lächelte. Kincaid lächelte zurück.

»So treffen wir uns also wieder, alter Freund und früher, als ich erwartet hatte«, sagte Clan im Plauderton und tastete sich zentimeterweise mit der Hand zu seiner Westentasche vor, in der er eine kleine Pistole verborgen hatte.

»Wenn du deine verdammte Hand auch nur einen weiteren Zentimeter bewegst, hast du keinen Kopf mehr«, murmelte Kincaid in dem gleichen plaudernden Tonfall. »Ich kann nur hoffen, daß du dumm genug bist, trotzdem nach deiner Waffe zu greifen.«

Clan grinste. »Nun, *amigo,* wir spielen also immer noch dasselbe kleine Spiel, nicht wahr? In den letzten sechs Jahren sind wir doch ganz gut darin geworden, du und ich. Wir beide sind wie Katz und Maus, messen unsere Kräfte, und doch bin ich am Ende immer der Gewinner. Hast du dich jemals gefragt, warum das so ist, Stone Kincaid?«

»Heute abend endet das Spiel.«

Clan gab ein verächtliches Schnauben von sich. »Glaubst du das wirkich? Nun, dann hast du dich getäuscht. Und ich werde dir auch sagen, warum. Deine Moral steht dir im Weg. Diese verdammte Ehre, die du dir wie ein großes, glänzendes, goldenes Abzeichen an die Brust geheftet hast und mit dir herumträgst, reißt dich jedes Mal hinein. Du kannst mir die Waffe an den Kopf halten, du kannst Drohungen aussprechen und du kannst mich zu einem blutigen Klumpen schlagen, wie du es in Chicago getan hast, als deine hübsche Schwägerin mich mit einem Trick dorthin gelockt hatte, aber du wirst diesen Abzug niemals drücken.« Er schwieg einen Moment und ließ seine Worte ihre Wirkung tun. Er kannte Stone Kincaid gut, er zweifelte keinen Augenblick daran, daß er sich nicht getäuscht hatte. Er lächelte Kincaid ins Gesicht. »Nein, du hast nicht den Mut, mir das Gehirn wegzupusten. Als guter, aufrechter Bürger wirst du mich wieder den Gesetzeshütern übergeben, denn das gehört sich ja nun einmal so. Ein guter Amerikaner tut das. Es ist Gottes Wille, der Wille des guten Major Stone Kincaid. Ja, du wirst mich hinter Gitter bringen, genau so, wie beim letzten Mal, und ich werde erneut fliehen. Möglicherweise tauche ich auch noch einmal bei deiner Freundin auf, Kincaid. Denn schließlich hat ihr gefallen, was ich mit ihr gemacht habe. Sie ist vor mir auf die Knie gesunken und hat um mehr gebettelt. Natürlich hatte meine kleine Peitsche hier auch etwas damit zu tun —«

Clans Worte erstarben, seine blassen Augen traten kaum merklich aus seinem Kopf, als er das leise Kratzen des Abzugs vernahm, den Stones Finger zurückzog. Und das war das Letzte, was er jemals auf dieser Erde hörte, bevor der Schuß explodierte und er in die Hölle katapultiert wurde.

30

Die winzige Kapelle der Hacienda de los Toros lag versteckt in einer efeuüberrankten Ecke des Gartens. Ein großes, goldenes Kreuz schmückte die schwere Holztür, die von den schweren, üppig beladenen Ästen eines Orangenbaumes halb verdeckt wurde. Durch gewölbte, bunte Fenster, die mit maurischen Mustern versehen waren, drangen farbige Lichtstreifen, die auf die einfachen Holzbänke fielen und das düstere Innere ein wenig erhellten. Windsor stand bewegungslos in einer dunklen Ecke. Ihre neue, schwarze Seidentunika und die Hose ließen sie eins werden mit der Dunkelheit.

Schon bald nach ihrer Ankunft auf der Hazienda, als Dona Maria Windsor und Stone auf dem großen Anwesen ihres Sohnes herumgeführt hatte, war sie mit ihnen zu dem heiligen Ort gegangen, wo sie ihren Glauben praktizierte. Damals hatte Windsor sich gefragt, warum Dona Maria einen solch dunklen, verborgenen Raum der üppigen Schönheit der Berge und Canyons vorzog, die sich hinter den Mauern ihrer Ranch ausdehnten. Aber nun, da Stone schon so lange fort war, erschien auch ihr der Frieden und die Einsamkeit hier erstrebenswert.

Ein geschmückter Altar, zu dem große, vergoldete Stufen hinaufführten, erhob sich vorne in dem engen, gewölbten Raum und rief in Windsor Erinnerungen an die anmutigen Pagodenschreine entlang des Gelben Flusses wach. Aber es zog sie in einen Alkoven, wo mehrere Reihen rechteckiger, weißer Kerzen in Glasschalen vor sich hin flackerten. Im Tempel der Blauen Berge gab es ähnliche Ständer mit Kerzen, die auch Tag und Nacht brannten und deren weiches, gelbliches Glühen sich mit der aufdringlichen Süße des schwelenden Weihrauchs mischte.

Windsor kniete sich auf das rote Samtkissen, das auf

der Bank vor dem Kerzenständer lag und blickte zu der Figur auf, die in einer Wandnische über ihr stand. Sie stellte Maria von Nazareth dar, die Heilige Mutter Jesu. Stone hatte ihr von Maria erzählt, als er ihr den Katholizismus erklärte. Marias geschnitztes Gesicht war wunderschön, heiter und glatt, voller Güte, und der Anflug eines Lächelns umspielte ihre Lippen. Windsor fühlte sich stärker zu ihr hingezogen als zu der armen, gequälten Gestalt, die am Kreuz hing und Jesus hieß. Maria von Nazareth war eine Frau, eine Mutter, eine Ehefrau. Vielleicht würde sie Windsors Schmerz und ihre Trauer verstehen.

Stone Kincaid war nun schon über einen Monat fort. Er hatte ihr einen Abschiedskuß gegeben und war dann ohne sich von irgendjemand sonst zu verabschieden, verschwunden. Nun sehnte sich ihr Herz so sehr nach seiner Rückkehr, daß es schmerzte. Sonne-auf-Flügeln versuchte, sie zu trösten, aber es gab wenig, was er sagen konnte.

Es ging ihm wieder gut. So gut, daß er ohne weiteres seine weite Reise hätte antreten können, aber er wartete auf Stones Rückkehr, um seinem Freund auf Wiedersehen zu sagen.

Stone Kincaids Verwandte behandelten sie wirklich gut und gaben ihr das Gefühl, zur Familie zu gehören. Ebenso wie Windsor wußte und verstand jeder von ihnen, warum Stone gegangen war und warum er sich entschlossen hatte, allein zu gehen. Aber nun, nachdem eine so lange Zeit verstrichen war, machten sie sich Sorgen um ihn.

Windsor schloß ihre Augen, stützte die Ellenbogen auf die Gebetsbank und umklammerte ihre Hände. Sie seufzte und dachte darüber nach, wie seltsam und gewalttätig ihr gemeinsames Leben verlaufen war, seit sie den Zug in Chicago bestiegen hatten. Wie oft waren sie in Gefahr geraten und hatten sich gegenseitig gerettet? Aber wenn

Stone sie dieses Mal brauchte, war sie nicht da, um ihm zu helfen.

Dieser Gedanke ließ ihr keine Ruhe. Wäre da nicht das Kind, an das sie denken mußte, hätte sie sich schon längst auf den Weg gemacht, um ihm zu folgen, wie sie es auch in der Vergangenheit getan hatte. Aber nun gab es noch dieses andere Wesen, ein unschuldiges, ungeborenes Baby.

Stone ist stark, sagte sie sich. Er ist klug und kennt Emerson Clan gut. Hatte er nicht schon in der Vergangenheit Auseinandersetzungen mit ihm überlebt? Unverhofft fiel ihr ein Sprichwort des Alten Weisen ein, das durch die tiefen Höhlen ihres Geistes hallte.

»Das Glück ermüdet, wenn es immer ein und denselben Mann tragen muß«, sagte sie laut und begann erneut um den Mann, den sie liebte, zu zittern. Sie blickte mit übervollem Herzen zu dem gütigen Gesicht der Figur auf. Maria von Nazareth, betete sie still, ich gehöre nicht zu deiner Schar wie Dona Maria, ich habe meine eigenen Götter. Aber ich bitte dich, Stone Kincaid zu mir zurückzubringen. Es schnürte ihr die Kehle zu und ihre Augen begannen zu brennen. Ich brauche ihn so sehr, fuhr sie fort. Ich liebe ihn unendlich.

Eine lange Zeit saß sie bewegungslos da, dachte nach, gab sich ihren Hoffnungen und Erinnerungen hin. Als plötzlich eine Stimme ihren Namen sprach, erstarrte sie.

Windsor rappelte sich auf. Da kam Stone den Hauptgang entlang auf sie zugeeilt! Wortlos eilte sie ihm entgegen, zerrissen von Gefühlen, das Herz hoch oben in ihrer Kehle.

Als er sie erreicht hatte, schloß er sie fest in seine Arme. Er strich ihr über das Haar, und sie legte ihre Wange gegen seine Schulter.

»Es ist vorbei. Clan kann nicht mehr kommen, um sich unser Baby zu holen. Er wird nie wieder einem Menschen etwas tun.«

Alle anderen Worte waren überflüssig. Sie standen schweigend da, zufrieden, sich gegenseitig zu halten, erleichtert und dankbar, daß der lange Alptraum endlich vorüber war. Nun würden sie gemeinsam die Geburt des Kindes abwarten, das in ihr heranwuchs. Und mit Hilfe der Götter würden sie dann ihre Leben vereinen und in Frieden leben.

Stone lief im vorderen Salon auf und ab. Seine Stiefel verursachten ein klickendes, rhythmisches Geräusch auf den Marmorfliesen, bis er abrupt stoppte und die Treppe zum oberen Flur hinaufblickte. Er würde es nicht mehr viel länger aushalten, dachte er und biß die Zähne aufeinander, bis sein Kiefer schmerzte. Windsor lag schon seit Stunden in den Wehen. Wie lange sollte das zum Teufel noch so weitergehen?

»Stone, du solltest dir von Chase noch einen Drink geben lassen«, schlug sein Bruder Gray vor. »Großer Gott, so wie du seit Stunden umherrennst und deine Hände ringst, machst du uns noch alle zu nervlichen Wracks!«

Stone stieß einen Fluch aus, verschränkte die Arme vor dem Körper und starrte die Stufen hinauf. »Die Wehen haben letzte Nacht eingesetzt, zum Teufel nochmal, und nun dämmert bereits wieder der Abend! Sie kann doch nicht ewig so weitermachen, verdammt! Warum darf ich nicht zu ihr, um zu sehen, wie es ihr geht? Vielleicht braucht sie mich ja.«

Chase schüttete eine großzügig bemessene Menge Kognak in ein Glas und reichte es Stone. »Hör auf, dir Sorgen zu machen. Das haben wir auch schon durchgemacht. Es wird bald vorüber sein.«

»Wie hast du es nur ausgehalten, als Carly die Jungen bekommen hat? Mein Gott, ich drehe durch, wenn sie mir nicht bald irgendetwas sagen.«

»Ich habe dabei geholfen, die Zwillinge zu holen«, fuhr

Chase ungerührt fort und setzte sich auf das Sofa vor dem Kamin. »Das heißt, eigentlich hat Tyler das meiste getan, denn ich war in einem ähnlichen Zustand wie du jetzt. Glaub mir, Stone, du bist bei uns hier unten besser aufgehoben. Es ist nicht leicht, zuzusehen, wie sie leidet, ohne daß du etwas tun kannst.«

Stone starrte ihn mit aschgrauem Gesicht an, stürzte dann seinen Kognak in einem einzigen Zug hinunter und begann erneut, auf und ab zu laufen, wobei er hin und wieder am Fuß der Treppe stehenblieb, um zu lauschen.

Aber es war alles still. Zumindest schrie sie nicht vor Schmerz, versuchte er sich zu trösten.

Und wenn nun etwas passiert war? Wie bei der armen Tyler etwa, deren Kind zu früh gekommen war? Was würde geschehen, wenn Windsor zu schmal war, um das Baby zu gebären? Sie war so zierlich, hatte so feine, empfindliche Knochen, und ihr Bauch war während der letzten Monate riesig geworden. Er hatte gehört, daß Frauen im Kindbett starben, wenn das Kind zu groß war. Bei dem Gedanken daran lief es ihm eiskalt den Rücken hinunter. Er schluckte den Klumpen, der sich in seiner Kehle gebildet hatte, hinunter und ging zur Kognakflasche hinüber. Er goß sich ein weiteres Glas ein, stürzte es wieder in einem Zug hinunter und trank ebensoschnell ein drittes Glas aus.

»Setz dich hin, Stone. Du machst die Sache nur noch schlimmer, und wenn du so weitertrinkst, wirst du bald zu betrunken sein, um mitzubekommen, ob das Baby ein Junge oder ein Mädchen ist«, prophezeite Gray mit ruhiger Stimme.

Stone ignorierte die beiden Männer und lief weiterhin unruhig auf und ab. Seine Nerven waren zum Zerreißen gespannt.

Es geht ihr gut, murmelte er im Stillen. Nach allem, was sie gemeinsam durchgestanden hatten, mußte ihnen doch eine Chance vergönnt sein. Clan war tot. Ihrem Glück stand nichts mehr im Weg.

Zum Teufel noch einmal, es spielte doch keine Rolle, ob das Baby Clans Kind war. Schon vor langer Zeit hatte er sich mit dem Gedanken abgefunden, daß diese Möglichkeit bestand. Falls es so sein sollte, würde er das Kind als sein eigenes aufziehen. Er wollte nur, daß Windsor diese Tortur lebendig überstand. Egal, was sie sagte, er würde sie heute nacht noch heiraten, sobald das Kind geboren war. Er hatte lediglich so lange gewartet, weil sie ihn darum gebeten hatte. Auf seine Bitte hin hatte Chase einen Priester rufen lassen, der nun mit Dona Maria und Tomas im Garten wartete, bereit, die Trauung zu vollziehen. Selbst wenn Windsor protestieren sollte, so gab es doch wenig, was sie in ihrem geschwächten Zustand tun konnte.

Sie wollte ihn heiraten, das wußte er. Sie hatte einfach nur Angst wegen des Kindes.

Er ging zum Fenster hinüber und starrte in die Nacht hinaus, wo der Regen vom Himmel prasselte. Furcht ergriff sein Herz, durchdrang jede Faser seines Körpers, und er hätte am liebsten irgendetwas durch die Glasscheibe geworfen und seine ganze Angst hinausgeschrien. Er mußte etwas unternehmen, um diese furchtbare Ungewißheit zu beenden. Oh, Gott, falls ihr etwas zustoßen würde, was sollte er dann nur tun?

»Stone? Komm schnell, Windsor ruft nach dir! Du hast eine kleine Tochter!«

Carlisle hatte die frohe Nachricht vom Treppenabsatz hinuntergerufen und sie strahlte über das ganze Gesicht. Gray und Chase riefen ihm ihre Glückwünsche zu, aber Stone eilte bereits drei Stufen auf einmal nehmend die Treppe hinauf.

»Geht es ihr gut, Carly?« erkundigte er sich, als er ohne das Tempo zu verlangsamen, über den Flur auf Windsors Zimmer zueilte.

»Ja, ja, es geht ihnen beiden gut!« rief Carlisle und rannte, um mit ihm Schritt halten zu können.

»Dann geh und hol bitte den Priester«, sagte er. Seine Schwester lachte erfreut auf, drehte sich um und lief in die entgegengesetzte Richtung davon.

Stone stieß die Tür des Schlafzimmers auf und erblickte Tyler und den Doktor, die sich über das Bett beugten. Beide sahen auf, als er eintrat, aber er hatte nur Augen für Windsor, die inmitten der mächtigen, weißen Kissen lag und ein kleines Bündel in den Armen hielt.

»Herzlichen Glückwunsch, Stone«, sagte Tyler und umarmte ihn, als er weiter ins Zimmer kam. »Du hast eine wunderschöne, kräftige und gesunde Tochter.«

Stone trat an Windsors Seite. Er bemerkte kaum, daß Tyler und der Doktor das Zimmer verließen.

Windsor lächelte zu ihm auf. Stone setzte sich auf die Bettkante, nahm ihre Hand in die seine und preßte seine Lippen gegen ihre kühle Haut.

»Geht es dir gut?« murmelte er mit ergriffener Stimme.

»Ja, jetzt schon.«

»Gott sei Dank. Du bist schon so lange hier oben, ich habe mir solche Sorgen um dich gemacht.«

Windsor hob ihre andere Hand und legte sie auf seine Wange. »Möchtest du denn nicht deine Tochter sehen? Sie ist dir wie aus dem Gesicht geschnitten.«

Sie blickten sich eine lange Zeit in die Augen, und all die unausgesprochenen Ängste, die sie mit sich herumgetragen hatte, zerfielen zu Staub.

Stone bemühte sich, seine unendliche Erleichterung zu verbergen, und Raum zu schaffen für die überströmende Freude, die in ihm aufstieg und seine Augen zum Brennen brachte, als Windsor vorsichtig die Decke auseinanderfaltete und ihm einen Blick auf sein erstes Kind gewährte.

Stone starrte auf das winzige, rote Gesichtchen hinunter, das von dichtem, schwarzem Haar umrahmt wurde. Seine neugeborene Tochter blinzelte verschlafen aus dunkelblauen Augen zu ihm auf, die so sehr den seinen glichen, daß er keinen Zweifel daran hatte, daß sie seine Tochter war — seine und Windsors. Seine Kehle war wie zugeschnürt und er verspürte einen unbeschreiblichen Stolz und unendliche Liebe.

»Jetzt wirst du mich heiraten, hörst du?« murmelte er, den Mund an Windsors Hand gepreßt.

»Oh, aber sicher. Sofort, mit ihr in meinen Armen.«

Sie lächelte. Stone warf seinen Kopf zurück und lachte hemmungslos, plötzlich so erfüllt von Glück, daß er es am liebsten laut herausgeschrien hätte.

»Warte hier«, rief er. »Beweg dich nicht von der Stelle.«

Nun war es an Windsor, zu lachen, während er zur Tür eilte und sie weit aufriß.

»Kommt nur alle herein, es ist Zeit für die Hochzeit!«

Dann eilte er wieder an ihre Seite, legte seinen Arm um sie und seine Tochter und wartete darauf, daß sich seine Familie um sie herum versammelte. Der Priester trat mit einem breiten Lächeln auf dem Gesicht nach vorne. Stone hielt Windsors Hand fest in der seinen und streckte die andere aus, um sanft über das dunkle, weiche Haar des Kindes zu streicheln.

Er schaute mit ernstem Blick auf Windsor und das Kleine hinab und verstand kaum etwas von den Worten, die der Priester sagte, bis Windsor liebevoll ihre Hand auf seine Wange legte.

»Willst du, Stone Kincaid, diese Frau zu deinem angetrauten Weibe nehmen?« fragte der Priester schließlich.

Stone zog ihre Handfläche an seine Lippen. »Oh, ja, ich will. Für immer und ewig.«

»Und willst du, Windsor Richmond, diesen Mann zu deinem angetrauten Ehemann nehmen?«

»Ja, ich will«, murmelte sie erschöpft. »Jetzt will ich es endlich.«

Stone schloß sie in seine Arme, zufrieden und glücklich, daß sie nun eins waren. Er flüsterte ihr einige liebevolle Worte zu und streichelte zärtlich über die weiche Wange seiner Tochter, während sich die anderen auf Zehenspitzen aus dem Zimmer schlichen und die beiden allein ließen, damit sie ihr lang ersehntes Glück genießen konnten.

EPILOG

*Zwei Jahre später
Dezember 1874
San Francisco, Kalifornien*

Amelia Richmond Cox war noch nie zuvor so glücklich gewesen. Die große, leere Villa, in der sie so viele Jahre allein gelebt hatte, war voller Verwandte und Freunde. Ihre Tochter, die sie so lange verloren geglaubt hatte, führte ein glückliches und zufriedenes Leben mit einem guten Ehemann und einer entzückenden Tochter. Ja, alle Gebete, die Amelia gesprochen hatte, waren erhört worden. Ihr Leben hatte eine neue Bedeutung erhalten. Sie blickte sich lächelnd in dem Durcheinander von lachenden Kindern und reizenden jungen Paaren um, das in ihrem Salon herrschte. Ihr gegenüber half Stone Kincaid Windsor dabei, einen weißen Porzellanengel auf die Spitze des Weihnachtsbaumes zu setzen. Er trug ihre zwei Jahre alte Tochter Nina auf dem Arm, die vor Begeisterung in die Hände klatschte, als er den Schmuck befestigte. Amelias einzige Enkelin war ein richtiger Sonnenschein. Mit ihrem rabenschwarzen Haar, das sich in seidigen Wellen über ihren Rücken lockte, und mit ihren silberblauen Augen sah sie jeden Tag mehr und mehr ihrem Vater ähnlich. *Großer Gott ich danke dir für dieses Geschenk mehr als für jedes andere, das du uns gegeben hast*, dachte Amelia dankbar.

Aber es gab noch viele andere Geschenke, so viele, daß Amelia sich nach einem Leben in Einsamkeit unendlich gesegnet vorkam. Die Tatsache, daß Stone und Windsor sich in San Francisco, in einem prächtigen neuen Haus ganz in der Nähe ihrer eigenen Villa niedergelassen hatten, war an sich schon wundervoll. Stone hatte die neue Zweigstelle der Kincaid Eisenbahngesellschaft in San Francisco übernommen, und da Eisenbahnlinien inzwischen kreuz und quer durch Kalifornien führten, hatte er das Vermögen der Familie in diesem Staat um das Vierfache vergrößert.

Sie hörte fröhliches Lachen und wandte den Kopf, um Chase und Carlisle Lancaster zu betrachten, die für die Feiertage mit Stones älterem Bruder Gray und dessen Frau Tyler zu einem Besuch gekommen waren. Amelia stimmte in ihr Lachen ein, als Chase einen seiner Söhne packte, der ein Bonbon aus dem Strumpf seines Bruders stibitzt hatte. Die Zwillinge waren zweieinhalb und kaum zu bändigen. Ganz besonders Rico, der es liebte, herumzutollen und zu schreien und seine Cousine, Nina, an den langen, schwarzen Locken zu ziehen. Trotzdem verbrachte Nina die meiste Zeit damit, den beiden Jungen wie ein Schatten zu folgen, wobei sie das Kapuzineräffchen ihrer Mutter im Arm hielt.

Von all den Kindern war Grays und Tylers Adoptivsohn der ruhigste. Er war älter als die anderen Kinder, ein zurückhaltender Junge, der häufig irgendwo saß, die anderen beobachtete oder mit seiner kleinen Schwester Veronica spielte. Er ist Emerson Clans Sohn, dachte Amelia traurig. Sie war froh, daß sich die Familie entschlossen hatte, ihm niemals etwas über die schrecklichen Dinge zu erzählen, die sein Vater getan hatte. Solch eine Bürde wäre für jeden Menschen nur schwer zu ertragen und ganz besonders für ein kleines Kind. Während Amelia ihn beobachtete, zog Tyler Carlos auf ihren Schoß und küßte sein flachsblondes Haar. Der kleine Junge hob seine Arme, legte sie um ihren Hals und kuschelte sich an sie. Ja, auch er würde seinen Weg gehen. Sie alle würden ihren Weg gehen.

»Ich will Geschenke aufmachen«, rief Enrico laut in den Raum. Seine Forderung brachte Esteban, der auf dem

Schoß seiner Mutter gesessen hatte, dazu, aufzuspringen und seinem Bruder lauthals zuzustimmen. Carlos gesellte sich eifrig zu den anderen Kindern, die sich um den Baum versammelten, und Amelia nahm Nina aus Stones Armen und trug sie hinüber, damit sie an dem aufregenden Geschehen teilhaben konnte.

Oh, ja, dachte Amelia, es hat sich alles zum Guten gewendet für die Kincaids, trotz so mancher Schwierigkeiten, die sie bewältigen mußten. Die drei jungen Paare waren glücklich, verliebt und bereit, ihre Liebe und ihr Glück mit ihren Kindern zu teilen. Und genau so sollte es sein, dachte sie, und stimmte in das Lachen mit ein, als die Kinder unter lautem, fröhlichem Geschrei ihre Geschenke aufrissen. Was für ein größeres Geschenk konnte es in diesem Leben geben, als die Liebe, die man anderen Menschen entgegenbrachte? Und hier, in dieser Familie war die Liebe überall zugegen.

Johanna Lindsey

Fesselnde Liebesromane voller Abenteuer und Zärtlichkeit.
»Sie kennt die geheimsten Träume der Frauen...«

Zorn und Zärtlichkeit
01/6641

Wild wie der Wind
01/6750

Die gefangene Braut
01/6831

Zärtlicher Sturm
01/6883

Das Geheimnis ihrer Liebe
01/6976

Wenn die Liebe erwacht
01/7672

Herzen in Flammen
01/7746

Stürmisches Herz
01/7843

Geheime Leidenschaft
01/7928

Lodernde Leidenschaft
01/8081

Wildes Herz
01/8165

Sklavin des Herzens
01/8289

Fesseln der Leidenschaft
01/8347

Sturmwind der Zärtlichkeit
01/8465

Geheimnis des Verlangens
01/8660

Wild wie deine Zärtlichkeit
01/8790

Gefangene der Leidenschaft
01/8851

Lodernde Träume
01/9145

Wilhelm Heyne Verlag
München

Alexandra Jones

Fesselnde Romane vor dem Hintergrund einer bezaubernd schönen exotischen Landschaft, die den Leser in die Geheimnisse fremder Kulturen entführen.

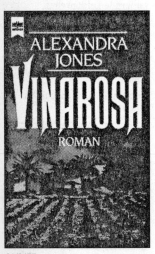

Außerdem erschienen:

Mandalay
01/7753

Samsara
01/7845

Indara
01/8091

Wilhelm Heyne Verlag
München

Karen Robards

...Romane über das Abenteuer der leidenschaftlichen Liebe

04/123

Außerdem erschienen:

Das Mädchen vom Mississippi
04/25

Sklavin der Liebe
04/41

Piraten der Liebe
04/52

Freibeuter des Herzens
04/68

Tropische Nächte
04/82

Feuer für die Hexe
04/94

Im Zauber des Mondes
04/102

Süße Orchideen
04/108

Wilhelm Heyne Verlag
München

Catherine Coulter

... Romane von tragischer Sehnsucht und der Magie der Liebe

04/104

Außerdem lieferbar:

Lord Deverills Erbe
04/15

Liebe ohne Schuld
04/45

Magie der Liebe
04/58

Sturmwind der Liebe
04/75

Die Stimme des Feuers
04/84

Die Stimme der Erde
04/86

Die Stimme des Blutes
04/88

Jadestern
04/96

Wilhelm Heyne Verlag
München

Heather Graham

...Geschichten von zeitloser Liebe in den Wirren des Schicksals

04/106

Außerdem lieferbar:

Die Geliebte des Freibeuters
04/37

Die Wildkatze
04/61

Die Gefangene des Wikingers
04/71

Die Liebe der Rebellen
04/77

Geliebter Rebell
04/97

Wilhelm Heyne Verlag
München

Im Glanz der Leidenschaft

Traumhafte Liebesromane aus der faszinierenden Welt der modernen High Society

04/110

Außerdem lieferbar:

Meredith Rich
Duft der Liebe
04/91

Lisa Gregory
Schwestern
04/100

Gezeiten
04/87

Nancy Bacon
Freiheit des Herzens
04/79

Wilhelm Heyne Verlag
München